KB074235

천 개의 밤、어제의 달

천 개의
밤,

어제의
달

언젠가의
그 밤을 만나는
24개의 이야기

가쿠타 미츠요 지음
김현화 옮김

티라미수
THE BOOK

차례

일찍이
내게
밤은
없었다

어린 시절 내게는 밤이 없었다.

하지만 사실 밤은 언제든 있다. 아이에게도 어른에게도 평등하게 주어진다. 하지만 밤은 아이들의 소유물이 아니었다. 제멋대로 다룰 수 있는 게 아니었다. 적어도 내 경우에는 그랬다.

내가 나고 자란 집은 번화가에서 멀찍이 떨어져 있고, 주변에 있는 거라곤 밭이나 논, 산이나 강뿐이고, 얼마 없는 상점은 8시 전후에 문을 닫았기 때문에 밤은 그저 깜깜하기만 했다. 돌아다닐 일도 별로 없었다. 텔레비전을 보고 잠을 잔다. 그뿐이었다. 잠이 들면 내가 밤 가운데 있는 줄도 몰랐다.

그래서 어릴 적 내게 밤은 두려운 존재였다. 본래 있을 리 없는 것이 거기에 있고 나를 에워싸고 있다는 사실이 무서웠다.

다니던 초등학교가 꽤 멀어서 버스로 통학했는데, 겨울에는 다른 길로 새거나 교내에서 놀거나 하면 버스를 타고 집에 돌아가는 동안 바깥이 어두워졌다. 지금 생각해보면 5시나 6시 정도였겠다 싶지만, 그 정도 시간대의 어둠마저 혼자서 버스를 타고 있으면 두렵게 느껴졌다. 홀로 모르는 장소에 내팽개쳐진 듯 불안했다.

초등학교 저학년 시절, 집 욕조가 망가져서 수리를 하는 동안 목욕탕에 다녀야 했다. 하지만 밭이나 논이나 산이나 강밖에 없는 주변에 뜬금없이 목욕탕이 있을 리 만무했기에, 우리 가족은 욕탕에 들어가기 위해 30분이나 버스를 타고 시내 목욕탕으로 향했다. 때마침 계절은 겨울이었다.

이때 나는 처음으로 밤을 보았다.

저녁을 먹고 가족이 다 같이 외출 준비를 하고 바깥으

로 나가면 사방이 어두컴컴했다. 밤이었다. 밤을 뚫고 낮에 탔던 것과 같은 버스가 온다. 베이지색과 푸른색이 섞인 차체, 파란 좌석, 비닐과 니스가 뒤섞인 듯한 냄새, 하얀 손잡이, 모자를 쓴 운전사. 하지만 어둠 속을 달려오는, 차내를 백열등으로 밝힌 버스는 낮과는 완전히 다른 세계의 사물처럼 느껴졌다. 핑크색 하차벨도 무척이나 강렬해 보였다.

보통 때라면 집에서 텔레비전을 보고 있을 시간에 낮과는 모습이 다른 버스를 타고 심지어 집에서 멀어져간다는 사실에 나는 무서워서 바들바들 떨었다. 아빠도 엄마도 함께 있는데, 나 혼자 모르는 마을로 향하고 있는 기분이 들었다.

집으로 돌아갈 때의 밤은 더욱 짙었다. 몸에서 더운 김이 나는 상태로 버스 정류장을 향해 걸어갔다. 목욕탕이 있는 동네는 우리 마을보다 다소 복작거리기에 술집의 붉은 초롱이나 영업하는 상점의 간판이 빛나고 있었다. 하지만 그런 만큼 괜히 더 밤이 짙어진 듯한 느낌이 들었다. 버스 정류장에 서 있어도 버스 같은 건 영원히 오지 않을 것만 같았다.

겨우 며칠 목욕탕에 다녔을 뿐인데, 기억 속에서는 겨울 내내 꼬박 다닌 것처럼 느껴졌다. 그만큼 처음 본 밤의 인상이 강렬했다는 뜻일 테다.

그다음부터 서서히 밤은 내 생활에서 모습을 드러내기 시작했고, 그다지 두렵지 않은 것이 되었다.

그럼에도 밤이라는 것을 진정으로 알게 된 건 먼 훗날의 일이다.

중학생이 되어 친구와 콘서트나 연극을 보고 돌아가는 길에는 어린아이 때처럼 밤을 무서워하지 않게 됐고, 고등학생이 되고 나서는 하굣길에 시내까지 나가 놀기 시작하면서 밤에 좀 더 자유로워졌으면 좋겠다고 생각했다. 그것도 내가 실은 밤에 대해서 몰랐기 때문인 듯하다. 마지막 버스가 곧 내 밤의 한계였다. 행선지 표시가 빨갛게 빛나는 막차. 하지만 진정한 밤은 막차가 떠난 다음에 존재하는 것이 아닐까.

밤과 친해지기 시작한 것은 대학교에 가서부터였다. 이 무렵에는 이미 24시간 영업을 하는 편의점과 패밀리 레스토랑이 여기저기 흔해져서 밤은 내가 어렸을 때처럼 어둠이 아니었다. 그 희읍스름한 밤 속을 친구와, 연인과,

나는 성큼성큼 가르고 들어갔다. 밤을 그대로 내 것으로 만드는 것처럼.

만 열여덟 살 무렵 연인과 둘이서 야간열차를 탄 적이 있다. 그 아이의 본가 옆에 벚꽃으로 유명한 곳이 있었는데, 그걸 보러 간 것이었다. 열차가 텅 비어서 4인석 좌석에 마주보고 앉았다. 잠을 자두지 않으면 내일 힘들어질 거라는 사실을 알면서도 할 말이 너무 많아서 우리는 쭉 이야기를 나눴다.

창밖은 어두컴컴했고 드문드문 이어지던 민가나 네온사인 불빛이 늘어나면서 열차는 역으로 미끄러져 들어갔다. 난방을 살짝 튼 차내에 싸늘한 바람이 들어왔다.

이튿날 본 벚꽃도, 먹은 것도, 그 밖에 갔던 곳도 전혀 기억나지 않는다. 만약 열차를 낮에 탔더라면 그조차도 잊어버렸을지 모른다. 하지만 밤이었기에 기억하고 있다. 밤이 내 것이 되었기에 기억하고 있다.

자취를 시작했을 때, 밤은 이미 나의 일부 같았다. 밤새도록 놀았다. 술집이나 친구 집에 있다가 밖으로 나가면 봄이라면 봄의, 겨울이라면 겨울의 밤 냄새가 났다. 낮에는 맡을 수 없는 내음. 그 순간이 좋았다. 전철이 끊긴 시간, 집을 향해 걸어가면서 하늘이 천천히 부옇게 밝아오는 모습을 보는 게 좋았다.

지금은 밤을 새워가며 노는 게 체력적으로 힘에 부쳐서 대부분 그날 집에 돌아가서 자지만, 요전만 해도 오랜만에 옆 동네에서 4시가 넘을 때까지 술을 마시다가, 첫차로 돌아가는 친구를 역까지 바래다주고 걸어서 집에 갔다.

새까맸던 하늘이 가장자리부터 군청색으로 물들다가 이윽고 전체가 파래졌다. 그 모습을 바라보며 걷는데 강렬한 그리움이 솟구쳤다. 그 맹렬한 느낌에 쩔쩔맬 정도로. 아아, 20대의 나는 늘 밤과 아침의 한가운데를 이렇게 걸어 다녔구나 싶었다.

그리하여 20대 무렵에 지나온 셀 수 없는 밤을 떠올렸더니 늘 혼자였던 것 같은 느낌이 들었다. 사실은 친구나 연인과 함께였는데 기억나는 건 그들과 헤어져 이렇게 혼자 밤 속을 걸어 다니는 모습뿐이다. 하지만 조금도 슬프거나 외롭지 않고 오히려 상쾌하고 담대한 기분이 든다.

밤은 때로 우리가 혼자라는 사실을 깨닫게 한다. 목욕탕에서 집으로 돌아가던 길, 아빠도 엄마도 함께 있는데 외톨이라고 느끼던 그 어린 날의 마음이 밤이 가진 본질이라는 생각이 든다. 밤은 싫든 좋든 우리가 혼자임을 깨닫게 한다. 혼자라는 걸 깨달았을 때 맛보는 기분은 그때그때 다르다. 어느 때는 불안하고 초조해져서 미래에 나쁜 일만 기다리고 있을 것 같은 기분이 든다. 또 어느 때는 혼자서 어디까지나 걸어갈 수 있을 것처럼 묘하게 기운이 난다. 그리고 어느 때는 바로 전까지 함께 있던 사람이 진심으로 소중하다는 걸 뼈저리게 느끼기도 한다.

특히 번화가의 밤이 점점 밝아지는 것은, 아마도 그런 사실을 깨닫고 싶지 않은 사람이 많기 때문이라고 생각한다. 혼자라는 사실을 알 수 없도록, 도시는 24시간 영업하는 편의점이나 네온사인으로 밤을 어딘가로 쫓아내려고 한다. 어두운 밤하늘을 부자연스러운 보라색으로 계속해서 물들인다.

밝은 밤을 보며 자란 아이는 아마도 옛날의 나처럼 밤을 두려워하지는 않을 것이다. 밤이라는 게 존재한다는 사실을 어느 정도 성장한 후에야 알아차릴 일은 없을 테다. 하지만, 하고 나는 생각한다. 아무리 밝다고 해도 밤은 밤이다. 어두움이 곧 밤은 아니다. 밝은 밤 속에서도 언젠가 사람은 반드시 알아차린다. 자신이 혼자라는 사실을 반드시 알게 된다. 그렇게 깨닫게 하는 밤의 기묘한 힘을 안다.

여행의
시작은

밤

처음 여행하는 나라인데 밤에 도착한다. 그것만큼 긴장되는 일은 없다.

비행기에서 내릴 때는 아직 희미하게 남아 있던 햇빛이, 입국 심사를 마치고 공항 밖으로 나오자 완전히 밤에 삼켜져 있었다. 처음으로 서는 장소의 기온과 습도와 내음이 옅은 밤의 어둠 속에서 한층 더 도드라졌다. 아아, 모르는 곳에 왔구나 하는 실감이 났다.

공항에서 버스와 전철과 택시를 타고 시내로 갔다. 그때의 초조함은 따로 말할 필요도 없다. 대체로 어디든지 공항 주변에는 아무것도 없다. 외롭게 불을 밝힌 가로등이 쭉 이어진 도로와 선로를 비추고 있고, 주위는 대부분 어둠이 삼키고 있어서 무엇이 있는지 알 수 없다. 나는 대체 어디로 와버린 걸까. 목적지로 제대로 가고 있는지 불안해졌다. 어쩌다 이런 시간에 도착하는 비행기를 선택한 건지 후회까지 했다.

이윽고 어둠뿐이던 주변에 빛이 드문드문 보이기 시작했다. 민가와 공동 주택 불빛이었다. 조금 마음이 놓였지만 초조함은 어떻게 해도 사그라지지 않았다. 내가 어디로 가려고 했는지, 무엇을 하기 위해 여행을 떠났는지조차 너무 불안해서 알 수 없어졌다. 택시를 탔을 땐 이 운전사가 나를 모르는 곳으로 데려가서 버리고 갈지도 모른다는 망상까지 했다. 그만큼 이국의 밤은 두려웠다.

창밖이 서서히 떠들썩해졌다. 네온사인 간판과 불빛을 밝힌 상점이 나타나고 길을 걷는 사람들이 보이면서 그 장소의 생활감이 밤 위로 떠올랐다. 중심가에 다다르자 가게도 불빛도 사람도 간판도 점점 늘어났고, 그 즈음에는 초조함이 흥분으로 마법처럼 변해 있었다. 모르는 곳에 왔다! 하고 창에 이마를 대고 생각했다. 맞다, 나 모르는 곳에 가고 싶었지. 겨우 여행의 의미가 떠올랐다.

낮에 도착하면 이 초조함을 맛볼 수 없다. 처음 방문한 곳이니 아무래도 긴장은 되지만, 밤이 자아내는 불안감은 느낄 수 없다. 그래서 불안감이 다이내믹하게 흥분으로 변하는 쾌감을 맛볼 수 없다.

호텔을 미리 예약해두거나 패키지 여행에 참가하는 게 아닌 순수한 자유 여행은 스물네 살 때 처음 했는데, 목적지는 타이였다. 그리고 이때 나는 처음으로 '이국의 밤'을 경험했다.

방콕의 돈므앙 공항에 도착한 것은 해가 거의 진 저녁 무렵이었다. 수속을 마치고 공항 밖으로 나가자 습기가 뒤섞인 열기와 강한 먼지 냄새가 밀려와서 '우와, 낯선 곳에 왔다'라고 우선 실감했다. 두 달 남짓한 배낭여행을 계획하고 있었기에 시내로 가는 데 택시는 물론 고속버스도 탈 여유가 없어서, 공항을 나와 일반 노선버스 정류장으로 향했다.

공항에서 이어진 육교를 건너자 공항을 경유해서 시내와 교외를 잇는 노선버스가 달리는 일반도로가 있었고, 그다지 멀지 않은 곳에 버스 정류장이 있었다. 많은 사람들이 그 버스 정류장을 둘러싸고 있었는데 그들은 자신들의 틈바구니에 끼어든 나를 노골적으로 유심히 쳐다봤다.

숙소는 예약하지 않았지만 카오산 로드라는 곳에 가면 저렴한 숙소가 많다는 사실은 알고 있었다. 카오산을 지나는 버스는 없었지만 그 근처에 있는 민주기념탑까지 가는 버스가 있다는 사실도 가이드북에서 확인한 상태였다. 민주기념탑을 지나가는 버스를 타고 탑이 보일 때 내려서 카오산까지 걸어가면 되리라 생각했다. 버스가 올 때마다 버스 정류장을 둘러싼 사람들 중 이 사람 저 사람 가리지 않고 "마을에 가요? 중심가에 가요?" 하고 정신없이 물어보다가, 간다고 알려준 버스에 올라탔다.

빨간색 차체에 상아색 선이 그려진 몹시 기다란 노선버스는 빈 손잡이가 없을 만큼 혼잡했다. 그리고 승객들은 너나없이, 배낭을 메고 흠칫거리며 올라탄 일본인을 신기한 듯이 훑어봤다. 둥근 은색 통을 짤랑거리며 차장이 돈을 걷으러 왔다. 얼만지도 모른 채 동전을 건네고 잔돈과 얇은 종이를 받았다. 나는 사람들 사이에서 필사적으로 창밖을 내다보며 아직 머나먼 '민주기념탑'을 찾았다. 조금 전까지만 해도 하늘에 남아 있던 오렌지 빛깔을 눈 깜짝할 사이에 군청색이 집어삼켰고, 도로 가장자리에 위치한 포장마차의 불빛이 또렷하게 빛나기 시작했다.

아스팔트가 깨진 도로, 드문드문 서 있는 포장마차, 포장마차에서 구워지고 있는 먹거리, 큰 냄비에서 모락모락 피어오르는 김, 엎드려 있는 개, 돌아다니는 개, 보도를 걸어 다니는 사람들. 전부 처음 보는 것뿐이었다. 활짝 열린 창으로 구정물과 양념이 뒤섞인 냄새가 끊임없이 흘러들어 왔다. 차내에는 차장이 내는 짤랑대는 소리가 계속해서 울려 퍼졌다.

나는 대체 어디에 온 걸까? 어디로 가고 있는 걸까? 어째서 이런 곳에 있는 걸까? 초조함과 불안이 최고조에 달했고, 나는 몇 번이고 근처에 있는 승객에게 "카오산은 아직 멀었어요?" "민주기념탑은 아직이에요?" 하고 가이드북을 펼쳐서 물었다. 내가 말을 걸면 모두 다 깜짝 놀란 듯 나를 쳐다봤고, 가이드북으로는 눈길도 주지 않고 고개를 갸웃해 보였다. 아아, 누구도 아무것도 가르쳐주질 않아. 혼자 힘으로 가는 수밖에 없어. 그런데 정말로 내가 이곳

에 갈 수 있을까? 이대로 어딘가 모르는 곳에 가버리는 건
아닐까.

도로가 정체되어 버스는 느릿느릿 움직였다. 창밖은
갈수록 소란스럽고 무질서해졌다. 파란 시트로 지붕을 올
린 포장마차와 노점이 길거리에 빼곡히 늘어서 있었다.
청바지, 시계, 티셔츠, 가방, 신발, 먹거리. 과한 양에 과한
품목들. 이게 뭐람. 축제치고는 너무 일상적이고 일상이
라기엔 너무 과격했다. 정신을 차리고 보니 초조함과 불
안감이 어느새 몸이 떨릴 만큼의 흥분으로 바뀌어 있었
다. 바로 지금 엄청난 대모험이 시작된 것 같았다. 들어가
면 이제 두 번 다시 원래대로 돌아갈 수 없는, 그런 장소에
발을 디뎠다는 예감이 들었다.

정체된 도로를 빠져나와 버스가 달리기 시작했는데
정신을 차려보니 버스에 탄 지 최소 한 시간은 지나 있었
고 창밖에 탑 같은 것이 보였다. "저기, 저기, 민주기념탑
맞아요? 이거 맞아요?" 나는 옆에 서 있던 여학생 몇 명에
게 사진이 실린 가이드북을 내밀어 보였다. 그 아이들이
당황하며 고개를 끄덕였기 때문에 나는 서둘러 하차벨을
눌러 버스에서 내렸다.

그건 민주기념탑이 아니었다. 비슷한 탑이었지만 달랐다. 이국의 밤, 떠들썩한 소리와 열기와 오가는 차들의 배기가스에 둘러싸여 멀거니 서 있는데 낯선 외국인이 말을 걸었다.

"혹시 카오산에 가요?"

나와 비슷한 배낭을 메고 나와 다를 바 없이 초라한 행색을 한, 내 또래로 보이는 서양 사람이었다. "나도 잘못 보고 여기서 택시에서 내렸어요. 같이 툭툭이 타고 카오산에 갈래요?"라고 그가 말했다. 우리는 오토바이가 리어카를 끄는 것처럼 생긴 툭툭이라는 교통수단에 올라탔다. 그는 스웨덴에서 온 여행자였다. 카오산 로드 입구에서 내려 돈을 반반씩 내고 그 자리에서 헤어졌다.

저렴한 숙소가 무수히 늘어선, 떠들썩하고 난잡하고 수상쩍은 카오산에서 천 엔도 하지 않는 숙소를 잡고, 창문도 냉방 시설도 없이 매트리스만 달랑 놓여 있는 소박한 방에 무거운 배낭을 두고, 지갑만 들고 밖으로 나왔다. 우선 저녁을 먹어야겠다며 카오산 로드를 걸었다.

기념품 가게와 식당이 북적거렸고 록을 크게 틀어놓은 거리도 요란하고 과격했지만, 숙소를 잡은 후이기에 이미 밤의 상황이 달라져 있었다. 여전히 초조하고 불안했지만 어디에 온 거지, 어디로 가려고 했지 하는 우주에 내팽개쳐진 듯한 고독한 마음과는 종류가 달랐다. 흥분이 손끝까지 찌릿찌릿 퍼졌지만, 무언가 완전히 낯선 종류의 모험에 발을 내디딘 기분은 아니었다. 그때 나는 이미 여행의 한가운데 있었던 것 같다.

그 고독과 흥분은 여행 중이 아니라 여행의 시작에서만 느낄 수 있는 것이었다. 여행의 시작을 몸소 느끼게 하는 것은 공항에서 시내로 이어지는 밤거리에 있었다.

밤의
민낯을

만나다

여행지를 정하면 사전 조사도 거의 하지 않고 길을 나서기 때문에 매번 그 나라에 도착하고 나서 놀라는 일이 허다하다. "어머나, 이렇게 더운 곳이었어?" "어머어머, 이렇게 큰 도시였어?" "어머나, 이곳 사람들은 스페인어를 하는구나" 등 무지함에서 오는 놀라움이다.

그중에서 가장 놀라웠던 곳은 몽골이었다. 몽골을 여행할 때 나는 늘 그랬듯 나 홀로 여행을 할 예정이었다. 수도인 울란바토르에서 며칠 묵은 뒤 버스나 기차로 이동하면서 시골을 쭉 돌아볼 생각이었다. 하지만 항공권을 사러 간 여행사에서 나의 그 엉성한 일정을 들은 직원이 "절대 무리예요"라고 말했다. "물론 울란바토르는 여행할 수 있겠지만, 시골을 혼자서 둘러보는 건 어쨌든 무리예요." 그러면서 시골 여행은 패키지를 권했다. 즉 2박 3일이든 3박 4일이든 운전사와 가이드를 고용해서 시골을 둘러봐야 한다는 것이었다.

나 홀로 여행인데 운전사와 가이드를 고용하는 건 유난스럽다 싶어 거절했지만, "안 돼요, 안 돼" 하고 직원은 한 발자국도 물러서지 않았다. 그래서 결국 울며 겨자 먹기로 직원이 말한 대로 울란바토르에서는 혼자 시간을 보내고, 나머지 일정은 3박 4일 패키지 여행을 신청했다. 평소에는 호텔 등을 정하지 않고 가지만, 이 또한 직원의 열정적인 권유로 3박 4일은 관광용 게르를 예약했다. 게르란 큰 텐트처럼 생긴 유목민의 집으로, 관광객이 묵을 수 있도록 숙소로 사용하는 게르도 있었다.

한술 더 떠서 직원은 "이 패키지 여행에서는 서비스로 말을 탈 수 있는데, 타실래요?"라고 물었다.

"승마에는 관심도 없고 할 줄도 몰라요."

그렇게 말하며 거절하자 "음, 일단 포함시키는 게 어떨까요? 꽤 심심할 테니까요. 내키지 않으시면 그 자리에서 거절해도 돼요"라고 또다시 권유했다. 이젠 될 대로 되라는 심정으로, 나는 승마도 패키지에 포함시켰다.

이 사람, 부정적인 말을 연발해서 감쪽같이 나를 속인 건 아닐까? 아니면 단순히 물건을 잘 파는 사람인가?

그런 의문을 품은 채 여행을 떠났고, 울란바토르에 머무는 동안에도 그 의문은 풀리지 않았다. 그도 그럴 것이 울란바토르는 꽤 큰 도시였고, 말이 통하지 않는 곳이 대부분이었지만 그럼에도 식사도 쇼핑도 숙박도 어떻게든 해결할 수 있었기 때문이다.

그리고 패키지 여행 첫날, 운전사와 가이드가 내가 머무는 호텔까지 데리러 왔다. 가이드는 아직 젊은 여성이었는데 매력적인 일본어를 구사했다. 운전사는 말수가 적고 수수한 중년 남성이었다. 셋이서 사륜구동 자동차에 올라타 출발했다.

울란바토르 중심가를 빠져나가 교외를 달리기 시작한 순간, 나는 모든 것을 이해했다. 그리고 안 된다는 소리를 연발했던 여행사 직원에게 진심으로 감사했다. 의심해서 미안하다며 석고대죄라도 하고 싶어졌다.

울란바토르의 중심지를 떠난 시점에 이미 주위에는 아무것도 없었다. 상점이나 민가도, 버스 정류장이나 기차역도, 나무나 식물도, 쓰레기나 전선조차도 없었다. 포장도로만 쭉 뻗어 있을 뿐, 그것 말고는 전부 허허벌판이었다. 풀이 듬성듬성 나 있고 돌이 드문드문 굴러다니는 벌판이었다. 대지와 하늘. 달리다 보면 이따금 저 멀리 게르가 보였다. 그리고 원뿔 형태로 돌을 쌓아올린 오보가 여기저기 흩어져 있었다. 그게 다였다.

참고로 오보는 행신行神 같은 것인 모양이다. 어느 오보 앞에 차를 세우고, 가이드가 기도하는 법을 가르쳐주었다. 원뿔을 향해 돌을 던지면서 오른쪽으로 세 번 돌고 소원을 빈다고 한다. 가이드를 따라 나도 세 번 돌았다.

차로 돌아와 다시 출발했다. 달리고 또 달려도 아무것도 없었다. 오로지 지평선만 보였다. 무얼 보고 그러는지 도저히 알 수 없었지만, 어느 지점에서 운전사는 포장도로를 벗어나 아무것도 없는 벌판으로 차를 몰았다. 꽤 달린 후에 갑자기 차를 세우더니 지도를 꺼내 가이드와 무언가를 의논했다.

"무슨 일 있어요?" 가이드에게 물으니 길을 헤매고 있다고 했다.

당연히 헤매겠지! 표지판으로 삼을 만한 게 전혀 없으니까. 그건 그렇고 이렇게 아무것도 없는 곳에서 지도가 대체 무슨 소용이 있을까 하고 불안해하는데, 역시 지도는 도움이 되지 않았는지 저 멀리 보이는 게르를 향해 차를 몬 운전사가 그 집 주인에게 길을 물었다.

집주인이 기르는 개가 갑작스런 침입자를 향해 사납게 짖어댔고, 게르에서는 강렬한 양고기 냄새가 났다. 집주인과 운전사는 꽤 오랫동안 이야기를 주고받았다. 이런 곳을 어떻게 혼자 여행하려 한 거지. 허허벌판과 게르와 지칠 줄 모르고 짖어대는 개를 바라보며 멍하니 생각했다.

그 후 무사히 도착한 게르는 이른바 관광용 게르로, 널찍한 땅에 열 몇 개나 되는 게르가 늘어서 있었고 부지 안에는 식당도 화장실도 샤워 전용 시설도 있었다.

도착한 건 다행이었지만 할 일이 없었다. 주변을 걸어봤지만, 허허벌판뿐이라 걷고 또 걸어도 경치가 달라지지 않았다. 앞으로 사흘 동안 이곳에서 대체 뭘 하면 좋을지 진지하게 고민했다.

이튿날은 승마를 하는 날이었다. 대략 한 시간쯤 걸린

다는데 말을 타고 싶은 기분 따윈 눈곱만큼도 없었지만, 할 수 있는 일이 있다는 사실만으로 절을 하고 싶었다. 또 다시 그 여행사 직원에게 마음속으로 감사했다.

그다음 날에는 운전사가 차로 옛 도읍인 카라코룸에 데려다주었다. 이 주변에는 에르덴조Erdene zuu라는 라마교 사원도 있었다. 광활한 부지 안에는 지금도 라마승 수행에 사용되는 사원도 있었다. 견학하러 갔더니 때마침 한창 기도를 올리는 중이었다. 거무스름한 적색 옷을 입은 젊은 승려 여러 명이 기도를 드리고 있었다. 아무것도 없는 장소에 너무도 평범하게 수행승이 있다니, 왠지 환상 같았다.

돌아오는 길에 운전사는 도로변에서 파는 마유주(말 젖을 발효시켜 만든 술)를 무척 많이 샀다. 그날 저녁을 먹은 후, 게르 밖으로 테이블과 의자를 꺼내서 가이드와 운전사와 나, 이렇게 셋이서 건배를 거듭했다. 마유주는 칼피스사와(칼피스 음료에 알코올을 섞은 술)에 막걸리를 섞어서 담백하게 만든 듯한 맛인데, 술술 들어갔다. 지평선 너머로 태양이 저물어갔고 하늘이 서서히 파랗게 물들었다. 그 파랑이 점점 짙어지는 모습을, 술을 마시며 지켜보았다. 파랑이 검정으로 변하기 전에 술이 동나서 우리는 테이블을 정리하고 방으로 돌아갔다.

깊은 밤, 과음을 한 탓인지 화장실에 가고 싶어서 잠이 깼다. 게르를 나가 화장실을 향해 걸어가다가 잠시 멈춰 서서 주위를 응시했다. 눈앞에 펼쳐진 광경은 내가 전혀 모르는 세상이었다.

밤은 검정이 아니라 잿빛이었다. 잿빛 속에 허허벌판만이 펼쳐져 있었다. 아무것도 없었다. 인공적인 것도 그렇지 않은 것도 허허벌판 말고는 아무것도 없었다. 밤의 덩어리 속에 서 있는 것 같았다. 게르는 보이지 않는데 먼 저편에서 개 짖는 소리가 들렸다. 구름이 잿빛 하늘을 뻗어 나가 반달을 닦아내듯이 흘러갔다.

등 뒤에는 게르가 있지만, 눈앞에는 아무것도 없고 인기척도 없다. 지구에 나 홀로 남겨진 것 같았다. 이상하게도 외롭지는 않았다. 굉장한 기분이 들었다. 밤이 단순한 시간의 흐름이 아니라 살아 숨 쉬는 생물처럼 느껴졌다. 그 생물과 마주한 채 나는 홀로 서 있었다.

화장실에 가고 싶었던 것도 잊고 나는 아무것도 꾸미지 않은 밤에 빠져들었다. 먼 저편까지 이어지는 속살을 드러낸 대지에, 우리 집에서 보이는 신주쿠의 고층 빌딩 숲이 겹쳐 보였다. 그 고층 빌딩 숲도 원래는 이렇게 아무것도 없는 곳에 세워졌을 거라 생각하니 왠지 정신이 아득해졌다. 빌딩이 빽빽이 늘어선 동네에도 인공물이 전혀 없는 대지에도 밤은 공평하게 장막을 쳤다.

볼일을 보고 방으로 돌아왔다. 가이드 아가씨는 곤히 자고 있었다. 침대에 누우면서 화장실에 가지 않았더라면 저 엄청난 밤은 보지 못했을지도 모른다는 생각이 들었다. 아무것도 없는 밤의 민낯을 소유하는 건 불가능하다는 생각이 들었다. 나는 지금도 그날 밤을 마음속에 간직하고 있다.

등 뒤에는 게르가 있지만,
눈앞에는 아무것도 없고
인기척도 없다.
밤이라는 생물과 마주한 채
나는 홀로 서 있었다.

두렵지
않은

밤

대개 혼자서 여행을 한다고 하면 가장 흔히 받는 질문은 "무섭지 않아요?"이다. 물론 무섭다. 밤에는 더더욱 무섭다. 당연히 밤놀이는 절대 하지 않는다. 술을 한잔하러 가더라도 밤 10시에는 숙소로 돌아온다. 나는 술이라면 사족을 못 쓰지만, 혼자 떠난 여행지에서 진탕 취할 때까지 마시는 일은 거의 없다.

하지만 계획한 대로 흘러가지 않는 것이 여행이다. '여행 중에는 흠뻑 취하지 않는다. 늦은 밤에 어슬렁대지 않는다'라고 정해놓았지만, 정신을 차리고 보니 진탕 취해 있던 적도 있고 늦은 밤거리를 홀로 거닌 적도 있다.

그리스 칼람바카는 원래 여행 목적지에 포함되어 있지 않았다. 나는 2주간 피서를 실컷 즐기려고 해안가 호텔을 예약하고 그리스 섬으로 여행을 떠났다. 때는 11월, 모든 섬이 비수기라서 관광객의 모습은 거의 찾아볼 수 없었고, 호텔 주위에 문을 연 가게도 거의 없었으며, 섬사람들만 이용하는 아주 평범한 마트와 식당만 영업을 하고 있었다. 그럼에도 나의 목적은 '리조트에서 보내는 느긋한 시간'이었기 때문에 그 텅텅 빈 상태가 오히려 고마웠다.

하지만 도착 후 사흘이 지나자 이상적이었던 '리조트에서 보내는 느긋한 시간'에 질리고 말았다. 사람은 그다지 우아하게 만들어져 있지 않은가 보다.

나흘째 되는 날, 나는 얼른 호텔에 남은 숙박 일정을 취소하고 메테오라를 향해 섬을 나섰다.

우연히 이 섬에서 만난 일본인 청년에게서 메테오라에 대한 이야기를 들은 참이었다. 메테오라는 그리스어로 '공중에 매달려 있다'는 뜻으로, 그 이름대로 하늘을 향한 기암이 몇 개나 우뚝 서 있고, 기암 위에는 놀랍게도 수도원이 있다고 한다. 그의 이야기를 듣는 동안 흥미가 모락모락 솟아올라서 메테오라로 향하게 되었다.

머물던 섬에서 무슨무슨 마을까지 비행기로 이동한 다음, 그곳에서 메테오라의 기슭에 자리 잡은 마을 칼람바카까지 버스를 타고 간다. 나는 그 번잡한 순서를 여행사에서 들었는데, 그리스어는 한마디도 알아듣지 못하고 영어마저 서툰 내가 그걸 어떻게 이해했는지는 여전히 수수께끼로 남아 있지만, 아무튼 어떻게든 되겠지 하고 출발했다.

비행기가 몹시 흔들린 탓에 마을에 도착하고 똑바로 걷지도 못할 만큼 속이 안 좋아져서 비행장이 있는 그 마을에서 하룻밤 묵었는데, 마을 이름이 뭔지는 여전히 기억나지 않는다.

이튿날 버스를 타고 칼람바카로 향했다. 버스는 산을 타고 올라갔고 정신을 차리고 보니 창밖에 설경이 펼쳐져 있었다. "어머나" 하고 창문에 얼굴을 딱 붙이고 있자, 이번에는 버스가 산을 내려와 눈이 전혀 쌓이지 않은 길을 나아갔다. 그렇게 도착한 칼람바카는 아담한 마을이었다.

중심가는 아마 15분이면 다 둘러볼 수 있을 듯했다. 그 작은 마을 어디서든지 하늘에 우뚝 선 기암이 보였다. 이 또한 무척이나 진기한 풍경이었다. 거대한 죽순이 쑥쑥 자란 것 같았다.

중심가에서 호텔을 찾지 못하고 마을 변두리에서 겨우 숙박할 곳을 발견해 체크인했다. 샤워 시설도 텔레비전도 딸려 있었지만 실로 초라한 호텔이었다.

다음 날부터 나는 열심히 돌아다녔다. 메테오라 수도원 순례였다. 겨울 비수기인 탓에 버스가 휴업에 들어가서 걷는 수밖에 없겠다 싶어 걸었지만, 포장된 도로가 있다 해도 표고 수백 미터나 되는 산을 몇 개나 넘어야 했다. 택시를 타면 하루 만에 전부 다 돌아볼 수 있겠지만, 딱히 서두를 필요가 없었기에 매일 걸어서 각각 다른 수도원을 방문했다.

이 칼람바카라는 마을은 꽤 시골스러운 곳이었다. 세련된 레스토랑도 있긴 했지만, 전부 겨울철 비수기 휴업에 들어가 있었다. 영업하는 곳은 동네 식당 같은 가게뿐이었다.

어느 날 저녁 무렵, 영업을 하는지 안 하는지 모르겠는 식당에 들어갔다. 잠시 후 할아버지가 안채에서 나왔다. 뭔가 먹고 싶다고 손짓 발짓을 하니 할아버지가 "스블라키"라고 말했다. 그럼 스블라키, 하고 주문하자 느닷없이 숯불을 지폈다. 숯에 불이 붙자 그곳에 망을 얹고 양고기를 굽기 시작했다. 요리가 나오기까지 30분 넘게 걸렸다. 너무나도 원시적인 식당 아닌가. 하지만 이 숯불 스블라키는 어마어마하게 맛있었다.

며칠째였던가, 다른 식당에서 양고기를 먹고 있는데 창밖으로 낯익은 얼굴이 보였다. 섬에서 만났던, 메테오라에 대해 가르쳐준 청년이었다. 나는 그를 불러 세우고는 식당으로 초대하여 같이 밥을 먹자고 권했다. 그 청년은 도쿄에 있는 미대를 다니는 학생으로 반년 동안 휴학하고 건축물을 보기 위해 유럽을 돌고 있다고 했다. 우리는 현지 노인들로 붐비는 식당에서 도쿄 이야기와 하는 일이나 학업, 지금까지 여행한 곳과 인상 깊었던 곳에 대해서 이야기를 나눴다.

우리는 와인을 마셨는데, 이 부근 식당에서는 와인을 주문하면 직접 담근 와인을 내주었다. 포도 껍질 맛이 나는 산뜻한 술로 얼마든지 마실 수 있을 것 같았다. 문득 정신을 차리고 보니 조금 전까지 많던 노인들은 한 사람도 없고 식당에는 우리뿐이었다. 얼마나 마셨는지 빈 디캔터가 테이블에 몇 개나 나란히 놓여 있었다. 가게 사람이 이제 슬슬 문을 닫아야 한다고 말하기에 시간을 확인하니 새벽 2시 무렵이었다. '앗, 밤이 깊었네, 게다가 흠뻑 취했어'라고 이때 비로소 깨달았다.

"호텔까지 바래다줄게요." 청년이 말했지만, 내가 묵는 호텔은 거기서 꽤 멀기 때문에 거절하고 혼자 걷기 시작했다. 시골 마을에는 걷는 사람도 달리는 차도 없었다. 가로등조차 별로 없었다. 안 그래도 자그마한 마을이 어둠에 완전히 잠겼다. 게다가 내가 묵는 호텔은 마을 외곽에 있다. 중심지를 벗어나자 갑자기 호젓해진 길이 밤 속에서 간신히 이어졌다.

이런 곳을 이렇게 늦은 시간에 혼자 걷다니, 어둠 속에서 강도가 튀어나오면 고함을 지르기도 전에 전부 다 털리겠네, 어두운 거리를 걸으며 그렇게 생각했다. 하지만 두렵지 않았다. 조금도 두렵지 않았다. 그래봐야 털릴 물건은 아무것도 없잖아. 아하하하하하하, 하고 웃고 싶은 기분마저 들었다. 하지만 털리는 것 정도라면 다행이다.

물건을 몽땅 털리고 죽을지도 모른다. 그렇게 생각해도 신기하게 두렵지 않았다. 나 한 사람을, 아무도 없는 심야에 살해하기란 참으로 간단하겠다는 생각밖에 없었다.

겁쟁이에 사소한 일에도 지레 겁부터 먹는 나로서는 '깊은 밤에 만취, 게다가 혼자'라는 상태가 두렵지 않다는 사실에 이상하게 고양되어 아하하하하하하, 하고 소리를 내 웃었다. 그 목소리가 고요한 시골길에 울려 퍼졌다. 아하하하하하하, 아하하하하하하. 나는 웃으면서 호텔을 향해 계속 걸어갔다.

앗, 오늘은 이동하는 날이네. 기차표는 샀지? 분명 기차는 오전 5시 첫차다. 두 시간 정도밖에 잘 수 없다. 그 사실을 갑자기 깨닫고 이제야 생각난 것이 마냥 이상해서 웃었다. 등을 뒤로 젖히고 웃는데, 새까만 어둠에 잠긴 기암과 자그마한 별이 여러 개 보였다. 별빛은 참으로 고요하구나 하고 그 자세 그대로 하늘을 올려다보았다.

호텔 프런트에는 무뚝뚝한 중년 남성이 있었다. "오늘 아침 일찍 체크아웃, 그래서 지금, 숙박비 계산"이라고 단어를 이어 붙여 설명하고 숙박비를 지불한 다음, 방에 돌아와 알람을 맞추고 잤다.

두 시간쯤 후에 잠에서 깨니 숙취가 심했다. 나는 부리나케 짐을 싸서 첫차를 타기 위해 4시 반에 방에서 나왔다. 프런트에는 아무도 없었다. 프런트 안쪽에 소형 텔레비전이 켜져 있는 게 보였다. 화질이 나쁜 흑백 텔레비전이 비추고 있는 것은 성인용 비디오였다. 금발의 여성이 입을 크게 벌리고 모자이크 처리가 된 어마무시하게 큰 남성의 성기를 열심히 빨고 있었다. 윽. 주변을 둘러봤다. 아무도 없었다. 아까 그 무뚝뚝한 아저씨가 이 영상을 보고 있는 건가. 화장실에라도 가서 자리를 비운 건가. 나는 프런트에 열쇠를 두고 얼른 숙소를 빠져나왔다.

밖은 아직 새까맸다. 기차역을 향해, 까만 어둠이 내려앉은 길을 그저 걸었다. 두려웠다. 트럭이 지나갈 때마다 몸을 움츠렸고, 어딘가의 민가에서 개가 으르렁댈 때마다 "앗" 하고 작게 외쳤다. 조금 전에 본 성인용 비디오의 흑백 영상이 머릿속을 빙글빙글 맴돌며 공포에 박차를 가했다. 무섭다 무서워. 무섭다 무서워. 누가 나를 덮친다면. 강도를 만난다면. 살인을 당한다면. 두통과 메슥거림을 참고 종종걸음으로 역을 향해 갔다.

역에 도착하여 다른 승객들의 모습을 보고서야 마침

내 공포가 사라지면서 몇 시간 전의 일이 퍼뜩 떠올랐다. 그러고 보니 몇 시간 전에는 왜 두렵지 않았을까. 답은 금방 나왔다. 흠뻑 취해 있었기 때문이다. 이 얼마나 아이러니한 일인가. 두려우니까 취하지 않도록 늘 주의를 기울이고 있는데 흠뻑 취하니까 그렇게나 용감무쌍해진다.

이윽고 기차가 왔다. 텅텅 빈 기차의 창가 자리에 앉아 역에서 산 커피를 홀짝였다. 짙은 남빛 하늘은 물에 녹인 듯이 천천히 파란빛으로 변했고, 이윽고 저편에서 빛이 보였다. 하늘에 솟구친 기암과 기암 사이사이에서 조용히 빛나던 별이 어째서인지 생각났다. 참 예뻤지 하고 하얘져가는 하늘을 보고 문득 생각했다.

달
의
사막

모로코에는 사막 투어가 있다. 그 투어에 참가하고 싶어서 사막 투어를 할 수 있는 곳 중에 하나인 자고라라는 작은 마을로 향했다.

자고라는 아담한 시골 마을이다. 매주 정해진 요일에 장이 서는데, 생활 잡화나 야채는 물론이고 낙타나 염소 같은 동물도 사고판다. 구입한 염소를 목에 두르듯이 짊어지고 돌아가는 남자나 마차에 탄 사람을 보면 모로코 최대 도시인 카사블랑카와 같은 시간에 있는 공간이라고는 도저히 생각할 수 없다.

자고라에서 며칠 보낸 후 사막 투어를 신청하러 갔다.
만약 신청한 손님이 나밖에 없으면 홀로 사막에 머물게
되려나······ 하고 불안해했지만 다행히 젊은 부부와 혼자
여행 중인 청년이 이미 신청한 상태였다. 게다가 운 좋게
도 혼자 여행하는 청년은 일본인이었다. 신혼으로 보이는
부부와 나 혼자였다면 정말이지 방해꾼 같았을 테고, 혼
자 여행하는 청년이 프랑스어나 중국어밖에 못했더라면
버거웠을 것이다.

　　이튿날 오후, 투어 손님을 태운 지프가 사막을 향해
출발했다. 운전사와 가이드 청년이 있었고 손님은 콜롬
비아의 젊은 부부, 스페인에서 모로코로 왔다는 혼자 여
행 중인 S군, 그리고 나였다. 도중에 지프차가 한 대 더 합
류했다. 그 지프차에 타고 있던 영국인 노부부까지 해서
총 여섯 명의 투어객이 사막 투어에 참가했다.

　　자고라를 나와서 도중에 아담한 마을을 몇 곳 지나자
곧 인공물이 전혀 없는 곳에 이르렀다. 앞 유리에 펼쳐진
갈색 대지, 무질서하게 흩어진 크고 작은 바위, 그리고 메
마른 관목. 사막이라고 하면 모래로 뒤덮인 일대를 상상
하기 쉽지만, 모래뿐인 사막의 면적은 그리 넓지 않은 듯

했다. 바위나 키 작은 나무로 인해 상당히 울퉁불퉁한 사막이 끝없이 이어졌다.

그러다가 갑자기 초록색 나무들이 나타나는데 거기가 바로 오아시스다. 오아시스 주변에는 반드시 민가나 천막 식 집이 있다. 가늘게 시내가 흐르고, 연못 같은 샘터 근처에는 낙타가 매여 있고, 양이나 염소가 그늘에서 쉬고 있었다.

이 샘터에서 서양인 중년 부부가 머리를 감고 있었다. 옷을 입은 채 머리에 거품을 내고, 서로 물을 끼얹어주며 거품을 씻어내고 있었다. 머리를 다 감은 부부에게 사막 투어 중이냐고 묻자, 그들은 무려 한 달에 걸쳐 낙타로 사막을 둘러보고 있다고 했다. 믿을 수 없었지만 그런 투어도 있는 듯했다. 조금 떨어진 나무 그늘에는 낙타 세 필이 묶여 있고 가이드로 보이는 남성이 낮잠을 자고 있었다.

한 달간의 투어가 있다는 말을 들었을 때는 대체 어디 사는 누가 그런 투어에 참가하나 싶었지만, 바로 눈앞에 그런 사람들이 있었다. 게다가 어떻게 봐도 이 부부는 50대나 60대로 보였다. 지구에는 실로 다양한 사람들이 살고 있구나 하고 깊은 감동을 받았다.

지프차는 오아시스를 벗어나 인공물이 전혀 없는 사막으로 더 나아갔다. 일몰이 가까워지자 마침내 돌도 관목도 없는, '사막'이라는 이미지 그 자체인 장소가 나타났고, 지프차가 멈추었다.

　완만한 경사를 그리면서 이어지는 모래 대지. 마치 그림처럼 아름다웠다. 태양이 천천히 지고 사막 전체에 깊은 그늘이 떨어졌다. 가장 높은 곳까지 걸어가자, 저 멀리 아래까지 내 그림자가 길게 드리워졌다.

　가이드 청년과 운전사 두 명은 지프차 옆에 텐트를 설치하고 저녁 준비를 하고 있었다. 사막을 한 바퀴 걷고 나서 그들 곁으로 가자 가이드 청년이 손짓을 했다. "네? 뭐 도와줄 거 있어요?" 그렇게 묻자, 지프차 뒤에서 그가 "네 눈동자는 아름다워"라고 느닷없이 말했다. 뭐어? 그렇게 과장된 대사를 뱉는 것치고는 무미건조한 얼굴을 하고 있어서 아, 이 사람은 전혀 그런 생각을 안 하고 있구나 하고 알 수 있었다. "네 눈동자는 정말 아름다워. 있잖아, 나중에 둘이서 느긋하게 대화를 나누고 싶어. 저녁 식사가 끝나면 둘이서 보낼 시간을 만들었으면 해." 건조한 얼굴을 한 채 그가 말했다.

이슬람교는 남녀 교제에 엄격하다. 결혼 전인 남녀가 손을 잡고 걷는 건 허용되지 않는다. 그래서 모로코의 수많은 청년은 아가씨와 자유롭게 놀지 못해 답답한 마음을 품고 있다. 그런 까닭에 그들은 외국인 여성만 보면 이유 불문하고 누구든 좋으니 꼬셔본다. 외국인은 거의 이슬람교도가 아니니까 그녀들과 놀아도 계율에 어긋나지 않는다고 생각하는 모양이다. 이 청년도 '잘 되면 좋은 추억을 만들 수 있겠네'라는 마음으로 이런 말을 하는 걸 테다. "싫어요. 난 둘이서 이야기하고 싶지 않아요." 그렇게 대답하고 운전사가 조리하는 걸 도우러 갔다.

천천히 뚜껑이 닫히듯 밤이 되었고, 저녁 식사를 했다. 사막에 커다란 천을 펼친 다음 타진(고기와 야채가 들어간 스튜 같은 요리)과 빵, 샐러드와 물을 늘어놓았다. 영국인 부부, 콜롬비아인 부부, S군과 나, 가이드 청년과 운전사 두 명, 이렇게 나눠 앉아 식사했다. 불빛은 휴대용 석유등뿐이었다. 우리는 식사를 하면서 스페인어, 영어, 일본어, 아라비아어가 섞인 대화를 나눴고, 어째서인지 모르는 말도 이해한 듯한 기분으로 모두 깔깔대며 웃었다. 밤의 한가운데, 아무것도 보이지 않아서 마치 지구에 남겨진 마지막 인류라도 된 것 같았지만 흥겨운 저녁 식사였다.

가이드 청년의 유혹은 깡그리 잊어버리고 있었는데, 식사를 마칠 무렵이 되자 그가 다시 내 옆으로 와서 귓속말을 했다. "너처럼 예쁜 사람은 본 적이 없어. 있잖아, 조용한 곳에 가서 이야기하자." 예쁜 여자라고 눈곱만큼도 생각하지 않는 얼굴로 그렇게 말했다.

"나 결혼했어요" 하고 당시에 미혼이었던 나는 거짓말을 했다. "결혼한 여자는 남편이 아닌 남자와 어두운 곳에 둘만 있게 되면 할복해서 사과해야 해요. 할복이 뭔지 알아요?"라며 타진을 먹던 포크로 배를 가르는 시늉을 했다. 다른 나라 사람도 어째서인지 게이샤와 할복에 대해서는 대부분 알고 있다. 터무니없는 거짓말이었지만 그도 "눈동자가 아름다워"라든지 "이렇게 예쁜 사람은 본 적이 없어"라는 새빨간 거짓말을 술술 늘어놓았으니 무승부다.

"아, 그, 그랬구나. 살기 힘든 나라네……."

거짓말을 진심으로 받아들였는지 아니면 나를 이상한 사람으로 생각했는지 어쨌거나 그는 내 옆에서 얼른 떨어졌다.

그리고 그 밤. 다 같이 텐트에서 잘 줄 알았는데, 그렇지 않았다. 한 사람 한 사람에게 매트리스와 시트, 담요를 건네주더니 "어디든 마음에 드는 곳에서 자요"라고 했다. 윽, 하고 당황한 건 나뿐인지 다들 즐거워하며 이불 세트를 받아들고는 "잘 자요" 하고 뿔뿔이 흩어졌다. 가이드 청년이 올까 봐 여전히 불안했던 나는 일본인 여행자인 S군에게 근처에서 자면 안 되겠냐고 부탁해서 그를 따라갔다.

사막 한가운데에 매트리스를 깔고 시트를 씌우고 누웠다. 하늘에 가득한 별. 지금까지 본 어떤 밤하늘보다도 수많은 별이 보였다. 별로 가득한 하늘의 이미지는 아름답긴 하지만 나는 그렇게 예쁘다는 느낌이 들지 않는다. 커다란 유리가 산산조각 나서, 그 파편이 흩어진 것처럼 보이기 때문이다.

그건 그렇고 어마어마하게 큰 하늘이다. 은하수도 보였다. 슝 하고 흐르는 별도 있었다. 밤하늘이 그대로 이불이 되어주었다. 고요했다. 지구에 있는 것 같지 않았다.

어느새 잠이 든 모양이었다. 눈을 뜨자 아직 어두운 하늘이 눈에 들어왔다. 아아, 나 사막에서 자고 있었지? 그런 생각을 하며 지평선 주변으로 시선을 옮기다 흠칫하고 한곳을 응시했다. 아득히 먼 저쪽 지평선 근처의 한 지점이 오렌지빛으로 둥글게 빛나고 있었기 때문이다. "우와아" 하고 형태를 이루지 못한 목소리를 내고서 상반신을 일으켜 더 열심히 쳐다봤다. 어떻게 봐도 UFO였다. '아니, 설마' 싶었지만 오렌지색의 강렬한 빛은 UFO라고밖에 생각할 수 없었다. 이렇게 아무것도 없는 사막에 저런 강렬한 빛이 있을 리가 없었다.

입을 떡 벌린 채 그 자리에서 일어났다. 어쩌지, 진짜 UFO다. 나는 지금, 태어나서 처음으로 이렇게 또렷하게 미확인비행물체를 보고 있다! 근처에서 자는 S군을 깨워야 하나? 이불에서 나와 먼 곳의 빛을 바라보며 우왕좌왕하면서 그 자리를 서성였다. 맨발바닥에 닿는 모래가 싸늘하니 차가웠다. 그래, 깨우자, 저렇게 또렷하게 UFO가 출현했으니까!

하지만 S군을 깨우기 직전에 빛이 천천히 움직이고 있다는 사실을 깨달았다. 그건 달이었다. 본 적 없이 거대하고, 본 적 없이 눈부시게 빛나는 달이었다. 달은 사막의 끄트머리에서 천천히 하늘로 떠올랐다.

"뭐야, 달이었어?" 중얼거리며 이불로 돌아갔지만 여전히 심장이 두근거렸다. UFO가 아닌 낯익은 달이었지만, 갓 태어난 듯한 거대한 달에서 눈을 뗄 수가 없었다. 아름답다든가 신비롭다는 말은 전혀 떠오르지 않았고, 그저 미지의 것을 보듯이 달을 바라봤다. 달은 사전에 정해진 길을 지나간다는 듯 오렌지빛을 내뿜으면서 하늘을 기어올라가고 있었다. 다들 사막 어딘가에서 자고 있다. 가이드 청년도 젊은 부부도 노부부도. 나만이 그 이상한 달을 숨죽인 채 계속 지켜보고 있었다.

본 적 없이 거대하고,
본 적 없이 눈부시게 빛나는 달은
오렌지빛을 내뿜으면서
하늘을 기어올라가고 있었다.

밤과
초라한
숙소

　아주 가끔 불안감에 급격히 휩싸일 때가 있다. 꼭 밤에 그렇다.

　그 불안감은 뚜렷한 정체가 없다. 왠지 여러 가지 일이 모두 다 잘 굴러가지 않을 것 같은 느낌이 드는데, 그 '여러 가지 일'이 무엇인가 하면 나도 잘 모른다. 모르는데도 이젠 다 틀렸다는 기분이 든다. 마흔한 해를 살다 보면 이런 기분을 이미 여러 번 맛봤기 때문에 대처법도 달라진다. '지금은 밤이니까 이렇게 불안한 거야'라고 생각하면 된다. '아침이 되면 홀랑 까먹을 게 분명해.' 그렇게 생각하면 기분이 편안해진다. 바로 잠이 든다.

하지만 여행지에서 이런 기분이 들면 곤혹스럽다. 불안한 이유가 실로 구체적으로 떠오르고 불안감이 점점 심해진다. 나는 보통 잠을 설치는 일이 거의 없지만, 여행지에서 이렇게 불안에 사로잡히면 백이면 백, 잠이 오지 않는다.

20대 때 여행지에서의 내 모습은 어떻게 봐도 가난뱅이 백패커였다. 배낭에 티셔츠에 청바지에 샌들, 식사는 노점에서 해결했고 이동에는 장거리 버스를 이용했다. 하루가 끝날 때는 반드시 남은 돈을 계산했다.

하지만 나는 가난한 배낭여행족과 떼려야 뗄 수 없는 저렴한 숙소가 도무지 적응이 되지 않았다.

저렴한 숙소에도 종류가 있다. 당시 아시아에서 3천 엔 정도의 호텔은 저렴한 숙소 중에서도 최고급이었다. 화장실도 욕실도 딸려 있고, 샤워기에서는 뜨거운 물이 콸콸 쏟아져 나오고, 침대는 낮아도 매트리스가 있고, 시트는 청결했다. 1천 엔 정도면 저렴한 숙소 중에서 중급이다. 샤워기에서는 차가운 물만 나오지만, 욕실과 화장실이 딸려 있는 경우가 많다. 그리고 그 아래로 몇백 엔짜리 최하급의 저렴한 숙소가 있다. 욕실과 화장실은 공용, 침대에 시트 따윈 깔려 있지 않다.

긴 여행을 하는 배낭여행족은 대부분 최하급 숙소에 묵는다. 최하급에는 최하급만의 장점이 있다. 비슷한 여행자가 많기 때문에 이야기 상대로 제격이고 여행 정보도 얻을 수 있다.

처음 나 홀로 여행을 했을 때, '당연히 그런 법이다'라고 생각했기 때문에 나도 최하급의 저렴한 숙소에 체크인했다. 5백 엔 정도였던 것 같다. 프런트에서 돈과 열쇠를 맞바꾸고 어두침침한 복도를 걸어 방문을 연 나는 그 자리에 굳어버렸다. 그 방에는 먼저 온 손님이 많았다. 먼저 온 손님, 그러니까 바퀴벌레. 그 검게 빛나는 벌레를 무엇보다 싫어하는 나는 그대로 문을 닫고 프런트에서 낚아채듯이 돈을 환불받아서, 쏜살같이 저렴하지만 고급인 숙소로 향했다. 그때 이후로 아무리 궁핍한 여행을 하더라도 저렴한 숙소 중에서 최고급이나 중급에만 묵게 되었다.

하지만 그렇게 마음을 먹었더라도 어쩔 수 없이 최하급 숙소에 묵어야 할 때도 있다. 그 도시나 동네에 최하급 숙소밖에 없다거나, 호객꾼에게 잡혀서 억지로 끌려갔다거나, 친구가 된 이의 초대로 같은 숙소에 묵게 되었다거나, 어쩔 수 없는 이유에는 여러 가지가 있다.

호치민에서 어쩌다가 1박에 7백 엔 하는 최하급 숙소에 묵게 되었는지, 그때의 어쩔 수 없는 이유는 지금 기억나지 않는다. 하노이에서부터 한 달에 걸쳐 남하하는 여행이었는데, 호치민에 도착해서 저렴한 숙소가 빽빽이 밀집해 있는 팜응우라오 거리로 향했고, 여느 때라면 꺼릴 최하급 숙소에 체크인했다. 화장실도 샤워실도 공용이었고 얄팍한 매트리스가 깔려 있을 뿐인 간소한 방이었지만 최하급치고는 청결했다. 하루 동안 도시 여기저기를 돌아다니고 저녁을 먹고 술을 마시고, 9시 무렵에 숙소로 돌아와 샤워를 하고, 10시 넘어 침대에 누웠다.

잠들기 위해 눈을 감았지만 불안감이 스멀스멀 발밑에서부터 타고 올라왔다. 내 집이었다면 정체 모를 막연한 불안감일 뿐이었겠지만, 이때 느낀 불안은 몹시 구체적이었다. 내가 잠들면 강도가 침입하지 않을까. 저런 허름한 문을 부수는 건 식은 죽 먹기겠지. 열쇠도 마음만 먹으면 금방 딸 거야. 누워서 몇 센티미터쯤 되는 문 아래 틈을 바라보았다. 복도의 불빛이 가늘고 기다랗게 들어왔다. 저곳으로 바퀴벌레가 들어오진 않을까. 내일 동네에서 소매치기를 당하진 않을까. 여권을 잃어버리진 않을까. 전 재산을 도둑맞진 않을까. 뜬금없지만 구체적인 불안이 이제 막 따른 맥주 거품처럼 흘러넘쳤다. 일본 우리 집에 지금쯤 불이 나진 않았을까. 일본에 있는 내 연인이 모르는 누군가와 사랑에 빠지진 않았을까. 혼자 사는 엄마가 갑자기 쓰러지진 않았을까. 멈추질 않았다. 거품은 갈수록 흘러넘쳤다. 돌아가는 비행기가 추락하진 않을까. 비행기가 애초에 예약이 안 되진 않았을까.

한밤중에 정신이 점점 맑아졌다. 구체적인 불안 하나하나가 점점 쌓여 거대해졌다. 분명 그렇게 되리라는 확신까지 부풀어 올랐다. 강도는 분명 침입한다. 여권도 분명 잃어버릴 것이다. 엄마도 분명 쓰러졌을 거고 돌아가는 비행기는 반드시 추락한다. 운 나쁘게도 이때 이명이 시작되었다. 댕댕댕 종 울리는 소리가 귓속에서 들렸다. 아아, 이건 불길한 예감이다. 나쁜 일이 일어난다는 징조다. 일어나서 불을 켤 수도 없을 만큼 나는 불안감에 고스란히 사로잡혔다.

그런데 신기하게도 정신을 차리고 보니 잠이 들었었고, 아침이었다. 창문으로 비쳐드는 하얀 빛에 시선을 주고, 어제 나를 그렇게 꼼짝 못 하게 했던 대부분의 불안이 아주 말끔하게 사라진 것을 깨닫는다. 어째서 그렇게 바보 같은 예감을 진짜로 두려워했나 싶다.

그날 1박에 7백 엔 하는 그 숙소에서 체크아웃했다. 햇빛이 모든 두려움을 단숨에 날려버렸지만, 나는 알고 있었다. 밤이 되면 그것들이 생생하게 되살아나서 나를 덮치리라는 것을. 배낭여행족인 만큼 짐을 짊어지고, 최하급 숙소에서 나와 중심가 한가운데에 있는 저렴한 숙소 중 최고급인 곳에 다시 체크인했다. 1박에 3천 엔이었다.

호치민에서 보낸 며칠 동안 친구가 몇 사람이나 생겼다. 모두 장기 여행 중인 배낭여행족으로 팜응우라오 거리의 저렴한 숙소에 묵고 있었다. 어디에 묵는지 묻기에 호텔 이름을 말하자 "와아, 부자잖아" 하고 감탄했다. 그런 말을 들을 때마다 그 하룻밤 동안 품은 소심한 마음이 비난받는 것 같아서 거북한 느낌이 들었다.

그 후 여기저기 여행할 때마다 하는 생각이지만, 아무래도 나는 최하급 숙소에 묵으면 밤마다 불안감에 시달리는 듯했다. 아시아에서도 유럽에서도 도시에서도 시골에서도.

　그 사실을 깨닫고 나서 전보다 더욱 신중하게 최하급 숙소를 피해 다녔지만, 그럼에도 역시 최하급 숙소에 묵을 수밖에 없을 때가 있다. 모로코의 토드라 협곡을 방문했을 때는 그 부근에 숙소가 두 곳밖에 없었는데 둘 다 최하급이었다. 아니, 가격은 중급 숙소였지만, 내부는 이리 보고 저리 봐도 최하급이었다. 또 잠드는 단계에 이르자 불안감이 모락모락 피어났고 눈을 부릅뜨고 천장을 빤히 바라보고 있는데, 천장 구석에 본 적 없을 만큼 거대한 도마뱀이 있었다. 내 손바닥보다 컸다. 모락모락 피어오르던 불안은 그 어마어마하게 큰 도마뱀에게로 순식간에 집중되었다.

　이 도마뱀, 크기가 거대한 만큼 움직임이 둔하지만 내가 잠들면 갑자기 잽싸게 움직여서 내 발이나 얼굴을 물지 않을까. 이 도마뱀, 도마뱀으로 보이지만 사실은 맹독을 가진 다른 동물인 건 아닐까. 눈을 감았다가 다시 뜨면 천장이 거대한 도마뱀으로 가득 채워져 있지 않을까. 끊임없이 콸콸 흘러넘치는 불안의 구체적인 내용은 모두 도마뱀에 대한 것이었다. 이쯤 되면 자연스럽게 불안이 솟구치는 것인지, 아니면 불안해하고 싶어서 소재를 직접 찾고 있는 것인지 알 수가 없다.

이튿날 아침 눈을 뜨니 거대한 도마뱀은 없었다. 숙소에 딸린 식당에서 아침을 먹고 있는데 숙소 주인이 잘 잤냐고 말을 걸었다.

"잠 설쳤어요. 그야 엄청 큰 도마뱀이 있었으니까요" 라고 말하려다가 '도마뱀'이라는 영어 단어를 몰라서 "토케 토케" 하고 울음소리를 흉내 내 보였다. 그가 울음소리를 이해하지 못한 것 같아서 나는 노트를 꺼내 도마뱀을 그렸다. "이렇게 컸어요." 손으로 크기를 나타내고 "그래서 무서워서 한숨도 못 잤어요" 하고 어젯밤 불안의 원인을 그가 만든 것처럼 말했다.

노트를 가만히 들여다보던 그가 진지한 얼굴로 말했다.

"도마뱀은 전혀 안 무서워요. 얌전하니까요."

도마뱀이 아니야. 도마뱀 때문에 무서워진 게 아니라, 불안한데 도마뱀이 있어서 무서워졌던 거야. 그렇게 생각했지만, 그런 설명은 이 사람이 이해할 수 없을 거라는 느낌이 들었다. 이 사람은 분명 갑자기 불안에 휩싸여서 잠들 수 없는 일을 지금까지 한 번도 경험한 적이 없고 앞으로도 한 번도 경험하지 않겠지 하고, 나는 눈부신 것을 바라보듯이 그를 바라보았다.

밤
의

아틀라스

나는 겁이 무척이나 많아서 여러 번 여행을 했어도 늘 여행이 낯설다. 그래서 되도록 해 질 녘 전에 목적지에 도착하도록 이동 시간대를 신중하게 선택한다. 밤에 모르는 동네에 도착해서 어슬렁대며 숙소를 찾다가, 찾지 못해서 멀거니 서 있고 싶지 않기 때문이다.

따라서 모로코 마라케시에서 탄 와르자자트행 버스가 밤에 도착하게 된 데는 이유가 있다.

카사블랑카에서 에사우이라Essaouira 로 가서, 그곳에서 마라케시로 이동해 며칠을 보낸 후, 와르자자트를 경유해

자고라에 가기로 했다. 버스 터미널에 가서 알아보니 와르자자트행 버스는 오후 2시 반 출발, 목적지에는 저녁 무렵에 도착한다고 했다. 나는 그 티켓을 샀다.

오후가 될 때까지 신시가지를 산책하거나 점심을 먹거나 구시가지로 멀리멀리 걸어 다니며 시간을 때웠다. 그사이에도 겁보인 나는 버스를 놓칠까 봐 조마조마해서 몇 번이나 버스 티켓을 꺼내 시간을 확인했다. 그리고 출발하기 20분쯤 전에 버스 터미널로 돌아왔다.

와르자자트행 버스가 서는 위치를 안내받아서 배낭을 끌어안고 가만히 기다리고 있는데, 기묘하게도 다른 승객의 모습을 전혀 찾아볼 수 없었다. 출발 시각이 닥쳐오면 승객도 늘어날 거라고 생각했지만 10분 전까지도 5분 전까지도 그곳에 앉아 있는 건 나 혼자뿐이었다.

게다가 출발 시각이 다 됐는데도 버스가 오지 않았다. 모로코 버스는 대개 늦으니 버스가 오지 않는 것을 크게 염려하지 않았다. 그런데 10분이 지나도 20분이 지나도 버스는 역시 오지 않았다. 버스를 기다리는 사람도 여전히 보이지 않았다. 마침내 '뭔가 이상하게 돌아가고 있다'는 사실을 깨닫고, 때마침 지나가던 젊은 남자 두 명을 불러 세워서 "이 버스를 기다리고 있는데 안 오는 걸까" 하고 물어보았다. 둘은 내가 보여준 티켓을 말뚱말뚱 쳐다보면서 말했다.

"이 버스, 14시 30분이라고 적혀 있어요. 지금은 오후 5시가 다 됐는데 말이죠."

어라, 싶어서 티켓을 보았다. 정말이었다. 분명 2시 반에 출발하는 티켓을 샀었다. 그렇다면 어째서 나는 이 시간에 이런 곳에 있는 걸까…….

순간적으로 뭐가 뭔지 알 수 없어서 혼란스러웠지만 앗 하고 알아차렸다. 나는 티켓에 적힌 시간을 여러 번 확인했는데, 그러는 동안 '14시'를 '4시'로 잘못 기억한 것이다. 내가 버스 정류장에 온 시각은 4시 10분. 그리고 지금은 4시 50분을 지나고 있었다.

"어떡하지?" 스스로의 멍청한 실수를 알아차리고 무심코 외쳤다.

"버스 티켓은 시간 변경이 가능하니 괜찮아요. 이쪽으로 와요."

그들은 내 티켓을 손에 들고 터미널 사무실로 향했고 창구에서 다음 버스로 변경해주었다.

"그럼 잘 가요, 이번에는 잘못 기억하면 안 돼요!"하고 그들은 손을 흔들고 사라졌다. 다음 버스는 오후 6시 출발. 도착은 밤 10시를 지난 시간. 아아, 결국에는 염려하던 밤에 도착하게 되었다.

6시 무렵이 되자 터미널에는 버스를 기다리는 사람들이 속속 등장했다. 큰 짐을 든 모로코 사람뿐이라 다들 집으로 돌아가는 거겠지 싶었다. 6시가 되기 전에 도착한 버스에 그들과 함께 어두운 마음으로 올라타서 좌석에 앉았다.

건물의 핑크색과 흙의 옅은 갈색, 그 두 가지 색으로 이루어진 듯한 마라케시 마을이 해 질 녘의 금빛을 입었다. 버스는 흙먼지를 일으키며 마을에서 멀어져갔다. 창밖으로 보이는 민가와 상점이 줄어들었고, 그와 동시에 하늘은 오렌지빛에서 핑크빛으로, 핑크빛에서 보랏빛으로, 보랏빛에서 군청빛으로 색을 바꾸었다.

버스가 아틀라스산맥을 달리기 시작했을 무렵, 밖은 새까맣기만 했다. 멀리 내다보아도 불빛 한 점 없었다. 있는 것은 달과 별뿐. 차츰차츰 초조해졌다.

안 그래도 길치인데 이렇게 어두컴컴해지고 나서 모

르는 마을에 도착하면 숙소를 무사히 잡을 수 있을까. 찾더라도 만실이면 어쩌지. 강도라도 만나면 어쩌지. 유괴라도 당하면 어쩌지. 어쩌지 어쩌지 어쩌지. 불안이 무겁게 나를 압박해왔고, 속상한 마음으로 밤하늘에 빛나는 은박지 같은 달을 올려다보았다.

8시를 지나 식사 시간이 되었다. 아무것도 없는 산길의 정상 부근에 가게가 하나 있었고, 그곳만 백열등이 켜져 있었다. 버스에서 줄줄이 내리는 승객들을 뒤따라가다 운전석에 앉아 있는 운전사에게 "몇 분? 몇 분에 돌아오면 돼요?" 하고 손목시계를 가리키며 말을 걸었다. 운전사는 바늘 위치를 가리키며 뭐라고 대답했다.

나는 그 말을 알아들을 수 없었고 바늘 위치도 잘 보이지 않았지만, 중요한 것은 휴식 시간이 몇 분인지 아는 것보다 그렇게 질문해서 '일본인 여성이 혼자 타고 있다'고 운전사에게 알리는 것이었다. 이렇게 해두면 출발할 때 말이 통하지 않는 일본인이 제때 탔는지, 대부분의 운전사는 확인을 한다. 이런 산속의 하나밖에 없는 가게에 내팽개쳐진다면 놀람과 공포 때문에 나는 미쳐버릴지도 모른다.

승객 대부분이 가게 안에서 식사를 하는 걸로 봐서 시

간적 여유는 있는 듯했다. 나도 민트차와 케밥을 주문해 승객들의 얼굴을 살피며 먹었다.

스윽 하고 낯선 남자가 다가와 내 테이블 앞에 섰다. 야심한 시각에 도착한다는 불안감에 압박받고 있던 나는 조심스럽게 남자를 올려다보았다. 피부색이 검고 하얀 셔츠를 입은 그 남자는 나를 빤히 내려다보다가, 인중에 손가락 두 개를 대고 진지한 얼굴로 "가토짱, 펫"(일본 유명 코미디언인 가토 차의 유행어와 제스처)이라고 말했다. 맥없이 털썩 주저앉을 것만 같았다. 일본인 여행객에게 배웠겠지. 남자는 그 말만 하고 스윽 멀어지더니 가게 안으로 사라졌다.

내버려지는 일 없이 버스에 올라탔고, 버스는 또다시 어두운 길을 한결같이 달렸다. 산에서 내려갈수록 점차 창밖으로 점점이 불빛이 보였다. 민가의 불빛이었다.

버스가 와르자자트에 도착한 것은 밤 11시가 다 되어서였다. 버스 터미널을 나서자 마을은 잠든 듯 어두웠고, 드문드문 있는 가로등이 닫힌 셔터나 금이 간 보도블록 타일을 비추고 있었다. 많았던 승객은 눈 깜짝할 사이에 각기 다른 방향으로 사라졌다. 나도 숙소가 있을 법한 방향을 향해서 마음을 다잡고 걷기 시작했다.

희미한 흰 불빛을 발하는 가로등이 쓸데없이 밤의 어둠을 강조하고 있었다. 심지어 내가 가는 방향은 점점 어두워졌다. 울고 싶은 심정으로 걸어가던 나는 문득 벤츠 한 대가 묘하게 절제된 속도로 건너편 차선을 달리고 있다는 사실을 알아차렸다. 모로코는 우측통행이기 때문에 건너편 차선을 달리는 차의 방향과 내가 걸어가는 방향이 같았다. 그 차는 내 뒤를 쫓고 있었다! 깨닫자마자 달리기 시작했다. 냉정하게 생각하면 달려봤자 소용없다. 차가 몇 배나 더 빠르니 말이다. 하지만 달렸다.

어쩌면 좋아, 어쩌면 좋아, 어쩌면 좋아! 왜 14시를 4시로 착각했지? 나 진짜 멍청한가 봐! 나 자신에게 욕을 퍼부으며 달리는 동안 겨우 호텔 불빛을 발견했다. 호텔로 뛰어들자 벤츠가 속도를 높여 달려가는 모습이 시야에 들어왔다. "벤츠가!" 호텔로 들어가서 외쳤다. "벤츠가 날 쫓아오고 있으니 도와줘요!"

프런트에는 아직 풋풋한 청년 두 명이 있었고, 둘은 얼굴을 마주보더니 밖으로 나가 "벤츠 없는데요?"라고 말하며 웃었다. 나도 그들 뒤에서 조심스럽게 밖을 내다보았다. 단지 어두컴컴할 뿐이었다.

"달려가버렸어요. 지금은 없지만 조금 전에는 있었어요. 따라왔어요."

내가 설명했지만 그들은 다시 얼굴을 마주보더니 뭔가 웃긴 농담이라도 들은 양 웃었다.

날이 밝은 다음 보니 이 동네는 아담하고 날씨가 좋은, 멋진 곳이었다. 가로수가 햇빛을 받아 포장도로와 비포장도로에 옅은 그림자를 그렸다. 멋진 레스토랑도, 옛날부터 이어져온 식당도, 시장도 있었다. 2인조 프런트 직원은 아침에도 낮에도 그 자리에 있었는데, 내가 나갈 때마다 "벤츠 조심해!"라며 재미있다는 듯이 웃었다.

그렇게 놀림받는 동안 벤츠가 실제로 있었던가 하는 생각이 들었다. 어쩌면 내 안에 자리한 극도의 불안감이 차 형태를 하고 나타난 게 아닐까 하고. 그렇구나, 내 불안감을 형태로 빚으면 거한도 아니고 유령도 아니고 볼보도 아니고 왜건도 아닌 벤츠가 되는구나.

며칠 후 사막으로 통하는 마을, 자고라를 향해 출발했다. 체크아웃을 마치고 배낭을 메고 밝은 햇볕이 내리쬐는 바깥으로 나가는 나를, 청년들은 즐거운 듯이 웃으며 그 말로 나를 배웅했다.

　다녀오세요, 벤츠 조심하시고 즐거운 여행이 되길 바
랍니다!

천국
열차와

지옥
열차

　야간열차를 좋아한다. 창밖으로 서서히 밤이 찾아오고, 진동을 느끼면서 잠이 들고, 잠에서 깨도 창밖 풍경이 여전히 흘러가는 야간열차. 그것뿐인데도 야간열차가 이상하게 좋다. 한창 여행하는 중에 한 도시에서 다른 도시로 이동할 때 야간열차라는 수단이 있으면 망설이지 않고 그것을 선택한다. 아무리 피곤하더라도. 아무리 번거롭더라도.

　그렇기 때문에 야간열차를 꽤 많이 타봤다. 냉방이 빵빵해서 떨면서 잠들었던 야간열차라든가, 영업을 마친 직원들이 식사하는 데 섞여 들어가 식당 칸에서 진탕 취했던 야간열차라든가, 어둑어둑한 가운데 뭔지도 모르고 받아든 플라스틱 용기에 담긴 국물을 후루룩 마셨던 야간열차 등 다양한 야간열차를 타고 다양한 밤을 보냈다.

어디까지나 내 기준이지만 천국 같은 야간열차도, 지옥 같은 야간열차도 타본 적 있다.

천국 열차. 그것은 달리는 호화로운 호텔이라고 불리는 오리엔탈 익스프레스이다. 내가 타본 것은 E&O, 타이에서 출발해 3박 4일 일정으로 싱가포르에 도착하는 이스턴&오리엔탈 익스프레스였다. 실로 고가인 이 열차는, 당연하지만 자비로 탄 게 아니다. 모 출판사의 취재 덕분에 타봤다.

이 열차에는 드레스 코드가 있다. 샌들이나 청바지는 착용 불가, 저녁 식사 때 남성은 넥타이를, 여성은 드레스를 착용해야 한다. 드레스 코드라는 말, 이 열차에 타면서 처음으로 나와 가깝게 들렸다.

열차 안에는 레스토랑 칸이 두 량 있는데 바 칸과 살롱 칸이다. 바 칸에는 바 설비뿐만 아니라 피아노가 놓여 있고, 살롱 칸에는 도서관처럼 잡지나 책, 멋진 소파가 놓여 있다. 열차인데 말이다! 제일 뒤 칸은 지붕만 달린 도롯코(창문 유리가 없는 이색 열차)풍의 차량으로 되어 있어서 흡연자는 여기서 담배를 피울 수 있고, 바깥 풍경을 창문 너머가 아니라 직접 볼 수 있다.

방 또한 훌륭했는데 밤에는 침대가 되는 멋진 소파가 있었고, 창가 테이블에는 은 식기에 담긴 과일이 놓여 있었고, 무언가를 끄적거릴 수 있는 테이블도 있었으며, 변기가 있는 샤워실에는 멋스런 어메니티가 있었다. 그리고 세면대에는 방향제 대신 생화가 장식되어 있었다. 아아, 이곳에서 살 수 있다면 평생 계속 이동해도 괜찮은데······ 라고 생각할 만큼 쾌적한 환경이었다.

저녁 식사 시간이 되면 드레스와 정장을 차려입은 승객들이 레스토랑 칸 두 량에 모인다. 오렌지색 불빛이 반짝이는 가운데, 직원들이 잔에 샴페인이나 와인을 따라주었다. 이 사람들의 움직임이 압권이다. 열차가 가끔 크게 흔들려도 와인을 따르는 손을 결코 멈추지 않는다. 아무리 흔들려도 와인을 흘리지 않는다. 오오, 프로다, 하며 무심코 손을 툭 건드리고 싶을 만큼 훌륭하면서도 우아한 움직임이었다.

애초에 나는 열차 안에서 하는 식사를 전혀 기대하지 않았다. 그야 아무리 호화로운 호텔이라곤 하지만 어차피 달리는 열차니까. 열차 안 주방에서 만들 수 있는 요리는 한정되어 있을 게 뻔했다. 게다가 식사 전에 소개받은 셰프는 영국인이었다. 영국인 셰프가 타이에서 출발해 싱가포르까지 가는 열차에서, 즉 아시아 식재료로 어떤 요리를 만들겠다는 거람 하는 마음이 있었다.

하지만. 영국인 셰프가 만든, 아시아 식재료를 섬세하게 다룬 프랑스 요리는 맛집으로 유명한 레스토랑보다 훨씬 나았고 훌륭했다. 예를 들어 어느 날 디너가 '푸아그라 완탕과 야자열매가 들어간 트러플 부용 수프'로 시작해서 '사천 야채 프리카세를 곁들인 소고기 메다이용'이 메인에 '과일 설탕 절임에 벌꿀과 쑴을 넣은 테린'과 '프티 푸르'가 디저트인 경우, 푸아그라를 완탕으로 만든 점이 얄밉도록 훌륭하고 사천 야채 프리카세 또한 단단히 한몫 해준다. 너무 격식을 차린 프랑스 요리도 아니고, 그렇다고 동남아시아에 비중을 크게 두지도 않은, 참신한 아이디어를 바탕으로 섬세하게 만든 요리였다.

열차 주방을 만만하게 봐서 죄송합니다, 영국인 셰프

를 신용하지 못해서 죄송합니다, 하고 고블랭 융단에 이마를 대고 사과하고 싶을 만큼 훌륭한 요리였다.

그렇게 식사가 끝나면 모두 바 칸으로 이동한다. 제각각 손에 술을 들고 피아노 연주에 귀를 기울인다. 미국인 노부부가 음악에 맞춰 춤을 췄고, 모두가 손으로 장단을 맞추며 그 모습을 바라봤으며, 여기저기에서 승객끼리 자기소개를 했다.

아무리 취하더라도 방이 통째로 움직이고 있으니 아무 걱정 없다. 창밖은 계속해서 칠흑이고 창문에는 멀쑥하게 차려입고 신이 난 행복한 승객들의 옆모습이 비쳤다. 밤이 깊어 방으로 돌아오자 소파는 말끔하게 침대로 변신해 있었고, 샤워실에서는 뜨거운 물이 콸콸 나왔다.

이게 천국 열차가 아니면 무엇일까.

그리고 내가 경험한 지옥 열차는 미얀마의 양곤에서 만달레이로 향하는 야간열차였다. 미얀마에서 우리 외국인은 일반 승객보다 더 비싼 티켓을 사야 한다. 외국인 요금이 책정되어 있기 때문이다. 이 야간열차의 요금도 호텔이나 식사의 평균 가격과 비교해보면 상당히 비싸게 느껴졌다.

내가 탄 열차는 좌석이 리클라이너였고, 밤에는 그걸 뒤로 젖혀서 자도록 되어 있었다. 하지만 내 좌석은 리클라이닝 기능이 망가져서 기대기만 해도 쓰러졌고, 심지어 자세를 바꿀 때마다 제멋대로 올라온다거나 하는 식으로 삐걱삐걱 움직였다.

하지만 그 정도라면 그나마 괜찮다.

창밖에 옹기종기 모여 있던 민가가 시야에서 사라지고, 오렌지색 태양이 끝없이 이어지는 논밭을 붉게 물들이며 저물더니 어느새 밤이 되었다. 열어놓았던 창문 밖으로 이미 아무런 불빛도 보이지 않았다.

칠흑 같은 밤. 승객들은 창문 건너편의 밤을 개의치 않고 도시락을 펼치거나 견과류를 먹거나 수다를 떨거나 잘 준비를 했다. 나는 망가진 리클라이너에서 몸을 단단히 웅크리고 있었다. 왜냐하면 열어놓은 창문으로 차내의 빛을 향해 벌레가 윙윙 날아들어서 얼굴과 팔과 목같이 노출된 곳에 덤벼들었기 때문이다. 작은 날벌레와 나방, 정체를 알 수 없는 벌레가 말이다. 마치 어둠 속을 달리는 차의 앞 유리창이 된 것 같은 느낌이었다.

벌레 너무 싫어, 너무 싫단 말이야. 그렇게 생각하며

휴대용 작은 배낭에서 긴팔 티셔츠를 꺼내 입고, 스커트 안의 양다리를 오므리고, 손수건으로 얼굴을 갱처럼 덮어서 벌레가 직접 닿을 확률을 낮춰보았지만, 그럼에도 얼굴을 전부 가리기는 어려웠고 기분만 침울해졌다.

여차저차하는 동안 밤이 깊어졌고 담소를 나누던 승객들도 조용해졌다. 어쩜 다들 벌레의 공격을 아무렇지도 않게 여기면서 잘 수 있는 거지? 의아하게 생각하고 있는데, 무언가가 엄청난 속도로 발밑을 달려갔다. 쥐였다. 게다가 한 마리도 아닌, 여러 마리가 고요한 차내를 맹렬히 오가고 있었다. 벌레와 쥐라니! 망가진 리클라이너 위에서 나는 더욱 쪼그라들었고 아침이여 오라, 아침이여 오라, 하고 그저 빌었다.

한밤중, 열차 안이 새까매졌다. 날아오던 벌레가 단번에 사라졌고 쥐의 모습도 보이지 않았다. 열어둔 창밖의 풍경이 성큼 눈앞으로 다가왔다. 별이 총총한 하늘이었다. 열차가 유리를 산산조각 내놓은 듯한 밤하늘의 한가운데를 달리고 있는 것 같았다.

열차 안이 밝지 않았기 때문에 벌레는 이제 들어오지 않았고, 쥐가 몇 마리 지나가든 눈에 보이지 않았다. 별하

늘은 오싹할 만큼 가까웠다. 불빛이 꺼져서 다행이다······
라고 생각한 것도 잠시, 단순한 정전이었던 듯 다시 차내
에 불빛이 천천히 들어왔고 그 빛을 향한 벌레와의 공방
전이 다시 시작되었다.

양곤에서 출발해 만달레이로 가는 열차의 명예를 위
해서 말해두자면 리클라이너가 망가진 낡은 열차만 있는
것도 아니고, 벌레가 들어오지 않을 때도 쥐가 달리지 않
을 때도 있다(돌아올 때 탄 야간열차는 쾌적했다). 어떤
조건을 갖추었을 때 벌레와 쥐가 다니는 열차가 되는지
나도 잘 모르겠다.

세상은 넓고 천국 같은 열차가 있는가 하면 지옥 같은
열차도 있는 법이다. 그런 승객의 마음과는 전혀 상관없
이 밤은 늘 창밖에 거침없이 펼쳐져 있다.

밤을 달리는 열차를 탈 때마다 그것이 어떤 열차든 창
밖을 응시한다. 그곳에는 늘 아무것도 없고 빌딩도 민가
도 마을의 불빛도 전혀 보이지 않아서, 이동하긴 하는 건
가 싶은 생각이 든다.

낮 열차도 좋지만 밤 열차 식당 칸의 소란스러움과 도

시락 냄새, 창문으로 들어오는 뜨뜻미지근한 바람이나 천천히 저물어가는 태양, 그리고 무엇보다 창밖으로 펼쳐지는 마을과 마을 사이의 변함없는 밤, 그것들은 나에게 늘 매력적이다. 천국같이 호화로운 열차든 쥐가 다니는 열차든 그 매력은 변하지 않는다.

열어둔 창밖의 풍경이
성큼 눈앞으로 다가왔다.
별이 총총한 하늘이었다.
열차가 별하늘의 한가운데를
달리고 있는 것 같았다.

무위도식 하는 밤

2008년 2월 업무차 홍콩에 갔다. 홍콩에서는 매년 문학 페스티벌이 열린다. 전 세계 작가들이 모여 도시 곳곳에서 강연이나 낭독회나 토크 쇼를 한다. 나는 이 페스티벌에 대해서 전혀 몰랐지만, 초대를 받았기에 아무것도 모른 채로 갔다.

이 페스티벌, 일본에서는 생각하기 힘들 만큼 실로 부실한 기획을 바탕으로 이루어져 있었다. 출발 전 내게 도착한 것은 비행기 티켓과 숙소 바우처, 스케줄뿐이었다. 홍콩에 도착해서 누구와 연락을 취하면 되는지, 낭독회가 열리는 장소로 누가 안내해주는지, 그런 것도 알 수 없었다. 여행을 떠나기 전날이 되어서야 일본어를 구사하는 외국인 여성이 "내일 공항까지 데리러 가겠습니다"라고 연락을 해왔지만, 그게 누군지도 잘 몰랐다.

공항에 도착하니 확실히 금발 여성이 내 이름을 쓴 종이를 들고 기다리고 있었다. 전철을 타고 호텔로 가는 동안 "이 페스티벌의 주최자는 누군가요?" "본부 같은 건 있나요?" 하고 그녀에게 질문을 던졌지만, "주최자는, 음…… 여러 기업이 스폰을 해주고 있습니다" "본부는 없지만 프린지 클럽이라는 건물을 자유롭게 드나들 수 있습니다"라며 뭔가 얼렁뚱땅 대답했다.

그런가 하면 이 여자, 전철 안의 포스터를 가리키며 "이 사진은 제 남자친구가 찍었어요. 전 홍콩에 산 지 4년째고 남자친구는 작년에 만나……"라며 그다지 중요하지 않은 이야기를 신나게 하기 시작했다.

"당신은 이 페스티벌 주최 측 사람인가요?"

"아뇨. 전 자원봉사자라서 돕고 있을 뿐이에요."

들어보니 평소에는 법률사무소에서 일하고, 매년 이맘때에는 페스티벌을 돕고 있다고 했다. 그녀는 나를 호텔로 안내하고는 웃는 얼굴로 "그럼 저는 업무가 있어서 실례하겠습니다. 무슨 일이 생기면 연락주세요"라는 말을 남기고 사라졌다.

흠. 이 말인즉 낭독회와 강연회가 열리는 장소에 나 혼자 가서 누군가의 도움 없이 스케줄을 소화해야 한다는 뜻이구나. 그렇게 이해했다.

나로서 대단히 다행이었던 점은 모 출판사 모 편집부 직원 다섯 명이 나의 홍콩행 소식을 우연히 듣고, 저마다 휴가를 내서 만나러 와준다는 것이었다. 다섯 명이나 편집부를 비워도 괜찮을까 싶었지만, 뭐가 뭔지 알 수 없는 페스티벌에 혼자 참가하는 불안은 그들 덕분에 꽤 옅어졌다.

편집자라는 직업을 가진 사람들은 먹는 데 무시무시한 집착을 가지고 있다. 아니, 그렇지 않은 편집자도 있을 테지만, 내가 아는 대부분의 편집자는 그렇다. 더구나 날 만나러 오는 다섯 명 중 한 사람인 I씨는 중국 음식에 훤하고 북경어를 구사할 수 있다. 홍콩에 있는 동안 식사 걱정은 할 필요가 없겠다며, 든든한 마음으로 나는 그들을 만나기로 했다.

실제로 체류하는 동안, 페스티벌은 불안하기 그지없었지만 식사에 관해서는 마음을 푹 놓을 수 있었다. I 씨를 필두로 이 다섯 명은 이 도시에 있는 한 맛없는 건 한 끼도 먹지 않겠다고 굳게 다짐한 듯 신중한 조사를 바탕으로 식사를 하러 갔다. 가고자 했던 얌차(차와 딤섬을 같이 먹는 광동의 식문화) 가게가 점심시간엔 붐벼서 예약할 수 없다는 사실을 알고서는 10시 반에 점심 예약을 했다. 내가 페스티벌에 참가하는 동안 도시를 관광하던 그들과 나중에 합류해서 "뭐했어요?" 물으면 "어디어디서 죽을 먹었어요" "어디어디서 새우 국수를 먹었어요" "어디어디서……" 하고 '먹었다'는 이야기뿐이었다.

마지막 날은 굉장했다. 이날 마지막 일을 마치고 약속 장소에 도착한 나에게 I 씨는 선언했다.

"오늘은 세 군데 들를 거예요."

나는 철석같이 식사, 바, 가벼운 야식을 먹을 수 있는 술집이겠거니 생각했다. 그래서 "좋아요! 잘 부탁해요!" 라며 나를 I 씨에게 맡겼다.

맨 처음에 간 곳은 주룽에 있는, 지금은 사라진 주룽성 근처의 낡은 해산물 요리집이었다. 가게 앞에 수조가 즐비했고 본 적 없는 물고기가 헤엄치고 있었다. 여기서 각자 먹고 싶은 것을 실컷 주문하고 사오싱주(찹쌀로 만드는 중국 사오싱 지방의 발효주)를 홀짝홀짝 마시며 식사를 했다. 두 번째 코스는 바일 거라고 철석같이 믿고 있던 나는 맛있어 맛있어 하며 욕심껏 먹었다.

그리고 배를 쓸어내리면서 가게를 나온 우리에게 I씨가 말했다.

"다음 가게는 뽀짜이판(홍콩식 솥밥)과 내장 고기가 유명해요."

어라, 잠깐만요. 뽀짜이판이라니. 마침내 나는 뭔가 내 생각과 다르게 돌아간다는 사실을 알아차렸다. 그렇다. I씨가 말한 세 군데는 전부 식당이었다. 즉 그는 오늘 저녁을 세 번 (쭉 이어서) 먹겠다고 선언한 것이었다.

배가 빵빵했지만 뽀짜이판도 내장 볶음도 맛있어서 왕창 먹었다. 사람들이 명물 요리를 다 먹자 I씨는 기회를 놓칠세라 일어나서 말했다.

"다음에 갈 곳은 오리고기가 맛있는 집입니다."

"진짜 가나요?" 하고 묻자 "걸어서 갈 수 있는 거리니까 괜찮아요"라고 답했다. 흠.

배가 터질 것처럼 괴로웠지만, I씨가 맛있다고 하면 분명 그곳의 오리고기는 맛있겠지, 맛있어서 나는 또 먹어버리겠지 하고 기쁘면서도 심란한 기분으로 줄줄이 걸어가는 편집자들을 따라갔다.

안타깝다고 해야 할지 행운이라고 해야 할지, 오리고기 요릿집은 30분 전에 막 그날 장사를 마친 참이었다. 어깨를 축 늘어뜨리고는 "순서가 잘못됐네요. 이 가게를 두 번째에 왔어야 했는데……" 하고 세상의 종말을 맞이한 것처럼 속상해하는 I씨에게 나는 "이제 그만 먹으라는 뜻이에요. 한잔하러 가요" 하고 제안했다.

마지막 날이니 만큼 고급 호텔의 바에서 샴페인으로 건배했다. 호텔의 거대한 창문으로는 강 건너편에 있는 홍콩섬을 한눈에 볼 수 있었다. 밀집되어 있는, 가늘고 기다란 고층 빌딩에 야간 조명을 비추고 있어서 예술적 깊이는 전혀 느낄 수 없는 그저 눈부시기만 한 그림을 보고 있는 듯했다. 식당 세 군데를 찾으러 다녔던 주룽의 밤과는 느낌이 전혀 달랐다. 주룽의 밤은 난잡하고 거칠어서 사람이 살고 있다는 느낌이 생생했다. 홍콩섬의 밤은 청결하고 인공적이고 조금 가벼운 느낌이 나는 파라다이스 같았다.

내가 홍콩을 좋아하는 이유는 이런 데 있다. 표정이 전혀 다른 밤이 서로 이웃해 존재한다. 고급 브랜드가 들어서 있는 빌딩 옆에 가짜만 파는 노점이 판을 벌리고 있는 것과 완전히 똑같다. 어느 것이든 고를 수 있다. 선택할 수 있는 그 느낌이 좋다.

홍콩에는 란콰이퐁이라는 술집 거리가 있다. 서구식 바나 레스토랑이 빽빽이 늘어서 있는데 창문 너머로 보이는 손님은 서양인뿐이다. 다른 나라였다면 왠지 꺼림칙한 광경이었겠지만, 홍콩이라서 무척 조화로운 느낌이다. 조금 거짓말 같은 행복감이, 오싹할 만큼 길고 가는 빌딩으로 가득한, 현실미가 결여된 풍경과 딱 어울렸다.

주룽의 밤도, 홍콩섬의 밤도 모두 인공적으로 밝다. 인간미의 존재와 현실미의 결여, 인간은 늘 그 양쪽을 원하는구나 싶었다. 사람이 원하는 것 그 자체가 두 개의 밤에 자연스레 드러나 있었다.

여럿이서 하는 여행의 기쁜 점은 식사 시간이 즐겁다는 것과 늦게까지 술을 마실 수 있다는 것, 그리고 밤에 어슬렁어슬렁 나다닐 수 있다는 것이다. 터질 듯한 배로 걸어 다녔던 주룽의 밤도 나는 잊지 못할 것이다. 일본에서보다도 생기 넘쳤던 I씨의 뒷모습과 연달아 먹는 데 전혀 주저하지 않았던 편집자들의 모습과 더불어 말이다.

정작 중요한 페스티벌은 주최자가 누군지 마지막까지 알 수 없었다. 그래서인지 홍콩의 짧은 여행을 떠올리면 일하러 갔다기보다 먹고 죽자 했던 기억으로 남아 있다. 그 편이 물론 행복하지만 말이다.

바다의
밤,

산의
밤

    어찌된 일인지 산 애호가와 바다 애호가가 있다. 나고 자란 장소와는 관계가 없는 것 같다. 나는 바다로 유명한 요코하마에서 태어났지만, 산간 마을 출신이라서 바다에 가려면 버스를 타고 한 시간은 가야 했다. 바닷가 근처에서 자랐다고는 할 수 없는데도 나는 완벽한 바다 애호가다.

    산보다 바다를 단연코 좋아하고 바다에 있으면 마음이 훨씬 포근해진다. 그리고 산에 찾아온 밤보다 바다에 찾아온 밤이 훨씬 덜 무섭다. 배에서 1박하는 것은 조금도 무섭지 않지만, 산속 오두막에서 1박하는 것은 딱 질색이다.

몰디브는 기묘한 장소로, 바다에 크고 작은 섬이 여기저기 흩어져 있다. 그 수가 1,200개에 이르는 모양이며 사람이 살고 있는 섬은 200개 정도라고 한다. 그리고 그중 몇 곳이 관광지이다. 몰디브에서 자유 여행으로 이 섬들을 건너기란 거의 불가능에 가깝다. 가장 일반적인 것은 패키지 투어이다. 각 섬의 특징(규모, 인기도, 설비, 식사, 액티비티 등)을 조사해서, 원하는 섬에 머무는 패키지 투어를 신청하는 것이다.

벌써 거의 10년 전 일이지만, 모로코 탕헤르에서 만난 청년과 함께 식사를 하다가, 어쩌다 이야기의 흐름이 그렇게 됐는지는 몰라도, 몰디브에 가고 싶다는 말이 나왔다. 그 자리에서 헤어졌지만 귀국하고 몇 주일 후 "○월에 몰디브에 갈 테니 만나자"라고 그로부터 연락이 왔다.

그때까지 나는 몰디브에 대해 아무것도 몰라서 그곳에 가면 만날 수 있겠거니 싶었으니 이런 바보 같은 생각이 또 있나 싶다. 여행사에 가서 설명을 듣고 '이렇게 섬이 많은 나라에서 그 친구와 만날 수 있을 리가 없겠네' 생각했지만, 어떻게든 가보고 싶어져서 섬 하나를 선택해 일주일을 그냥 리조트 여행으로 예약했다.

물론 그를 만날 수 있을 리 없지만 분명 그 청년을 알지 못했더라면 몰디브에 가겠다는 생각도 하지 않았을 테니 인연이란, 아니 여행이란 불가사의하다.

섬에는 방갈로뿐만 아니라 레스토랑, 바, 카페, 헬스장, 기념품 가게, 러닝 코스 등 머무는 데 필요한 것은 전부 다 갖추어져 있었다. 세 끼 식사는 다른 여행자들과 같은 레스토랑에서 같은 시간에 먹었고, 그 요금은 패키지 여행 상품에 포함되어 있었다. 기념품 가게에서 쇼핑을 하거나 바에서 한잔해도, 계산은 방갈로 번호를 말하고 나중에 정산하면 된다. 즉 섬에 머무는 동안 지갑을 가지고 다닐 일이 전혀 없다는 뜻이다.

걸어서 호텔을 찾아다니지 않아도 되고 일일이 가격 흥정을 하지 않아도 되는, 한곳에 오래 머무는 이런 여행은 처음이었기 때문에 이렇게 쾌적하다니 싶어서 놀랐다. 돈을 가지고 다니지 않아도 되는 것과 식사 시간이 정해져 있는 것이 사람을 이렇게 쉽게 어린아이처럼 만드는구나 실감했다.

나는 매일매일 맨발로 밖에 나가 수영을 하고, 일렁이는 물결에 떠다니고, 모래사장에서 잠들고, 책을 읽고, 시간이 되면 벌떡 일어나 맨발로 식당을 향해 달려갔다.

식사는 매번 뷔페 스타일로 나왔으며 널찍한 레스토랑은 거의 붐비지 않았다. 몰디브 말고 다른 섬에 간 적이 있는 사람들에게 이야기를 들어보니 섬에 따라 식사가 꽤 다른 모양이었다. 인도계 종업원이 많으면 매번 훌륭한 인도 카레가 나오고 화교가 많으면 중화요리가 나오며 프랑스 요리가 전매특허인 섬도 있는 것 같았다.

내가 머물던 섬은 스리랑카 사람이 많았던 듯하다. 카레는 매번 (인도 카레가 아니라) 스리랑카 카레였고 게다가 이탈리아와 스페인 관광객이 많아서인지 매번 허브 맛과 마늘 맛의 각종 올리브가 떡하니 줄지어 놓여 있었다. 일본인 관광객이 많으면 올리브가 아닌 절임이었을 테고, 한국인 관광객이 많으면 김치였을 거라는 생각이 들었다.

방갈로에는 텔레비전이 없어서 밤은 한결같이 길고 지루하기만 했다. 하지만 바다 옆에 있으면 지루한 게 고통스럽지 않다. 밖에 나가도 깜깜하기만 할 뿐 아무것도 없었다. 모래사장에서 바다를 바라보면 오직 새까만 어둠만이 저 멀리까지 펼쳐져 있었다. 머리 위에는 별이 떠 있었지만 입을 벌리고 황홀해할 정도는 아니었다.

그럼에도 지루한 게 고통스럽지 않았다. 어두컴컴한 바다를 응시하며 파도 소리를 듣는 게 기분 좋았다. 낮에는 아이였지만, 밤이 되면 어른으로 되돌아왔다. 트럼프 놀이나 러브 스토리 같은 흥미진진한 일 없이도, 어두운 바다를 가만히 바라보며 아무 생각 없이 몇 시간이고 그렇게 보낼 수 있을 것 같았다.

하지만 바다를 싫어하는 사람은 견디기 힘들 것이라 생각한다. 내가 산에서 그렇듯이.

산 애호가가 아닌 나도 산속 오두막이나 산간에 있는 료칸에 묵은 경험이 있다. 주변에 있는 것이라곤 산뿐이었다.

몰디브에서는 사실 '갇혀 있었지만', 갇힌 자가 느끼는 답답함을 나는 느끼지 않았다. 우리를 태우고 온 보트가 항구를 떠날 때, 섬 밖으로 나갈 길이 더 이상 없는데도 갇혔다기보다 해방됐다는 마음이 더 강했다. 하지만 산에서는 다르다. 말 그대로 갇혔다는 느낌이 닥쳐오고 갑갑해진다. 어째서일까. 현실적으로 바다보다 산이 밖으로 나갈 길이 더 많은데.

텔레비전 프로그램 취재차 이탈리아 돌로미티를 방문

했을 때 산속 오두막에서 하룻밤 묵었다. 등산객을 위해서 시즌에만 여는 산기슭에 있는 오두막이었다. 차로 한 시간 정도 산길을 올라가야 도착할 수 있는 그 오두막에서 앞을 내다보니 시야에 걸리는 인공물이 하나도 없었다.

우리가 묵은 날은 이제 막 시즌오프에 들어선 때였기에 원래는 휴업이지만 특별히 머물 수 있게 해주었다. 도착하자마자 야외 촬영을 하고 그날 밤을 오두막에서 보낸 다음, 이튿날에는 마을로 내려갈 예정이었다.

오두막 주인 부부와 우리 일행과 가이드와 통역사가 다 같이 밤이 깊을 때까지 술을 마셨고, 흠뻑 취해서 기분 좋은 상태로 방에 돌아와 침대에 누웠다. 고요했다. 취하면 대부분의 일이 두렵지 않지만 갑자기 두려워졌다. 나는 지금 산속에 있고, 오두막에서 한 발자국 나가면 가게는커녕 인공물 자체가 없으며, 단지 어둠만이 펼쳐져 있는 데다, 뾰족한 산들이 길을 막듯이 까맣게 자리한다고 생각하자 숨이 막히는 기분이 들었다. 이럴 때는 자는 게 최고라며 무작정 눈을 감으니 바로 잠기운이 몰려왔지만, 바람 소리에 잠에서 깼다.

조금 전까지만 해도 소리가 하나도 들리지 않았는데

바깥에는 폭풍이 불고 있었다. 오두막 앞에는 나라별 국기가 장식되어 있었는데, 쇠 부품이 서로 부딪혀서 미친 듯이 울렸고 위이이잉 위이이잉 하고 비명과 닮은 소리가 오두막 전체를 감쌌다. 창문이 약하게 흔들렸고 오두막도 통째로 흔들리는 것 같았다.

술기운이 완전히 가신 나는 조금 전보다 더 또렷하게 공포를 느꼈다. 눈이 말똥말똥해지고 잭 니콜슨의 얼굴이 떠올랐다. 영화 〈샤이닝〉의 잭 니콜슨 말이다. 산속에 자리한, 겨울 휴업에 들어간 호텔을 관리하기 위해서 작가 일가족이 호텔에서 겨울을 보내는 오싹하고 스릴 넘치는 그 영화.

그길로 거의 잠을 설친 채 아침을 맞이했다. 일어나 보니 창밖이 온통 하얬다. 게다가 눈보라가 아직 이어지고 있었다. 촬영 팀은 왠지 즐거운 듯했다. "오늘은 눈 때문에 산에서 못 내려갈지도 몰라" "그럼 오늘은 휴일이란 거네?" "여기서 카드놀이라도 하면서 하루를 보내자"라며 농담 섞인 말을 주고받았다.

말 같잖은 소리! 날이 밝아도 눈보라 치는 오두막은 나에게 공포일 뿐인데, 심지어 여기 갇혀서 하룻밤 더 보내

야 하다니 정말 딱 질색이다. 아무쪼록 오늘 산을 내려갈
수 있게 해달라고 마음속으로 빌었다.

그러고 보니 식인 상어 〈죠스〉도, 빙산에 부딪혀 배가
난파된 〈타이타닉〉도 무섭지 않았다. 안데스산맥에서 비
행기 추락 사고를 당한 사람들의 생존 이야기를 그린 〈얼
라이브〉는 오줌을 지리는 게 아닐까 싶을 정도로 무서웠
는데 말이다.

바다 애호가, 산 애호가. 대체 그 갈림길은 어디에 있
을까? 바다에서도 산에서도 평등하게 밤은 밤이고, 바다
에서도 산에서도 무서운 일은 한 번도 당한 적이 없는데.
혹시 나는 전생에 어두운 산길에서 객사한 게 아닐까. 그
런 생각이 진심으로 든다.

바다 옆에 있으면
지루한 게 고통스럽지 않다.
어두운 바다를 가만히 바라보며
아무 생각 없이 몇 시간이고
그렇게 보낼 수 있을 것 같았다.

아차
싶은
밤

여행지에서 아차 싶을 때가 많다.

주로 그 나라에 대한 예습이 부족할 때 생기는 '아차'
이다. 내 경험상으로는 이렇게 추울 줄(더울 줄) 몰랐다,
이렇게 넓을 줄 몰랐다, 이렇게 말이 안 통할 줄 몰랐다 등
의 '아차'가 있다.

예습만 해두면 어떻게든 된다. 여행할 땅의, 그 계절의
최고 기온과 최저 기온만 알면 가지고 갈 옷을 판단할 수
있고, 한 도시에서 다른 도시까지 장거리 버스로 얼마나
걸리는지 사전에 알아두면 대충이나마 여행 계획을 짤 수

있으며, 영어가 통하지 않는다는 사실을 알아두면 그곳에서 쓸 수 있는 사전을 챙기면 된다.

하지만 예습만 하면 피할 수 있는 '아차'는 여행지에서 대부분 해결할 수 있다. 춥거나 더우면 현지에서 옷을 사입으면 된다. 지역이 예상보다 넓으면 여행 계획을 변경하면 된다. 말이 전혀 통하지 않으면 제스처로 해결하면 된다. 그래서인지 예습을 하지 않은 탓에 이런 '아차'가 여러 번 반복해서 벌어진다.

내 선에서 해결할 수 없는 '아차'도 때로 있다. 그 '아차'는 반드시 밤과 관계가 깊다.

최근 여행지에서 '아차'했던 경험은 3년 전 멕시코에서였다. 멕시코는 줄곧 가고 싶었던 곳인데 매년 부득이한 사정이 생겨서 자꾸만 미뤄졌다.

겨우 갈 수 있게 되어서 처음 비행기를 타고 들어갈 장소로 멕시코시티가 아니라 칸쿤을 선택했다. 하지만 내가 가고 싶었던 곳은 리조트로 유명한 칸쿤이 아니라 그곳에서 버스로 갈아타고 세 시간 정도 가면 나오는 툴룸이었다.

예전에 나에게 영어를 가르쳐주었던 영국인 교사가 내가 멕시코에 가고 싶다고 할 때마다 "멕시코에 간다면 꼭 툴룸에 들러요"라고 입이 아플 정도로 말했다. "바다가 있어서 여유롭고 자연이 아름다운 데다 칸쿤만큼 붐비지도 않아서 진짜 천국 같은 곳이에요. 툴룸에 들르지 않은 멕시코 여행은 여행이라고 할 수 없어요" 하고 황홀한 표정으로 말했다. 그래서 멕시코 여행을 결정한 이후 툴룸! 툴룸에 갈 거야! 하고 마음속으로 단단히 결심했다.

나리타에서 출발하여 캐나다를 경유해 칸쿤에서 비행기를 내렸다. 칸쿤은 전혀 구경하지 않고 버스 터미널에서 플라야델카르멘행 버스를 탔고, 한 시간 후에 도착한 플라야델카르멘 버스 터미널에서 툴룸행 버스 티켓을 샀다. 버스가 도착할 때까지 한 시간 넘게 남아서, 큰 짐을 짊어진 채 이제 막 도착한 플라야델카르멘을 걸었다.

거리 앞으로 바다가 바로 보이는 휴양지였다. 하지만 칸쿤만큼 유명하지는 않은지, 서양인 관광객은 많지만 전체적으로 촌스러운 시골 마을 같은 모습이었다. 기념품 가게와 관광객을 위한 레스토랑이 늘어서 있고, 멋스런 카페가 드문드문 자리했으며, 바래서 희읍스름해진 벽돌로 된 길을 햇빛이 더욱 하얗게 물들이고 있었다.

거리에서 옆으로 뻗어나간 길 끝 편을 바라보니 깜짝 놀랄 만큼 푸른 바다가 펼쳐져 있었다. 상당히 매력적인 곳이었지만, 내 목적지는 툴룸이었다. 나는 버스 시간을 집요하게 확인하면서 한 시간 정도 그 도시를 산책한 다음, 툴룸으로 가는 버스를 탔다.

그곳에서 한 시간 반 정도 버스를 타고 가자 툴룸에 도착했다. 버스에서 내리자마자 '어라?' 싶은 생각이 제일 먼저 들었다.

조금 전에 '촌스러운 시골 도시'라고 생각했던 플라야 델카르멘이 롯폰기 정도 되는 시내로 여겨질 만큼 툴룸은 아무것도 없는 곳이었다. 가게가 없었다. 호텔이 없었다. 있는 거라곤 주유소와 트럭이 오가는 도로, 도로 뒤에 있는 정글로 보이는 울창하게 늘어선 나무들.

주유소 옆으로 나무에 숨다시피 한 외국인 관광객 안내소가 있었고 그곳에서 지도를 얻었다. 정글 옆의 트럭이 오가는 길을 계속 나아가면 그 끝에 바다가 있고 바닷가에 호텔과 방갈로가 줄지어 있었다. "바다까지 걸어갈 수 있나요?" 하고 지도를 준 아가씨에게 묻자 "힘들 거예요"라는 대답이 이내 돌아왔다.

거의 아무것도 없는 (도로와 정글의 나무들 말고는) 길을 택시 창 너머로 바라보는데 '아차' 싶은 느낌이 들었다. 하지만 분명, 하고 생각했다. 하지만 분명 바닷가로 가면 더 북적일지도 몰라. 레스토랑도 기념품 가게도 포장마차도 있고 여행객이 많을지도 몰라.

그러나 택시로 15분 정도 걸리는 바닷가에는 음식점도 기념품 가게도 카페도 없었고 숙소가 쭉 늘어서 있을 뿐이었다.

숙소는 전부 방갈로 형태였지만 등급이 있었다. 게스트 하우스급, 일반 호텔급, 3성 호텔급이라고 명시되어 있지는 않았지만, 겉모습을 보면 알 수 있었다. 각각의 숙소에는 찻집과 레스토랑이 따로 있었고 숙박객은 그곳에서 식사를 하도록 되어 있었다.

택시에서 내려 숙소를 찾았지만 약속이나 한듯 모두 만실이었다. 일곱 번째 숙소에서 상당히 고급스러운 빈방을 겨우 찾아내 체크인했다.

멋진 방갈로에서 혼자 짐을 풀고 농후하게 감돌기 시작하는 '아차' 기운을 무시하고, 우선 점심을 먹기 위해 숙소 레스토랑으로 갔다. 바닷가에 있는 널찍하고 멋진 레스토랑이었다. 메뉴판에 나와 있는 것은 멕시코 요리가 아니라 서양식을 가미했다는 알다가도 모를 요리뿐이었다. 그런 가게가 반드시 그러하듯이 맛이 없는 건 아니지만 있는 것도 아니었다. 그 맛있지도 맛없지도 않은 요리를 먹으면서 간신히 '아차' 기운을 봉인하고 있었다.

그리고 어떻게 해도 '아차'에서 벗어날 수 없는 밤이 찾아왔다. 그곳은 영어 선생님이 말한 대로 '자연이 아름답지만 떠들썩하지 않고 천국 같은 장소'였다. 그런 장소에서는 밤이 주로 새까맣다. 별은 예쁘지만 숙소 레스토랑은 일찌감치 문을 닫았고, 주위에는 카페도 바도 디스코장도 아무것도 없다. 불빛이 없는 해변과 정글로 채색된 거무칙칙한 길이 계속 이어져 있을 뿐이다. 방갈로에는 텔레비전도 미니바도 냉장고도 없었다.

세상에는 혼자가 어울리는 장소와 두 사람이 어울리는 장소가 있다. 이런 '천국'은 나 홀로 여행과는 절대로 어울리지 않는다는 사실을 깨닫고, 나는 마침내 '아차' 하고 인정했다.

영어 선생님은 아마도 연인과 이 도시에 머물렀을 것

이다. 둘이라면 이 아무것도 없는 밤은 멋진 천국 같은 시간일 것이다. 둘이서 어둑어둑한 길을 산책하고, 별을 올려다보며 로맨틱한 말을 주고받고, 방갈로로 돌아와 촛불을 사이에 두고 서로 마주 보고 있었다면, 영어 학원 학생에게 "툴룸에 들르지 않은 멕시코 여행은 여행이라고 할 수 없어요"라고 설명하고 싶어지겠지.

하지만 애석하게도 나는 어두컴컴한 곳에 덩그러니 세워진 방갈로에서 혼자, 텔레비전도 없이 창밖에서 들려오는 개구리 소리를 들으며 책을 읽었고, 그러다 지겨워져서 별이라도 볼까 싶어 밖으로 나갔다. 온 하늘에 총총히 박힌 별을 보며 한숨 쉬는 찰나, 열어놓은 문으로 거대한 나방 여러 마리가 들어갔고, 양초 불빛에 부각된 나방을 멍하니 눈으로 좇으며 아차 싶었지만 어쩔 도리가 없었다.

그 선생님은 툴룸이 굉장하다고 말한 게 아니라, 툴룸에서 연인과 보낸 시간이 굉장하다고 말한 것이다. 그 사실을 나도 선생님도 알아차리지 못했다. 그게 '아차'의 시발점이었다.

길고 어둡고 고요하면서도 지루한 밤, 나는 격하게 후

회하며 영어 선생님을 원망하고 싶어졌다.

덧붙여 개인적인 생각을 말하자면 커플 여행지로 이렇게 아무것도 없는 곳, 바꿔 말해 불편한 곳을 즐기는 마음으로 선택하는 건 서양인뿐이지 싶다. 일본인이나 다른 아시아인들은 혼자든 둘이든 가족끼리든 주위에 음식점이나 오락 시설이 좀 더 있는 곳을 선택한다. 둘이서 맛있는 음식을 먹거나 진귀한 것을 사거나 불빛 아래를 어슬렁거리며 걷기를 택한다. 아무것도 없는 곳을 로맨틱하다고 생각하는 사고방식은 없는 것 같다.

나는 이 '아차' 싶은 숙소에 사흘간 머물렀다. 이틀로도 넌더리가 났지만, 기왕 온 거 더 있어보자는 가난뱅이 근성 때문에 다음 날 주변을 둘러보았고 정말 아무것도 없다는 사실을 다시금 확인했다. 그리고 다시 지루하고 기나긴 데다 나방이 바글바글해서 혼자 온 이 여행을 저주하고 싶어지는 밤을 보내고, 이튿날 메리다라는 도시로 떠났다. 아아, 가게가, 식당이, 포장마차가, 호텔이, 옷 가게가, 기념품 가게가 있다! 메리다 시내로 들어서는 버스 창문에 이마를 딱 붙이고 마음속으로 외쳤다.

아니, 툴룸의 명예를 위해서 말하자면 툴룸은 정말로

좋은 곳이다. 아무것도 없고 조용하고 유명한 유적이 있으니 말이다. 하지만 혼자 떠나는 여행이라면 가지 않는 편이 낫다. 그리고 관계가 삐걱대는 연인이나 숨기고 있는 문제가 있는 배우자라든가 장점보다 단점이 눈에 띄는 지긋지긋한 인연으로 얽힌 친구와도 가지 않는 편이 분명 낫다.

함께 여행하는 사람과 장소와의 궁합은 중요하다. 이건 '아차'가 가르쳐준 소소한 교훈이다.

남자
를
지키다

국경에 익숙하지 않다. 그런 게 있다는 사실은 당연히 안다. 하지만 육지로 이어져 있거나 배로 한 시간 정도면 넘을 수 있는 국경은 아무래도 감각적으로 '국경을 넘었다'고 깨닫기 어렵다. 걸어서 몇 분, 버스로 몇십 분, 배로 한 시간 정도 이동했을 뿐인데 화폐가 달라지고 말이 달라지고 시간이 달라진다는 사실을 머리로는 이해해도 몸으로는 이해하기 힘들다.

모로코로 여행 갔을 때, 2주일이 조금 지나자 모로코 분위기에 질려서 단순한 충동으로 포르투갈까지 이동했다. 탕헤르에서 스페인의 알헤시라스를 경유해 포르투갈의 국경 마을 빌라헤알드 산투안토니우Vila Real de Santo António로 가서, 그곳에서 파루라는 해안가 마을까지 갔다.

포르투갈에서 차디찬 맥주와 납작한 아랍식 빵이 아닌 몽실몽실한 빵과 돼지고기 요리와 쌀밥(이것들은 모로코에서는 좀처럼 볼 수 없다)을 겨우 며칠 만끽하고, 다시 스페인을 경유해 모로코로 돌아왔다.

알헤시라스에서 탕헤르행 배를 탄 것이 저녁 6시 무렵이었다. 시차가 있기 때문에 탕헤르에 도착해도 여전히 저녁 6시다. 그때부터 숙소를 찾고 밥을 먹으면 만사 오케이라며, 웬일로 순조롭게 진행되는 스스로의 계획에 흐뭇해하며 갑판 위에 서서 빨간색에서 남색으로 물들어가는 구름을 바라보고 있었다.

"모로코에 가나요?"

누군가 말을 걸어서 하늘을 향해 있던 고개를 내리자 눈앞에 키가 훌쩍 크고 금발인 청년이 서 있었다. 척 보기에도 조용할 것 같은 청년이었다. 배가 항구에 도착할 때까지 우리는 잠시 이야기를 나눴다. 그는 스웨덴 사람으로 스페인을 여행했고 지금부터 모로코를 여행할 예정이라고, 겉모습처럼 차분한 어투로 이야기했다. 둘 다 영어가 서툴러서 대화를 천천히 나누었기에 상대가 하려는 말이 쉽게 통했다.

그건 그렇고 이 청년, 어딘가의 왕자가 아닐까 싶을 만큼 나긋나긋하고 고상한 데다, 등을 탁 때리면 그대로 털썩 쓰러질 것 같은 분위기다. 어마어마하게 큰 배낭을 메고 있었는데, 그보다는 꽃다발을 안고 있는 게 더 어울릴 것 같았다.

한 시간 후 배가 탕헤르 항구에 들어설 무렵, 시간은 달라지지 않았는데 해가 저물고 있었다. 입국심사장이 붐벼서 시간이 걸렸고, 입국 도장을 받고 바깥으로 나오니 6시 반이 지나 있었다. 여전히 초저녁이었지만 마을은 이미 어두웠다. 가능한 한 빨리 호텔을 찾아 체크인하고 싶었다.

"호텔, 괜찮은 곳 알아요?"

등 뒤에서 청년이 말을 걸어서 '아 맞다! 얘가 있었지!' 하고 생각났다. 둘이라면, 게다가 청년과 둘이라면 어두워져도 조금도 무섭지 않았다.

나는 그에게 포르투갈로 여행 가기 전까지 묵었던 숙

소가 근처에 있다고 설명하고 "혹시 숙소가 정해지지 않았다면 같이 가요"라고 권했다. 그는 가겠다고 했고, 우리는 나란히 걷기 시작했다.

항구는 한산함을 넘어 살벌했다. 그렇게 많았던 승객들은 이미 모습을 감추고 없었다. 곳곳에 오렌지빛 가로등이 있었지만 쓸쓸함을 더 강조할 뿐이었다.

혼자가 아니니까 괜찮아. 옆에서 걷고 있는 사람은 무척 얌전해 보이고 모기조차 죽이지 못할 것 같지만 젊은 남자니까 괜찮아. 스스로를 그렇게 타이르고 오렌지빛이 희미하게 펼쳐진 밤의 항구를 걸었다. 왕자님 같은 그 청년은 차분한 미소를 입가에 띤 채 고양이처럼 나를 따라왔다.

탕헤르에는 모로코의 다른 도시와 달리 어딘가 퇴폐적이고 거친 분위기가 있다. 국경 도시는 분명 어디든 거친 면이 있다. 포르투갈을 여행하기 전에 며칠 탕헤르에 체류했지만 그 살벌한 느낌을 경계하느라 밤에 혼자 돌아다니지 않았다.

항구 게이트를 나갔다. 바로 메디나의 성벽이 이어졌다. 메디나로 들어가 경사를 올라가서 제일 안쪽까지 가면 호텔이 있다. 메디나에는 아직 영업 중인 가게가 있었지만, 시끌벅적한 한낮에 비하면 쥐 죽은 듯이 고요했고 전체적으로 어두웠다. 호텔은 이쪽이에요 하고 청년에게 말하는데 어둠 속에서 어떤 남자가 불쑥 나타났다.

"호텔 정해졌어? 좋은 곳 아니까 따라와."

그가 우리 앞을 가로막아 서서 말했다. 취한 것 같았다. 상반신이 휘청거렸고 혀도 잘 굴러가지 않았다. 모로코 사람인데 취해 있으니까 나쁜 사람으로 보였다. 엄격한 이슬람교도는 술을 마시지 않는다. 어느 정도 마신다 해도 술에 취해 당당하게 거리를 활보하지는 않는다.

"괜찮아요, 호텔은 정했어요."

그렇게 말하고 그의 옆을 지나가려고 했지만 남자가 양팔을 벌려 장난치듯이 가는 길을 막았다.

"저기 말이야. 호텔에 데려다줄게. 싸고 좋은 호텔."

그는 끈질기게, 말을 점점 더 과격하게 하면서 우리에게 바싹 다가왔다. 이 남자 위험한 것 같아. 단순한 호객꾼이 아니야. 내 감이 발동했다.

아아, 밤. 나는 또다시 낙담했다. 조금 더 빨리, 밝을 때 도착하는 배를 탔으면 좋았을 텐데. 그러면 이런 남자가 엉겨 붙지 않았을 텐데.

조금 전까지만 해도 '젊은 남자랑 같이 있으니 괜찮아'
라고 생각했다. 그런데 그때 어째서인지 뒤에 멀거니 서
있는 왕자님 같은 청년을, 모로코에 처음 왔다는 그를 어
떻게 해서든 지켜야겠다는 생각이 강하게 들었다.

"호텔 말이야, 호텔" 하고 여전히 가는 길을 막고 있는
남자를 냅다 밀쳤다. "방해되니까 비켜. 호텔은 이미 정했
다니까"라고 일본어로 말했다. 남자는 취해 있었기 때문
에 조금 밀친 걸로도 비틀거렸고, "뭐야, 이 여자는" 하고
(아마도) 말하면서 자세를 바로잡고는 인상을 쓴 채 내 다
리를 걸어찼다.

"뭐야!"

나는 큰 소리로 소란을 떨었다. 뭔가 엄청 나쁜 상황이
라고, 곤란한 상황에 빠졌다고 마음속에서 경종이 울리기
시작했다. 어쨌든 누군가를 불러야 한다. 거리를 지나가
는 사람을 모아야 한다.

"여기! 이 남자! 이 남자가 지금 절 걸어찼어요! 연약한
여행자를 찼어요! 믿을 수가 없네요!"

전부 다 일본어로 말했다. 몇 안 되는 사람들이 내 생각

대로 하나둘씩 모여들었다. 아, 살았다. 내가 먼저 밀쳤으면서 완전히 피해자인 것처럼 나는 소란을 떨었고, 지나가던 사람 중 한 사람이 "무슨 일이죠?" 하고 주정뱅이에게 말을 거는 틈을 타서, 뒤에 오도카니 서 있는 청년의 손목을 잡고 주정뱅이의 옆을 달려 빠져나갔다. 주정뱅이는 쫓아오지 않았다.

"살았다"라고 청년에게 말하자 그는 지금까지 꽃이라도 손질하고 있었다는 양 빙긋이 미소 지었다. 내 분투를 등 뒤에서 지켜보고 있었던 그가 방금 상황을 위험했다거나 난감했다고는 조금도 생각하지 않았다는 걸, 그 표정을 보고 알았다.

'흐음, 모로코는 이렇군' 정도로만 생각하는 듯했다. 나는 여행지에서 처음으로 사람을 밀쳤는데 말이다. 다리가 후들거리고 심장이 벌렁거리는데. 게다가 상대방에게 걸어차이기까지 했는데!

겨우 호텔에 도착하여 우리는 체크인을 마쳤다.

"굿 이브닝. 굿 보이, 굿 걸."

쾌활한 프런트 맨이 열쇠를 건네주자 청년은 나를 보고 "후훗" 하고 웃었다. 그리고 각자의 방으로 가던 중에 그가 나지막하게 물었다.

"괜찮다면 저녁 같이 안 먹을래요?"

"난 이제 시내로 가기 싫어. 무섭기도 하고."

나는 녹초가 된 채 말했다.

"그럼 호텔 바에서 한잔하면서 뭐 안 먹을래요?" 그가 부드러운 미소로 말했다.

나는 배낭을 멘 왕자님을 몇 초 바라보다가 "미안. 못 가겠어. 피곤해서 쉬고 싶어"라고 말했다. 나도 술은 한잔 하고 싶었지만, 그와 함께 있으면 묘하게 피곤하다는 사실을 깨달았다.

"알겠어요. 그럼 내일 호텔 레스토랑에서 아침을 먹을 테니 혹시 괜찮으면 와요. 아침이라도 같이 먹어요."

응, 알겠어 하고 말한 나는 그에게 손을 흔들고 내 방으로 향했다. 물론 이튿날 아침에도 호텔 레스토랑으로 가지 않고 일찌감치 호텔을 나와, 서서 먹는 케밥 가게에서 아침 식사를 해결하고 혼자 거리를 어슬렁거렸다. 탕헤르를 벗어날 때까지 스웨덴 왕자님과 마주치는 일은 없었다.

누군가를 반드시 지켜야 한다는 감정은 세상에서 제

일 사랑하는 연인에게도 느낀 적 없었고, 그 이후에도 그런 감정은 찾아오지 않았다. 그 모성애와도 닮은 정의감은 무엇이었을까. 그 가냘픈 왕자님이 나에게 품게 한 감정일까, 아니면 탕헤르의 밤이 가져온 열정일까.

여전히 초저녁이었지만
마을은 이미 어두웠다.
곳곳에 오렌지빛 가로등이 있었지만
쓸쓸함을 더 강조할 뿐이었다.

환상을
만나는

밤

디스코장. 꽤 그리운 말이 되어버렸다.

내가 대학생이던 20년 전쯤에는 디스코장이 상당히
유행했다. 신주쿠나 시부야나 롯폰기의 디스코장에 나도
빈번히 드나들었다. 춤추는 걸 좋아하는 것도 아니고, 헌
팅을 당하고 싶었던 것도 아니다. 뭐랄까, 디스코장은 당
시 평범하기 그지없어서 조금도 특별하지 않았다. 볼링장
같은 느낌이었다. 볼링을 엄청 좋아하지도, 딱히 치고 싶
지도 않지만 한번 가볼까 하는 마음으로 가면, 그럭저럭
무난하게 즐겁다. 그런 느낌이었다.

대학교를 졸업한 무렵부터 디스코장이라는 말이 그다지 들려오지 않았고, 문득 정신을 차리고 보니 '클럽'이라는 말이 자주 들렸다. 무난한 이름이다. 디스코장 같은 곳이라고 이해했지만 이미 20대도 후반에 접어들기 시작한 나는 그런 곳에 가고 싶지도, 가려고도 하지 않았다. 가자고 하는 친구도 없었다. 그래서 여전히 '클럽'은 어떤 곳인지, 디스코장 같은 곳인지 아닌지 모른다.

도쿄에 과연 복고풍으로 새로 지어진 곳이 아닌, 예전부터 지금까지 쭉 영업해온 디스코장이 있는지 없는지 모르겠지만, 희한하게도 해외에는 있다. 유행이라서 밀집해 있다든가 유행이 지나서 사라졌다든가 하는 게 아니라, 어떤 도시에든 반드시 있다. 게다가 그 나라가 그다지 풍족하지 않다면, 디스코가 아주 성황을 이루곤 한다.

내가 처음 이국의 디스코장에 갔던 것은 발리 여행에서였다. 밤, 너무 한가했기에 친구를 데리고 디스코장에 갔다. 번화가에 있던 그 디스코장은 화려하고 멋스러웠지만, 안은 텅텅 비었고 외국인 관광객 몇 사람이 춤을 추거나 술을 마시고 있었다. 뭐야, 재미없잖아 하는 말을 주고

받으며 금방 그곳에서 나와버렸다.

친해진 발리인 청년에게 그 이야기를 하자, 그럼 오늘 북적이는 디스코장에 데리고 가주겠다고 했다. 밤이 되기를 기다렸다가 그와 만나서 오토바이 뒤에 타고 디스코장에 갔다.

번화가에서 꽤 떨어진, 논과 밭 말고는 아무것도 없을 듯한 장소에 거대한 판잣집이 세워져 있었다. 여기라고 해서 순간 속았구나 싶었지만 분명 쿵짝쿵짝 하는 중저음 소리가 오두막에서 울려 퍼지고 있었다.

그와 함께 안으로 들어갔다가 깜짝 놀랐다. 똑바로 걸어갈 수 없을 만큼 초만원 상태였다. 흐르는 노래는 미국이나 영국 록이 아니라 발리의 팝송이었다. 큰 음악 소리 속에서 그 땅의 젊은 남녀가 몸을 밀착하고 춤을 추고 있었다.

천장에는 천이 쳐져 있었고, 발밑에는 널빤지가 아니라 흙이 깔려 있었다. 미러볼이 돌았고 보라색과 빨간색 라이트가 깜박였다. 전날 갔던 디스코장보다 단연코 촌스러운 판잣집 디스코장이 이렇게 잘나갈 줄이야. 나도 젊은 친구들 사이에 섞여 춤을 췄다. 에어컨 시설도 온전하지 않아서 땀이 줄줄 흘렀지만 그게 기분 좋았다. 신나게 춤추는 젊은 친구들도 모두 땀범벅이었다. 빨간색과 보라색 불빛이 비친 얼굴이 터질 듯이 다들 웃고 있었다.

'어라, 여기가 이렇게 붐빌 줄이야'라고 놀란 디스코장이 한 군데 더 있는데, 그건 바로 몽골의 울란바토르 디스코장이다. 여기서도 친해진 몽골인 청년이 데리고 가 주었다.

울란바토르에 디스코장이 있다는 사실 그 자체에도 놀랐는데, 콘서트홀처럼 멋들어진 건물이라 또 놀랐다. 거기도 그 땅의 젊은 친구들로 가득 차 있었다. 울란바토르에 이렇게 젊은이들이 많았나 싶을 정도였다.

이곳은 발리와 달리 건물이 꽤 멋스러웠지만 디스코장이라기보다 체육관 같았다. 플로어 주위에 절구 모양의 좌석이 있고, 춤추는 사람들의 소지품이 거기 놓여 있었다. 지쳐서 누워 뒹구는 사람도 있었다. 그럼에도 분명 이 도시에서는 최첨단 놀이 시설이겠지 싶었다.

대만원인 플로어에는 온 마음을 다해 계속해서 춤을 추는 남자, 둥글게 서서 춤추는 여자들, 서로를 바라보며 몸을 움직이는 커플, 헌팅이 목적인지 주변을 둘러보기만 하는 남자 등이 있었다. 자정을 넘어도 사람이 조금도 줄지 않았다.

전날까지 사방팔방 둘러봐도 아무것도 없는 시골 마을의 게르에 묵고 있던 나로서는 이렇게 어마어마하게 큰 건물이 있고, 이렇게 많은 사람이 춤추고 있다는 사실을 갑자기 믿기 어려웠다.

내가 여행지의 디스코장을 좋아하는 이유는 그곳에 사는 젊은 친구들의 표정을 보는 것을 좋아하기 때문이라고 생각한다.

발리의 디스코장도 울란바토르의 디스코장도 내부 장식이나 조명이 아니라 그곳에 있는 사람들이 자아내는 분위기가 무척이나 닮아 있었다. 그건 80년대 도쿄의 디스코장도 마찬가지였다. 지금은 아직 나도, 나를 둘러싼 환경도 풍족하다고는 절대 말할 수 없다. 하지만 앞으로 세상에는 좋은 일만 일어날 것이고 내 미래도 분명 밝을 것이다. 무조건 그렇게 믿음으로써 생기는 힘으로 가득 차 있었다.

바로 지난 주 중국 창춘에 있는 바에서 이런 생각을 곰곰이 했다.

창춘은 취재차 들렀다. 식사 후 편집자와 함께 간 바가 디스코장을 방불케 할 만큼 붐볐다. 그 바는 외국계 호텔의 지하에 있었다. 하지만 플로어를 채운 손님은 관광객도 외국계 회사 샐러리맨도 아닌 한껏 꾸민 그 나라 젊은이들이었다. 밤이 깊어지면서 사람이 점점 늘어갔다. 매일 밤 여기서 만나 친해졌는지, 떨어진 테이블에 앉은 젊은이들이 서로 손을 흔들거나 잔을 들고 테이블을 이동해 다녔다.

도쿄의 그때 그 디스코장을 떠올린 건 젊은이들로 붐볐기 때문이 아니다. 내가 옛날에 디스코장에서 느꼈던 열기와 활기가 그 바를 가득 채우고 있었기 때문이다. 그들은 예외 없이 터질 듯한 함박웃음을 짓고 있었다. 눈에는 보이지 않지만, 그들이 한 명도 빠짐없이 희망에 차 있다는 것을 확실히 알 수 있었다. 젊은 날의 내가 근거 없이 믿었던 것처럼 앞으로 좋은 일만 일어나리라는 믿음을 너 나 할 것 없이 가지고 있다는 사실을 알 수 있었다.

명절 때든 축제 때든, 디스코장이든 바든 언제 어디든 그 나라와 그 도시를 잘 알고 싶다면 밤에 젊은이들이 모이는 장소에 가는 게 좋지 않을까. 붐비기도 한산하기도

할 테고, 젊은 친구들이 웃고 있거나 무표정할 수도 있다.

나는 젊었을 때 내가 사회에 소속되어 있지 않다고 느꼈다. 세상은 누군가 다른 사람, 좀 더 어른인 사람이 움직이고 있다고 생각했다. 특히 당시는 거품경제 시대였고, 그 덕을 보지 못한 나는 소외감마저 느끼고 있었다.

하지만 지금 생각해보면 디스코장을 '아주 평범하게' 다님으로써 나도 사회에 걸쳐져 있었던 것 아닌가 하는 생각이 든다. 웃으며 춤추고 앞으로 좋은 일만 있을 거라고 무의식적으로 믿으면서 거품경제 시대의 한복판을 살아가고 있었던 것 같다.

자정이 되기 전에 시끌벅적한 바를 나왔다. 호텔 창문에서 내려다본 창춘의 밤은 가로등이 극단적으로 적은 탓에 쥐 죽은 듯이 고요하고 어두웠다. 백화점과 쇼핑몰의 네온사인도 불이 꺼져 있었다. 거리에는 달리는 차 그림자도 없었다. 이따금씩 추운지 등을 웅크린 사람이 거리를 걸어갔다. 북적거렸던 지하 바를 생각하자 환상 속에 있었던 것 같았다.

그러고 보니 울란바토르의 디스코장에서 돌아가는 길에도 같은 생각을 했다. 데려가준 청년과 같이 디스코장을 나온 것은 새벽 2시 넘어서였다. 택시를 탔다면 좋았겠지만 내 지갑에는 소액 지폐밖에 들어 있지 않았다. "이것밖에 없어." 청년에게 말하자 그도 돈을 거의 가지고 있지 않다고 했다. 우리는 택시를 타고 우리가 가진 적은 돈으로 요금을 지불할 수 있는 아슬아슬한 데까지 가서 내렸고, 호텔을 향해 멈추지 않고 걸었다.

돌아가는 길에 대한 걱정도 잊을 만큼, 돈이 있는지 없는지도 상관없을 만큼 무아지경으로 춤을 췄다. 그것이야말로 진짜 젊음이다. 그때의 나는 이미 젊지 않았지만 디스코장에 가득 찬 젊은이들의 에너지를 한껏 흡수해서 10년은 젊어진 것 같았다.

울란바토르의 밤은 어두웠고 사람도 차도 보이지 않았다. 무척이나 고요한데 귓속에는 커다란 음향의 잔음이 남아 있었다. 조금 전까지 있었던 곳이 환상 같다고 그때도 생각했다.

밤, 젊은이들이 모인 장소는 확실히 환상일지도 모른다. 똑같이 희망찬 미래를 가진 사람들이 함께 무의식중에 만들어낸, 그것은 아름다운 환상일지도 모른다.

밝은
밤 속에서

깨닫
다

어느 정도 긴 기간을 혼자 여행하다 보면 여러 감각이 예리해지는 것을 알 수 있다. 말을 걸어온 사람의 얼굴만 봐도 평범한 사람인지 꿍꿍이를 가진 사람인지 알 수 있게 되고, 숙박업소나 길거리가 위험한지 그렇지 않은지도 분위기로 알 수 있다. 맛집도 어쩐지 느낌이 오고, 한 입 먹고 '아, 이거 느낌이 심상치 않은데' 싶으면 예상대로 몇 시간 후 심한 복통이 찾아오기도 한다. 이것은 우리 내면에 방어 본능이라는 야성이 남아 있기 때문이라고 생각한다.

패키지 여행이 아닌 자유 여행을 처음 한 것은 스물네 살 때로, 이 여행에서 나는 내 안의 야성을 발견했다. 타이 국내를 한 달 반에 걸쳐 돌아보는 여행이었는데, 방콕에서 출발해서 북쪽으로 남쪽으로 섬으로 이동했다가 마지막 며칠을 보내기 위해 다시 방콕으로 돌아왔다. 시골 마을에 있다가 돌아온 방콕은 이상하리 만치 거대한 도시로 보였다.

저렴한 숙소가 밀집해 있는 카오산 로드에 머물고 있었는데, 팟퐁이라는 유명한 환락가가 있다는 말을 듣고 그때 같이 여행하던 연인과 이야기의 근원지에 가보기로 했다.

팟퐁 거리는 관광객을 상대로 옷이나 잡화를 파는 노점이 밀집한 거리로, 거의 전라 상태인 아가씨들이 춤추는 유흥업소인 아고고바에 사람들이 붐비는 것으로 유명하다. 하지만 이때 우리는 그런 사실을 전혀 몰랐다. 단지 밤이 되면 포장마차나 노점이 나와서 시끌벅적해지는 관광 명소라는 말만 듣고 밤이 되기를 기다렸다가 나갔던 것이다.

차가 달리는 큰 거리와 수직을 이루는 길 두 개가 팟

퐁 거리였다. 골목 좌우와 중앙에 노점이 쭉 늘어서 있고 노점과 노점 사이의 안 그래도 좁은 공간을 엄청나게 많은 관광객이 걷고 있었다. 새해 첫 신사참배 때의 광경 같았다.

아무튼 팟퐁에 도착한 것은 좋았지만, 나는 이때 팟퐁 거리에 발 디디기를 거부했다. 노점이 밀집되어 있는 동남아시아 특유의 모습은 굉장히 좋아하지만, 어쩐지 그 거리에는 한 발자국도 들이고 싶지 않았다. 그리고 함께 있던 연인에게 말했다.

"여기에 들어가기 싫어. 엄청 사악한 느낌이 들어. 들어가면 안 돼."

그길로 거리를 등지고 걷기 시작했다.

정확하게 말하자면 '여기는 안 돼' 하는 그 감각은 또렷하지만, 내가 한 말은 정확히 기억나지 않는다. 나중에 남자친구가 가르쳐줬다.

"그때는 완전 소름 돋더라. 갑자기 뭔가에 빙의된 것처럼 우두커니 서서 '사악한 느낌이 들어. 들어가면 안 돼'라고 진지한 얼굴로 말을 꺼내니까. 나도 진지하게 받아들이는 수밖에 없더라니까."

팟퐁이 어떤 곳인지는 그 여행이 끝난 후에 알았고, 아고고바가 즐비한 곳이라는 사실을 알게 되면서 왠지 모르게 고개가 끄덕여졌다.

나는 그 여행을 하며 여기저기에서 중년 서양 남성과 젊고 아름다운 타이 여성 커플을 보고 심란했었다. 그들에게는 여러 가지 계약 방법이 있는 듯했는데, 하루 데이트는 물론이고 섬에 있는 별장에서 일주일이나 동반 숙박을 하는 경우도 있었다. 그런 여성을 데리고 다니는 서양인들은 한결같이 뚱뚱하거나 머리가 벗겨졌고, 매력적으로 나이 든 타입이 아니어서 자기 나라에서는 틀림없이 인기가 없을 것 같다는 생각이 들었다.

스물넷이었던 나는 금전으로 엮인 관계를, 지금보다 결벽적인 사고방식과 섬세한 감수성으로 바라보았다.

그런 점도 어우러져서 팟퐁에 거부 반응이 나타난 것이리라. 그때는 아고고바가 밀집된 지역이라는 사실을 몰랐지만 장소 자체가 뿜어내는 음탕한 냄새를 야성의 감으로 순식간에 포착한 것이라고 생각한다.

그 팟퐁에 17년 후 발을 디디게 될 줄은 생각지도 못했다.

2009년 잡지 취재차 방콕을 방문했다. 2박 3일의 촉박한 여행이었다. '17년 전의 여행을 더듬어가다'라는 기획으로 당시에 묵었던 카오산 로드나 자주 오갔던 차이나타운, 인도인 거리, 시암 스퀘어 등을 걸으며 방콕의 변화와 그럼에도 변하지 않은 모습, 그 두 가지에 감탄하고 감동하며 돌아다녔다.

그리고 그날 밤, 안내를 자처했던 방콕에 사는 일본인 청년이 '요즘 팟퐁보다 활기가 넘치는 야간 명소'에 데려다주었다. 야간 명소라는 말은 여행 책에서 자주 봤지만, 생각해보면 오랫동안 그렇게 많이 여행하면서도 그 말에 단 한 번도 두근거린 적이 없다. 그럴 사람은 남자밖에 없다고 생각하지만 그건 내 편견일지도 모르겠다.

어쨌든 그가 데리고 가준 야간 명소는 확실히 여자 혼자 하는 여행이라면 절대로 모르고 지나갈, 알아차린다고 해도 성큼성큼 걸어 들어갈 곳이 아니었다.

거리의 후미진 모퉁이에는 가운데에 천장이 뚫려 있는 거대한 빌딩이 있고, 그 빌딩 전체에 수상쩍은 바와 살롱, 정체를 알 수 없는 가게가 들어서 있었다. 바 입구에는 러브호텔에서 자주 볼 수 있는 비닐 포렴이 걸려 있어서 안이 어떻게 되어 있는지 알 수 없었다.

건물 중앙에는 어마하게 큰 카운터 바가 있었고 흠뻑 취한 관광객 여러 명이 스툴에 앉아 있었다. ㄷ자 형태의 바 입구에는 호객하는 남자나 여자가 서 있었는데, 여자들은 하나같이 놀랄 만큼 미인이었지만 절반이 트랜스젠더라고 했다. 하지만 듣고 나서야 알 게 된 사실이지 겉만 보고는 모를 일이었다.

바에 들어갔다. 자리는 (그렇게 넓지는 않았지만) 경기장처럼 좌석이 계단식으로 되어 있고 중앙에는 스테이지가 돌아가고 있었는데, 그곳에 일본 여학생들이 입음 직한 기장 짧은 세일러복을 입은 아가씨(원래는 남자)가 쭉 늘어서서, 객석을 향해 요염한 포즈를 취하거나 웃고 있었다. 손님은 대부분이 남성 관광객이었고, 돌아가는 스테이지에 선 여자들을 보고 마음에 드는 사람이 있으면 지명해서 같이 술을 마시는 시스템인 듯했다. 지명하지 않아도 무리를 지어 점내를 천천히 걸어 다니는 아가씨들이 "술 한 잔 쏴요" 하고 연신 졸라댔다.

이런 세계는 여자 혼자서 하는 여행과는 거의 인연이

없다는 생각을 하면서 나보다 훨씬 아름다운, 원래 남자였던 그들을 바라보았다. 냉방이 빵빵하게 잘 도는 점내에서 초미니스커트를 입은 그들의 다리와 팔에 닭살이 살짝 돋아 있었다. 그걸 보며 17년 전 내가 무엇을 혐오해서 팟퐁에 가지 않았는지 그때의 결벽증과 섬세함을 떠올렸다.

바를 뒤로하고 우리는 팟퐁으로 향했다. 17년 전 '사악하다'고 판단했기에 그 이후 몇 번이나 방콕을 방문했지만 눈길조차 주지 않았던 지역을 말이다.

거리 입구에 서서 바라본 팟퐁은 17년 전과 무엇 하나 달라지지 않았다. 북적대는 노점, 들끓는 관광객. 17년 전에는 이곳에서 발길을 돌렸지만, 지금은 사람이 많구나 하는 생각 말고 아무 느낌도 없었다.

노점 앞에 동여매놓은 조명 때문에 이곳에는 밤의 티끌도 보이지 않았다. 팔고 있는 것은 티셔츠, 젓가락, 부채 같은 특산품과 시계, 가방 등이었다. 명품 이름이 달린 건 전부 가짜였다. 아르마니 트레이닝복이 있는가 하면 불가리 시계도 있었다. 없는 게 없었다.

그리고 쭉 늘어선 노점 사이로 길가에 줄지어 있는 아고고바가 보였다. 어느 가게라고 할 것 없이 전부 문이 활짝 열려 있었고 호객꾼이 서 있었다. 열어놓은 문이 네모 형태의 어둠을 만들어냈다. 그 어둠에 깜박이는 스포트 라이트가 비치면 무대 위에서 춤추는 아가씨의 하반신이 보였다. 팬티가 보일 듯한 미니스커트, 매끈한 다리, 하이힐. 모든 사각형이 같은 광경을 보여주었다. 가게 앞을, 옛날에 내가 질색하던 자기들 나라에서는 별 볼 일 없을 것 같은 중년 남성들이 어슬렁거리고 있었다. 서양인뿐만이 아니라 아시아인도 있었다.

그런 광경을 나는 더 이상 혐오스럽다고 느끼지 않는다. 더구나 사악하다고 생각하지도 않는다. 17년이나 흘렀다. 마흔을 넘긴 나는 당당하게 노점을 메운 위조품이 이 도시의 개성이라는 사실을 안다. 오렌지색 승려복을 입은 스님에게 자리를 양보하는 경건함도, 팟퐁에서 가짜 명품에 등급을 매겨 파는 뻔뻔함도 이 도시 사람들에게는 아무런 모순 없는 자연스러운 일상이라는 사실을 안다. 아니, 나를 포함한 모든 '인간'이 그렇다는 사실을 이제는 안다.

아고고바에는 슬픔과 해학과 티 없는 해맑음과 촌스러움이 뒤섞여 있어서 그 시절의 나는 그것을 사악하다고 판단했지만, 양상은 그보다 훨씬 복잡했다. 그것이 타당하다든가 타당하지 않다든가, 좋다든가 싫다든가 하는 것과는 관계없이 그곳에 압도적으로 존재하고 있기 때문에 우선은 인정하는 수밖에 없다. 이 자리에 그것이 있다는 사실과 그것이 내 내면에도 자리한다는 사실을 말이다. 아고고바든 온갖 위조품이든 팟퐁에 있는 것은 하나같이 그러하다. 게다가 지금만 존재하는 것이 아니다. 쭉 있어 왔고 앞으로도 계속 있을 것이다. 그리고 사람은 이곳에 모일 수밖에 없다. '삶'의 냄새가 나기 때문이다.

만약 내가 남자였다면 이런 복잡함을 좀 더 빨리 학습할 수 있었을 것도 같다. 또는 만약 내가 호기심이 왕성한 여자였더라도 그랬을 것이다.

아주 평범한 취미밖에 없고 나름 결벽증이 있는 데다 어느 정도 섬세하기까지 하면서 가난한 배낭여행을 반복해온 나에게, 역시 이런 곳은 나도 장소도 서로 용건이 없다. 누군가가 이곳에 나를 부를 일도 없고 내가 쳐들어갈 일도 없다. 그래서 미처 배우지 못했다. 마흔을 넘기고서 야 겨우 팟퐁을 나타내는 말이 사악이 아니라는 것을, 한없이 밝은 밤 속에서 알게 되었다.

스님에게 자리를 양보하는 경건함도,
가짜 명품을 파는 뻔뻔함도
이 도시 사람들에게는
자연스러운 일상이라는 사실을 안다.
아니, 나를 포함한 모든 '인간'이
그렇다는 사실을 이제는 안다.

기도 하는 마음

업무차 이집트에 가게 되었다. 이집트는 20년 전에 패키지 여행을 한 적이 있다. 20년 만에 가는 이집트였다.

꽤 변했겠지, 생각하며 카이로에 내렸는데 놀랄 만큼 아무것도 달라지지 않았다. 관광객과 물담배를 피우는 남자들과 뿌연 먼지와 당나귀. 그런데 20년 전에 방문한 피라미드나 신전을 다시 찾아가니, 어찌 보면 20년이란 시간은 거의 한순간이라는 생각이 들었다. 그러게, 그 한순간에 뭐가 변하겠나 싶었다.

이번 여행에는 2박 3일의 나일강 크루즈 여행이 포함

되어 있었고 이건 처음 해보는 경험이었다. 아스완에서 탑승하여 룩소르로 가는 크루즈는 외관은 아담했지만 내부는 꽤 화려했다. 객실이 5성급 호텔 같았다. 응접실, 바, 레스토랑이 있었고 갑판에는 수영장이 있었으며 기포가 나오는 욕조가 있고 소파가 있었다. 명실상부한 선박 호텔이었다. 이 크루즈는 나일강을 천천히 내려가면서 하루에 여러 차례 유적이 있는 마을의 항구에 들렀다.

열차나 버스나 비행기로 이동하지 않고도 유적지를 편하게 돌 수 있어서, 이 나일강 크루즈는 유럽 관광객에게 상당히 인기인 모양이었다. 실제로 항구에 들를 때마다 선착장에는 열 몇 척이나 되는 크루즈가 정박해 있었다.

재미있는 점은 일렬로 세워져 있는 게 아니라 세 줄로 세로 주차, 아니 주선駐船되어 있다는 것. 모든 배가 출입구를 열어놓으면, 관광객은 딱 붙어서 늘어서 있는 크루즈 선내를 통과하여 선착장에 내린다. 선착장에서 제일 먼 세 번째 줄에 세워진 배의 승객은 두 번째 줄, 첫 번째 줄의 배를 통과해 육지에 발을 디딘다.

배를 타고 내릴 때마다 여러 배의 내부를 볼 수 있어서 꽤 재미있었다. 세련된 배가 있는가 하면 내부 장식이

요란한 배도 있었고 80년대 디스코장을 연상시키는 배도 있었다.

이틀째 밤. 저녁을 먹은 다음 읽던 책을 가지고 제일 위층인 갑판으로 향했다. 저녁 식사 후 배 안에서는 벨리 댄스 쇼가 열리는 모양이었지만, 볼 마음이 들지 않았다. 배는 움직이지 않은 채 저녁 무렵 항구에 도착했을 때 모습 그대로 열 몇 척 되는 배와 더불어 빼곡히 정박되어 있었다.

따닥따닥 붙어 있었기 때문에 옆 선박의 갑판도 바로 보였다. 옆 선박 갑판에는 여러 무리의 손님이 있어서 흥겨운 분위기였지만, 우리 선박 갑판에는 테이블석에 남자 손님 두 명만이 있었고 수영장 한쪽에 있는 바도 닫혀 있었으며 야간 조명이 켜진 수영장이 어둠 속에서 파랗게 빛났고, 무척이나 고요했다. 오른쪽에도 왼쪽에도 한참 떨어져 있는 도시의 불빛이 보였다.

갑판 뒤쪽에 소파가 놓여 있어서 그곳에 누워 책을 펼쳤다. 쇼가 시작되었는지 멀리서 흥겨운 음악이 들렸다. 별은 보이지 않았고 이따금 보드라운 바람이 불었다. 서양 남자 둘은 연인 사이인지 단둘이서 크루즈 여행을 하고 있었다. 그들은 테이블석에서 조용히 담소를 나누었다. 웃는 목소리도 말하는 목소리도 내가 누워 있는 소파까지는 닿지 않았다.

책 읽기도 지겨워져서 갑판 가장자리에서 아무 생각 없이 옆에 정박된 배를 바라보았다. 옆 선박 갑판에는 크리스마스트리에 장식하는 꼬마전구가 설치되어 있었다. 많은 사람이 갑판 의자나 테이블석에 앉아서 술을 마셨다.

시선을 그대로 내리자 옆 선박의 주방 뒤편이 보였다. 식자재인지 조미료인지 음료인지, 뭐가 들었는지 모르겠지만 그다지 넓지 않은 공간에 박스가 쌓여 있었다. 그곳에서 종업원 두 사람이 서로를 쿡쿡 찌르며 웃고 있었다. 똑같이 맞춰 입은 너덜너덜한 파란색 셔츠가 유니폼인 것 같았다. 휴식 시간인지 두 사람은 박스에 대충 걸터앉아 웃는 얼굴로 이야기를 나누었다. 너무 훔쳐보는 것도 미안한지라 그 자리를 떠나려는데 두 사람이 일어나더니 좁은 공간의, 더구나 박스 때문에 더 좁아진 장소에 익숙한 동작으로 자그마한 매트를 깔더니 이쪽을 등지고 둘이 나란히 무릎을 꿇었다.

어라 싶었다. 이슬람교의 예배 시간이라는 사실을 바

로 알았지만, 담소에서 기도까지 너무나도 물 흐르듯 자연스러워서 조금 놀랐다.

둘은 무릎을 꿇은 자세로 기도하고, 일어나 기도를 드리고, 다시 무릎을 꿇고 기도하기를 몇 번이고 반복했다.

경건한 느낌도 신성한 느낌도 아닌데 어째서인지 눈을 떼지 못한 채, 기도하는 두 남자의 등을 그 자리에서 멀거니 응시했다. 복작대는 주방 뒤편의, 비좁고 답답한 곳에서 올리는 예배를 말이다.

아내와 자식들, 부모님이나 조부모님 등 사랑하는 사람이 오늘도 내일도 미소 짓기를. 오늘도 식사를 맛있게 한 것처럼 내일도 맛있게 할 수 있기를. 오늘과 마찬가지로 내일도 아무 일 없이 보낼 수 있기를.

그들이 신을 향해 어떤 기도를 드리는지 신기할 정도로 또렷하게 느껴졌다.

물론 두 사람이 무슨 기도를 올렸는지는 사실 모른다. 이슬람교도의 기도가 그렇게 무언가를 비는 행위인지 아닌지도 잘 모른다. 어쩌면 경전에 나온 말을 읊기만 하는 기도일지도 모른다. 하지만 기도하는 두 사람이 바라는 것, 혹은 그들이 마음속으로 그리는 행복이라는 것을 그

때 나는 왠지 알 것 같은 기분이 들었다. 억만장자가 되고 싶다든가 명성을 갖고 싶다든가 하는 엄청나게 큰 바람이 결코 아니고, 차가 갖고 싶다든가 새 텔레비전이 갖고 싶다든가 하는 구체적인 물욕과도 다른, 지겨울 정도로 매일 반복되는 일상이 내일도 반복되길 바란다는, 지극히 소소하고 아주 평범하고 흔한 무엇으로 느껴졌다. 느껴졌다기보다 거의 확신했다.

아마도 두 사람이 기도하는 모습이 입이 떡 벌어질 만큼 자연스러웠기 때문에 그렇게 확신했던 듯하다. 일상적으로 장난치듯이 그들은 예배를 드렸다.

기나긴 예배가 끝나고 둘은 펼쳤던 매트를 정리하더니 또 잠시 담소를 나누고 주방으로 돌아갔다. 복작이던 장소가 텅 비었다.

이슬람교는 하루에 몇 번이고 예배를 올려야 한다는 사실을 이슬람권을 여행한 적 없는 사람도 아마 알고 있을 것이다. 이슬람 국가를 걷다 보면 갑자기 노래 비슷한 것이 온 동네에 흐를 때가 있다. 아잔이라고 불리는, 예배 시간을 알리는 소리다. 이집트에서도 자주 흘러나왔다. 이 노래가 흘러나오면 신자는 모스크나 예배실에서, 혹은 늘 휴대하고 다니는 양탄자를 깔고 메카를 향해 예배를 드린다.

하지만 다들 한결같이 하루에 다섯 번 예배를 드리지는 않는다. 일하는 오전 중이나 낮에는 아잔이 들릴 때마다 멈춰 서서 예배를 드릴 수 없다. 이번 여행에 동행한 가이드 청년도 신앙심이 깊었지만, 밤에 예배를 드릴 때가 많다고 했다. 내가 우연히 본 옆 선박 종업원들도 반드시 매번 예배를 드리는 것이 아니라, 우연히 그날 밤 예배 시간에 급한 일이 없어서 예배를 드리러 나왔으리라 생각한다. 그들의 종교에는 그런 경쾌하고 묘한 면이 있다.

기도하는 습관이 없는 나로서는 기도하는 사람이 부럽다. 매일 기도를 반복하면서 나쁜 생각을 하는 사람은 없을 것이다. 나쁜 생각을 하면 그건 기도가 아니라 저주가 된다. 기도를 올릴 때는 누구나 좋은 생각을 하기 마련이다. 이 상태로 이렇게 있기를 바란다든가 저렇게 되기를 바란다든가. 그건 자신이 되고 싶은 것과 손에 넣고 싶은 것, 즉 '행복'의 알맹이를 매일 확인하는 작업이 아닐까 싶다. 그런 것을 아주 자연스럽게, 아주 일상적으로 행하는 것을, 나는 부럽게 여긴다.

그들이 믿는 신을 믿으라고 해도 나는 믿지 않을 테고, 앞으로 열성적으로 기도할 대상을 찾을 수 있으리라고도 여기지 않는다. 하지만 생각한다. 기도가 의미 없는 행위일 리 없다. 내 멋대로 상상한 그들의 기도, 나와 내가 사랑하는 사람이 오늘과 마찬가지로 평온한 내일을 보낼 수 있게 해달라고 드리는 소소한 기도, 그것이 계속 반복되어 사람들의 생활에 버팀목이 되어주고 있는 것 아닐까, 4천 년이나 전에 만들어진 거대한 유적을 올려다보며 생각했다.

벨리댄스 쇼보다도 훨씬 그 나라다운 아름다움을 경험한 밤이었다.

두 번
다시
만날 수
없는
밤

　네팔은 지금까지 여행해온 어떤 나라와도 달랐다. 사람에 비유한다면 지나치게 개성적이라 색다른 경지에 이른 사람 같은 느낌이 든다. 물론 이건 순전히 주관적인 느낌으로, 그렇게 생각하지 않는 여행자도 많을 것이다.

　관광객이 많고 관광객용 식당이나 기념품 가게가 즐비한데도 전혀 관광지 같지 않다. 세련되진 않았지만 그렇다고 허름하지도 않다. 사람이 많아서 술렁이는데도 어째서인지 조용하다. 마을이 관광객이나 주민들에게 일일이 휩쓸리지 않는다는 고집스러운 인상을 준다.

네팔 여행은 지금 생각해도 무척 한가했다. 가보고 싶은 장소가 많았고 실제로 그런 곳을 방문하며 다녔다. 일본인 여행자 친구가 생겨서 종종 밥을 같이 먹으러 갔다. 그런데도 여행할 때조차 '여행이 이렇게 한가로울 수가 있을까' 생각했고, 지금 돌이켜봐도 확실히 한가한 여행 리스트에 들어간다. 어쩌면 내가 그 장소에 감도는 개성적인 분위기에 휩쓸렸을지도 모르겠다.

카트만두에서 며칠을 보낸 후 포카라로 이동했다. 카트만두도 포카라도 한가했다. 한가로웠기 때문에 책만 읽어댔다. 읽을 책이 없으면 헌책방에 가서 책을 새로 구입해서 읽었다.

여행 갈 때 책은 늘 네다섯 권 챙긴다. 네팔에 가지고 갔던 책 중에 가네코 미쓰하루金子光晴의 것도 있었다. 가져갔던 책도, 헌책방에서 산 책도 다 읽고 나서 다시 가네코 미쓰하루의 책을 펼쳤다.《해골잔どくろ杯》과《말레이 난인 기행マレー蘭印紀行》이었다(난인은 네덜란드령 인도네시아를 이르는 말이다).

그 책들을 읽으면서 과거의 도시를 여행하는 건 절대 불가능하다는 당연한 사실을 새삼 실감했다. 가네코 미쓰하루가 생생하게 그린 말레이시아나 싱가포르를 읽는 동안에 그곳을 여행하고 싶다는 동경이 피어올랐다. 말레이시아나 싱가포르라면 예전에 여행한 적이 있다. 하지만 가네코 미쓰하루가 본 그 장소로는 아무리 용을 써도 갈 수 없는 일이다.

어쩔 수 없이 나는 눈앞의 광경과 가네코 미쓰하루가 본 광경을 겹쳐 보려 했다. 나무의 녹음과 흙먼지, 지붕만 있는 차이 가게와 안개가 낀 먼 산을, 1920년대 후반부터 1930년대 초반까지의 말레이시아와 싱가포르를 생각하며 바라보았다. 그랬더니 그 두 광경이 점차 서로 뒤섞이면서 먼 과거를 여행하는 듯한 기분을 자아냈다. 무엇을 바라봐도 마음이 떨렸다. 한가해서 가능했던 망상 여행이었다.

카트만두에서도 포카라에서도 뻔질나게 정전이 되었다. 식당에서 복숭아를 먹는데 파밧 하고 점내가 어두워진다. 방에서 이를 닦고 있는데 갑자기 어두컴컴해진다. 금방 전기가 들어올 때가 있는가 하면 좀처럼 복구되지 않는 때도 있다. 불편하기 그지없지만 1920년대를 여행하고 있던 나는, 망상에 박차를 가할 수 있어서 설레고 기뺐다.

카트만두에도 포카라에도 게스트 하우스가 너무 많아서 거리를 걷고 있으면 꼭 호객꾼이 말을 걸었다. 지금 얼마짜리 숙소에 묵고 있어? 7달러라고 대답하면 5달러에 해줄 테니 자기네 숙소로 옮기라고 한다.

이렇게 숙소를 옮겨 다니다 결국 나는 4달러짜리 방에 묵었다. 손님 경쟁이 치열한지 4달러짜리 숙소인데도 방은 지극히 평범했다. 침대에는 매트리스와 시트도 깔려 있었고, 방에 샤워 시설이 딸려 있었으며, 천장에 채광창까지 있었다. 낡은 책상 서랍에 갱지로 싼 마리화나가 들어 있는 게 조금 꺼림칙할 뿐이었다.

포카라에서 카트만두로 돌아가, 전에 묵었던 숙소에 다시 체크인했다. 이 숙소 1층에는 대체로 늘 손님이 없는 레스토랑이 있는데, 밖에 나가기 아직 이른 아침이나 저녁 식사 전의 시간을 여기서 때웠다.

그런데 어느 날 웬일로 레스토랑에 손님이 몇 명 있었다. 모두 다 젊은 남자들이었다. 내가 들어가자 빤히 쳐다보았는데, 차를 마시기 시작하자 처음에는 조심스럽게, 그러다가 갈수록 신나게 말을 걸었다. 영어를 할 줄 아는 청년이 한 명 있어서 그가 모두의 말을 대표하여 통역해 주었다. 어느 나라 사람이야? 카트만두에서는 어딜 가봤어? 뭘 먹었어? 그런 이야기를 주고받다가 마침내 내 테이블에 모두가 옮겨 앉는 상황에 이르렀다. 그때 영어를 하는 청년이 이렇게 말했다.

"이 중 누군가와 결혼할 마음 있어?"

"네에?" 하고 되묻자 그가 천연덕스럽게 이야기하기 시작했다.

"일본인은 다들 부자잖아. 너희가 1년간 일해서 버는 돈으로 여기선 평생 놀면서 살 수 있어. 우리 친구가 일본 여자랑 결혼해서 이 근처에 게스트 하우스를 지었는데, 그 비용을 여자가 전부 다 냈대."

과연 그렇군. 남자 버전 신데렐라를 노리고 있구나. 나는 부자도 아닌 데다 보통 사람이 1년간 버는 돈조차 못 벌었다(그때는 정말로 일거리가 별로 없었다). 그래서 결혼해도 별 소용없을 거라고 말했지만 그들은 신이 나서는 "누구누구도 부인이 일본인인데…… 집을 새로 지어서……"라면서 일본 여자는 부자라는 이야기를 쉬지도 않고 진심으로 했다. 마치 도시 전설처럼.

아니아니, 난 가난하다니까. 되풀이해서 말하기도 귀찮아졌다.

"밥 먹으러 갈게요. 그럼 안녕" 하고 자리에서 일어나자, 영어를 구사하는 그가 "식사를 할 거라면 이 녀석이 데려다줄 거야"라면서 친구들 중 한 사람을 일으켜 세웠다. 가장 이목구비가 진한, 일반적으로 잘생긴 청년이었다.

"이 녀석, 배우야. 텔레비전에 나와. 이 녀석이 널 맛있는 레스토랑에 데려가줄 거야."

그의 말에 진한 이목구비의 미남도 고개를 끄덕였다. 진한 이목구비는 결코 내 스타일은 아니었지만, 에스코트해주는 대로 그를 따라갔다. 한가했기 때문이다.

진한 이목구비는 아담한 일식 레스토랑으로 나를 데리고 갔다. 마주 앉았지만, 그는 영어를 못 했고 나는 네팔어를 이해하지 못했기에 대화도 못 나눴다. 맞선을 보는 것처럼 고개를 숙이거나 점내의 텔레비전을 보거나 했다. 크로켓 정식을 먹고 있는데 그가 텔레비전을 가리키며 무슨 말인가를 했다. 텔레비전을 보니 화면 속에 그가 있었다. 무슨 광고였다. "어라, 그쪽이죠? 대단하네요"라고 말하자 그가 수줍은 듯이 웃었다.

진한 이목구비와 나는 대화 없이 레스토랑을 나왔다. 숙소로 돌아가자 아직 조금 전의 남자들이 있었고, 둘이 나란히 서보라며 사진을 찍어주겠다고 말했다. 둘이 나란히 서자 어깨동무를 하라고 했다. 진한 이목구비는 쭈뼛대며 내 어깨에 손을 올렸다. 영어를 구사하는 그가 내 카메라로 사진을 찍었다.

"이제 좀 잘게요. 안녕히 가세요"라고 고개 숙여 인사하자 인생 역전 신데렐라 이야기는 이제 아무도 꺼내지 않고 다들 빙긋이 웃으며 손을 흔들었다. 동네도 그렇지만 동네 사람들도 개성이 넘쳤다.

방으로 돌아와 이상한 밤이었다고 생각하며 가네코 미쓰하루의 책을 또 읽었다. 언어가 보여주는 광경에 순식간에 매료되어, 진한 이목구비와 함께한 기묘한 식사 자리는 관심에서 멀어졌다.

책을 탐독하는데 또다시 방에 전기가 팍 하고 끊겼다. 책에 파묻고 있던 고개를 들었다. 전기가 끊겼는데도 방은 희미하게 밝았다. 위를 쳐다보니 비스듬히 나 있는 채광창으로 별하늘이 한가득 보였다. 오싹할 만큼 많은 별이었다. 잠시 사각형의 별하늘을 넋 놓고 바라보았다. 가

네코 미쓰하루도 이렇게 별이 총총한 하늘을 보고 있었을
것 같다는 생각이 확신처럼 들었다. 나는 이미 세상을 떠
난 시인과 같은 별하늘을 보고 있구나 싶었다.

누군가가 방문을 노크했고 숙소 스태프가 양초를 건
네주고 사라졌다. 양초 불빛으로 책을 계속 읽었다.

그때는 알지 못했다. 한없이 한가로웠던 나의 그 여행
도 가네코 미쓰하루의 말레이 난인과 마찬가지로 앞으로
절대 반복할 수 없으며, 두 번 다시 똑같은 곳에 갈 수도
없다는 것을.

네팔을 여행한 지 10년 가까이 지난 지금 종종 생각한
다. 부자 일본인 여성을 아내로 맞이하는 꿈을 꾸는 남자
들, 텔레비전에 나오던 진한 이목구비와의 기묘한 식사,
그리고 창에 머물던 별이 총총한 하늘과 흔들리던 양초
불빛. 두 번 다시 여행할 수 없는 장소와 두 번 다시 만날
수 없는 이름도 모르는 사람을.

그때는 알지 못했다.
한없이 한가로웠던 나의 그 여행도
앞으로 절대 반복할 수 없으며,
죽은 시인을 떠올리며 촛불 아래서
책을 읽던 그 장소에도
두 번 다시 갈 수 없다는 것을.

밤
이라는
터널

침대 열차에 타보지 않겠냐는 의뢰가 들어왔다. 밤에 우에노를 출발해서 이튿날 점심 전에 삿포로에 도착하는 침대 열차에 타고, 그 체험담을 쓰는 일이었다. 덥석 받아들였다. 이런 기회가 아니면 일본에서 침대 열차를 탈 일은 거의 없으니 말이다.

나는 철도 마니아는 아니지만 침대 열차를 좋아한다. 외국을 여행할 때는 침대든 침대가 아니든 밤을 지새우며 달리는 장거리 열차의 신세를 지는 일이 많다. 이유는 비행기보다 저렴하고 버스보다 쾌적하기 때문이다.

일본은 침대 열차보다 국내선 비행기나 신칸센이 훨씬 편리하기 때문에 요즘 침대 열차를 탄다는 것은 그 자체가 목적이라 할 수 있다. 어딘가에 가기 위해서라기보다 열차에 타는 일 자체가 취미인 것이다. 그리고 국내선 비행기나 신칸센보다 훨씬 싸지는 않기 때문에 시간상, 비용상 사치스러운 취미라고도 할 수 있겠다.

삿포로행 침대 열차는 오후 7시 넘어 우에노 역에서 출발했다. 철도 마니아인 남성만 가득하리라 생각했지만 (순전히 편견으로), 가족 단위나 커플 승객이 많아서 놀랐다.

샤워 시설과 화장실이 딸린 개인실에 짐을 풀고 침대로도 변하는 소파에 앉아 창밖을 내다보았다. 아직 밝았다. 나는 완전히 여행 기분인데 내가 탄 기차 옆으로 아주 평범한 통근 열차가 달리고 있으니 왠지 묘한 느낌이었다. 나란히 달리는 통근 열차는 퇴근하는 회사원들로 붐볐다.

침대 열차 창문으로 보는 광경 대부분이 낯선 것인데 어쩐지 낯익기도 해서 빠져들 듯 바라보고 말았다. 아카바네를 지나갈 무렵 하늘은 천천히 보라색을 띠었고 이윽

고 푸른색으로 물들었다. 식당 마쓰야라든가 술집인 우오
타미라든가 편의점 패밀리마트의 간판이 옅은 어둠 위로
떠올랐다가 흘러갔다.

8시를 지나 식당 칸으로 이동했다. 미리 예약을 해야
하긴 하지만, 식당 칸에서는 프랑스 요리 풀코스나 가이세
키(일본의 연회용 코스 요리) 요리를 먹을 수 있다. 둘 다 가
격이 꽤 나가기에, 무심코 드레스 코드는 없지만 굳이 따
지자면 예전에 탔던 이스턴&오리엔탈 익스프레스 비슷
한 열차일 거라고 마음대로 상상했다. 하지만 전혀 달랐
다. 달리는 호화로운 호텔이라기보다 달리는 민박 같았다.

식당 칸에서 프랑스 요리나 가이세키 요리를 먹는 나
이 지긋한 커플이 있는가 하면, 옆의 살롱 칸에 자리를 잡
고 열차에서 파는 도시락을 펼쳐서 먹는 가족 동반 승객
도 있었다. 식당 칸에 끊임없이 사람들이 들락거렸고 종
업원에게 맥주를 주문하거나 공중 샤워실을 예약하는 사
람도 많았다. 아이들이 통로를 뛰어다녔고 엄마가 쫓아다
녔다. 샤워를 하고 머리카락이 젖은 사람이 슬리퍼를 신
고 통로를 걸어 다녔다.

이 식당 칸은 오후 9시부터 바를 운영했는데, 바가 열

릴 시간이 되자 점점 더 민박 집스러워졌고 꽃구경이나 스모 관람과 그 느낌이 비슷해서 왠지 기분이 좋아졌다. 일본인은 정말 술을 좋아하고, 술이 들어갔을 때의 이 편안하고 경계가 무너진 듯한 느낌을 좋아하는구나 하고 실감했다. 우에노에서 삿포로로 열차를 타고 가는 것은 누구에게나 비일상적이지만, 비일상적이기에 점잔 빼지 않고 비일상적이기에 술을 마시고 술에 취하는 것이 실로 일본스러웠다.

2009년 가을, 베이징에서 상하이로 가는 침대 열차를 탔다. 이 열차에서도 식당 칸에 갔었는데 이미 만원 사태가 벌어져 있었다. 가장 안쪽에 바 카운터가 있고, 그 앞에 몇 사람 정도 앉을 수 있는 긴 의자가 있었다. 그곳만 비어 있었기 때문에 거기에 앉아 칭다오 맥주를 마셨다. 술을 마시는 승객은 거의 없었는데 식사가 훌륭했다. 각 테이블에 볶음밥이나 초록 야채 볶음이나 달걀과 새우 볶음 등 상당히 본격적인 중화요리가 착착 운반되었고 뭐라 표현할 수 없는 먹음직스러운 냄새가 났다. 테이블석에 앉은 사람들은 싸우는 듯한 큰 목소리로 끊임없이 대화를 나누며 식사했다.

그때의 일을 떠올리며 나는 나라별 특색이지 하고, 취객으로 붐비는 식당 칸을 둘러보면서 조용히 생각했다.

열차는 밤 11시 전후에 센다이 부근을 통과했고 새벽 무렵에 세이칸 터널(일본 혼슈와 홋카이도를 잇는 해저 터널)을 지날 예정이었다. 삿포로행 침대 열차를 몇 번이나 타본 카메라맨이 "세이칸 터널에 들어가면 소리가 달라져요. 선로를 달리는 철컹철컹 하는 소리가 아니라 사아- 하는 소리가 들려요"라고 말했기 때문에 꼭 일어나 있어야겠다고 생각했지만, 과연 딱 그 시간에 일어날 수 있을까.

창밖이 새까맸기에 커튼을 열고 자기로 했다. 이따금 가로등이나 민가의 불빛이 환상처럼 흘러갔다.

나는 평소에 잠을 설치는 일이 거의 없지만, 이때는 웬일로 잠이 오지 않았다. 샤워실 겸 화장실 문이 망가져서 꼭 닫아도 기차가 흔들리면 덜컹 하고 열렸다. 이 패턴이 반복될 때마다 눈을 번쩍 뜨고 몇 번이고 어둠을 응시하는 가운데, 시계는 자정을 지나 1시를 향해가고 있었다.

창밖에는 불빛이 거의 없었다. 그게 멀리 왔다는 사실을 더 실감하게 했다. 멀리 와서는 더 멀어지려고 했다. 바로 몇 시간 전까지만 해도 창밖에 낯익은 일상이 있었는데 지금은 어둠조차 비일상처럼 보였다.

어느새 잠이 들었는지 눈을 뜨자 사방이 완전히 어두컴컴했고 조금 전까지 있던 소음도 사라졌다.

바다 밑이라는 사실을 바로 알 수 있었다. 카메라맨이 말한 대로 사아─ 하는 고요한 소리밖에 나지 않았다. 세이칸 터널을 통과하는 중이라며 잠결에도 흥분했지만 아무것도 보이지 않았고 기념할 만한 사진도 찍을 수 없었기에 태어나서 처음 하는 체험인데 왠지 아깝다는 생각을 하면서 다시 잠들었다.

커튼을 치지 않은 창문으로 들어오는 환한 빛 때문에 눈을 뜨자, 어젯밤에 본 풍경과 180도 다른 광경이 펼쳐져 있었다. 하늘이 느닷없이 어마어마하게 커졌고, 빌딩도 민가도 아무것도 없었으며, 그저 나무의 푸르름이 반짝반짝 빛나고 있었다. 자는 동안 홋카이도에 도착한 것이다.

침대 열차니까 사람들 대부분이 열차에서 자기 마련이다. 예를 들어 우에노에서 삿포로까지 약 열여섯 시간이 걸리는데 대체로 그 시간의 절반은 잔다. 물론 깨어 있어도 되지만 바깥이 어둡기 때문에 깨어 있으면 지루하다. 그날은 평소와 달리 잠을 설치긴 했지만, 내가 본 것은 어둠뿐이었다. 그래서 창밖의 극적인 변화가 어떻게 이루어졌는지 나로서는 알 길이 없다.

조금 전에 쓴 베이징발 상하이행 열차도 그렇고, 양곤발 만달레이행 열차도, 방콕발 승가이코록Sungai kolok행도, 룩소르발 카이로행도, 그라나다발 바르셀로나행도, 호치민발 냐짱행도 하나같이 밤이 경치를 감추었다.

잠들었다가 일어나면 놀랄 만큼 경치가 바뀌는데 승객은 그 경계를 눈으로 볼 수가 없다. 천천히 변하는 것일까, 아니면 어느 시점에서 확 변하는 것일까. 그야말로 밤은 세이칸 터널 같았다. 변화를 느끼게는 해주지만 보여주지는 않는다.

침대 열차를 탈 때마다 자는 게 아까웠다. 아주 가끔이지만 잠이 오지 않을 때도 있다. 창밖을 내내 바라보고 싶을 때도 있다. 물론 그 바람은 간단히 이룰 수 있다. 같은 여정으로 낮에 달리는 열차를 타면 된다. 하지만 그러지는 않을 것이라는 사실을 안다. 시간이 아깝기 때문이 아니다. 창밖이 어떻게 변화하는지 보고 싶고 알고 싶다고 생각하면서 잠들고, 아침에 변한 풍경을 보고 깜짝 놀라

는 것이야말로 침대 열차의 참된 즐거움이다. 눈을 부릅
뜨고 산타클로스의 정체를 밝혀내봤자 그다지 즐겁지 않
은 것과 마찬가지다.

　일본에서 급격히 사라지는 식당 칸의 운명을 침대 열
차는 따르지 않기를, 철도 마니아가 아닌 나도 바라마지
않는다.

세상
어디든

우리 동네
같지는
않다

24시간 편의점이나 패밀리 레스토랑, 새벽 2, 3시까지 열려 있는 술집, 상점가의 가로등, 네온사인 간판 등이 쌔고 쎈 동네에 살다 보면 그것들이 없는 밤의 존재는 까맣게 잊어버린다.

얼마 전에도 무슨 취재차 오이타 현 경계에서 그리 멀지 않은 구마모토 현의 우부야마에 묵으러 갔다. 주변을 차로 둘러보고 아직 해가 떠 있는 저녁 무렵에 숙소로 돌아와서 취재를 계속했다. 문득 정신을 차리고 보니 바깥은 완전히 밤이었다.

밤 9시쯤에 취재가 끝나고 저녁 먹을 시간이 되었다. 담배가 다 떨어져서 저녁 준비가 끝나기 전에 사오려고 바깥으로 나갔다.

새까맸다. 정말 새까맸다. 가로등도 네온사인 간판도 없거니와 달리는 자동차 불빛도 없었다. 저 멀리서 자판기의 희고 옅은 불빛이 보였다. 혹시 저 자판기는 담배 자판기가 아닐까? 그렇게 생각하면서 걷기 시작했다. 쥐 죽은 듯이 고요했다. 나무도 논도, 여기저기 흩어져 있는 잡화점이나 두부 가게도 밤에 잠겨 있었다.

그러고 보니 이런 건 금방 잊는단 말이지 하는 생각을 하며 저벅저벅 걸어갔다. 이런 것이란, 24시간 편의점이 어디에나 있는 게 아니라는 사실을 말한다. 내가 사는 곳 근처에는 편의점이 네 군데 있고 어디든지 2, 3분 만에 갈 수 있기 때문에 '걸어서 갈 수 있는 곳에 편의점이 없는' 장소가 이 세상에 있을까 하고 무의식적으로 생각한다. 도쿄가 보통이고 다른 곳은 보통이 아니라고 착각해 버리지만, 그렇지 않다. 도쿄가 이상한 것이다.

편의점에 가야지 하고 밖에 나왔다가 '편의점은 어디에나 있는 게 아니라는 사실'을 문득 깨달았다. 나는 이런

행동을 여행지에서 열 번도 넘게 반복한 것 같다. 그런데
도 전혀 학습하지를 못한다.

10년 전, 아일랜드의 코크라는 도시에 있던 학생 전용
맨션에 밤에 도착했다. 같은 방을 쓰는 미국인 여자아이
들과 자기소개를 하고 난 후 내가 물었다.

"그런데 이 주변에 가게는 없어?"

여자아이들은 입을 떡하니 벌린 채 나를 보더니 물었다.

"무슨 가게?"

"음료나 과자를 파는 가게"라고 답하자 더욱 의미를
알 수 없다는 표정을 지은 채 "뭐가 먹고 싶은데?"라고 다
시 물었다. 뭐가 먹고 싶은데, 이런 한밤중에? 그렇게 말
하고 싶은 표정이었지만 아직 밤 9시가 지났을 뿐이었다.

"주스라든가 맥주라든가……."

그렇게 대답하자 "목이 마른 거네?" "홍차 끓여줄게"
라며 그녀들은 벌떡 일어나 주방으로 갔다.

굳이 뭘 사지 않아도 돼, 끓여줄게. 그런 행동이 그녀
들의 친절함에서 나왔는지, 이 부근의 치안이 나빠서 나
돌아 다니면 안 된다는 뜻에서 나왔는지 의아해하며 끓여
준 홍차를 마셨는데, 주위에 편의점이 한 군데도 없다는

사실을 안 건 이튿날이었다.

그리스 아테네에서도 편의점을 찾아 서성였다. 이때는 아직 저녁 무렵이었다. 무엇을 사려고 했는지는 이제 잊어버렸지만, 어쨌거나 무언가 필요해서 편의점 편의점 하고 되뇌며 중심가를 걸어 다녔지만, 없었다. 기념품점이나 서점, 액세서리 가게나 옷 가게는 얼마든지 있는데 편의점은 없었다. 있다! 싶으면 문이 닫혀 있었다. 그날은 일요일이었다. 일요일에 쉬는 편의점이 있다니 하고 또 깜짝 놀랐지만, 24시간 매일 영업하는 편의점은 당연하게도 드문 편이다.

2008년 2월에 업무차 갔던 시애틀에서도 온 동네를 돌아다녔지만 편의점은 한 군데도 찾을 수 없었다. "앗, 그럴 리가! 말도 안 돼!" 투덜거리면서 동네를 배회하다가 멈칫 하고 '여긴 우리 동네가 아니'라고 생각했다.

세상 어디든 우리 동네 같지는 않다. 그 사실을 금방 잊는다. 어디든지 밤 늦게까지 여는 술집이 있을 거라고 생각했다. 어디든지 24시간 편의점이 있을 거라고 생각했다. 그럴 리가 없다는 사실을 머리로는 알면서도 이해할 수 없을 때가 있다.

갑자기, 그것도 밤에 반드시 필요한 물건 같은 건 사실 없다. 생각해보면 내가 스무 살 때까지 살았던 본가 주변에도 편의점이 없었다. 그렇지만 특별히 곤란한 점은 없었다. 먹거리, 음료, 그 외의 생활필수품은 집 어딘가에 여유분이 있었다. 물론 편의점이 근처에 없기 때문에 미리 사다놓은 것이다.

처음 혼자 살기 시작한 맨션 옆에는 편의점이 있었고, 나의 타락은 아마도 이때부터 시작되었던 것 같다.

왠지 목이 마르다. 그런 생각이 들면 차를 끓이지 않고 신발을 신고 편의점에 간다.

술이 좀 더 고프다. 그런 생각이 들면 참지 않고 신발을 신고 편의점에 간다.

아이스크림이 먹고 싶다. 그런 생각이 들면 망설이지 않고 신발을 신고 편의점에 간다.

밤낮이 바뀐 생활을 하던 20대 무렵, 나는 청년 만화(청년층을 타깃으로 한 만화) 두 종류를 애독하고 있었는데, 월요일에 발매되는 것이 새벽 4시 전후, 목요일에 발매되는 것도 같은 시간대에 선반에 나란히 진열되었다. 나는 그 잡지들을 애타게 기다리던 나머지, 아직 날이 새지도 않았는데 맨션을 뛰쳐나갔다. 그런 스스로의 행동을 이상하다고도 생각하지 않았다.

술이든 잡지든 대수롭지 않은 것이라도 필요하다 싶으면 주저 없이 신발을 신고 편의점으로 갔다. 이 행동을 여러 번 반복하자 습관이 되었고, 몇 년 동안 습관을 이어가자 '세상 어디든 편의점은 있다'고 무의식적으로 믿게 되었다.

딱 한 번 편의점이 없어서 정말로 고생한 적이 있는데, 인도네시아 빈탄섬의 탄중피낭이라는 아담한 도시에 머물렀을 때의 일이다.

이 섬에는 관광객이 거의 오지 않아서 호텔도 게스트 하우스도 손에 꼽을 정도밖에 없었다. 그리고 어째서인지 식당도 게스트 하우스도 세면대에 수도꼭지는 달려 있는데 물이 나오지 않았다. 나는 노부부가 경영하는 게스트 하우스에 묵었는데, 이곳 수도도 물이 나오지 않았다. 샤워실에 받아놓은 물이 있어서 그걸로 몸과 얼굴을 씻고 이를 닦았다.

도시에 있을 때는 그나마 괜찮았지만, 그곳에서 좀 더 시골로 이동해 해안가에 있는 게스트 하우스에 도착해서는 아연실색했다. 해안가의 게스트 하우스니까 주위에 편의점은 없더라도 숙박객을 상대로 한 잡화점이나 기념품 가게가 있을 거라고 생각했지만, 하나도 없었다. 있는 것은 바다, 짙은 초록의 밭, 그 한가운데에 덩그러니 세워진 게스트 하우스뿐이었다. 아무것도 없다는 사실을 알았더라면 생수라도 잔뜩 사왔을 텐데, 나는 또 달콤한 환상에 빠져 이동하고 만 것이다.

이 게스트 하우스의 수도도 역시나 물이 나오지 않았다. 목욕은 건너뛰고 드럼통에 담긴 물로 대충 씻었다. 시야가 닿는 곳에는 바다와 밭밖에 보이지 않았다. 사람 한 명 지나다니지 않는데도 혹시 이 길 끝에 잡화점이 있지 않을까 하고 망상에 빠져 어슬렁어슬렁 걸어 다녔다. 당연히 아무리 걸어도 인공물은 전혀 없었고, 쓸데없이 목만 말랐다.

숙소에서 제공하는 소박한 저녁을 먹고, 전기가 안 들어오는 곳이라 양초에 불을 붙여서 그 빛으로 책을 읽고 난 후 잠이 들었다. 세차게 쏟아지는 빗소리에 눈을 떴다. 대나무로 지은 방갈로가 강풍에 흔들리고 있었다. 내일은 가까운 싱가포르로 이동하자고 우울한 마음으로 생각했다.

세상 어디든 우리 동네 같지는 않다. 그래서 여행을 떠나는 게 아닐까. 우부야마의 밤길을 걸으면서 그런 생각을 했다. 정말로 밤 그 자체였다. 멀리서 개굴개굴하는 개구리 소리가 들렸고, 저벅저벅 걷는 내 발소리도 들렸다. 그것 말고는 아무 소리도 들리지 않았다. 걷는 사람도 하나도 없었다. 내일은 비가 오려나. 올려다본 밤하늘에는 별도 달도 없었다.

도착해서 보니 자판기가 팔고 있던 건 담배가 아니라 음료였다. 하얀 불빛에 날벌레와 작은 나방이 몇 번이고 날아와 몸을 부딪쳤다. 담배는 포기할까. 터벅터벅 되돌아갔다. 편의점에 익숙해지는 것은 한순간이지만, 편의점 없는 세계에 익숙해지는 것은 이상하게도 시간이 상당히 걸린다.

시간
과

여행하다

스피드와 높은 곳에 취약한 내가 비행기를 좋아할 리 없다. 맨 처음 탔을 때부터 지금까지 초지일관 싫어한다. 비행기를 타는 게 정말 고역이라서 해외 여행은 가지 않는 사람도 있다. 또 홋카이도에 열차를 타고 가는 사람도 있다. 그 정도까지는 아니지만, 그 심정은 뼈저리게 이해한다. 나도 비행기를 그만큼 싫어하기 때문이다.

비행기에 타기 싫은 마음과 모르는 장소를 여행하고 픈 마음을 저울에 재면, 단연 후자가 이긴다. 그래서 싫다 싫다 하면서도 비행기를 탄다. 타협하는 법은 진즉에 익했다. 가장 좋은 방법은 자는 것이다. 그것도 제일 무서운, 비행기가 이륙할 때와 착륙할 때 자고 있으면 비행기를 탔다는 기분이 안 든다. 순간 이동을 한 것 같다.

좌석을 지정할 수 있다면 창가에는 절대로 앉지 않는다. 창가에 앉으면 밖이 보인다. 높은 곳에 있다는 사실을 알게 된다. 그래서 통로 쪽에 앉는다.

좌석에 앉으면 즉시 잔다. 그러면 이륙했다는 사실을 잠결에 알게 된다. 그다음에 눈을 뜨면 이미 안전벨트 착용 램프는 꺼져 있다. 그래도 또 잔다. 잠이 오지 않을 때는 승무원에게 맥주나 와인을 가져다 달라고 해서 취한 채 잔다. 아무리 긴 시간이라고 해도 비행 시간 거의 내내 나는 잠들어 있다.

비행기 안에서는 시간이 뒤죽박죽이다. 시간과 함께 이동하기 때문이다. 시간은 오후 10시인데 바깥이 엄청 밝을 때도 있다. 그럴 때는 승무원이 밤을 조성한다.

우선 식사를 하게 한다. 사람은 배가 부르면 졸리다. 그건 세계적으로 알려진 사실이다. 나는 기내식이라면 딱 질색이라서 어떻게 모든 항공사에서 이렇게 맛없는 것을 만드는지 의아하지만, 식사 시간에 이 독특한 냄새가 풍기기 시작하면 눈이 번쩍 뜨인다.

승무원이 생선이 좋은지 고기가 좋은지 물으면 어느 쪽이든 별로 맛없을 거면서 하고 생각하면서 "미트 플리즈"라고 힘차게 말한다. 고기에는 와인이라며 레드 와인 작은 병을 받기도 한다.

나온 식사를 확인하고 '아, 역시 맛없겠다' 생각하면서, 잠든 사이에 승무원이 나눠준 메뉴판을 좀스럽게 바라보며 이렇게 메뉴가 훌륭한데 실물은 이 정도구나…… 하고 낙담한다. 그리고 조금만 먹자, 도착하면 현지에서 맛있는 거 먹자 하다가, 정신을 차리고 보면 다 먹어치운 상태다. 정말 불가사의한 일이지만 '이게 무슨 맛이지?' '역시 맛없어'라고 생각하면서도 다 먹는다. 그렇게 다 먹고 난후 조금 시무룩해진다.

시무룩해져 있으면 창문의 햇빛 가리개를 전부 내리라는 방송이 나오고 기내가 어두워진다. 사람들이 웅성거리며 화장실에 가기 시작하고, 그렇게 인공의 밤이 찾아온다. 대부분의 사람들이 얌전하게 잠든다. 나도 잠든다.

하지만 그다지 깊이 잠들지 못하고 눈을 뜨면, 몇 사람 정도는 반드시 깨어 있다. 컴퓨터로 무언가를 하거나 영화를 보거나 책을 읽고 있다.

나는 그들을 '쉬이 잠들지 못하는 사람'이라고 생각한다. 내 친구는 기내에서 한숨도 못 자는 모양이었다. 비행 시간이 엄청 길어도 못 자냐고 물으면 그렇다고 대답한다. 한잔해도 잠이 안 와? 거듭 물으면 갈수록 정신이 말똥말똥해진다고 한다. 어쩜 이런 비극이 다 있을까!

이런 기내의 밤, 닫혀 있는 햇빛 가리개를 살짝 열어보는 사람이 역시나 있다. 창문 틈으로 햇빛이 비쳐 들면 늘 그 갑작스러움에 깜짝 놀란다. 그렇구나, 바깥은 지금도 밝구나 생각하며 시간이 존재하지 않는 장소에 지금 내가 있다는 사실을 새삼스럽게 떠올린다.

장거리 비행인 경우 그 인공의 밤에 야식이 나오기도 한다. 나는 밤이든 낮이든 거의 자고 있기 때문에 야식에 대해서 몰랐다. 어느 날 우연히 잠에서 깨어 다시 잠들지 못한 밤에 목격했다. 다른 승객이 컵라면을 호로록거리고 있는 모습을.

승무원이 깨어 있는 승객에게 야식이 필요한지 물어보는데, 만약 타이밍 나쁘게 그들이 물러난 다음에 잠에서 깬다 해도 훌륭한 야식 코너가 준비되어 있다. 기내 뒤

편 커피포트가 놓여 있는 곳에 컵라면이나 주먹밥, 샌드
위치나 쿠키 등이 준비되어 있어서, 원하는 사람은 마음
껏 가지고 갈 수 있다.

이 또한 불가사의한 일인데, 인공의 밤에 깨어나면 배
가 그다지 고프지 않아도 야식은 먹고 싶어진다. 그렇게
야식 코너로 어슬렁어슬렁 가서 뭘 먹을지 고른다.

야식이 뭔지는 항공사에 따라 다르다. 컵라면이 없을
때도 있고 주먹밥이 없을 때도 있다. '어라, 샌드위치밖에
없네'라고 생각하면서 나는 야무지게 그 샌드위치를 먹
는다. 먹다 보면 허기진 느낌이 들어서 전부 다 먹게 된
다. 전부 다 먹었으면서도 '샌드위치 맛없어. 따뜻한 게
먹고 싶어'라며 여전히 먹을 것만 생각하는 그 불가사의
함이란.

야식을 먹고 다시 잠든 후, 다음 식사가 풍기는 냄새에
잠에서 깨면 기내 형광등이 파지직 켜지는데, 이것이 아
침을 알리는 신호다.

식사가 운반되기 시작하면 아마도 십중팔구가 떠올릴
'브로일러'(식용 닭을 뜻하지만 여기서는 사육된다는 의미로
쓰였다)라는 말을 나도 떠올리고, 이렇게 계속 먹을 수 있

을 리 없잖아 하고 생각한다. 조금 전까지 저녁에다 야식까지 먹었으니 먹을 수 있을 리가 없다. 앞으로 서너 시간이면 목적지에 도착하니 그만 먹자, 그렇게 결심하면서도 달걀 요리와 소시지와 햄이 놓인 아침 식사 트레이를 받아 들고, 정신을 차리고 보면 어느새 또 먹고 있다. 이 가짜 같은 달걀은 뭐야, 생각하면서도 역시 전부 먹어치운다. 다 먹고 나서 다시 조금 시무룩해한다.

창피함을 무릅쓰고 고백하자면 나는 스물두 살 때까지 적도라는 게 눈에 보이는 줄 알았다. 바다에 붉은 선이 그어져 있어서 비행기 창에서 그걸 내려다볼 수 있을 거라고 믿어 의심치 않았다. 스물두 살 때 친구와 뉴욕에 갔을 때 내가 친구에게 물었다고 한다. 빨간 선이 보이지 않던데 적도를 넘지 않았냐고.

마찬가지로 날짜변경선도 보이는 줄 알았다. 흔히 "지금 날짜변경선을 지났습니다"라는 방송이 나오는데, 파일럿이 그 선을 보고 말하는 건 줄 알았다. 아니, 지금 이렇게 쓰면서도 과거형이 아니라, 실은 지금도 어렴풋이 '보이는 것'이라고 생각한다는 사실을 알아차렸다. 하지만 그건 어떤 선이란 말인가?

국경 다리를 건너면서 지금은 어떤 나라에도 속해 있지 않다고 생각하면 뭐라 형용할 수 없는 신기한 기분이 든다. 이 장소의 시간은 어떻게 알 수 있을까? 뒤쪽 나라가 오후 4시고 눈앞의 나라가 오후 5시라면 4시 반일까? 아니면 여기에는 시간이 존재하지 않는 걸까?

비행기 안에서도 그렇다. 비행기가 싫어서 그 안에서는 반드시 잠을 청하지만, 인공의 밤에 눈떴을 때 보이는 광경이 나는 그다지 싫지가 않다. 웅-하는 희미한 소리, 일제히 잠드는 모르는 사람들, 잠들지 못하는 몇몇 사람들. 꽁꽁 닫힌 창문과 시간이 존재하지 않는 곳에 있다는 부유감. 맞아, 시간은 사람이 만들어낸 거지 하고 떠올린다. 국경도 시간도, 단락이라는 것은 모두 사람이 만든 인공적인 것이다. 하루는 실제로 24시간이 아니며 어두워졌다고 날이 끝나는 것도 아니다.

이렇게 시간과 떨어지니 먹을거리가 신나게 뱃속으로 들어간다. 그리고 입에 들어간 순간 우주에 빨려들 듯이 사라져간다. 아침 점심 저녁, 세 끼를 먹는 것도 어딘가의 누군가가 정한 것이다. 기내의 승무원은 그런 규칙을 인공적으로 충실히 지킨다. 거기에 따르면서도 불가사의하게 낮도 밤도 식사도 존재하지 않는, 끝없는 우주를 홀로 헤매고 있다는 기분이 언뜻 든다. 비행기에서 보내는 밤이 싫지 않은 것은 결국 그 느낌이 나쁘지 않기 때문이리라.

비행기 안에서는
시간이 뒤죽박죽이다.
시간과 함께
이동하기 때문이다.

누군가를 알게 되는 밤

　지금도 잊을 수 없는 열일곱 살의 여름, 처음으로 밤을 새웠다.

　지금도 그렇지만 옛날부터 잠을 설치는 일이 전혀 없었다. 그랬기에 열일곱 살까지 나에게 있어서 밤은 단지 자는 시간이었으며 인생에 포함되어 있지 않은 시간이었다.

　열일곱 여름, 특별한 일이 있었던 건 아니다. 그저 친구와 이야기를 나누다 보니 아침이 되었다.

　내가 다녔던 학교는 여름이 되면 2박 3일이나 3박 4일로 후지산 기슭에서 캠핑을 했다. 초등학교 1학년부터 고등학교 3학년까지 학년별로 날짜를 다르게 하여, 학교가 소유한 숙소에 묵는 산림학교 같은 것이었다.

대나무 숲에 둘러싸인 부지 내에 기숙사 같은 신관과 구관 건물이 있고, 마지막 날에 캠프파이어를 하거나 야외 수업을 진행하는 넓은 공간이 있었다. 그 공간과 마주한 곳에 한 학년 전원이 앉을 수 있는 식당이 있었으며, 급식소처럼 주방이 딸려 있었다. 구관은 어둑어둑한 목조 건물이었는데 유령이 출몰한다는 소문이 늘 나돌았다.

구관과 신관에 있는 여러 개의 방에는 두 개씩 짝지어 놓은 2층 침대가 늘어서 있었는데, 조별로 침대 구획이 정해져 있었다. 각자에게 할당된 것은 그 침대 공간뿐이었다. 게다가 옆 침대와는 낮은 판자 칸막이 하나로 구분되어 있을 뿐, 침대 두 개가 거의 딱 붙은 거나 다름없었다. 모두 그곳에 자신의 짐을 넣고, 옷을 갈아입는 것도 짐 정리도 그 좁은 공간에서 해결했다.

지금 생각해보면 말도 안 되는 일이다. 여학교였다고는 하지만 침대 하나 정도의 공간밖에 주어지지 않았고, 심지어 방 한 칸에 백 명 가까운 아이들이 들어가서 같은 시간에 잠든다니.

첫째 날에는 담요로 텐트를 만들고 손전등 불빛을 비춰가며 가지고 온 과자를 먹고 친구와 서로 깔깔대기도 하지만, 둘째 날이 되면 그런 흥분도 사라진다. 수학여행과 달리 연례행사니까 말이다. 밤이 깊어지면 제대로 자고 있는지 어떤지 확인하기 위한 선생님의 순찰이 시작된다. 물론 늘 잘 자는 나는, 선생님의 순찰도 오래된 건물에 나타난다는 유령도 본 적이 없다.

하지만 그 말도 안 되는 일은 30년 전이라서 일어난 게 아닐 것이다. 지금도 그 학교에서는 초등학생부터 고등학생까지 날짜를 겹치지 않도록 하여, 2층 침대가 빼곡히 늘어선 방에 한 사람당 침대 하나만큼의 공간을 배정해 한여름의 사흘이나 나흘을 보내고 있지 않을까. 시대라기보다도 학교라는 곳이 그런 사소한 불합리함을 강요하는 곳이고 우리 대부분은 그 불합리함을 따져볼 새도 없이 그걸 받아들인다.

초등학교 때는 그저 즐겁기만 했던 이 산림학교가 중학생이 되고 사춘기에 접어들면서 인간관계가 초등학교 때보다 복잡해지자, 침대 구획을 결정하는 조 나누기가 별안간 중요해졌다. 사이좋은 아이와 같은 조가 되고 싶었고, 싫어하는 아이와는 침대를 나란히 쓰기 싫었다. 하지만 선생님은 공평하게 조를 편성했고 뒷거래는 불가능했다. 분명 침대 위치까지 정해줬던 것 같은데 이건 같은 조끼리 거래가 가능했다. 2층이 좋은 아이는 2층을, 사이 좋은 아이끼리는 나란히 쓸 수 있도록 자리를 맞바꾸는 것이다.

하지만 그런 거래가 열기를 띤 것도 중학교 3학년 때 정도까지로 고등학생이 되자 뭐가 어떻게 되든 상관없어졌다. 사람을 심하게 가리지 않게 된 데다 싫어하는 애가 옆 침대를 쓰는 게 뭐 어때서 하는 뻔뻔스러움이 생겼기 때문이다. 지금 생각해보면 소녀였던 우리 내면에 아주머니의 싹이 트고 있었구나 싶다.

학교라는 장소를, 그곳밖에 몰랐던 주제에 나는 좋아하지 않았다. 하지만 그 후지산 기슭에 있는 건물은 아주 좋아했다. 고등학교 3학년 여름, 이제 내년부터 이곳에 오지 못한다고 생각하자 서늘할 만큼 외로운 마음이 들었다.

하지만 고등학교 마지막 그 여름, 내가 배정받은 조에는 그다지 친하지 않은 애들만 있었고, 옆 침대는 말을 거의 섞어보지도 못한 N이라는 친구가 쓰게 되었다. 물론 예전보다 인간관계에 무심해진 나는 한숨을 쉬면서도 친한 아이와 옆자리를 쓰고자 하는 거래 같은 건 하지 않고, 칸막이 너머로 N과 빙긋이 미소 지으며 인사를 나누었다.

N은 착실한 아이였다. 까만 머리는 짧았고, 교복도 교칙대로 입어서 스커트 기장을 짧게 하거나 폭을 줄이지 않았다. 가방 색도 수수했고 양말도 제 위치에 딱 맞춰 신었다. 당시의 나는 그런 것들이 착실함의 증거라고 생각했다. 그리고 나는 착실한 타입과 맞지 않았다.

그래서 어쩌다가 산림학교 마지막 날 밤에 N과 이야기를 나누게 되었는지 기억나지 않는다. 분명히 소등 후에 칸막이 너머로 얼굴을 불쑥 내민 N이 내가 쓴 작문을 칭찬해주었던 것 같다. 지금도 옛날에도 칭찬받는 게 어색한 나는 "아냐 아냐 아냐" 하고 수줍어하면서 등을 돌리고 잤을 법하지만, 웬일인지 그때는 그러지 않았다. N은 국어 시간에 선생님이 낭독했던 내 작문을 한참 칭찬하고는 장래에 대해서 물었다. 어떤 대학에 진학할 거야? 어떤 과에 갈 거야?

추천 진학(학교장의 추천서를 받아 대학교에 진학하는 일본 입시 제도)을 할 생각이었던 나는 여름방학 직전에 선생님으로부터 모든 종합 대학교와 단과 대학에 추천으로 갈 수 없다는 사실을 전해 듣고 망연자실한 참이었다. 어딘가 추천받을 수 있을 거라 생각했기 때문에 수험 공부가 어떤 건지도 몰랐다. 작가가 되고 싶다고 생각했지만, 어떤 대학에 문예창작과가 있는지 알아본 적도 없었다.

말문이 막힌 나는 그 아이에게로 질문을 돌렸다. 너는 어떻게 할 거야? 어떤 학교에 어떤 이유로 진학하려는 거야?

그 아이는 내가 들어본 적 없는 단과 대학 이름을 댔다. 거기 원예학과가 있는데 자신은 그곳을 졸업해서 조경업에 종사하고 싶다고 했다. 왜 그렇게 생각했냐면, 서점에서 본 사진집에 실려 있던 아름다운 영국 정원에 빠져들었기 때문이라고. 그 아이는 작가가 되고 싶어 하는 내가 가진 막연한 희망이 아니라, 운명 같은 필연이 뒷받침된 훨씬 구체적인 계획을 이야기했다.

우리가 칸막이 너머로 이야기를 시작했을 무렵, 여기저기서 우리와 마찬가지로 이야기 나누는 소리와 숨죽인 웃음소리가 들려왔지만, 커튼 틈새가 어둠으로 짙어져가면서 전부 숨소리로 바뀌어갔다. 우리는 여전히 작은 소리로 이야기했다.

나는 너처럼 계획적으로 생각하지 못하겠다고 말하자, N은 고등학교를 졸업해야만 자신이 하고 싶은 일이 시작된다고 이야기했다. 그 아이의 사고방식은 꽤 어른스러웠고 어떤 의미에서 차원을 넘어서고 있었다. N은 고등학교에서 겪는 일은 아무래도 상관없다고 여겼다. 교복을 고쳐 입는 것도 염색하는 것도 어리석다고 생각했고, 나같이 단순한 사고방식의 소유자로부터 바보처럼 착실하다고 여겨져도 괜찮다고 했다.

N은 원래 영국인 록 뮤지션의 열광적인 팬이어서 그가 일본에 방문할 때 혼자서 지방까지 보러 가거나 영국이라는 말만 들어도 귀가 쫑긋해지곤 했는데, 그러다가 영국 정원이 실린 그 사진집을 보게 되었다고 말했다. N이 록을 듣는다는 사실에도 놀랐지만, 그것보다 이런 음악을 좋아한다고 같은 반 친구들에게 떠벌리지 않았다는 사실에 더 놀랐다. 그 무렵 우리는 하나같이 무엇을 좋아하고 무엇을 싫어하는지 소리 높여 말하는 것으로 나라는 존재를 인정받았기 때문이다. N을 나타내는 말은 '착실함'

이 아니라는 것을 그제야 깨달았다. '과격'이라는 표현이 야말로 이 아이에게 어울린다는 생각이 들었다.

선생님이 손전등을 들고 순찰한다는 사실을 고등학교 마지막 여름에 처음으로 알았다. 불빛이 보이자 우리는 누워서 입을 꾹 다물었다. 어둠 건너편으로 불빛이 사라지면 다시 소곤소곤 이야기를 시작했다.

유령은 나타나지 않았다. 누군가 잠꼬대를 했다. 바깥은 우주처럼 고요했다. 이야기를 주고받음으로써 사람과 인연을 맺는 일이 생긴다는 사실을, 열일곱 살 여름에 처음 알았다. 정신을 차리고 보니 어둠에 잠겨 있던 커튼이 부옇게 빛나고 있었다. 아침이었다.

이후 나는 몇 번이고 사람과 이야기를 나누면서 밤을 지새웠다. 학생 때도, 졸업한 후에도, 여행지에서도, 지금도. 여러 사람과 이야기를 나눌 때도 있고 둘이서 오붓하게 이야기를 나눌 때도 있다. 이야기하면서 말이 통하지 않아 실망할 때가 있는가 하면, 자는 것이 아까워서 시답잖은 이야기를 줄줄 털어놓으며 웃을 때도 있다.

대화로 누군가와 인연을 맺게 되는 건 불가사의하게도 낮이 아니라 거의 밤이다. 내가 그렇게 생각하는 것은 아마도 쭉 같은 학교에 다녔을 N과 마지막 산림학교의 마지막 밤에 처음으로 인연을 맺게 되었기 때문일지도 모른다.

사랑이
끝나던

밤

　밤을 그저 어둡고 무서운 것으로만 느끼지 않게 하는
것은 나이 듦이나 익숙함이 아니라 사랑이 아닐까 싶다. 사
랑을 하면 밤은 더 이상 잠들기 위한 어둠이 아니게 된다.
사랑에 흠뻑 빠져 있던 20대 무렵을 떠올리며 그런 생각
을 했다.

　20대의 어느 짧은 시기에 나는 사랑에 푹 빠져 있었고,
그럴 때면 으레 그렇듯 눈이 먼 상태였다. 상대는 낯선 동
네에 살았고 나를 눈곱만큼도 좋아하지 않았다. 좋아하지
는 않지만 심심풀이로 한잔하거나 이야기를 나누기에는

딱 좋다는 느낌으로 나에게 적당히 친절하게 굴었다. 사랑에 눈이 먼 상태였기에 나는 이러거나 저러거나 아무래도 좋았다. 그래서 버스가 끊긴 시간에 만나자거나 한잔하자고 하면, 그가 나를 좋아하든 하지 않든 그런 문제는 깊이 따지지 않고 민낯으로 밖으로 뛰어나가 빈 택시를 잡았다.

그 전까지만 해도 나의 연인이나 친구는 모두 우리 동네 근처에 살았다. 그래서 밤중에 한잔하자고 해도 걸어서 목적지로 가거나 고작 옆 동네로 자전거를 타고 가거나 하면 됐다.

그래서 시내에서 술을 마시다가 막차를 놓친 것도 아닌데 완전히 맨정신으로 집에서 모르는 동네까지 택시를 타고 가는 것은 내게 있어서 처음 있는 일이었다. 우리 집에서 그가 사는 동네로 가려면 시내를 지나야 했다. 차창을 응시하고 있자니 밤이 점점 소란스러워졌다. 네온사인 불빛과 열려 있는 가게가 늘어나고, 새벽 1시가 지났는데도 아주 평범하게 사람들이 거리를 거닌다. 나는 아이처럼 그 번쩍번쩍 빛나는 밤에 빠져들었다.

그 무렵 나는 정기적인 일이 없었기 때문에 다음 날의

스케줄도, 심야에 택시를 타고 먼 곳까지 갈 금전적인 여유도 없었다. 하지만 그런 건 나를 조금도 두렵게 하지 않았다. 내일 스케줄이 없다는 것은 오늘 늦게까지 이야기를 나눌 수 있다는 뜻이고, 몇 분마다 올라가는 요금은 눈에 보이지도 않았다.

시내를 가로지른 택시는 반드시 도쿄타워 근처를 지나갔다. 그때까지 나는 도쿄타워에 대해 별다른 생각이 없었지만, 밤이 되면 이렇게 아름답게 빛나는구나 하고 이때 처음으로 깨달았다.

구조가 복잡한데도 보기 싫은 구석이 없고 엄청나게 큰데도 섬세한, 밤에 우뚝 서 있는 도쿄타워는 정말 멋있었다. 그리고 어찌된 일인지 늘 예상을 뛰어넘을 만큼 컸다. 도쿄타워를 통과할 때마다 나는 매번 그 빛의 탑을, 넋을 잃고 바라보았다.

그런 깊은 밤에 낯선 동네에서 좋아하는 사람을 만나 한잔하러 간다. 연인 사이는 아니었기에 그건 절대로 달콤한 시간은 아니었다. 친구를 만난 것처럼 술을 마시고 잡담만 나눌 뿐이었다. 그것만으로도 나는 충분히 만족스러웠다.

처음 갔던 가게를 나와서 다른 장소로 또 마시러 간다. 이쯤 되면 나는 이미 내가 어디를 걷고 있는지 전혀 알 수 없는 지경이다. 하지만 조금도 두렵지 않다. 내 옆에 그 동네를 잘 아는 사람이 있어서는 분명 아닌 듯했다. 또는 좋아하는 사람과 함께 걷고 있어서도 아니라고 생각한다.

밤, 모르는 장소를 걷고 있어도 조금도 두렵지 않다. 이건 사랑의 특권이라고 생각한다. 곁에서 걷는 사람이 나를 하나도 좋아하지 않아도 밤은 두렵지 않다. 그렇다기보다 만약 혼자 걷고 있다 해도 한창 누군가를 사랑하는 중이라면 두렵지 않다.

이 느낌, 여행지에서 취한 채 걷고 있을 때와 아주 비슷하다. 취했기 때문에 낯선 장소가 두렵지 않다. 어둠이 두렵지 않다. 누가 덮칠지도 모른다든가 들개가 짖을지도 모른다는 부정적인 생각은 전혀 떠오르지 않는다. 단지 들뜬 기분으로 밤 속을 성큼성큼 나아간다. 사랑이라는 것은 술처럼 사람을 들뜨게 한다.

설령 낯선 밤거리에 혼자 내버려진다고 해도 그 무렵의 나는 계속 걷고 싶었다. 술집 불빛과 자동차의 미등과 타원으로 차오른 달과 드문드문 떠 있는 별과 전봇대까지 낯설면서도 특별하게 보였다. 그런 밤 속을 언제까지나 의기양양하게 걷고 싶었다.

20대의 내 사랑은 이루어지지 못한 채 끝났다. 처음부터 끝까지 완벽한 짝사랑이었다.

그 사람을 마지막으로 만났을 때, 그러니까 '아아, 이제 이래선 안 되겠다'며 완벽히 마음을 접은 채 집으로 돌아왔을 때, 그때도 밤이었다.

상대에게 호감을 전달하지는 않았기에 그로부터 이별의 말은 듣지 않았다. 그저 일방적인 내 사랑의 끝을 깨달았을 뿐이다.

그날, 여행지처럼 낯선 곳에서 그 사람과 또 한잔하고 잡담을 나누던 와중에 '아아, 이래선 정말 안 되겠다'고 뼈저리게 느꼈고, 첫차가 다닐 시간쯤에 늘 그렇듯이 손을 흔들고 헤어졌다. 나는 또 봐 하고 말했지만 내가 연락하지 않으면 더는 만날 수 없다는 사실을 알고 있었다. 그리고 나는 두 번 다시 연락하지 않겠다고 굳게 마음먹었다.

역까지 가는 어두운 거리를 혼자서 걸었다. 역시 전혀 모르는 동네, 모르는 밤이었다. 사랑이 끝났는데도 여전히 두려움은 느껴지지 않았다. 슬프지도 않았다. 밤에 이렇게 먼 동네에서 홀로 걷고 있는 스스로가 조금 대단하게 느껴졌다. 콧노래마저 부르고 싶을 정도였다.

역에 도착했다. 개찰구는 열려 있었지만 첫차는 20분 정도 기다려야만 했다. 아무도 없는 플랫폼 벤치에 앉아서 전철을 기다렸다. 사랑에 실패했구나 싶었다. 그런데 이상하게도 의기소침해지지 않았다.

플랫폼 지붕 때문에 가늘고 길게 오려진 것처럼 보이는 남색 밤이 천천히 옅어져가는 모습을 나는 계속 지켜보았다. 어딘가에서 까마귀가 울었다. 울음소리가 끊기자 정적에 휩싸였다. 즐거웠다는 생각이 문득 들었다. 모르는 동네까지 정신없이 택시를 타고 달려갔던 일, 가벼운 마음으로 밤을 활보했던 일, 계속 걷고 싶다고 생각했던 일. 사랑은 이루어지지 않았지만 그 사람과 함께 있는 동안 왠지 아주 예쁜 것만 본 듯한 느낌이 들었다. 밤에서 아침으로 모습을 바꾸는 하늘도 이제 막 실연한 나의 앞에서 터무니없이 예뻤다.

나이를 먹고 일이 바빠지면서 늦은 밤에 오직 누군가

를 만나기 위해 낯선 동네를 가는 것은 불가능해졌다. 가능할지도 모르지만 불가능하다고 생각하게 되었다. 만나고 싶으면 내일 만나면 된다는 판단이 선다. 하룻밤 내도록 깨어 있어도, 체력적으로도 물리적으로도 끄떡없던 그 별난 20대 시절은 두 번 다시 돌아오지 않을 듯하다.

혼자 역을 향해 걸어가고, 플랫폼에서 밤이 아침으로 바뀌는 순간을 가만히 지켜보던 그때를 이따금 떠올린다. 실연한 직후였기에 어찌 보면 최악의 날이었을 테지만 그 광경을 떠올리면 조금 즐거운 기분이 든다. '그래, 난 여전히 건재해'라며 뭐가 건재한지도 모르면서 그렇게 생각한다. 그렇게 생각하고 싶어서 그날의 광경을 떠올리는 날도 가끔 있다.

얼마 전에 지인과 약속이 있어서, 그 지인이 보내준 지도를 한 손에 들고 낯선 동네에 내렸다. 걷고 있는데 의아한 느낌이 들었다. 꿈에서 몇 번이나 본 동네 같은 느낌이었다. 길치인 나는 지도가 손에 있는데도 그 낯선 동네를 빙글빙글 맴돌았다. 헤매는 동안 저녁이 밤으로 천천히 바뀌었고, 어스레한 가운데 빛나는 네온사인을 올려다보며 목적지를 찾다가 갑자기 깨달았다. 그 동네는 20

년 전쯤에 내가 가벼운 마음으로 돌아다녔던 그곳이었다. 너무 놀라서 "우와!" 소리를 냈다. 동네가 꽤 바뀌어서 기억과 일치하는 부분이 하나도 없었지만 묘한 안도감이 밀려왔다.

만약 헤매던 중에 밤이 되지 않았다면 이 동네와 그 동네가 같은 곳이라는 사실을 나는 알아차리지 못했을 것이다. 이곳에서 밤은, 분명 언제든 내 편이다.

밤,
모르는 장소를 걷고 있어도
조금도 두렵지 않다.
이건 사랑의 특권이라고 생각한다.
혼자 걷고 있다 해도
한창 누군가를 사랑하는 중이라면
두렵지 않다.

그
사실을
알 필요가
있다

본가를 나와 자취하기 시작한 것은 스물한 살 때로, 그 후로 십몇 년 내내 살 곳을 찾아 떠돌았던 것 같다. 무려 12년 동안 이사만 아홉 번 했다. 가장 짧을 때는 3개월 만에, 가장 길 때는 3년 만에 이사했다.

틈만 나면 이사를 했기 때문에 친구나 같이 일하는 편집자는 내가 이사를 상당히 좋아하거나 트러블 메이커(연애 관련)라고 오해하기도 했다. 하지만 나는 이사를 좋아하지도 않고 트러블 메이커도 아니다. 운이 나쁘고 인내심이 약하고 이사를 그다지 고달프게 느끼지 않는, 그 정도 이유가 있을 뿐이다.

운이 나쁘다는 건 변태가 우리 집을 훔쳐보거나 관리인이 매일 집에 방문했던 일을 뜻한다. 인내심이 약하다는 건 아래층에 사는 껄렁한 남정네에게 발소리가 시끄럽다고 위협받았다든가, 집은 괜찮았지만 아무리 노력해도 동네가 좋아지지가 않았던 일을 뜻하고 말이다.

가장 기이하게는 집세를 내리겠다는 소리를 듣고 이사한 적도 있다. 그 집에는 거품경제가 끝날 무렵에 이사 왔다. 2년 후 계약을 갱신할 때에는 막바지에 다다른 거품경제를 우리 같은 서민도 실감할 수 있을 정도였다. 계약 만료 시기가 되자 부동산에서 계약을 연장하면 집세를 내려주겠다고 연락이 왔다. 그리고 4만 엔 정도 저렴한 금액을 말했다. 그 집 자체는 마음에 들었지만 지난 2년간 집세를 4만 엔이나 더 지불해왔고 지금부터 4만 엔이 마이너스된 '정규' 요금을 지불하는 것이 왠지 엄청 어이없게 느껴져서 단호하게 이사를 선언했다.

20대부터 30대 초반까지 나는 쭉, 정말 쭈욱 안주할 수 있는 곳을 찾았다. 어딘가에 이상적인 집이 있을 거라고 믿고 이사를 반복했다. 내가 생각하는 이상적인 집이란 '2층 이상에다가 창문 너머로 경치가 보이고 욕실과 부엌에 창문이 있고 널찍하고 관리인도 집주인도 근처에 살지 않으며 심야에 술자리를 벌이고 마작을 할 수 있는 곳'이었다.

이상적인 집의 조건 앞부분을 충족시키는 집은, 역과의 거리나 건축 연수를 따지지 않으면 의외로 많다. 문제는 뒷부분이다. 관리인이나 집주인이 가까이 살지 않으면서 술 모임이나 마작이 가능한가. 무척 난해한 문제였다. 그리고 이것은 20대의 내가 절대로 양보할 수 없는 부분이기도 했다. 보다 쾌적하게 술자리와 마작을 즐길 수 있고 변태가 얼씬거리지도 않으며 집세도 갑자기 떨어지지 않는 데다 시시껄렁한 인간이 아래층에 살지 않는 집. 어딘가에 있다. 어딘가에서 나를 기다리고 있다. 어째서 찾을 수 없는 걸까.

같은 집을 2년마다 재계약하여 4년, 8년 살고 있는 친구들을 보면 부러워서 죽을 것 같았다. 그들은 발견한 것이다. 이상적인 거주지를.

이사하지 않는 그들은 술자리나 마작을 기본 조건에 넣지 않기 때문에 나보다 훨씬 집에 관대하다는 사실을 그때는 알아차리지 못했다. 스스로를 돌아보지 않고 '얼굴이 반반하고 키가 크고 근육이 적당히 붙어 있고 뚱뚱하지 않으면서 연봉이 천만 엔은 돼야 하고 야근과 휴일 근무가 없고 여자를 밝히지도 폭력을 휘두르지도 않는 성격 좋은 차남을 원한다'고 태연하게 말하면서 평범한 사람과 연애하는 친구를 시기하고 있었던 것이다.

다른 사람들이 느끼는 만큼 이사가 힘들지 않다고는 하나 이사는 역시 번거롭다. 옛날에는 짐 운반만 업체에 부탁했기 때문에 짐을 싸고 푸는 일은 내 몫이었다. 이사하기 며칠 전부터 박스에 점령된 집에서 먹고 자고 일하고, 이사를 하고 나서는 정리를 자꾸 미루기만 해서 박스에 둘러싸인 채 먹고 자고 일했다. 내 소유물 중에 가장 많은 것은 책이며, 매번 이삿짐센터 사람이 "책이 참 많네요"라고 골치 아픈 표정으로 말하곤 했다. 죄송하다고 매번 사과하는 나도 책을 싸는 작업에는 진절머리가 났었다.

하지만 번거로운 이사를 하는 중에도 좋아하는 시간은 있다. 이사한 당일 밤이다. 그 시간만큼은 몇 번을 반복해도 좋다. 지금 떠올려도 간절할 만큼 그립다.

아무것도 없는 텅 빈 집에 박스를 옮긴다. 연달아 박스를 열어서 정해진 장소에 정리해도 그날 안에는 도저히 전부 정리할 수가 없다. 부엌은 아직 사용할 수 없어서, 이사를 도와준 친구와 함께 근처에서 한잔하며 소바를 먹은 뒤 은근히 취한 상태로 헤어져서, 아직 정리되지 않은 공간에 홀로 돌아온다. 배선 작업이 서툰 나는 텔레비전을 켜지도 못하고, CD플레이어는 있지만 정작 중요한 CD 박스가 어디에 있는지 알 수 없어서 고요한 공간에서 혼자 정리를 이어나간다.

박스 테이프를 뜯고 내용물을 꺼낸 후 박스를 접는다. 커튼 없는 창에는 집 안 상태를 관찰하듯 밤이 딱 들러붙어 있다. 너무 고요해서 아래층에서 소곤대는 이야기 소리나 옆집의 텔레비전 소리가 희미하게 들려온다. 나 말고 다른 사람은 평소의 생활을 하고 있는 것이다.

밤도 깊어지고, 지쳐서 멍하니 방 한가운데에 주저앉는다. 그때 터무니없이 불안한 마음이 밀려온다.

아직 낯선 천장과 벽. 열어도 열어도 끝이 없을 것 같은 박스들. 매트리스가 튀어나온 침대. 연결되지 않은 텔레비전과 비디오. 책이 꽂혀 있지 않은 책장. 식기가 들어 있지 않은 찬장. 익숙하지 않은 냄새. 살며시 들려오는 안면도 없는 사람들의 생활 소음.

나는 아무것도 소유하고 있지 않고 누가 봐도 외톨이라고, 그 불안한 마음이 나에게 알려준다. 쌓여 있는 박스 속 물건은 내 소유물이고 그걸 가지고 계속 이사를 다니고 있지만, 그때만큼은 그것들이 아무 의미도 없는 것처럼 느껴진다. 누군가에게 빌린 가짜 짐처럼 느껴진다. 가지고 있어서 자랑스러운 물건도 하나 없고, 없어지면 안 되는 물건도 하나 없다.

그리고 외톨이라는 생각. 친구와 연인이 있어도 그 관계가 언젠가 달라지리라는 사실을 나는 서서히 깨닫는다. 친한 친구와 소원해지고, 연인과도 분명 언젠가는 헤어지게 될 것이다. 지금 이 고요함 속에서 아무것도 소유하지 못한 채 혼자 있는 것처럼, 나는 정말로 외톨이구나 하고 생활감이 전혀 없는 낯선 장소에서 생각한다. 아니, 생각하는 게 아니라 알게 된다.

하지만 이상야릇하게도 그 사실은 나를 실망시키지도 슬프게도 만들지 않는다. 홀가분한 기분이 들게 한다. 짊어진 짐을 내팽개치고 발돋움하는 듯한 해방감이 느껴진다. 한없이 외롭지만 그 외로움도 마냥 기분 좋기만 하다.

이삿짐 풀기는 내일로 미루고 처음 들어가보는 욕실에서 샤워를 하고, 박스에 둘러싸인 침대에 눕는다. 이 즈음에는 고독에 도취되어 거의 흥분 상태다. 아, 자는 게 아까워. 나를 불안하게 만드는 밤을 계속 지켜보고 싶어. 그런 생각을 하면서도 피곤한 탓에 순식간에 잠에 빠져든다.

이 느낌은 짐을 대강 정리한 이튿날에는 두 번 다시 맛볼 수 없다. 그곳에서 생활이 시작되면 흔적도 없이 사라진다. 외톨이라는 생각도 더 이상 들지 않는다. 아무것도 소유하고 있지 않다는 생각도 안 든다. 하루하루 일어나는 일을 진지하게 때로는 적당히 마주하고, 싸우기도 하고, 홀로 울기도 하고, 술에 취하기도 하고, 서로 이해하기도 하면서, 내 집이 된 곳에서 잠들고 일어난다.

다시 이사 가기 전날이 되면 불안감이 또 떠오른다.

이사하기 전날 밤, 또 박스에 점령당한 방에서 잠을 잔다. 커튼도 떼어냈다. 책장도 텅 비웠다. 그리고 나는 갓 이사 왔을 무렵을 놀랄 만큼 선명하게 떠올린다. 1년 전이나 2년 전, 불안한 듯 방에 앉아 있는 나와 창밖의 어둠과

생활감이 없던 공간을. 그 허전하면서도 후련했던 느낌과
더불어서.

살던 집과 이사갈 집은 구조가 완전히 똑같지만 그 1년
이나 2년 사이에 나의 위치가 많이 바뀌었다는 사실을 그
때 알게 된다. 친구와 연인이 바뀌었고 좋아하는 음식이
나 단골 가게가 바뀌었으며 일에 임하는 자세가 바뀌었고
담당 편집자가 바뀌었고 흥미 있는 일도 바뀌었다. 그리
고 살던 집에서 나가기 전날에도 다시금 실감한다. 내가
아무것도 소유하고 있지 않으며 외톨이라는 사실을.

30대 중반부터는 이사를 딱 멈추었다. 이상적인 집을
찾았냐고 묻는다면 그렇지는 않고, 이상적인 집이 세상에
존재하지 않는다는 사실을 깨달았을 뿐이다. 술자리를 갖
고 싶을 때는 음식점을 예약하게 되었고, 밤낮으로 마작
을 할 수 있을 정도의 시간적인 여유도 사라졌다. 그 두 가
지 조건에서 벗어나자 이상적이라고는 할 수 없지만 쾌적
한 집을 의외로 간단히 찾을 수 있었다.

그래서 그 불안한 마음은 이제 여행지에서 느끼는 수
밖에 없다. 처음 묵는 숙소에서 자그마한 휴대용 배낭을
심란하게 만지작거리고 바깥의 어둠을 불안하게 바라보

면서, 새삼스레 깨닫는 수밖에 없다. 나는 여전히 아무것
도 소유하고 있지 않고 이렇게 외톨이라는 사실을.

영혼이
여행하는
밤

병원에서 보내는 밤은 어떤 밤과도 다르다. 사람의 영혼이 자유롭게 왕래한다는 의미에서 '열려 있는' 느낌이 든다.

처음 그 생각을 한 것은 고등학생 때였다. 아버지가 입원해서 돌아가실 때까지 우리 가족은 병원에 자주 묵었다. 대부분은 아버지가 계시는 1인실에 머물렀지만, 피곤해지면 병간호하는 가족들을 위한 료칸의 거실처럼 큰 방으로 가서 이불을 깔고 잤다.

병원은 식사 시간도 소등 시간도 이르다. 떠들썩한 식

사 시간이 끝나고 층에 떠돌던 음식인데 음식 같지 않은 희한한 냄새가 사라지면, 소등 시간이 되어 모든 병실의 불이 꺼진다. 켜져 있는 거라곤 복도에 있는 비상구를 알리는 초록색 불과 간호사 대기실의 하얀 불빛뿐이다.

환자의 거동을 돕는 가족에게 병원의 밤은 잠들기 위한 밤이 아니라 잠들지 않기 위한 밤이다. 죽을 것 같은 사람이 죽지 않은 것을 확인하기 위한 밤이다.

나는 그때 수험생이었기 때문에 아버지의 1인실에서 작은 불을 켜놓고 공부했다. 머리에 뭐가 들어올 리 없었지만, 달리 할 일이 없었다. 공부를 하다 지겨워지면 병실을 나가서 고요한 복도를 걸어 인적이 없는 엘리베이터 홀로 갔다. 거기서 엘리베이터를 타고 1층까지 내려가서 희미한 불빛을 발하는 자판기에서 음료를 사서, 역시 아무도 없는 대기실에서 그것을 마시고 병실로 다시 돌아왔다.

사실 그렇게 며칠씩이나 묵는 날이 많지는 않았다. 마지막 즈음 우리 가족은 의식불명인 아버지의 상태가 위독해질 때마다 호출을 받았고, 택시를 타고 가서 아버지가 안정될 때까지 묵으며, 교대로 자거나 깨어 있었다. 그것도 분명 자주 그러지는 않았을 텐데 그 독특한 밤의 느낌이 나의 내면에 강하게 배어들어, 병원에서 며칠이나 살았던 것 같은 기분마저 든다.

독특한 밤의 느낌이라는 건, 여러 사람이 그곳에 있는데 아무도 없는 것 같은 기묘한 고요함과 다른 장소에서 보면 꺼림칙하지만 병원에서는 안도하게 되는 초록색 불빛, 그리고 앞에서 말했던 '열려 있는' 느낌을 말한다.

사람은 분명 밤낮을 가리지 않고 죽지만 병원에서는 사람의 죽음을 밤에 더 많이 느낀다. 예를 들어 전날에는 열린 문틈으로 쭉 뻗은 다리가 보였는데 다음 날 아침 지나가다 보면 문이 활짝 열려 있고 아무도 없는 침대가 덩그러니 놓여 있는 광경. 그런 것을 자주 보았다. 그 변화는 그때의 나에게 두렵지도 슬프지도 않았고 단지 고요히, 죽음이란 이런 것이란다 하고 가르쳐주는 것처럼 느껴졌다.

아버지가 세상을 떠난 것도 밤이었다. 밤이지만 아직 이른 시간이었다. 병실에는 나밖에 없었고 의사가 가족을 부르라고 해서 '아, 때가 찾아왔구나' 하고 바로 알아차렸다. 널찍한 병원을 뛰어다니며 가족을 찾아다녔다.

그리고 거의 20년 후, 엄마는 아버지와 같은 병으로 같은 병원에 입원했다. 물론 같은 병동이었다. 그 병동에 발을 디뎠을 때 '아, 다시 왔구나' 싶은 기분이 들었다.

입원하고 나서 순식간에 찾아온 엄마의 죽음은 너무나도 허망했다. 담당의조차 엄마가 그렇게 빨리 세상을 떠날 줄은 몰랐다고 했다. 세상을 뜨기 불과 일주일 전에는 가퇴원 이야기가 나올 정도로 병세가 안정되어 있었다.

병원에서는 어지간한 일이 아니면 간병인의 숙박을 허락하지 않는다. 그래서 아버지 때처럼 병원에서 먹고 자고 하지 않았고 그 료칸 거실 같은 방도 사용하지 않았다. 병문안 종료 시간이 되면 다른 보호자와 더불어 집으로 돌아오곤 했다.

병원에서 오롯이 밤을 보낸 건 임종이 다가왔을 때뿐이었다. 늦은 밤에 호출을 받아 병원에 도착했고, 그때부터 약 이틀 정도 엄마 곁을 지켰다.

깜짝 놀랐다. 병원은 꽤 달라져서 식당과 매점 위치도 바뀌었고 여러 곳이 새로 지어졌거나 증축되었는데도 병원에서 보내는 밤은 아무것도 달라지지 않아서. 초록색 불빛도, 사람이 있는데 아무도 없는 것 같은 공기도, '열려 있는' 느낌도 말이다.

나는 고등학생도 아니고 그때와는 확실히 달라졌는데, 그날 밤의 나는 고등학생 무렵의 나와 완전히 같았다. 아무것도 모르고 아무것도 못하는, 무기력하게 우두커니 선 모습 그대로였다.

한밤중에 초록색 불빛이 비추는 복도를 걸어서 화장실에 갔다. 세수를 하는데 수액걸이를 밀며 이동하던, 입원 환자로 보이는 중년 여성이 말을 걸었다.

"괜찮아요. 오늘은 잘 넘길 거예요."

전혀 모르는 사람인데도 신이나 천사가 말을 건 듯한 느낌이 들어 "고맙습니다" 하고 고개를 깊이 숙였다. 글을 쓰는 지금도 새삼스레 불가사의하게 느껴진다. 그건 대체 누구였을까?

그건 그렇고, 밤의 병원에서 느껴지는 이 차분한 느낌은 대체 뭘까 하고 복도를 걸으면서 생각했다.

20년 전에도 그랬다. 나와 가까운 사람이 당장이라도 세상을 떠날 것 같아서, 나는 어찌할 바를 모른 채 입술을 꽉 깨물고 눈물을 참았다. 그런데 그것과는 아무런 상관없이 차분한 느낌이 있었다. 고요함도 약하디 약한 불빛도 어둠도 한없이 차분했다.

만약 20년 전에 병원에서 묵어보지 않았다면 이 밤은 단지 두렵고 불쾌하고 슬펐을까. 그런 생각을 했다.

이는 만약 우리 아버지가 그때 죽지 않고 계속 살아 있었더라면 내 사고방식이 지금과 달라졌을까? 하는 생각과 비슷하다. 즉 쓸모없다. 그런 가정이 쓸모없다는 사실을 알면서도 몇 번이고 생각했다. 그리고 나는 20년 전에 이미 경험했고 실제로 병원에서 보내는 밤을 차분하다고 느낀다. 그렇게 느끼지 않는 나는 어떤 가정을 하든 어디에도 존재하지 않는다.

역시 엄마는 이른 밤에 숨을 거두었다. 여러 절차가 있었고, 간호사와 둘이서 엄마의 몸을 닦고 옷을 갈아입히고 염을 하고 그러는 동안에 밤이 완전히 깊었다.

엄마의 몸을 병실에서 지하 영안실로 옮길 때 다른 입원 환자들과 마주치고 싶지 않다는 생각을 했다. 분명 다들 동요하겠지. 그런 나의 바람대로 병동 복도에서 엘리베이터 홀까지, 거기서 또 지하까지 가는 동안 단 한 사람과도 마주치지 않았다. 인기척은 나는데 아무도 없는 듯한 고요함이 여전히 온 건물을 지배하고 있었다.

슬펐냐고 묻느냐면 물론 실제로 숨쉬기가 힘들 만큼 슬펐다. 하지만 그것과는 별개로, 역시 나는 이상하게 편안한 기분을 맛보고 있었다. 그건 분명 '열려 있다'는 인상 때문이리라고 본다.

나는 원래 사람에게 영혼이 있다고 믿는데 병원에서 보내는 밤에는 그 사실을 더욱 강하게 믿게 만드는 분위기가 있다. 사람에게는 영혼이 있고 죽으면 그것이 몸에서 빠져나와 원래의 장소로 돌아간다고, 밤의 병원에 감도는 고요함은 어째서인지 나로 하여금 그걸 더 굳게 믿도록 한다.

병원이라는 곳은 세상을 떠나는 장소인지도 모른다. 전날 침대에서 다리를 뻗고 있던 사람이 오늘 사라진다. 그게 모르는 사람이라고 할지라도 단순히 무無가 되어 사라진다고는 도무지 생각할 수 없다. 전날 그곳에 누워 있던 사람이 오늘 어딘가로 떠났다는 생각이 든다. 육신이 필요치 않은 어딘가로.

영혼이 있고 그것이 원래 있던 장소로 돌아간다는 믿음은 사람을 구원한다고 생각한다. 가까운 사람을 이제 영원히 만날 수 없다는 슬픔은 결코 치유될 수 없지만, 그

목숨이 사라진다고 생각하는 것보다 어딘가로 돌아가서 그곳에 머문다고 생각하는 편이, 살아 있는 인간에게는 훨씬 마음 편하다. 병원에서 보내는 밤이 편안해서 영혼의 존재를 믿는다는 게, 집에서 숨을 거두는 것이 일반적이었던 옛날 사람에게는 이상해 보이겠지만 말이다.

검사 결과가 생각보다 나빠 급히 입원한 병원에서 아버지가 세상을 뜬 병원으로 옮기고 싶다는 말을 꺼낸 사람은 애초에 엄마였다.

구급차를 타고 마치 이사하듯이 병원을 옮겼다. 구급차 창문 너머로 20년 전에 문턱이 닳도록 드나들던 병원의, 샛노랗게 물든 은행나무와 사각형 건물이 보이자 들것에 누운 엄마가 "여기에 올 수 있어서 다행이구나"라고 작게 말했다.

나는 이쪽 병원이 더 커서 안심이 된다는 의미로 받아들였지만, 지금은 그렇지 않을지도 모른다는 생각이 든다. 자신의 상태를 어렴풋이 알았던 엄마는 어딘가로 돌아갔을 아버지를 보낸 장소인 이곳을, 자신이 여행을 떠날 곳으로 선택한 게 아닐까. 그런 의미에서 다행이라고 한 게 아닐까. 가족끼리 밤을 보냈던, 기묘하게 고요하고 슬프고 편안한 장소에 올 수 있어서 다행이라고, 그리 말한 게아닐까.

고독한

밤
과
전화

휴대전화가 등장한 지 20년도 더 됐으리라 생각하지만 대중적으로 보급되고 가지고 다니는 것이 '평범'해진 건 10년 전쯤이 아닐까. 기계치에다가 통화가 고역이고, 늘 집에 있기 때문에 휴대전화가 전혀 필요 없었던 내가, "왜 안 가지고 다녀? 신념이야?"라는 질문을 계속 받는 게 지긋지긋해져서 휴대전화를 산 것이 딱 그 무렵이다.

휴대전화가 보급되면서 많은 것이 사라졌다.

예를 들어 기다리는 것. 그때는 약속 장소에 상대가 나타나지 않아도 휴대전화가 없기 때문에 기다리는 것 말고는 방법이 없었다. 약속 장소에서 몇 분 기다릴 수 있냐는 질문을 당연하다는 듯이 주고받았고, 30분, 길게는 한 시간이라고 모두가 자신이 얼마나 인내할 수 있는지를 알고 있었다.

그리고 가족과 함께 사는 이성에게 전화를 걸 때 느끼던 겸연쩍음도 온데간데없이 사라졌다. 어머니가 받으면 어쩌지 하면서 교제한 지 얼마 안 된 상대의 집에 전화를 걸거나, 자신의 집에 전화벨이 울릴 때마다 부모님이 먼저 받을 세라 전화를 잽싸게 받기도 하는 그런 것.

요즘 젊은이들에게는 믿기 힘든 이야기겠지만, 여고를 다니던 내게 그냥 아는 남자아이가 전화를 했는데 부모님이 그에게 "딸과 무슨 사이죠?"라고 물었던 적이 있다. 그것만이 이유는 아니었지만 이후 그 아이와 연락이 끊겨서 나는 꽤 오랫동안 시대에 뒤떨어진 부모님을 원망했다.

전화가 울리면 '누구한테서 온 전화지?' 하고 두근거리던 마음도 지금은 사라진 듯하다. 액정 화면에 이름이 뜨기 때문에 목소리를 듣기도 전에 누군지 알 수 있고, 모르는 번호면 누구한테서 온 건가 싶어서 설레기보다 귀찮아지고 만다. 남자친군가 싶어서 전화를 받았는데 친구여서, "그렇게 노골적으로 실망한 티 내지 마"라는 말을 듣는 일도 분명 이제는 없을 것이다.

비밀이라는 게 완전히 없어져버리지는 않았겠지만 조금은 줄었으리라고 본다. 연인이나 남편의 바람을 알게 되는 계기가 휴대전화인 경우가 상당히 많은 모양이다. 열쇠가 달린 일기장이 있던 시대에 어린 시절을 보낸 내 입장에서는 타인의 휴대전화를 보는 건 예의에 어긋난 행동으로 보이지만, 텔레비전 인터뷰를 보면 열 명 중 아홉 명의 여성이 연인이나 배우자의 휴대전화를 체크한 적이 있다고 대답한다. 그래서 나는 휴대전화가 없다면 절대 알 수 없는 비밀이 꽤 많지 않을까 상상해본다.

좀 더 물리적인 것을 살펴보면 전화번호 수첩이라는 것도 사라졌다. 옛날에는 가나다 순서대로 연락처를 쓴 전화번호 수첩을 메모 수첩과 함께 가지고 다녔다. 자주 거는 번호는 자연스레 외워지고, 헤어진 연인의 전화번호가 좀처럼 잊히질 않아서 난감했다. 손가락이 제멋대로 전화를 걸어버리는 일도 정말로 있었다.

번호를 외우는 기억력, 손가락이 멋대로 움직이는 감각도 소멸한 지 오래다.

그렇다, 휴대전화는 꽤 많은 것을 사라지거나 줄어들게 만들었다. 소설가는 지금까지와는 다른 스타일의 소설을 써야만 한다. 왜냐하면 기다리거나 만나지 못하거나 엇갈리거나 의심하거나 번호를 잊을 수 없다거나 하는 불편함이야말로 소설에서 비교적 중요한 포인트였기 때문이다.

한 가지 더, 휴대전화가 사라지게 만든 것 중에 밤의 고독이라는 것도 있는 듯하다.

홀로 살기 시작한 스물한 살 때부터 나는 대부분의 밤에 취해 있었다. 물론 모든 밤이 그렇지는 않았지만 아마도 80퍼센트는 취한 채 보냈다. 여럿이서 마시고 그 여운을 마음에 품고 집에 돌아와 즐거웠다고 생각하며 잠드는 것이 제일 좋지만, 그렇지 않을 때도 있다.

마음이 식은 연인과 서로 그 사실을 인정하고 술 한잔으로 이별하고 푹 가라앉은 기분으로 돌아왔을 때라든가. 집에서 혼자 한잔할 때라든가. 친구들이 집에 놀러 와서 실컷 떠들고 마시다가 다들 돌아가버린 후라든가. 여럿이 즐겁게 술을 마시고 홀로 집에 터덜터덜 돌아오자마자 유난히 외로워져서 혼자 더 마시다가 괜히 더 외로워졌다든가.

아침이나 점심에는 결코 찾아볼 수 없는 고독과 함정이 밤에는 여기저기 자리하고 있다.

고독을 느낄 뿐이면 그나마 괜찮다. 고독이든 뭐든 맛볼 수 있을 때 확실히 맛보는 편이 좋다고 생각한다. 어차피 나는 잠을 설치는 일이 없다. 이불을 돌돌 말고 뒹굴뒹굴하다 보면 어느새 잠이 들고, 일어나 보면 아침이어서 밤과 함께 고독도 안개처럼 흩어진다.

하지만 고약하게도 밤에 대부분 취해 있는 나는 그다지 이성적이지 못하다. 고독을 옅어지게 하는 수월한 방법에 그만 의지하고 만다. 전화를 거는 것이다. 새벽 2, 3시인 데다 상당히 취해 있고 외로운 상태다. 상대가 친구든 연인이든 지금 생각해보면 상당히 민폐가 되는 전화다.

전화해서 딱히 무언가 이야기를 하는 것도 아니다. 하지만 금방 전화를 끊지도 않는다. 우선 고독으로부터 시선을 살짝 돌렸다는 사실에 안도하며, 나는 자주 무선 전화기를 한 손에 들고 새로 술을 타 마시면서 주절주절 이야기를 늘어놓았다. 또 취기가 올라와서 평소에는 절대 하지 않는 우는소리를 하거나 쩨쩨한 고민을 털어놓기도

한다.

지금 생각해보면 신기하게도 그런 민폐 전화를 받고 '나 자야 하니까 끊을게. 딸깍' 하는 사람은 없었다. 남자친구든 여자친구든 연인이든 헤어진 연인이든 대부분 내이야기를 들어주었다.

그건 서로 마찬가지였기 때문이라고, 지금은 생각한다. 그렇게 전화를 거는 건 나뿐만이 아니었다. 나한테도 비슷한 전화가 자주 걸려왔다. 친구 대부분이 프리랜서였기에 가능한 일이었겠지만, 어쩌면 다음 날 아침 9시부터 회의가 있어서 일찍 자야 하는 직장인이었대도 늦은 밤에 서로 전화를 걸었을지 모른다. 나는 실로 방황하던 고독한 20대였고 주변에는 유유상종이라는 말이 어울릴 법한 친구밖에 없었다.

소설도 잘 안 써지고 연인도 없고 부모님과도 사이가 안 좋은, 무엇 하나 좋아질 기미가 안 보이는 시기가 있었는데 이때는 그야말로 최악이었다. 매일 혼자 술을 마시고 새벽 2, 3시면 으레 고독에 몸부림치다가 친구에게 전화를 걸어서 계속 우는소리만 하고 불안함을 토로했다.

그때 가장 전화를 자주 주고받던 친구가 센스 넘치는

농담을 할 생각이었는지 아니면 어두운 이야기를 듣는데 질렸는지 "그렇게 힘들면 죽는 게 낫지 않아?" 하고 가벼운 어투로 말했다. 단번에 취기가 가셨다. 찬물을 끼얹은 듯하다는 판에 박힌 표현이 딱인 기분이었다. "죽는게 낫지 않아?"라는 말이 이야기를 그만하고 싶다는 의미가 아니라는 것은 목소리로 알 수 있었고 그 말의 강렬함에 상처를 입은 것도 아니었지만, 그 말은 나와 친구 사이를 결정적으로 갈라놓았다.

그 친구는 연인은 아니었지만 서로 호감을 가지고 있었기 때문에 나는 어리광 부리는 기분으로 전화를 걸었고, 나 또한 상대가 염치없는 전화를 해도 민폐라고 생각하지 않았다. 하지만 그의 말 한마디에 고독은 누구와도 공유할 수 없다는 사실을, 뺨을 얻어맞은 것처럼 깨달았다. 공유하고자 하는 마음에 전화를 걸고 고독을 봉하고 도망치려 했던 것은 전부 속임수였다. 나는 그 사실을 깨닫게 해준 친구를 적반하장 식으로 조금 원망하기도 했다.

다음 날 전화번호 수첩에서 그 친구의 번호를 수정액으로 지웠다. 페이지 뒷면으로 번호가 비쳐 보이기에 거기에도 수정액을 칠했다. 이제 더 이상 취해서 이 친구에게 전화 걸 일은 없을 거라고 생각했다. 아무리 고독해도 나를 상대해주는 사람이 이 사람밖에 떠오르지 않더라도 말이다. 아무리 취해도 그가 했던 말을 떠올릴 수밖에 없을 테니. 누구와도 고독을 공유할 수 없고 고독으로부터 도망칠 수도 없다는 사실을 떠올리고, 밤의 깊은 함정에 더욱 내몰릴 것이기에.

그때 나는 그 친구 전화번호를 지움으로써 분명 관두자고 생각했다. 그에게서뿐만 아니라, 밤에 갑작스레 찾아오는 고독으로부터 안이하게 달아나는 것을 그만두자고. 전화번호 수첩에서 연락처가 사라진 것이 마치 무슨 상징이기라도 한 듯, 그 후 나와 그 친구는 관계가 소원해졌고 아무 사이도 아닌 사람이 되어버렸다.

휴대전화가 있는 지금이었다면 그런 식으로 전화에 의지하지 않았을 거라는 생각이 든다. 이야기하고 싶은 상대에게 바로 연락할 수 있다는 안도감이 우선 있기 때문이다. 문자라는 수단도 있다. 그것만으로도 그렇게 돌발적인 고독에 장악당하는 일은 없을 것 같다.

내 휴대전화 문자 이력을 보니 며칠 전에 보낸 듯한, 잘못 타이핑해서 뭐라고 썼는지도 알 수 없는, 수신인이 친구인 문자가 있었다. 20대 때처럼 외로워진 건 아니어도 취했을 때 무언가 이야기하고 싶어서 문자를 보낸 듯했다. 흠뻑 취해서 장문을 쓰기 힘들었는지 단 한 줄뿐이었다. 세 살 버릇 여든까지 간다더니 싶어 쓴웃음을 지으면서 사과 문자를 썼다.

아침이나 점심에는
결코 찾아볼 수 없는 고독과 함정이
밤에는 여기저기 자리하고 있다.

해설

니시 가나코

가쿠타 미츠요 씨와는 술자리에서 만나는 일이 잦다.

가쿠타 씨의 작업실에서 열리는 술자리에 자주 초대
받는다. 가쿠타 씨가 만들어준 갖가지 요리를 먹고 와인
셀러에 보관돼 있는 무척이나 맛있는(그리고 아마 고가
인) 와인을 몇 병이나 마시는 천국 같은 모임이다.

가쿠타 씨는 정말 부지런히 움직인다. 잔이 빈 사람이
있으면 "다음엔 뭐 마실래요?" 하고 자리에서 일어나고
접시가 비면 씻어내고 테이블 위의 요리가 줄어들면 부엌
에 서서 다시 새로우면서도 맛있는 요리를 만들어준다.

처음에는 대선배인 가쿠타 씨에게 그런 일을 시키기 불편해서 "도와드릴게요"라고 말했지만, 가쿠타 씨는 신경 쓰이게 하는 것을 참으로 싫어한다. "괜찮아요, 괜찮아. 앉아 있어요." 그렇게 말하면서 새로운 요리를 날라오는 가쿠타 씨는 '모두가 모인 게 기뻐서 참을 수 없다'는 얼굴을 하고 있고, 결국 우리는 앉아서 그저 대접을 받기만 한다. 어째서 그렇게 해주는 걸까? 마음속으로 이상하게 생각했던 것도 처음뿐이어서, 지금은 가쿠타 씨에게 "와인 있어요?" 하고 묻는 경지에 이르렀다. 이런 염치없는 후배에게도 가쿠타 씨는 "있어요, 있어. 이거 엄청 맛있어요"라며 아낌없이 고가의 와인을 따고, 요리를 내오고, 돌아가는 사람을 배웅하고, 다시 새로이 오는 사람을 맞이한다.

이렇게 쓰면 가쿠타 씨가 '천사처럼 상냥한 사람'으로만 보이겠지만 그와는 좀 거리가 있다. 만약 가쿠타 씨가 '그것뿐'인 사람이었다면 역시 미안해서 견딜 수가 없이 신경 쓰일 것이다.

그런데 가쿠타 씨는 부지런히 움직이고 모두를 대접하면서 자신이 제일 취한다. 완전히 몸을 못 가눌 정도로 취한다. 취하면 같은 이야기를 반복한다. 사용하는 언어가 네 개쯤 되고 큼직한 눈이 흐리멍덩해진다. 나나 누군가가 만반의 준비를 하고 재미있는 이야기를 해도 진심으로 재미있지 않으면 조금도 웃지 않는다. 흐리멍덩한 눈을 다시 크게 뜨고 이야기하는 사람을 뚫어져라 쳐다본다. 미안해요, 웃길 때까지 기다릴게요 하는 강아지 같은 얼굴을 하고 있다.

이따금 초등학생(게다가 저학년) 여자아이가 말함 직한 험담을 하기도 한다. "이 사람 셔츠색 이상해!"라든가 말이다. 그러면 모두가 가쿠타 씨에게 "무슨 소릴 하시는 거예요!"라며 말리지만 그녀는 하고 싶은 말을 다 한다. 가쿠타 씨가 과음해서 고개를 가누지 못할 때, 실컷 취한 나는 뒷정리는 나 몰라라 하고 집으로 간다.

택시를 잡을 수 있는 도로까지 걸어가며 하늘을 올려다보면 밤이다.

가쿠타 씨는 아마도 테이블에 머리가 거의 닿을 만큼 꾸벅거리면서 남아 있는 사람들과 마시고 있을 것이다. 그런 생각을 하면 늘 왠지 울컥한다.

가쿠타 씨 같은 사람을 만난 적이 없다.

이렇게 순수하고 솔직한 사람을 나는 만난 적이 없다.

가쿠타 씨는 모두의 할머니 같고, 작은 소녀 같다. 그리고 물론 누구보다 용감하고 강한 여성이다. 이건 중요한 사실이다.

'가쿠타 씨'에 대한 이야기가 지면을 많이 차지해버렸는데, 이 작품의 해설을 쓰기 위해 내 입장에서 본 가쿠타 씨가 어떤 사람인지 말하고 싶었다. 어떤 '가쿠타 미츠요'가 밤을 바라보고 있는지를 말이다.

용감한 여성인 가쿠타 씨는 가끔은 겁 없는 할머니처럼, 가끔은 작은 소녀처럼 밤과 대립한다. 어떤 순간에는 낯선 타국에서, 어떤 순간에는 낯익은 도시에서.

가쿠타 씨는 늘 보고 있다.

그 순수하고 솔직한 눈으로, 눈앞에 펼쳐진 광경을 가만히 보고 있다. 가쿠타 씨는 결코 밤을 서정적으로만 보지 않고 시적인 것으로만 해석하지 않는다.

예를 들어 모로코 사막에서 본 달과 몽골 초원에서 보낸 밤에 대한 묘사가 그렇다.

UFO가 아닌 낯익은 달이었지만, 갓 태어난 듯한 거대한 달에서 눈을 뗄 수가 없었다. 아름답다든가 신비롭다는 말은 전혀 떠오르지 않았고, 그저 미지의 것을 보듯이 달을 바라봤다. — 〈달의 사막〉

등 뒤에는 게르가 있지만, 눈앞에는 아무것도 없고 인기척도 없었다. 지구에 나 홀로 남겨진 것 같았다. 이상하게도 외롭지는 않았다. 굉장한 기분이 들었다. 밤이 단순한 시간의 흐름이 아니라 살아 숨 쉬는 생물처럼 느껴졌다. 그 생물과 마주한 채 나는 홀로 서 있었다.
— 〈밤의 민낯을 만나다〉

갓 태어난 듯한 달. 미지의 그 모습. 눈앞에 펼쳐지는 생물 같은 밤.

우리는 그것을 확실히 포착할 수 있다. 가쿠타 씨의 눈을 통해 본 밤이 우리의 밤이 된다.

가쿠타 씨가 대단한 점은 어떤 드라마틱한 여행도, 도저히 상상할 수 없는 경험도 모두 이렇게 '우리의 것'으로 만든다는 점이다. 가쿠타 씨의 글에는 우리가 모르는 말이 나오지 않는다. 난해한 말로 얼버무리려 하지 않고 온

갖 수사로 눈을 어둡게 하지도 않는다. 그럴 필요가 없기 때문이다. 가쿠타 씨는 되도록 포장을 줄인 심플한 말을 정성스럽게 쌓아올려 커다란 사건에 피가 흐르게 하고 살을 붙여 우리 손이 닿는 장소에 놓아준다.

그래서 우리는 아틀라스의 밤을, 칼람바카의 밤을, 탕헤르의 밤을 우리의 것으로 만들 수 있다. 우리는 그곳에서 가쿠타 씨와 함께 밤을 맞이할 수 있다.

그리고 가쿠타 씨의 손을 거치면 밤이 얼마나 다양한 모습을 드러내는지 모른다! 우리에게 당연하게 찾아오는 밤의 다른 얼굴을 가쿠타 씨는 이다지도 정성스럽고 선명하게 보여준다. 그건 역시 예의 그 순수한 눈과 본 것을 빈틈없이 언어로 전달할 수 있는 엄청난 힘 덕분이다.

가쿠타 씨가 바라본 수많은 밤은 하나같이 단순한 밤이 아니다. 단 한 번밖에 찾아오지 않는 밤이다.

우리가 보는 이 '밤'은 이제 두 번 다시 돌아오지 않을 밤이다.

그런 더할 나위 없이 귀중하고 단 한 번뿐인 밤의 소용돌이 속에서 가쿠타 씨는 몇 번이고 각오한다. 각오한다는 표현은 이상할지도 모른다. 하지만 나로서는 아무래도 그런 생각이 든다.

밤은 때로 우리가 혼자라는 사실을 깨닫게 한다. 목욕
탕에서 집으로 돌아가던 길, 아빠도 엄마도 함께 있는
데 외톨이라고 느끼던 그 어린 날의 마음이 밤이 가진
본질이라는 생각이 든다. – 〈일찍이 내게 밤은 없었다〉

지금 이 고요함 속에서 아무것도 소유하지 못한 채 혼
자 있는 것처럼, 나는 정말로 외톨이구나 하고 생활감
이 전혀 없는 낯선 장소에서 생각한다.
– 〈그 사실을 알 필요가 있다〉

이건 가쿠타 씨의 작지만 티 없이 맑은 깨달음이다. 하
지만 그 깨달음을 가쿠타 씨가 글로 표현함으로써 자신의
것으로 만들었을 때 비로소 '진정으로 각오했구나'하는
느낌이 든다.

나는 혼자다.

그 깨달음에서 시작된 생각, 이렇게도 불안하고 의지
할 데 없는 생각을 끌어안고 그럼에도 살아나가겠다는 그

각오는 담백하고 소소하지만 절대적으로 강하다.

용감한 여성이 각오를 다지는 순간만큼 씩씩하고 활기찬 풍경은 없다. 다정한 할머니가, 작은 소녀가 그럴 때는 더더욱.

마지막으로 이 에세이를 읽고 제일 처음 눈물 흘렸던 문장을 소개하고 싶다(나는 그 이후에도 몇 번이고 울었다).

이튿날 버스를 타고 칼람바카로 향했다. 버스는 산을 타고 올라갔고 정신을 차리고 보니 창밖에 설경이 펼쳐져 있었다. "어머나" 하고 창문에 얼굴을 딱 붙이고 있자, 이번에는 버스가 산을 내려와 눈이 전혀 쌓이지 않은 길을 나아갔다. – 〈두렵지 않은 밤〉

그리스로 바캉스를 갔던 가쿠타 씨가 그 바캉스의 너무나도 '한적한 분위기'에 질려서 메테오라라는 수도원이 있는 기암 마을로 가는 길을 쓴 부분이다.

내가 쓰면서도 "왜 이 부분에서 울었지?" 싶다. 하지만 확실히 울었다. 눈물이 왈칵 쏟아져 나왔다.

풍족하고 훌륭한 리조트에 질려서 낯선 땅을 찾아가는 가쿠타 씨.

주변이 온통 눈으로 뒤덮인 가운데 창문에 이마를 대고 있는 가쿠타 씨.

"어머나" 하고 놀라는 가쿠타 씨.

왠지 이 문장이 가쿠타 씨라는 사람을 표현한다는 느낌이 들었다. 특히 "어머나" 하는 부분이.

작은 소녀, 할머니, 그리고 용감한 여성.

가쿠타 씨가 아니라면 절대로 세상 빛을 못 봤을 법한 작품이다. 수많은 아름다운 밤을 만나서 진심으로 행복하다.

천 개의 밤, 어제의 달

1판 2쇄 발행 2021년 3월 10일

지은이 가쿠타 미츠요
옮긴이 김현화
발행인 유성권

편집장 양선우
기획 신혜진 책임편집 백주영 편집 윤경선
해외저작권 정지현 홍보 최예름 정가량
마케팅 김선우 김민석 최성환 박혜민 김민지
제작 장재균 물류 김성훈 고창규

펴낸곳 (주)이퍼블릭
출판등록 1970년 7월 28일 제1-170호
주소 07995 서울시 양천구 목동서로 211 범문빌딩
대표전화 02-2653-5131 | 팩스 02-2653-2455
메일 tiramisu@epublic.co.kr
인스타그램 instagram.com/tiramisu_thebook
포스트 post.naver.com/tiramisu_thebook

 editor's letter

확실히 밤에는 사람을 깊은 어딘가로 데려가는
묘한 힘이 있습니다. 밤의 그 힘이 무엇인지,
왜 하필 밤인지 가만히 생각해보곤 합니다.
유난히 긴긴 밤에.

**오늘의 법정을
열겠습니다.**

오늘의 법정을 열겠습니다.

시민력을 키우는 허승 판사의 법 이야기, 세상 이야기

허승
지음

북트리거

Contents

들어가며

***

교대역 11번 출구에서 북쪽으로 200미터가량 걸어가면 서울중앙지방법원이 나옵니다. 여러 드라마에서 배경으로 나오는 곳, 유력 정치인이나 재벌 총수가 등장하는 법정 분쟁 뉴스에서 항상 언급되는 바로 그 법원입니다. 피해액이 수백억, 수천억에 이르는 횡령, 배임 형사사건에서부터 청구금이 10만 원에 불과한 소액 민사재판까지 각양각색의 재판이 매일 열리는 현장이죠.

서울중앙지방법원 동관 356호 법정으로 잠시 들어가 보겠습니다. 건물주 박상헌 씨와 임차인 김미정 씨 사이의 '건물인도사건'이 한창 진행 중이군요. 김미정 씨는 상수동에서 10년 넘게 커피숍을 운영했습니다. 임대료도 밀린 적이 없죠. 그런데 상수동 일대 상권이 활성화되자, 건물주 박상헌 씨는 임대차계약이 끝날 즈음 갑자기 임대료를 열 배 올려 달라고 요구했습니다. 임대료를 내지 못하면 나가라는 통보와 함께요.

박상헌 씨에게 시달리던 김미정 씨는 새로운 임차인을 찾아 권리금을 받고 가게를 넘기는 것이 최선이라는 판단이 들었습니다. 그런데 임대료가 열 배나 올랐다는 말에 선뜻 가게를 인수하겠다는 사람이 나타나지 않았습니다. 권리금을 한 푼도 못 받고 빈손으로 쫓겨날 위기에 처한 김미정 씨는 기존에 내던 임대료를 지급하며 장사를 계속했고, 급기야 박상헌 씨가 건물에서 나가라는 소송을 제기한 것입니다. 이에 김미정 씨는 박상헌 씨를 상대로 권리금 2억 원의 손해배상금을 구하는 반소를 제기했습니다.

피고석에 앉은 김미정 씨가 억울한 듯 호소합니다.

"이대로는 절대 못 나갑니다. 커피숍을 시작할 때만 해도 거리에 사람이 없었습니다. 저희 커피숍이 인기를 얻으면서 주위에 커피숍이 늘어났습니다. 제가 열심히 가게를 일군 덕분에 상권이 살아났는데, 상권이 살아났다는 이유로 쫓겨나야 한다니요."

그러자 맞은편에서 원고 박상헌 씨가 대뜸 이렇게 맞받아칩니다.

"임대차계약 기간이 만료되면 다시 계약 조건을 협의해야 합니다. 새로운 조건이 맞지 않으면 나가야 하는 것 아닌가요? 당연한 이야기를 못 알아들으시네."

피고는 정면의 재판관을 향해 자신의 처지를 호소합니다.

"판사님. 박상헌 씨는 강남에 건물을 여러 채 가진 소위 갑부입니다. 저는 이 가게가 전부입니다. 이 가게에서 얻은 수익으로 가족이 살아가고 있습니다. 여기서 쫓겨나면 새로 가게를 열 돈도 없습니다. 그런데 지금보다 열 배나 오른 임대료를 내고 들어오겠다는 사람이 없어 권리금을 받고 가게를 넘길 수도 없습니다. 어쩔 수 없이 나가야 한다면, 새로 가게를 열 수 있도록 박상헌 씨로부터 권리금 2억 원은 받아야겠습니다. 지금 이 일대는 커피숍을 하려는 사람이 많아 가게를 구하지 못해 난리입니다. 여기서 커피숍을 하려면 권리금으로 2억 원이 필요하니, 합리적인 금액이라 생각합니다."

박상헌 씨도 지지 않고 조목조목 반박합니다.

"아니, 그 돈을 무슨 근거로 제가 줘요. 그리고 김미정 씨 말씀대로 이 일대는 커피숍을 하려는 사람이 많습니다. 그래서 임대료가 올라간 것이고요. 시장가격을 받으려는데, 왜 뭐라고 하나요. 자꾸 갑부 갑부 하는데, 제가 돈 버는 데 보태 준 것도 없으면서 그런 식으로 걸고 넘어지지 마세요."

박상헌 씨를 바라보는 일부 방청객들의 눈빛이 차가워집니다. 정의로운 판결, 따뜻한 판결을 바라는 마음이 느껴집니다. 판사는 김미정 씨 사정이 안타깝습니다. 하지만 법률과 계약의 내용에 근거해 재판을 진행해야 합니다. 판사는 임대차계약서와 법전을 살핀 후 박상헌 씨 승소 판결을 선고합니다. 김미정 씨가 새 출발을 위해 필요하다는 2억 원의 권리금에 대해서는 아무런 심리도 하지 않은 채 말이죠. 2015년 5월 13일 이전의 법정의 모습이었습니다.

***

2015년 5월 13일, 상가건물임대차보호법이 개정되었습니다. 젠트리피케이션이 심각한 사회문제가 되자, 국회는 상가 건물 임차인의 권리금 보호에 관한 규정을 신설했습니다. 임대차계약 종료 '3개월' 전부터 계약이 끝날 때까지, 건물주가 권리금 회수를 방해하면 손해배상책임을 물릴 수 있도록 했지요. 기존 임차인이 새로 들어오는 임차인으로부터 권리금을 원활히 받을 수 있도록, 건물주에게 협력 의무를 부과한 것입니다. 이 규정은 입법 당시부터 내용이 불분명하다는 비판이 있었습니다. 하지만 최소한 예전보다 임차인의 권리가 강화된 것만은 분명한 사실입니다. 이제 똑같은 사건으로 재판이 열리면 판사는 박상헌 씨가 임대료를 열 배로 올린 것이 부당한지, 폭등한 임대료 때문에 김미정 씨가 권리금 회수를 방해받았는지 심리해야 합니다. 또 법정으로 감정인을 불러 정당한 권리금이 얼마인지 감정할 것을 명해야 하고요. 그리고 그 심리 결과에 따라 최종 판결이 선고됩니다.

하지만 상가건물임대차보호법이 개정된 이후에도, 임차인에게 주어진 권리금 회수 기간이 너무 짧다는 비판이 나왔어요. 법이 보호하는 3개월이라는 기간 내에 새로운 임차인을 찾기가 어려워, 기존 임차인이 권리금을 회수하지 못하는 경우도 많았거든요. 그러자 국회는 다시 2018년 10월 16일 법률을 개정해, 임차인의 권리금 회수 방해 금지 기간을 6개월로 연장시켰습니다. 법이 개정됐음에도 불구하고 임차인 보호가 불충분하다는 공감대가 형성되면, 다시 새로운 입법이 시도되고 법정의 모습은 달라질 것입니다.

***

우리 사회의 수많은 갈등과 대립을 평화적으로 해결하는 최후의 보루는 법원입니다. 어떻게 해도 다툼이 해결되지 않으면 우리는 법정으로 달려가지요. 그래서 법정은 수많은 이들의 억울한 사연과 사활을 건 다툼이 한곳에 모이는 현장입니다. 이곳에서는 개인과 개인뿐만 아니라 국가와 개인, 기업과 개인, 국가와 기업 등이 수많은 사건을 두고 치열한 법적 논쟁을 벌입니다. 법정에 선 양측의 주장을 들어 보면, 사회에서 벌어지는 각종 갈등과 대립의 원인을 알 수 있습니다. 현재의 법과 제도가 실제 사람들의 삶에서 어떻게 적용되고 있으며, 어떤 갈등을 일으키고 있는지 엿볼 수 있지요. 하지만 여기서 그치는 것이 아닙니다. 우리 사회가 더 나은 모습으로 나아가기 위해 고쳐야 할 법과 제도가 무엇인지 함께 고민할 수 있습니다. 제가 여러분을 법정으로 초대하는 이유입니다.

이 책은 《고교독서평설》에서 2년간 연재한 '교과서 속 법 세상'을 일부 수정하고 다듬은 것입니다. 지금 현 시점에 우리 사회에서 크게 논쟁이 되고 있는 주제를 법적이고 논리적인 사고를 바탕으로 이해할 수 있도록 하는 것이 연재의 목적이었습니다. 고등학교 교과서에 박제되어 있는 지식을 실제 사회의 모습과 연결시켜, 교과서 속의 이야기가 내가 살고 있는 세상과 직결된다는 것을 알려 주겠다는 야심찬 목표도 내심 있었고요. 단행본으로 만드는 과정에서는 청소년 독자뿐만 아니라 성인 독자의 눈높이까지 고려해 내용을 수정·보완하고 추가했습니다.

이 책에 각색된 24개의 법정 풍경은 대부분 실제 있었던 사건을 바탕으로 각색한 것입니다. 해당 법의 쟁점을 보다 명확하게 보여 주기 위해, 법 개정 전이나 후를 가정하고 각색한 사건도 있고요. 서로 다른 생각을 가진 사람들이 모여 사는 사회에서 분쟁과 갈등이 없을 수는 없습니다. 법정은 분쟁과 갈등을 평화적이고 합리적으로 해결하기 위해 우리 사회가 고안한 발명품입니다. 법정에 선 양측의 의견에 귀를 기울여 보고, 자신이 법대에 앉은 판사라면 어떤 판결을 선고할지, 그 판결이 법정에 선 당사자뿐만 아니라 우리 사회에 어떤 영향을 줄지 생각해 보았으면 합니다. 그리고 법의 내용을 구체적으로 알게 된 후 사건에 대한 관점이 어떻게 달라졌는지도 유심히 살펴보길 바랄게요. 나아가 현행법에 따른 결론이 부당하다면 법을 어떻게 고쳐 나가야 할지, 보다 나은 사회를 위해 어떤 정책과 법률이 필요한지에 대해 고민해 본다면 금상첨화입니다. 그와 같은 고민이 쌓이면, 우리 사회를 더 나은 방향으로 바꾸어 가는 시민력(市民力), 즉 시민의 힘이 더욱 성장해 나가리라 믿습니다.

이 책은 저의 두 번째 책입니다. 전작 『사회, 법정에 서다』는 제가 지방법원에서 민사사건을 담당할 때 집필했습니다. 민사법정에서 쟁점이 되는 손해, 상속, 저작권·특허권, 고용과 해고 같은 개인 대 개인의 법률관계를 주로 다루었죠. 『오늘의 법정을 열겠습니다』는 제가 고등법원 행정항소부에서 근무할 때 집필한 책입니다. 대형 조세 사건부터 운전면허 정지 사건에 이르기까지 다양한 행정사건을 심리하면서 국가와 국민의 관계, 국회가 제정한 법률이 국민에게 미치는 영향 등에 대해 많은 고민을 했고, 그 내용을 이 책에 담으려고 노력했습니다. 나아가 외국의 법과 제도가 아니라 우리에게 지금 적용되는 법과 제도가 무엇이고, 그 사회적 의미는 무엇인지 함께 고민하고 싶었습니다. 제가 법정에서 했던 치열한 고민이 독자 여러분께 닿길 바랍니다.

* * *

독서평설 연재 과정에서 큰 도움을 준 윤소현 편집장님과 독서평설 팀에 감사드립니다. 특히 주제 선정과 글 구성에 이르기까지 도움을 준 독서평설의 남궁경원 팀장님의 도움이 절대적이었습니다. 단행본으로 제작하는 과정에서 치밀한 검토로 글의 수준을 한 단계 높여 준 김지영 팀장님께도 감사드립니다. 그리고 밤늦게까지 올바른 결론이 무엇인지 함께 고민하며 많은 가르침을 주신 여러 부장님과 판사님, 재판연구원님께도 감사를 드립니다.

『사회, 법정에 서다』를 출간할 즈음 태어난 딸이 어느덧 네 살이 되었습니다. 아빠가 되어 보니 비로소 부모님의 마음을 조금은 알 것 같습니다. 철없는 막내아들을 바르게 키워 주신 사랑하는 아버지, 어머니와 소중한 아내를 키워 주신 존경하는 장인어른, 장모님께 깊은 감사를 드립니다. 그리고 대학 시절 수험생 동생 때문에 많은 희생을 했던 형에게도 늦게나마 감사를 전합니다.

마지막으로 항상 든든한 힘이 되어 주는 고마운 아내 지영과 소중한 딸에게도 사랑한다는 말을 전합니다.

2020년 3월

허승

1장 | 시장 질서, 어떻게 바로잡을까

법과 경제

갑질
국가는 어디까지 개입해야 할까

경제적 약자 보호와 거래상 지위 남용

갑질은 갑을 관계의 '갑'에, 어떤 행동을 뜻하는 접미사 '질'을 붙여 만든 말로, 권력의 우위에 있는 갑이 권리관계에서 약자인 을에게 하는 부당 행위를 통칭하는 개념이다. 과거에는 갑질이라고 하면 고용주와 노동자, 점원과 고객 사이에서 벌어지는 일로 생각했다. 그런데 2013년 남양유업의 '욕설우유' 사건이 사회적으로 큰 파문을 일으키면서 사업자 사이의 갑질에 대한 관심이 크게 높아졌다.

우리 나라 법은 사업자가 갑질을 한 경우 형사처벌까지 할 수 있다고 정하고 있다. 그런데 국가가 사업자 사이의 거래에 개입해 그중 한쪽을 형사처벌하는 것이 과연 정당할까? 왜 우리나라 외에는 사업자 사이의 갑질을 형사처벌하는 나라를 찾기 어려운 것일까? 갑질 규제와 관련된 여러 논의에 대해 살펴보자.

통닭의 갑질

푸짐통닭은 최근 출시한 짜장 치킨으로 돌풍을 일으키며 가맹점 500곳을 돌파한 기업이다. 김 사장은 푸짐통닭이 창업할 때부터 가맹점의 인테리어 공사를 맡았고, 본사는 그에게 가맹점 한 곳당 공사비로 5,000만 원을 지급했다. 그런데 푸짐통닭이 장사가 잘되면서 3,000만 원으로 공사비를 깎더니, 여러 곳의 인테리어 공사를 맡기기 시작했다. 최근에는 계약서도 주지 않았을뿐더러, 공사를 마치자 회사 사정이 어렵다며 1,000만 원만 지급했다. 앞으로 공사비를 올려 줄 것을 기대한 김 사장은 본사의 요구를 수용했으나, 계속 원가에 못 미치는 1,000만 원만 지급하자 공정거래위원회에 신고하고 계약서 미교부 등을 이유로 손해배상을 청구했다.

서울중앙지방법원 411호 법정

판사   변론을 시작해 주시죠.

김 사장   계약서도 주지 않으면서 공사를 시켰는데, 인테리어 하는 데 인건비, 재료비만 최소 3,000만 원이 필요합니다. 그런데

1,000만 원만 주고…. 피해가 막심합니다.

푸짐통닭 공사를 못 한다고 하면 다른 업체 알아봤을 거 아녜요! 우리
랑 일하고 싶다는 업체가 한두 곳인 줄 아세요? 제가 뒤통수
맞은 기분이네요.

김 사장 뭐요?

판사 조용히 해 주세요. 푸짐통닭 측에 물어보겠습니다. 계약서를
주지 않고 공사를 시켰으며, 공사 대금으로 1,000만 원만 준
것은 사실인가요?

푸짐통닭 예, 그것은 인정합니다.

판사 인건비, 재료비만 3,000만 원 이상이 소요된다는 사실도 인정
하나요?

푸짐통닭 그 정도 들 수도 있겠죠. 다만 3,000만 원이 드나 4,000만 원이
드나 그것은 제가 관여할 부분이 아니고, 김 사장이 알아서
할 부분입니다.

판사 너무 무책임한 모습인 것 같은데요. 그런데 왜 뒤통수를 맞은
기분인가요?

푸짐통닭 판사님, 실제로 뒤통수를 맞았습니다. 제가 김 사장에게 공사
비로 5,000만 원을 지급한다고 하고 1,000만 원을 지급한 건
가요? 아닙니다. 김 사장에게 일을 맡길 때부터 "푸짐통닭의
사정을 봐서 적절한 공사비를 지급해 주겠다."라고 이야기했
고, 김 사장도 거기에 동의했습니다. 김 사장이 한 공사를 보

니 저희가 생각할 때 1,000만 원만 지급하면 충분하겠다 싶어서 1,000만 원을 공사 대금으로 준 것입니다. 그때 김 사장이 항의를 했느냐? 안 했어요. 손해를 보면 저희랑 다시 계약을 안 하면 되잖아요? 그런데 김 사장이 또 공사 계약을 체결하자고 찾아왔습니다. 그래서 또 같은 방식으로 공사 계약을 체결하고 1,000만 원을 준 거예요. 이때도 항의를 했느냐? 안 했어요. 그런데 이제 와서 1,000만 원밖에 못 받아서 손해를 보았다니요?

판사 흠, 김 사장님에게 물어보겠습니다. 처음 1,000만 원을 받을 때 항의했나요?

김 사장 안 한 게 아니라 못 했죠. 항의하면 그다음부터 공사를 안 줄 것 아닙니까? 저희는 다른 거래 업체가 없어서 계약을 안 하면 망해요. 판사님, 저의 억울함을 풀어 주십시오.

푸짐통닭 억울? 제가 억울합니다. 김 사장 때문에 공정거래위원회의 조사도 받고 있어요.

누가 사회적 약자일까

뉴스에서 사회적 약자 보호와 관련된 여러 논의를 본 적이 있을 거예요. 우리나라는 사회적·경제적 측면에서 상대적으로 불리한 위치에 놓인 사회적 약자를 보호하기 위해 여러 정책을 시행하고 있습니다. 적극적 우대 정책, 남녀 할당제 같은 것이죠. '독점규제 및 공정거래에 관한 법률'(공정거래법)도 사회적 약자를 보호하기 위한 정책 가운데 하나랍니다. 공정거래법에서는 소위 '갑질'이라고 불리는 행위를 '거래상 지위 남용'으로 규정해, 사회적 약자에 대한 불공정한 거래를 금지하고 있거든요.

그런데 여기서 사회적 약자의 기준이 되는 '상대적으로 불리한 위치'란 어떤 의미일까요? 매출액이 수조 원에 이르는 대기업과 매출액이 수천억 원인 중견기업이 시장에서 경쟁한다면, 중견기업이 상대적으로 대기업보다 불리합니다. 그렇다고 중견기업이 사회적 약자일까요? 또 과연 공정거래법을 통해 이 같은 약자를 보호하는 것이 정당할까요?

사회적 약자를 보호해야 한다는 생각에는 모두가 동의할 거예요. 다만 사회적 약자가 누구인지, 어디까지 어떻게 보호해야 하는지는 사람마다 생각이 다릅니다. 최근 우리 사회의 큰 문제로 떠오른 갑질도 마찬가지입니다. 갑질로 피해 본 사람을 국가가 나서서 보호해야 하는지, 특히 사회적 약자 보호의 관점으로 접근해야 하는지는 쉽지 않은 문제죠.

그 전까지 사회적 약자 문제는 대개 절대 빈곤 차원에서 다뤄졌어요. 빈곤 문제와 관련해서는 논란의 여지가 크지 않았습니다. 빈곤층을 국가가 적극적으로 도울 필요가 있다는 대의에는 모두 공감할 수 있으니까요. 국민이 인간다운 삶을 영위할 수 있도록 최저 생계를 보장하는 것. 이는 국가의 당연한 의무죠. 헌법 제34조는 "모든 국민은 인간다운 생활을 할 권리"를 가진다고 규정하고 있습니다(물론 여기서 말하는 '인간다운 생활'이 구체적으로 어떤 생활을 의미하는지를 둘러싸고는 많은 논의가 있지만요).

사회적 약자 문제가 상대적인 불평등 관점에서 다뤄지고 이슈화된 것은 비교적 최근의 일입니다. 요즘 우리 사회가 주목하고 있는 갑질 피해자 보호 문제도 그 예입니다. 경제주체들의 권리에 대한 인식이 확산되면서 갑질 피해를 직접 호소하는 사람이 늘어나, 각종 분쟁이 사회문제로 떠오른 것이죠. 2013년에 발생한 남양유업 사건이 대표적입니다. 이 사건은 남양유업의 대리점주가 유튜브에 남양유업 영업 직원과 자신이 나눈 대화 파일을 공개하면서 시작되었어요. 녹음 파일에는 영업 직원이 대리점주에게 '물건을 무조건 받으라'며 욕설과 폭언을 퍼붓는 내용이 담겨 있었습니다. 이 사태로 많은 국민이 분노했고, 소위 '갑질' 횡포가 크게 주목받았어요. 건국유업도 7년이 넘게 대리점에 재고 상품을 일방적으로 떠넘긴 것이 드러나 공정거래위원회가 검찰에 고발하는 등 갑질은 아직도 빈번하게 일어나고 있습니다.

공정거래법의 정당성, 왜 도마 위에 오르나

갑질을 규제하는 대표적인 규정은 공정거래법상 '거래상 지위 남용' 규정입니다. 공정거래법 제23조 제1항 제4호는 "자기의 거래상의 지위를 부당하게 이용하여 상대방과 거래하는 행위를 하여서는 아니 된다."라고 규정하죠. 이를 위반한 경우 공정거래위원회는 그 행위를 금지하고, 매출액의 2%를 초과하지 않는 범위에서 과징금을 부과할 수 있습니다. 또 거래상 지위를 남용한 사업자는 형사처벌을 받을 수도 있죠.

> **독점규제 및 공정거래에 관한 법률**
> **제1조(목적)**
> 이 법은 사업자의 시장 지배적 지위의 남용과 과도한 경제력의 집중을 방지하고, 부당한 공동행위 및 불공정 거래 행위를 규제하여 공정하고 자유로운 경쟁을 촉진함으로써 창의적인 기업 활동을 조장하고 소비자를 보호함과 아울러 국민경제의 균형 있는 발전을 도모함을 목적으로 한다.
>
> **제23조(불공정 거래 행위의 금지)**
> ① 사업자는 다음 각호의 어느 하나에 해당하는 행위로서 공정한 거래를 저해할 우려가 있는 행위를 하거나, 계열회사 또는 다른 사업자로 하여금 이를 행하도록 하여서는 아니 된다.
> … 4. 자기의 거래상의 지위를 부당하게 이용하여 상대방과 거래하는 행위

공정거래법은 자본주의사회의 효율성과 민주성의 기초가 되는 경쟁의 원리를 보장하기 위해 마련된 제도적 장치입니다. 혹시 이런 법이 부당하다고 생각하는 독자가 있나요? 아마 대부분 필요성에는 공감할 겁니다. 그런데 이상한 점은 거래상 지위 남용을 규제

하는 나라가 별로 없다는 사실입니다. 일본과 우리나라 외에는 찾아보기 쉽지 않죠(우리나라 공정거래법은 일본의 '사적독점의 금지 및 공정거래의 확보에 관한 법률'을 기초로 제정되었습니다). 게다가 형사처벌까지 가하는 국가는 우리나라가 유일합니다.

그래서 거래상 지위 남용 규정을 삭제해야 한다는 학자가 적지 않아요. 공정거래법 위반 여부는 '공정하고 자유로운 경쟁'이 기준이어야 하는데, 거래상 지위 남용은 경쟁과는 아무런 관련이 없고, 사적 분쟁에 국가가 지나친 개입을 하는 결과를 초래하므로 폐지해야 한다는 논리죠. 그들은 소위 갑질로 인해 피해를 보는 대상은 거래 상대방뿐이므로 일반 소비자와는 별다른 관련이 없으며, 이에 국가가 개입하여 한쪽 당사자에게 제재를 가하는 것은 부적절하다고 말합니다. 이런 분쟁은 민사소송으로 해결해야 한다는 거죠.

갑질이 형사처벌 대상일까

갑질로 소비자가 이익을 보는 경우도 적지 않습니다. 갑질 가운데 상당수는 대기업이 자신과 수직적 거래 관계에 있는 대리점에 더 많은 물품을 판매할 것을 강요하는 형식으로 이루어집니다. 대리점이 더 많은 물품을 판매하려면 어떻게 해야 할까요? 가장 쉬운 방법은 가격을 낮추거나 소비자에게 더 많은 혜택을 주는 것이죠. 인터넷 서비스에 가입하면 현금을 준다거나 좋은 사은품을 준다는 광고를 본 기억이 있을 거예요. 대리점이 큰 비용 지출을 감수하면서 마케팅을 하는 이유는 이런 방식이 고객 유치에 효과적이라는 사실을 알기 때문입니다.

만약 'JH텔레콤'이라는 회사가 A 대리점에 신규 가입자 유치를 위탁했다고 가정해 봅시다. 계약 기간은 1년이고, A 대리점이 평가 기준에 따른 경고 조치를 3회 이상 받으면 JH텔레콤은 대리점과 계약을 해지할 수 있죠. 이에 2회 경고를 받은 A 대리점은 JH텔레콤으로부터 받는 수수료보다 더 많은 현금과 사은품을 지급하면서 신규 가입자 유치에 나섰습니다.

A 대리점이 굳이 무리하면서까지 신규 가입자 유치에 나선 이유는 무엇일까요? 우선 통신 회사와 대리점 사이의 수수료 지급에 대한 조건이 특수하기 때문입니다. 다른 업계에서는 일반적으로 대리점이 상위 유통 업체로부터 구입한 가격에 일정 이윤을 더해 하위 유통 업체에 판매하고, 대리점은 구입한 가격과 판매 가격의 차이인 유통 이윤을 수익으로 가져갑니다. 한 번 물건을 팔면 그 이익은 일회적으로 발생할 뿐이죠. 그런데 통신 대리점은 다릅니다. 그들은 유통 이윤을 받는 것이 아니라 본사로부터 수수료를 받고, 그 수수료는 신규 가입자는 물론 기존 가입자에 대해서도 계속 지급되죠. 다만 본사와의 계약 기간에만 수수료가 지급되며, 계약이 해지되면 더 이상 받을 수 없어요. 즉 계약 기간이 길면 길수록, 기존에 모집한 고객이 많으면 많을수록 대리점은 통신 회사에 종속될 수밖에 없습니다.

따라서 JH텔레콤이 무리한 요구를 하더라도 대리점은 이에 따를 수밖에 없고, 무엇보다 재계약하려면 수수료보다 더 많은 광고비를 지출하더라도 계속 영업을 할 수밖에 없어요. 그렇게 광고비를 내고 나면 대리점은 무슨 이익이 남느냐고요? 여기서 주의해야 할 점은 대리점이 지출하는 광고비와 판촉비가 신규 고객을 유치했을 때 받는 수수료보다 많다는 의미이지, 기존 유치 고객을 포함한 모든 고객을 기준으로 JH텔레콤으로부터 받는 전체 수수료보다 많다는 의미는 아닙니다.

그렇기 때문에 통신 회사의 무리한 요구가 위법한지에 대한 판단이 어려워집니다. 경제적 강자의 갑질에 약자가 따르는 이유 중 하나는, 해당 지시 사항 하나만을 놓고 봤을 때는 손해이지만 전체적인 거래 관계를 놓고 보면 이익이기 때문입니다. 경제적 강자의 요구에 응해서 더 큰 손해를 보게 된다면, 약자는 그 요구에 응하지 않으면 되는 것이죠. 이러한 성격의 사건은 대부분 대립하는 이해관계 당사자들 사이의 다툼이라는 점에서, 민사 분쟁의 성격이 있습니다. 또한 거래상 우월한 지위에 있는 사업자가 가하는 불이익 역시 당초 계약에 따른 것이기 때문에 이 같은 행위가 위법하다고 볼 수 있는지, 나아가 형사처벌까지 가할 수 있는지 논란이 됩니다.

그렇다고 해서 거래상 지위 남용 사건을 다른 민사 분쟁과 같이 취급해야 한다는 주장을 곧장 받아들이기는 어렵습니다. 갑질이 빈번하게 벌어지는 프랜차이즈 업계를 보면 이를 잘 알 수 있죠.

프랜차이즈 갑질 논란, 가맹점은 서럽다

법정 드라마 〈통닭의 갑질〉을 살펴볼까요? 우선 공정거래법이 없다고 가정하고 이 드라마에 접근해 봅시다. 계약서 미교부가 어떤 문제가 될까요? 여러분 가운데 중고 거래 사이트에서 물건을 사고판 경험이 있는 사람이 있을 거예요. 그때 계약서를 써서 주고받았나요? 계약서를 쓰지 않은 행위 자체가 위법하다고 볼 수는 없습니다. 〈통닭의 갑질〉에서 푸짐통닭이 계약서가 없다는 점을 악용해 1,000만 원만 지급하지 않았느냐고 문제를 제기하는 이도 있겠죠. 하지만 반대로 김 사장이 계약서가 없다는 점을 이용해 5,000만 원의 공사 대금을 청구할 수도 있습니다. 계약서 교부 여부로 어느 한쪽의 유불리를 단정할 수는 없어요.

그러나 계약서를 작성하지 않은 것이 푸짐통닭 측에 유리한 이유는 푸짐통닭이 김 사장보다 우월한 지위에 있기 때문입니다. 즉 김 사장은 푸짐통닭과 거래가 끊기면 바로 사업을 접어야 할 수도 있습니다. 반면에 푸짐통닭 입장에서는 김 사장과 거래가 끊기더라도 별다른 타격이 없어요. 그래서 푸짐통닭은 김 사장에게 원가 이하로 공사해 달라고 요구할 수 있었던 거죠. 김 사장으로서는 몇 차례 원가 이하로 공사를 진행하면, 그다음에는 제대로 공사비를 주지 않을까 하는 기대를 가지고 응하게 됩니다.

실제로 문제가 된 사건들을 보면 푸짐통닭과 같은 대기업이 김 사장과 같은 중소기업에 본사 사장의 개인 집 보수 공사를 무료로

2017년 열린 '을(乙)들의 피해 사례 발표 대회'. 인테리어비·광고비 떠넘기기, 특정 거래 업체 물품 구입 강요 등 가맹·대리점 본사의 불공정 행위에 대한 문제 제기가 있었다.

해 달라고 요구한 사례도 적지 않습니다. 이와 같은 갑질을 막기 위해 공정거래법상 불공정 거래 행위 규제 규정이 존재합니다. 특히 이런 사례에 국가가 직권으로 개입하는 이유는, 도를 넘는 갑질은 금지되어야 하는데 민사소송만으로는 갑질을 막을 수 없다고 국민 다수가 생각하기 때문입니다. 을이 갑의 부당한 요구를 거절하기조차 힘든 현실에서, 을에게 갑을 상대로 민사소송을 제기하라고 요구하는 것은 실효성이 없다는 것이죠. 결국 갑질을 막기 위해서는 국가가 직권으로 이해 당사자들 간의 거래에 개입하고, 갑질을 한 사업자에게 과징금과 형벌을 부과해야 한다는 거예요. 불공정 거래 행위를 생각하지 못하도록 말이죠.

이제 불공정 거래 행위, 그중에서도 거래상 지위 남용을 규제하는 이유가 이해되나요? 그럼 다시 사회적 약자 보호의 관점으로 돌아와서 생각해 보죠. 2020년 2월 현재 공정거래위원회는 애플코리아가 에스케이텔레콤, 케이티 등 이동통신사에 광고비와 무상 수리 비용을 떠넘기는 소위 '갑질'을 했다는 혐의로 심의를 진행하고 있습니다. 우리나라에서 손에 꼽히는 대기업인 에스케이텔레콤이나 케이티 같은 대기업이 갑질의 피해자라니 조금 어색하죠?

이런 문제점 때문에 거래상 지위 남용 규정을 폐지해야 한다는 주장이 나오고 있습니다. 공정거래법의 원래 취지에 맞게 경쟁 질서를 해치는 행위 규제에 노력을 더 기울이거나, 절대 빈곤층을 돕는 데 예산을 사용해야 한다고 주장하는 견해도 있고요. 반면에 강자가 자신의 지위를 이용하여 약자를 착취하는 행위를 막는 것은 국가의 당연한 의무라는 주장도 있습니다.

경제적으로 자립할 수 없는 약자를 도울 필요가 있다는 점은 모두가 공감할 것입니다. 그렇다면 상대적 약자 보호를 위해 국가가 개입할 수 있는 거래의 범위는 어디까지일까요? 만약 보호할 필요가 있다고 하더라도, 국가가 형벌권까지 동원해서 보호하는 것이 타당할까요? 곰곰이 생각해 보길 바랍니다.

타다
혁신인가 불법인가

신산업과 기존 산업의 사회적 갈등

승차 공유 서비스 업체 '타다(TADA)'와 택시 업계의 갈등이 첨예하다. 택시 업계에서는 타다가 불법 콜택시 영업에 불과하다며 당장 서비스를 중단해야 한다고 주장하고 있다.

급기야 택시 업계의 고발로 수사를 벌인 검찰은 타다가 불법 유사 택시라고 판단하고 타다 운영사 대표 등을 기소하기에 이르렀다. 그리고 2020년 2월, 1심 법원은 타다가 적법한 렌터카 서비스에 해당한다며 무죄를 선고했지만 검찰은 항소했다. 국회는 2020년 3월 5일 현재의 타다 사업 방식을 금지하는 대신 '여객자동차 플랫폼운송사업'을 제도화하는 '여객자동차 운수사업법' 개정안을 심의하고 있다.

타다를 둘러싼 혼란과 갈등은 앞으로도 지속될 것으로 보인다. 타다를 통해 공유 경제 성장에 따른 신산업과 기존 산업 사이의 갈등을 살펴보자.

탈까 말까 택시

김성수는 주말 저녁에 택시 승차 거부를 당한 뒤부터 택시에 불만이 많아졌다. 불친절한 기사를 만났을 땐 돈을 내는 승객이 왜 이런 대우를 받아야 하는지 이해할 수 없었다. 차라리 돈을 더 내더라도 깔끔하고 친절한 운송 수단을 이용하고 싶었다. 고민을 거듭하던 김성수는 본인이 직접 이상적으로 생각하는 회사를 설립하기로 결심했다. 인터넷으로 유료 회원을 모집해서 회원들에게 친절한 기사와 출고 1년 이내의 깨끗한 중형차를 제공하면 폭발적인 인기를 끌 것이라는 생각이 들었다.

하지만 변호사 친구는 그에게 운송 사업은 아무나 할 수 없다고 말했다. 우리나라에서는 택시 면허가 없으면 돈을 받고 사람을 차에 태울 수가 없는데, 현재 국토교통부가 '택시총량제'를 이유로 택시 회사 설립을 허용하지 않는다는 것이었다. 다만 렌터카 회사를 설립하면 사업이 가능하다고 설명했다.

김성수는 변호사 친구의 조언에 따라 '탈까월드'라는 11인승 승합차 전문 렌터카 회사를 설립한 뒤, 호텔 지배인으로 일한 경험이 있는 친동생에게 운전기사를 모집하고 교육하는 '탈까인력'을 설립하도록 했다. 그리고 그는 '탈까' 전용 모바일 앱을 개발해서 고객이 목적지를 입력하면 탈까월드에서는 차량을 대여하고, 탈까인력은 기사를 제공하되 요금을 한꺼번에 받는 탈까 서비스를 시작했다. 탈까 이용료는 택시 요금보다 50% 정도 비쌌지만, 시장에서 돌풍을 일으켰다.

그런데 얼마 뒤 택시조합에서 탈까월드를 상대로 소송을 제기했다. 그들은 탈까가 '여객자동차 운수사업법'(여객자동차법)에서 금지하는 '유상 운송 행위'에 해당한다며 서비스를 중단하라고 요구했다.

서울중앙지방법원 211호 법정

판사　택시조합 측, 탈까월드 측 모두 출석하셨죠? 이 사건은 택시조합이 탈까월드를 상대로 탈까 사업을 중단하라고 청구한 사건입니다. 택시조합에서 문제 삼는 부분은 무엇이죠?

택시조합　운송 서비스는 강한 공공성을 갖고 있습니다. 아무에게나 운송 사업을 허용하면 서비스 제공 능력이 없는 사업자를 양산하게 되어 서비스 질 저하로 국민에게 큰 불편을 초래하게 돼요. 여객자동차법은 이런 공공성을 고려하여 운송 서비스 제공 자격을 엄격히 심사합니다. 이는 자격을 갖춘 사람만 유상 서비스를 제공할 수 있다는 뜻이죠. 그런데 탈까는 자격 없이 유상 운송을 하고 있어요. 택시 면허 없이 택시 사업을 벌였다고요.

탈까월드　판사님, 법 규정을 따지기에 앞서 말씀드릴 것이 있습니다. 택시조합은 국민에게 양질의 서비스를 제공하기 위해 택시 면허 제도가 존재한다고 주장합니다. 그런데 탈까 서비스가 시장에서 돌풍을 일으킨 이유는 무엇일까요? 바로 기존 택시보다 월등히 나은 서비스를 제공했기 때문입니다. 그리고 이 문제는 단순히 여객자동차법 해석 문제로 접근해서는 안 됩니다. '공유 경제'라고 하는 시대적 흐름과 연관해서 살펴봐야죠. 공유 경제는 거스를 수 없는 대세입니다. 단순히 기존 사업자가 경제적으로 다소 피해를 본다는 이유만으로 국민에게 큰 이익이 되는 공유 경제를 불법이라고 낙인찍을 수 있을까요?

택시조합 공유 경제요? 물론 공유 경제가 국민에게 이롭다는 사실은 인정합니다. 하지만 탈까는 공유 경제와 아무런 관련이 없습니다. 법의 공백을 파고들기 위해 여러 회사를 설립하고 앱을 개발한 것이 무슨 공유 경제이고 혁신인가요? 영세한 택시기사들의 생존권을 침해할 뿐이에요!

탈까월드 공유 경제를 전혀 이해 못 하고 계시네요.

택시조합 '콜뛰기'(자가용을 이용한 불법 콜택시 영업)와 똑같죠. 무슨 그게 공유 경제입니까?

탈까월드 뭐라고요? 승차 공유 서비스가 콜뛰기랑 똑같다니요!

판사 분위기가 과열된 것 같습니다. 이 법정에서는 탈까가 현행법에 위반되는지 여부가 가장 중요한 쟁점이므로, 여객자동차법을 자세히 살펴봐야 합니다. 그런데 본격적인 논의에 앞서 탈까가 명분으로 내세우는 공유 경제 문제를 짚어 보도록 하죠.

타다, 공유 경제라고 할 수 있을까

수도권에 사는 독자들은 '타다'라고 적힌 카니발 차량을 본 적이 있을 거예요. 타다는 커플용 SNS 서비스인 비트윈(Between) 개발로 이름을 알린 스타트업 브이씨엔씨를 쏘카가 인수한 후 2018년에 내놓은 모빌리티 플랫폼입니다. 우리에게는 대형 승합차를 편하게 이용할 수 있는 서비스로 알려졌죠. 회사에 따르면 2019년 10월 가입자 수가 145만 명을 돌파했다고 합니다. 이처럼 타다는 시장에서 돌풍을 일으켰지만, 택시 업계는 이것이 불법이라며 퇴출을 주장하고 있어요.

한쪽에서는 타다가 공유 경제에 따른 혁신적인 서비스이므로, 여기에 과거 규제 기준을 그대로 적용하는 것이 부당하다고 이야기합니다. 이와 같은 서비스가 오히려 많아져야 한다면서요. 반면에 타다는 전혀 혁신적인 서비스가 아닐뿐더러, 단지 법의 공백을 이용한 탈법행위에 불과하다는 주장도 나오고 있죠. 여기서 한 가지 의문이 듭니다. '공유 경제'가 무엇이기에 기존 규제까지 완화해야 한다는 목소리가 나올까요?

공유 경제란 물건을 기존의 '소유'에서 '공유'의 개념으로 바꾸는 것으로 소비자가 가진 물건, 정보, 공간, 서비스 등과 같은 자원을 다른 경제주체와 공유함으로써 새로운 가치를 창출하는 경제 방식을 의미합니다. 하지만 아직 공유 경제 개념에 대한 충분한 합의가 이뤄지진 않았죠. 특히 다툼이 있는 부분은 개인과 개인 사이의 거래에 한정할 것인지, 거래의 대상을 유휴 자산(현재 사용하고 있지 않은 자산)으로 한정할 것인지에 있습니다.

예컨대 '에어비앤비(Airbnb)'의 경우 개인 소유의 집이 거래 대상이기에, 이것이 공유 경제의 한 형태라는 점에 대해서는 크게 이견이 없어요. 그러나 지금 우리가 살펴보려는 타다가 공유 경제에 해당하는지를 두고서는 다툼이 있습니다. '개인 대 기업'의 거래라는 점, 개인이 소유하던 유휴 자산을 활용하는 게 아니라 기업이 해당 서비스를 위해 새로 구매(임차)한 자산을 활용한다는 부분이 공유 경제의 일반적인 정의에 딱 들어맞지 않기 때문입니다. 이런 점을 들어 타다를 공유 경제로 지칭하는 것은 옳지 않다는 지적이 많답니다. 반면에 소수의 자동차를 많은 사람들이 공유해 자원 이용의 효율을 극대화한다는 점에서 공유 경제의 정신에 부합한다고 보는 의견도 있고요.

공유 경제의 빛과 어둠

공유 경제는 정보 통신 기술의 발전으로 가능해진 시스템입니다. 정보 통신 기술의 발전은 탐색 비용을 획기적으로 낮춤으로써 과거에 불가능했던 '개인의 유휴 자산을 활용한 거래'를 가능하게 해 줬죠. 에어비앤비를 예로 들면, 인터넷이 없던 시대에는 새로운 도시로 여행을 갔을 때 누가 집을 빌려줄 수 있는지, 그 집이 어떤 상태인지 알 방법은 거의 없었습니다.

집주인 입장에서도 마찬가지입니다. 일주일 정도 집을 비워야 하는데, 그 기간에 다른 이에게 집을 빌려주고 싶어도 광고를 내려면 엄청난 비용이 들기 때문에 망설일 수밖에 없었죠. 그런데 이와 같은 문제를 인터넷이 해결해 줬어요. 실제로 에어비앤비 같은 플랫폼 기업은 인터넷 거래의 몇몇 문제점을 해결하자 폭발적으로 성장했습니다.

개인의 유휴 자산을 활용한 공유 경제에는 여러 장점이 있어요. 물건 소유자는 사용하지 않는 물건을 타인과 공유함으로써 이익을 얻을 수 있고, 사용자는 물건을 필요한 기간만큼 합리적인 가격에 이용할 수 있죠. 또 한번 생산된 자산의 활용도를 높여 유한한 자원을 절약한다는 점에서 환경문제나 사회 공동의 이익에도 기여하고요. 이런 장점을 들어서 기존 사업에 적용되던 여러 규제가 공유 경제에 면제 또는 완화되어야 한다는 주장이 나옵니다. 공유 경제가 갖는 순기능을 고려해야 한다는 것이죠.

하지만 단점도 적지 않습니다. 대부분의 영역에서 기존 사업과 일정 부분 마찰이 생길 수밖에 없어요. 공유 경제 거래가 비슷한 서비스를 제공하는 기존 거래를 일부 대체하기 때문에 사업자들이 피해를 볼 수 있죠. 이를 단순히 기존 사업자들의 기득권 보호 문제로 접근해서는 안 됩니다. 공유 경제 활동을 통해 수익을 창출하는 이들과 비교했을 때, 기존 사업자들이 역차별을 당하고 있다는 불만을 가지는 건 당연해요.

예컨대 숙박업을 하려면 '공중위생관리법'에 따른 공중위생 영업 신고를 하고, 위생 관리 의무 등을 이행해야 합니다. 그리고 주거지에서는 원칙적으로 숙박업소를 운영할 수 없어요. 그런데 공유 경제란 이름으로 아파트에서 사실상 숙박업소를 운영하면, 기존 숙박업소보다 비용을 덜 들이고도 사업을 할 수 있죠. 즉 기존 숙박업자와의 경쟁에서 훨씬 유리하다는 뜻입니다.

택시, 국가의 규제와 보호를 동시에 받다

그렇다면 타다와 첨예하게 부딪히고 있는 택시 업계는 원래 어떤 생태계에서 운영되고 있었을까요? 택시 운송 사업은 일정한 구역 안에서 정해진 노선 없이 소규모의 승객을 운송하는 사업입니다. 버스는 정해진 노선에서만 승객을 태울 수 있다는 점이 택시와 다르죠. 택시 운송 사업의 가장 큰 특징은 법인 형태의 일반 택시 외에 다수의 개인택시 사업자가 있다는 거예요. 국가는 공익 차원에서 버스에 막대한 재정 지원을 하고 있습니다. 하지만 택시는 다수의 개인 사업자가 운영하고 있으며, 버스보다 고급 교통수단이라는 점 때문에 민간 기업 경영을 원칙으로 해요.

그렇다고 해서 국가의 규제가 없는 것은 아닙니다. 오히려 매우 강력하게 작용하죠. 우선 택시 요금을 국가에서 결정합니다. 택시 사업을 하려면 관할관청에서 면허를 받아야 하고, 택시 회사가 택시를 증차할 때도 관할관청의 인가를 받아야 합니다. 즉 일반 사업과 달리 사업이 아무리 잘되더라도 요금을 많이 받거나 택시를 마음대로 증차할 수 없죠. 이렇듯 택시는 여객자동차법의 규제 아래 엄격한 국가의 관리를 받는 운송 사업입니다.

현행 여객자동차법은 유상 운송 행위를 엄격히 제한하고 있어요. 영업용 자동차가 아니면 돈을 받고 승객을 태워 주는 행위를 원칙적으로 금지하고 있지요. 제34조가 이 부분에 해당합니다. 특히 제2항을 보면 자동차대여사업자, 즉 렌터카 업체가 차량을 빌려주면서 운전자를 소개하지 못하게 하고 있지요.

> **여객자동차 운수사업법**
> **제34조(유상 운송의 금지 등)**
> ① 자동차대여사업자의 사업용 자동차를 임차한 자는 그 자동차를 유상(有償)으로 운송에 사용하거나 다시 남에게 대여하여서는 아니 되며, 누구든지 이를 알선(斡旋)하여서는 아니 된다.
> ② 누구든지 자동차대여사업자의 사업용 자동차를 임차한 자에게 운전자를 알선하여서는 아니 된다. 다만, 외국인이나 장애인 등 대통령령으로 정하는 경우에는 운전자를 알선할 수 있다.
> ③ 자동차대여사업자는 다른 사람의 수요에 응하여 사업용 자동차를 사용하여 유상으로 여객을 운송하여서는 아니 되며, 누구든지 이를 알선하여서는 아니 된다.

여객자동차법은 여객 자동차 운송 사업의 공공성을 고려해 일정한 요건을 갖춘 자에 한해서 사업을 허용하고 있어요. 만약 고객이 렌터카 업체로부터 차를 빌리면서 기사까지 소개받게 되면, 이용자 입장에서 사실상 택시와 차이가 없기 때문에 여객자동차법이 정한

'택시 면허가 없으면 유상 운송 행위를 할 수 없다는 원칙'이 무너지 게 됩니다.

다만 예외 조항이 있습니다. 제34조 제2항은 단서로 "외국인이나 장애인 등 대통령령으로 정하는 경우에는 운전자를 알선할 수 있 다."라고 규정합니다. 외국인은 관광 진흥 등의 목적으로, 장애인은 복지 차원에서 예외적으로 허용하는 거예요. 구체적인 예외 사항은 대통령령으로 정하도록 하고요. 그렇다면 대통령령은 어떤 예외를 규정하고 있을까요?

여객자동차 운수사업법 시행령
제18조(운전자 알선 허용 범위)
법 제34조 제2항 단서에서 "외국인이나 장애인 등 대통령령으로 정하는 경 우"란 다음 각호의 경우를 말한다.
1. 자동차대여사업자가 다음 각 목의 어느 하나에 해당하는 자동차 임차인에 게 운전자를 알선하는 경우
   가. 외국인
   나. 「장애인복지법」 제32조에 따라 등록된 장애인
   다. 65세 이상인 사람
   라. 국가 또는 지방자치단체
   마. 자동차를 6개월 이상 장기간 임차하는 법인
   바. 승차 정원 11인승 이상 15인승 이하인 승합자동차를 임차하는 사람
   사. 본인의 결혼식 및 그 부대 행사에 이용하는 경우로서 본인이 직접 승차 할 목적으로 배기량 3,000시시 이상인 승용 자동차를 임차하는 사람

여객자동차법 시행령 제18조 제1호 바목은 왜 "승차 정원 11인 승 이상 15인승 이하인 승합자동차를 임차하는" 경우를 예외적으로 인정했을까요? 이 규정은 2014년에 렌터카 업체들의 요청에 따라

신설됐어요. 그 당시 렌터카 업체들은 공항, 골프장 등 장거리 이용객의 편의를 위해 차량 대여와 기사 알선을 결합한 상품을 내놓았고, 그에 따라 관광산업 육성 등을 목적으로 이런 서비스 이용이 가능하도록 위 규정을 만든 것이죠. 타다가 서비스를 시작하며 파고든 조항이 바로 이 예외 조항입니다.

타다를 둘러싼 갈등

타다는 위 시행령 제18조 제1호 바목에 착안하여 11인승 이상 승합차인 카니발을 빌려주면서 기사를 알선하는 사업을 벌였습니다. 택시 업계 측은 제18조 제1호 바목이 관광산업 육성을 위해 도입된 조항인데, 타다의 경우는 조항 도입 취지에도 맞지 않으며 사실상 불법 택시 영업을 하고 있다고 주장합니다. 반면에 타다 측은 시행령의 예외 규정을 충족한 이상 적법하다고 말하죠.

공유 경제의 의미를 두고 논란이 확장되기도 했습니다. 타다 측은 전체 자동차 소유 대수를 줄임으로써 공유 경제를 이끌고 있다고 주장하지만, 택시 업계의 비판도 만만치 않습니다. 공유 경제의 본질은 개인이 소유한 유휴 자산을 자발적으로 협업해서 소비하는 것에 있는데, 타다는 서비스를 위해 상품을 새로 공급하는 형태이기 때문에 공유 경제라고 볼 수 없다는 겁니다. 이에 타다 측은 혁신적 기술과 공유 경제가 결합한 측면이 있다고 다시 반박합니다. 기술혁신을 바탕으로 기존에 택시가 하지 못하던 서비스를 더 좋은

2018년 1월 8일 전국택시노동조합연맹을 비롯한 택시 4단체 회원들이 '타다' 처벌 촉구 기자 회견을 하고 있는 가운데, '타다' 차량이 그 앞을 지나가고 있다.

품질, 더 효율적인 방법으로 제공한 것이라고요. 일각에서는 택시는 수많은 규제를 받지만, 타다는 별다른 규제를 받지 않으므로 공정한 경쟁이 될 수 없다고 주장하기도 합니다.

검찰은 2019년 10월, 타다 운영사 대표 등을 자동차 대여 사업자의 사업용 자동차를 사용하여 유상으로 여객을 운송했다는 혐의 등으로 기소했습니다. 타다가 렌터카 이용의 형식을 통해 실질적으로 허가 없이 유상 운송을 하였다는 이유였죠. 하지만 2020년 2월 1심 법원은 타다 서비스의 특수성 등을 감안하면 타다가 여객을 유상 운송한 것으로 볼 수 없다며 무죄를 선고했고, 이에 검사는 무죄판결이 부당하다며 항소했죠.

그런데 무죄판결이 선고된 이후, 국회는 2020년 3월 5일 현재의 타다 서비스를 금지하는 내용의 여객자동차 운수사업법 개정안을 심의하고 있습니다. 앞서 본 여객자동차법 시행령 제18조 제1호 바목은 단순히 "승차 정원 11인승 이상 15인승 이하인 승합자동차를 임차하는 경우"를 유상 운송의 예외 사유로 인정하고 있습니다. 그런데 위 개정안은 "승차 정원 11인승 이상 15인승 이하"이더라도 "대여 시간이 6시간 이상이거나, 대여 또는 반납 장소가 공항 또는 항만인 경우"가 아니면 운전자를 알선할 수 없도록 정하고 있습니다. 개정안에 따르면 현재의 타다 서비스는 불가능해지는 것이죠.

대신에 위 개정안은 '여객자동차 플랫폼운송사업'을 규정하여 타다와 같은 서비스가 제도권에 편입될 수 있도록 하고 있습니다. 다만 문제는 '여객자동차 플랫폼운송사업'을 경영하기 위해서는 국토교통부 장관의 허가를 받아야 하는데, 그 허가 기준에 택시 총량이 중요한 잣대가 되고, 택시 감차나 택시 운수 종사자의 근로 여건 개선 등의 목적으로 사용되는 기여금을 내야 한다는 것이죠. 타다 측은 위 개정안은 실질적으로 '타다 금지법'이라며 크게 반발하고 있습니다. 반면에 정부는 타다와 택시 모두를 위한 법이라며 반박하고 있고요. 합당한 대가를 지불하고 법의 보호를 받으면서 혁신적인 택시 운송 서비스를 할 수 있도록 한 장치라는 것입니다.

타다와 정부의 갈등은 택시 면허 제도와 직접적인 관련이 있습니다. 정부는 기본적으로 택시 면허 없이 택시와 유사하게 영업을 하는 것을 막아야 한다는 의견입니다. 타다와 같은 플랫폼운송사업은 예약형 택시와 유사한 형태로서, 서비스 형태나 운행 방식 등의 측면에서 택시와 업무 영역이 중복되므로 정부가 공급량을 조절할 수 있어야 한다는 것입니다. 정부의 입장은 유상 여객 운송을 원칙적으로 금지하고, 택시 총량을 제한하는 현행법을 고려하면 이해할 수 있습니다. 오래전부터 자가용 보급의 확대, 대중교통망의 확충으로 택시 수요는 꾸준히 감소하고 있는데도 택시 면허는 지속적으로 늘어났습니다. 이에 정부는 택시의 적정량을 지역별로 산정한 후 택시 대수가 해당 지역의 적정량에 미치지 못하게 되면, 그 차이만큼 택시 공급을 보충하여 지역별 적정 운영 대수를 유지하도록 하는 택시 총량제를 도입했습니다. 그런데 소비자에게 택시와 유사한 효용을 갖는 타다 같은 서비스가 무제한적으로 허용되면, 택시 총량제가 무너질 수 있겠지요.

다만 향후에는 논의의 흐름이 달라질 수도 있습니다. 기술혁신에 따른 변화를 현행법상 불법이라고 하며 무작정 막을 수는 없으니까요. 자율 주행 기술이 완벽하게 구현될 미래가 온다고 가정해 보죠. 그때마저 사람이 운전하는 것을 전제로 한 현재의 택시 면허 제도를 유지할 수는 없겠죠. 기술 발전이 어느 수준을 뛰어넘으면 신생 산업에 대한 논의도 달라져야 합니다. 신생 산업이 현행법상 불법인지 따지는 것을 넘어 이를 사회제도로 조화롭게 편입시키기 위해 법률 체계를 어떻게 바꿔야 할지 폭넓은 논의가 필요한 시점이 온다는 뜻입니다. 타다를 계기로 미래 운송 사업에 대한 깊은 논의가 필요해 보입니다.

일감 몰아주기
공정한 경쟁을 어떻게 무너뜨릴까

기업집단의 내부거래

대기업이 총수 2세의 회사에 일감을 몰아줘 안정적으로 수익을 낼 수 있도록 도와주고, 이를 통해 총수 2세가 경영권 승계를 위한 자금을 마련하는 일은 이제 관행이라 부를 정도로 흔하다. 일감 몰아주기는 비단 대기업에서뿐만 아니라 중소기업에서도 빈번하게 벌어지고 있다.

2019년 참여연대는 '일감 몰아주기를 통한 경영권 승계, 이대로 방치할 것인가'라는 입법 토론회를 개최했고, 같은 해 취임한 조성욱 공정거래위원회 위원장은 '대기업 일감 몰아주기 시정'을 4대 주요 과제 가운데 하나로 제시했다. 일감 몰아주기가 갖는 문제는 과연 무엇일까? 일감 몰아주기를 둘러싼 법적 논란에 대해 살펴보자.

너에게만 주고 싶어

사과그룹은 사과전자·사과건설·사과해운을 계열사로 하는 시가총액 10조 원의 기업집단으로, 핵심 계열사는 시가총액 5조 원의 사과전자다. 사과그룹 김철수 회장은 사과전자 주식 1%를 보유하고 있지만, 사과전자의 주식을 가진 사과건설·사과해운 등의 주식 51%를 보유함으로써 그룹 전체에 경영권을 행사했다.

김 회장에게는 한 가지 고민이 있었다. 그룹 경영권을 외동딸 김영희에게 주고 싶은데, 전 재산을 딸에게 물려주더라도 고율의 상속세 때문에 김영희가 경영권을 지킬 수 있을지 알 수 없었다.

고민하던 김 회장은 먼저 김영희에게 1억 원을 증여하고, 그 돈으로 김영희가 건물 관리를 전문으로 하는 사과랜드를 설립하도록 했다. 그리고 그룹 내에서 건물 관리를 담당하던 직원을 사과랜드로 이직시킨 뒤 전 계열사의 건물 관리를 사과랜드에 맡겼다. 사과랜드는 연매출 200억 원을 달성했으며, 이후 광고 부서를 신설해 사과그룹의 모든 광고를 만들었다. 사과랜드는 회사명을 '사과IT'로 바꾸고 IT 전문 부서를 출범시키며 그룹 전체의 물류·보안과 관련된 IT시스템 구축 및 관리를 맡았다. 사과IT는 물류·보안 등을 관리하며 얻은 정보를 바탕으로 빅데이터 분야에도 진출했다. 여기서 얻은 이익으로 김 회장으로부터 건설·해운 주식을 매입해 그룹 전체 경영권을 가지게 되었다.

이에 공정거래위원회(공정위)는 사과랜드 설립 때부터 지금까지 사과IT와 사과그룹 사이에 있었던 거래가 '독점규제 및 공정거래에 관한 법률'(공정거래법)에서 금지하는 부당 지원 행위에 해당한다며 사과그룹에 과징금 부과 처분을 내렸고, 사과그룹은 서울고등법원에 과징금 부과 처분 취소소송을 제기했다.

서울고등법원 311호 법정

판사   이 사건은 공정위가 사과그룹과 사과IT의 거래는 부당 지원 행위에 해당한다는 이유로 과징금을 부과한 사건이군요. 공정위는 어떤 거래가 부당 지원 행위에 해당한다고 봤나요?

공정위 사과랜드를 설립할 때부터 지금까지 사과그룹과 한 모든 거래가 해당한다고 봅니다.

사과그룹 판사님, 사과IT로 회사 이름을 변경하기 전까지는 사과랜드와 사과그룹의 거래가 부당 지원 행위에 해당할 수 있다는 사실은 저희도 인정합니다. 하지만 사과IT로 회사 이름을 변경한 뒤에 이루어진 통합 시스템 구축과 관련된 거래도 포함된다는 주장은 인정할 수 없습니다.

     사과IT는 단순히 전산 장비 보수 업무를 담당한 것이 아닙니다.

시스템 구축 사업이라고 해서 네트워크나 하드웨어, 소프트웨어 등 IT와 관련된 요소를 결합하는 사업을 수행했습니다. 이는 여타 거래와 근본적으로 다른 특징을 갖고 있습니다. 내부 시스템을 구축하는 업체는 해당 그룹의 핵심 정보를 모두 관리합니다. 이런 핵심 정보를 외부에 공개할 수는 없죠. 다른 대기업도 SI(System Integration, 시스템통합) 회사를 설립해서 그렇게 하고 있고요. 경쟁 관계에 있는 다른 업체에 핵심 정보를 맡길 수는 없습니다.

공정위 보안이 문제라면 사과그룹은 IBM이나 오라클 같은 IT 회사와도 거래하지 말아야 합니다. 왜 유독 SI 분야에서만 보안을 강조하는지 알 수 없군요.

사과그룹 판사님, 저희 그룹 내의 거래가 공정위의 주장처럼 부당 지원 행위에 해당한다고 해도 사과그룹에 과징금을 부과해선 안 된다고 생각합니다.

판사 어째서 그렇죠?

사과그룹 부당 지원 행위를 금지하는 것은 그 행위가 회사에 손해가 되기 때문 아닙니까? 그 위반 행위로 사과그룹이 1억 원의 손해를 보았다면 주주들이 사과IT를 상대로 1억 원의 손해배상 청구를 하면 되는 겁니다.

공정위 사과그룹은 김철수 일가가 지배하고 있기 때문에 사과IT에 손해배상을 청구할 리가 없어요. 그리고 오해하는 것 같은데, 저희는 주주들이 손해를 봤다고 과징금을 부과한 것이 아니에요. 사과그룹의 행위가 우리나라 시장 질서에 반하기 때문에 과징금을 부과한 겁니다.

판사 자, 진정하시죠. 지금부터 사과그룹의 행위가 공정거래법에서 금지하는 부당 지원 행위에 해당하는지 그 법적 쟁점을 하나씩 심리하도록 합시다.

일감 몰아주기, 총수 일가의 배를 불리다

대기업의 '일감 몰아주기'는 사회에서 많은 비판을 받고 있습니다. 2019년 취임한 조성욱 공정거래위원회 위원장은 취임식에서 '대기업 일감 몰아주기 시정'을 4대 주요 과제 가운데 하나로 제시했어요. 사실 일감 몰아주기 논란에서 자유로운 기업은 거의 없을 겁니다. '착한 기업'으로 불린 한 식품 회사조차 사익 편취로 비판받은 바 있죠. 사익 편취는 개인의 이익을 위해 기업을 이용하는 것을 뜻합니다. 일감 몰아주기는 중소기업에서도 빈번할 정도로 우리 경제계에 만연한 악습입니다. 오히려 중소기업은 대기업에 비해 규제가 약하기 때문에 적극적으로 일감 몰아주기를 하는 실정이죠. 일감 몰아주기가 무엇이기에 이렇게 논란이 될까요?

일감 몰아주기란 기업집단 내 계열사들(지원 회사)이 지배주주 일가가 지분을 많이 보유한 특정 계열사(수혜 회사)에 일감을 몰아주어 수혜 회사가 이익을 얻고, 이를 통해 수혜 회사의 주주 또는 지배주주 일가가 이익을 얻는 행위를 의미합니다. 일감 몰아주기는 지원 회사 주주들에게 큰 피해를 줍니다. 예컨대 갑돌이가 A 회사의 주식 100%, B 회사의 주식 10%를 보유하고 있다고 해 보죠. A 회사가 B 회사의 일감을 몰아 받아 A 회사는 100의 이익을, B 회사는 100의 손해를 보았다면 어떻게 될까요? 갑돌이는 주식 보유 비율에 따라 A 회사를 통해 100의 이익을, B 회사를 통해 10의 손해를 보게 됩니다. B 회사가 입은 손실 100 가운데 갑돌이가 책임지는 것은 10

뿐이죠. 나머지 손실 90은 다른 주주들이 분담하게 되고요. 반면에 A 회사에서 발생한 이익 100은 갑돌이가 모두 가져갑니다. 결론적으로 갑돌이가 가져간 90의 이익(A 회사에서 발생한 이익 100 - B 회사에서 입은 손실 10)은 B 회사의 다른 주주들로부터 가져가는 꼴이죠.

한 연구 논문은 현대자동차그룹과 현대글로비스의 거래를 사익 편취의 한 예로 제시합니다. 현대글로비스는 2001년 정몽구 현대자동차그룹 회장과 그의 아들인 정의선 부회장이 자본금 50억 원을 들여 설립한 물류 회사예요. 이 회사는 설립 후 10년간 20조 원의 매출액을 올렸는데, 현대자동차그룹 계열사와 약 17조 원(매출액의 85%)에 이르는 거래를 했습니다. 이를 통해 정몽구·정의선 부자는 약 3조 7,000억 원의 이익을 남겼죠. 만약 현대자동차그룹이 현대글로비스를 설립했다면 현대자동차그룹의 주주들이 그에 상응하는 이익을 얻었을 테니, 정몽구·정의선 부자가 얻은 3조 7,000억 원가량의 이익은 현대자동차그룹의 주주들로부터 가져간 셈입니다.

일감 몰아주기를 통한 편법 상속

일감 몰아주기는 편법 상속을 가능하게 한다는 비판도 나옵니다. 기업 총수 2세가 설립한 수혜 회사가 지원 회사와 거래하며 성장할 경우, 수혜 회사의 대주주인 기업 총수 2세는 쉽게 부를 축적할 수 있어요. 여기서 수혜 회사의 대주주가 내부거래로 축적한 부는 대기업인 지원 회사의 소수 주주들로부터 이전되었다는 점에서 문제가 있죠.

지배주주 일가 2세가 IT · 광고 · 물류 · 시설 관리 등의 비상장 회사를 지배하면서 기업집단 내 큰 규모의 계열회사들과 여러 사업을 수행하고, 이를 통해 경영권 승계를 위한 자금을 마련하는 일은 이제 관행이라고 부를 정도로 만연합니다. 학자들은 우리나라에서 유독 이런 거래가 많은 이유를 '대기업 총수가 소수의 지분만으로 전체 기업을 지배하는 비정상적인 지배구조'와 '그 지배구조를 활용한 상속세 회피'에서 찾아요.

문제는 일감 몰아주기가 단순히 주주의 이익 상실 문제, 상속세 회피 수단에 그치지 않는다는 점입니다. 대기업 계열회사 간 내부 거래로 인해 다른 중소기업의 사업 참여 · 성장 기회가 제약된다는 것 역시 큰 부작용이죠. 자유주의 시장경제에서는 기업들이 '경영 능력'과 '기술력'으로 경쟁하여 말 그대로 경쟁력 있는 기업이 살아남아야 합니다. 이를 위해선 새로운 기업이 시장에 진입할 기회가 생겨야 해요.

기업집단 계열회사 간 지원 행위는 경쟁력 없는 기업이 존속하게 만들고, 다른 기업이 시장에 진입하기 어렵게 만듭니다. 즉 기업집단에 소속되지 않은 중소기업들은 시장에서 공정하게 경쟁할 기회조차 박탈당하죠. 어떤 이들은 우리나라에 건실한 IT 기업이 적은 이유를 대기업의 일감 몰아주기에서 찾기도 합니다. 대기업은 모두 스스로 설립한 시스템통합 업체(삼성그룹은 삼성 SDS, LG그룹은 LG

CNS, SK그룹은 SK C&C)를 통해 IT시스템을 구축하기 때문에, 다른 IT 업체들이 성장하지 못한다는 거예요.

물론 일정 범위 안에서 계열회사의 내부거래를 허용해야 한다는 주장도 나옵니다. 내부거래는 비용 절감, 안정적인 거래처 확보 등 기업집단 전체 이익에 부합하는 측면이 분명 존재하거든요. 특히 IT 시스템 업체는 그룹 전체의 영업 비밀을 갖고 있어서 자체 설립이 불가피하다는 의견도 있어요. 각 계열사의 정보를 모아서 빅데이터를 구축해 4차 산업혁명에 대응해야 하는 기업 입장에서는 회사와 관련 있는 시스템통합 업체와 거래할 수밖에 없다는 것이죠.

그러나 실제로 총수 2세가 신설한 법인과의 내부거래를 살펴보면 주주의 이익을 2세에게 이전함으로써 경영권 승계를 위한 자금 확보의 수단으로 악용하는 경우가 많습니다. 법정 드라마 〈너에게만 주고 싶어〉와 같은 사례가 대표적이죠. 상속세를 몇천만 원만 내고 수조 원 가치의 기업집단을 상속받은 사례는 대부분 이 같은 방식으로 이루어진 것입니다.

공정거래법은 일감 몰아주기를 어떻게 규제할까

일감 몰아주기에 관한 법적 쟁점은 회사법, 세법, 공정거래법, 형법 전반에 걸쳐 있습니다. 불공정 거래 행위를 금지하는 공정거래법 제23조는 1996년에 개정됐어요. 그런데 지원 회사 주주가 손해를 보는 부당한 거래에 관한 규제는 회사법에 이미 관련 규정이 있었죠. 이에 중복 규제가 아니냐는 의견과 기업의 자율성을 과도하게 침해할 수 있다는 비판이 나왔습니다.

사실 우리나라 외에 부당 지원 행위를 공정거래법과 같은 '경쟁법'(독과점 규제법)에서 규제하는 나라는 찾기가 어렵습니다. 그러나 총수 일가의 지배력이 막강한 우리나라 기업 현실에서 일반 주주의 견제 장치는 그 기능을 제대로 발휘하지 못했어요. 이에 대한 반성으로 1996년에 공정거래법 제23조 제1항 제7조가 도입되었고, 1999년에는 부당 지원 행위를 효율적으로 감시하기 위해 '계좌 추적권'까지 한시적으로 시행됐죠. 그러나 이 규제 역시 큰 힘을 발휘하지 못했습니다.

독점규제 및 공정거래에 관한 법률
제23조(불공정거래행위의 금지)
① 사업자는 다음 각호의 어느 하나에 해당하는 행위로서 공정한 거래를 저해할 우려가 있는 행위('불공정거래행위'라 한다.)를 하거나, 계열회사 또는 다른 사업자로 하여금 이를 행하도록 하여서는 아니 된다.
··· 7. 부당하게 다음 각 목의 어느 하나에 해당하는 행위를 통하여 특수관계인 또는 다른 회사를 지원하는 행위
　가. 특수관계인 또는 다른 회사에 대하여 가지급금·대여금·인력·부동산·유가증권·상품·용역·무체재산권 등을 제공하거나 상당히 유리한 조건으로 거래하는 행위
　나. 다른 사업자와 직접 상품·용역을 거래하면 상당히 유리함에도 불구하고 거래상 실질적인 역할이 없는 특수관계인이나 다른 회사를 매개로 거래하는 행위

사실 공정거래법 제23조를 적용할 때 '상당히 유리한 조건'의 거

래가 무엇인지 판단하기가 매우 어렵습니다. 우리가 사는 공산품과 달리 대기업 계열사 사이에서 거래의 대상이 되는 상품은 정해진 가격이 없기 때문이에요. 현대자동차가 현대모비스로부터 자동차 섀시 모듈 부품을 구매한 것이 문제 된 적이 있습니다. 이때 자동차 섀시 모듈 가격이 정상가에 비해 높은지 낮은지가 쟁점이 되었는데, 문제 된 상품이 현대자동차에 특화된 제품이어서 정상가를 판단하기가 매우 곤란한 상황이었죠. 그런 이유로 공정위가 부당 지원 행위로 규제한 사건 가운데 대법원이 인정한 사례는 한 건도 없어요. 이에 공정거래법 제23조의2가 신설되었습니다.

> **독점규제 및 공정거래에 관한 법률**
> **제23조의2(특수관계인에 대한 부당한 이익 제공 등 금지)**
> ① 공시 대상 기업집단(동일인이 자연인인 기업집단으로 한정한다.)에 속하는 회사는 특수관계인(동일인 및 그 친족에 한정한다. 이하 이 조에서 같다.)이나 특수관계인이 대통령령으로 정하는 비율 이상의 주식을 보유한 계열회사와 다음 각호의 어느 하나에 해당하는 행위를 통하여 특수관계인에게 부당한 이익을 귀속시키는 행위를 하여서는 아니 된다. 이 경우 각호에 해당하는 행위의 유형 또는 기준은 대통령령으로 정한다.
> 1. 정상적인 거래에서 적용되거나 적용될 것으로 판단되는 조건보다 상당히 유리한 조건으로 거래하는 행위
> 2. 회사가 직접 또는 자신이 지배하고 있는 회사를 통하여 수행할 경우 회사에 상당한 이익이 될 사업 기회를 제공하는 행위

공정거래법 제23조의2는 2013년에 신설되었습니다. 기업 총수 일가가 일정 비율 이상의 주식을 소유한 회사와 내부거래를 할 경우, 기존 공정거래법상 부당 지원 행위보다 더 강력하게 규제하고

있죠. 현재 상장 회사에는 특수관계인이 30% 이상의 주식을 소유했을 경우 이 규정이 적용됩니다. 이런 공정거래법 규정이 신설되자 대기업은 특수관계인의 지분율을 30% 미만으로 낮추기 시작했어요. 현대글로비스는 대주주의 지분율을 29.99%로 낮춤으로써 일감 몰아주기 규제를 피하기도 했죠. 이에 대주주 지분율 요건을 삭제하거나 그 적용 요건을 완화해야 한다는 주장이 제기됐습니다. 물론 이것이 국가에 의한 과도한 규제라는 비판도 나왔고요.

이처럼 공정거래법상 일감 몰아주기를 둘러싸고 여러 논란이 있습니다. 특히 회사 내부 문제에 국가기관이 강제력을 갖고 규제하는 것이 맞느냐는 의견도 나왔죠. 하지만 사실상 주주총회로 지배주주를 견제할 수 없는 상황에서 국가가 일감 몰아주기를 규제할 수밖에 없다는 목소리가 좀 더 높습니다. 기업집단에 소속되지 않은 중소기업들이 시장에서 공정하게 경쟁하기 위해서는 일감 몰아주기 규제가 필요하다는 주장도 있죠. 현재는 중견기업까지 내부거래 규제를 확대할 것인지 여부가 쟁점이 될 만큼 규제가 더 강화되는 추세입니다. 이 같은 공정위의 정책 방향은 공정한 시장경제를 만드는 데 긍정적인 역할을 할 수 있을까요? 앞으로 정책이 어떤 변화를 가져오는지 지켜봐야 할 것입니다.

〈작전〉
_주식시장 불공정 거래

#주가조작, #우회 상장, #시세조종, #작전주

"황종구 일당의 '작전'은 주식시장을 어떻게 망칠까?"

〈작전〉(2009, 이호재 감독)은 증권시장에서의 주가조작을 정면에 내세운 영화로, 개봉 당시부터 주가조작의 실상을 현실감 있게 다루었다는 호평을 받았습니다. 주인공 강현수(박용하)는 인생 역전을 위해 주식 투자를 시작하지만 때마침 터진 주가 폭락 사태로 얼마 없는 재산을 모두 날리게 됩니다. 그 후 5년간 주식 공부에 매진해 주식의 귀재로 다시 태어나지만 전직 조폭 두목인 황종구(박희순)의 '작전주'에 끼어들게 되어 큰 고초를 겪죠. 하지만 황종구에게 실력을 인정받아 그의 주가조작에 가담하게 됩니다.

영화에는 다양한 주가조작 방법이 나옵니다. 황종구 일당이 선택한 작전주는 대산토건이라는 부실한 건설 회사입니다. 이들은 상장 법인 대산토건과 환경 관련 신물질을 개발하는 비상장 법인의 합병을 통해, 대산토건의 주가를 끌어올리려는 시도를 합니다(이를 우회 상장이라고 합니다). 여기에 증권 방송 애널리스트까지 가세해, 작전 대상 회사인 대산토건을 방송에서 적극 추천하고 대산토건 사장 인터뷰도 내보내죠. 대산토건의 주식을 실제 가치보다 부풀린 뒤, 일반 투자자들에게 높은 가격에 팔아 이익을 남기기 위해서입니다.

주가조작 또는 작전이라고 불리는 '시세조종'은 시장에서 정해져야 할 증권 등 금융 투자 상품의 가격을 인위적인 조작을 통해 조정하는 행위를 의미합니다. 이러한 시세조종은 금융 투자 상품의 가격 형성을 왜곡시켜, 공정하고 투명한 거래를 위해 고안된 거래소의 가격 결정 체계를 무력화시키죠. 나아가 증권 거래는 비대면으로 이루어지기 때문에, 피해가 특정인으로 한정되지 않고 불특정 다수의 여러 명에게 확산됩니다.

우리나라를 떠들썩하게 했던 소위 '이용호 게이트', 'BBK 사건' 등은 모두 주가조작과 관련된 사건이었습니다. '이용호 게이트'는 2001년 G&G그룹 이용호 회장이 보물선 사업 등을 미끼로 주가를 조작해 250억여 원의 시세 차익을 챙긴 혐의로 구속 기소되면서 시작되었어요. 당시 수사 과정에서 정·관계 인사들의 개입 정황이 있어 이른바 '이용호 게이트'로 불렸죠. 'BBK 사건'은 2001년 김경준 씨가 투자 자문사인 BBK의 자금을 동원해 코스닥 상장사 옵셔널벤처스를 인수한 다음 주가조작을 해 319억여 원을 빼돌린 사건입니다. 이로 인해 옵셔널벤처스의 코스닥 등록이 취소돼 5,000여 명의 소액 투자자들이 큰 피해를 보았죠.

법은 주가조작 행위를 강하게 금지하고 있지만, 현실에서는 주가 조작이 끊임없이 문제가 되고 있습니다. 2019년 사회적으로 큰 파장을 불러온 '청담동 주식 부자' 사건 역시 주가조작과 관련된 사건이었죠. 이는 2013년부터 증권전문방송 등에서 전문가로 행세한 이희진 씨가 비상장 주식의 '작전'을 통해 부당 이득을 챙긴 사건입니다. 이 씨는 SNS에 청담동 고급 주택 사진을 올리는 등 재력을 과시하며 일명 '청담동 주식 부자'로 유명세를 탔습니다. 그는 정부의 인가를 받지 않고 2014년 투자 매매 회사를 설립해 불법으로 주식을 매매하고, 원금을 보장해 준다며 투자자들을 끌어모았습니다. 자신이 헐값에 사 둔 주식이 폭등한 뒤 되파는 수법으로 부당 이익을 취했는데, 재판 과정에서 밝혀진 피해자만 200명이 넘었습니다.

주가조작은 자금, 정보 및 주식 거래의 전문성을 가진 세력이 사전에 모의해 계획적으로 진행하기 때문에 적발이 쉽지 않고, 적발을 하더라도 사실관계가 복잡해 실제 처벌에 이르기까지 상당한 시간이 소요되는 경우가 많습니다. 시세조종 등 불공정 거래에 대한 조사는 증권거래소의 인지, 금융감독원 조사, 증권선물위원회의 심의·조치, 검찰 수사에 이은 법원 판결 순으로 이루어집니다. 조사, 재판 등에 워낙 오랜 기간이 소요되어 피해자들이 실질적인 보상을 받지 못하는 경우도 많죠.

정부는 지금도 주가조작 행위를 막기 위한 여러 제도적 개선에 많은 노력을 기울이고 있습니다. 얼마 전 검찰은 주가조작을 통해 얻은 거액의 범죄 수익을 추징금으로 몰수할 수 있도록 제도 개선에 나섰습니다. 그동안은 범죄 수익을 정확히 산정할 수 없다는 이유로 범죄자의 이익금을 회수하지 않는 경우가 많았습니다. 법·제도가 강화되면, 우리 사회에 만연한 '한탕 하고 잠시 감옥에 들어갔다 나오면 평생 먹고살 수 있다'는 그릇된 인식도 바뀌겠죠.

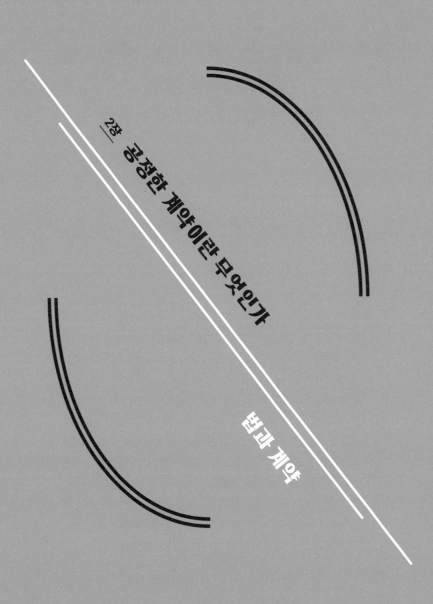

2장

공정한 제약이란 무엇인가

법과 제약

최저임금 셈법
임금에 미치는 영향은

임금체계와 최저임금 산입 범위

2020년 최저 시급은 전년 대비 2.9% 인상된 8,590원, 월급은 209시간 기준 179만 5,310원이다. 최저임금 인상률이 2%대에 머문 것은 1997년 IMF 외환 위기 당시 2.7%, 2009년 글로벌 금융 위기 때 2.75%에 이어 세 번째다. 해마다 최저임금에 대한 경영계와 노동계 사이의 입장 차는 크다. 2020년 인상률을 두고도 경영계는 최근 2년간의 급격한 최저임금 인상이 가져온 부작용을 최소화하기 위한 불가피한 선택이라고 환영한 반면, 노동계는 상여금 등이 최저임금에 포함됐다는 점을 감안하면 실질 인상률이 지나치게 낮다고 반박하고 있다.

최저임금 논의가 복잡하게 전개되는 이유는 많은 기업의 이중적인 임금 체계 때문이다. 여러분은 최저임금의 범위가 어디까지인지 알고 있는가? 임금 체계와 관련한 최저임금의 쟁점에 대해 살펴보자.

억울한 김 사장

김기수 사장은 일등모비스 대표이사다. 일등모비스는 대학생들 사이에서 꿈의 직장이라고 칭송받을 정도로 급여가 높고 복지가 좋다. 일등모비스의 신입 사원은 입사 첫해에 무려 6,000만 원에 가까운 연봉을 받는다. 그런데 김 사장은 얼마 전 고용노동부로부터 일등모비스가 2018년에 입사한 신입 사원에게 최저임금에 못 미치는 임금을 지급했다며 이를 시정하라는 명령을 받았다. 최저임금에 관한 기사를 신문에서 자주 접하기는 했지만, 일등모비스가 최저임금으로 문제가 될 것이라고는 상상도 못한 김 사장은 고용노동부를 상대로 행정소송을 제기했다.

서울행정법원 205호 법정

판사 일등모비스가 고용노동부를 상대로 제기한, 시정명령을 취소해 달라는 소송이군요. 이 사건은 최저임금법 위반이 문제가 됐네요. 고용노동부 측 나오셨나요?

고용노동부 네, 고용노동부의 소송수행자 박공정 출석했습니다.

판사 고용노동부에서 일등모비스가 최저임금법을 위반했다는 이유로 시정조치를 내렸죠? 일등모비스 같은 대기업이 최저임금법을 위반했다는 것이 잘 이해가 되지 않네요.

김 사장 판사님, 저도 그 점이 너무 이상합니다. 저희는 2018년을 기준으로 신입 사원에게 6,000만 원에 가까운 연봉을 지급했습니다. 출퇴근 버스를 운영하면서 사택도 제공했고요. 그뿐 아니라 성과가 좋으면 2,000만 원 이상의 보너스를 지급하죠. 작년에 한 신입 사원은 입사 첫해에 1억 원의 보너스를 받기도 했습니다. 도저히 이해되지 않는 상황이에요.

고용노동부 그런데 일등모비스가 최저임금법을 위반한 것은 명백한 사실이에요. 일등모비스의 연봉이 높은 것처럼 보이는 이유는 기본급의 200%를 상여금으로 지급하고, 각종 복리 후생 수당이 많이 붙기 때문입니다. 일등모비스의 신입 사원 기본급은 2018년 최저임금인 157만 원을 넘지 않습니다.

김 사장 저희 일등모비스는 복리 후생비로 직원들에게 월 100만 원 넘게 지급하고 있습니다. 그런데 최저임금법을 위반했다니요?

고용노동부 복리 후생비는 급여가 최저임금 이상인지를 판단할 때 고려하지 않습니다. 상여금도 마찬가지죠. 일등모비스가 2018년에 신입 사원에게 지급한 기본급을 기준으로 따져야 합니다.

※ 〈억울한 김 사장〉의 배경인 2018년은 매월 지급하는 상여금과 복리 후생비의 일부를 최저임금 계산에 포함하도록 한 개정 최저임금법이 적용되기 이전이다.

최저임금, 경영계와 노동계의 엇갈림

2020년까지 최저임금(시급) 1만 원을 공약으로 제시한 문재인 정부 출범 이후 최저임금 문제는 어느 때보다 큰 논란의 중심에 섰습니다. 최저임금위원회는 2017년 7월, 2018년 적용 최저임금액을 시간당 7,530원으로 결정했어요. 이는 2017년의 6,470원보다 16.4% 인상된 금액이죠. 그 당시 문재인 대통령은 "최저임금 인상은 최저임금 1만 원 시대로 가는 청신호이며, 극심한 소득 불평등을 완화하고 소득 주도 성장을 통해 사람 중심의 국민 성장 시대를 여는 대전환점이 될 것"이라고 밝혔습니다.

반면에 중소기업중앙회는 "현실과 다른 급격한 인상으로 영세 중소 상공인들이 줄도산하거나 인력을 감축할 수밖에 없다"며 반대 목소리를 높였습니다. 대체로 경영계는 최저임금 인상에 반대하고 노동계는 찬성했습니다. 언론 역시 소위 진보 매체들은 긍정적인 반응을, 보수 매체들은 부정적인 반응을 보였고요.

2019년 최저임금액이 시간당 8,350원으로 전년도 대비 10.9%가 인상되면서 최저임금에 대한 논의는 더 뜨거워졌습니다. 또한 국회는 최저임금의 급격한 인상에 따른 부작용을 해소하기 위해 최저임금 산입 범위를 개정했습니다. 원칙적으로 최저임금의 충족 여부는 임금 전체가 아닌 기본급만을 기준으로 따지는데, 상여금과 복리후생비의 일부도 최저임금에 포함하도록 했죠. 이에 노동계는 최저임금 상승을 무력화하는 조치라며 크게 반발했어요.

최저임금 산입 범위 개정이 어떤 문제를 가져오기에 이토록 첨예한 의견 대립이 있을까요? 2018년 말, 대졸 신입 사원의 초봉이 5,799만 원인 현대모비스가 최저임금을 충족하지 못해 고용노동부로부터 시정명령을 받고 검찰에 송치되었다는 보도를 본 독자가 있을 거예요. 언뜻 생각하면 대기업인 현대모비스의 대졸 신입 사원이 최저임금에 못 미치는 임금을 받았다는 점은 이해가 되지 않습니다. 흔히들 최저임금 문제라고 하면, 아르바이트생이나 단순 노무직만 관련되었다고 생각하기 쉽죠. 이런 혼돈은 보통 최저임금 충족 여부를 임금 전체로 따지지 않고, 원칙적으로 기본급만을 기준으로 따지기 때문에 생깁니다.

이처럼 최저임금에 관한 논의는 단순히 최저임금액에 한정되지 않습니다. 통상임금*과 최저임금의 관계부터 최저임금 산정에 주휴수당**을 포함시킬 것인지 등 매우 복잡한 쟁점이 얽혀 있죠. 그래서 이 논의가 더 어렵게 느껴질 거예요.

최저임금은 근로자가 인간다운 생활을 영위할 수 있도록 하는 최소한의 장치라는 점에서 그 의미가 큽니다. 그렇다고 해서 무턱대고 최저임금을 인상하는 것은 오히려 일자리를 축소시켜 경제에 악영향을 줄 수 있어요. 비정규직과 위험의 외주화로 인해 노동시

---

* 근로자에게 전체 근로 또는 정해진 근로에 대하여 정기적·일률적으로 지급하기로 한 금액. 월급, 주급, 일급 등이 있다.

** 근로기준법상 사용자는 일주일에 15시간 이상 근무하는 근로자에게 임금을 받는 휴일을 주 1회 이상 제공해야 한다. 근로자는 하루치 임금을 휴일에 받게 된다.

장의 양극화가 심해진 요즘, 최저임금에 관한 논의는 매우 중요합니다. 하지만 최저임금에 대한 충실한 이해 없이는 올바른 논의를 이어 갈 수 없죠. 지금부터 우리 사회의 뜨거운 쟁점, 최저임금 이슈를 어떻게 읽어야 할지 살펴보겠습니다.

저임금 노동자를 위한 최소한의 안전장치

임금은 어떻게 결정되어야 할까요? 기본적으로 임금은 근로자와 사용자 사이의 계약에 따라 결정됩니다. 여러분이 편의점에서 아르바이트를 한다고 생각해 보세요. 편의점주는 시급과 근로조건 등을 제시하겠죠. 여러분이 그 시급을 받고 일할지 말지 고민한 뒤 제안을 받아들이면, 편의점주와 아르바이트생 사이에 근로계약이 체결됩니다.

그런데 대부분 일자리에 비해 구직자가 많고, 구직자보다 사용자(고용주)의 협상력이 더 커서 구직자에게 일방적으로 불리한 임금이 결정되는 경우가 적지 않습니다. 특히 저숙련 노동자, 경력 단절 여성이나 청소년은 사용자가 기대보다 낮은 수준의 임금을 제시하더라도 이를 수용할 수밖에 없어요. 이처럼 당사자들이 자유롭게 임금을 결정하도록 하면 사회적으로 용납할 수 없을 정도의 낮은 급여가 지급될 가능성이 있습니다. 심지어는 인간다운 생활이 불가능한 수준의 임금이 될 수도 있죠.

사용자가 지나치게 낮은 임금을 지급하는 일을 막는 것은 크게 두 가지 방향으로 전개되었습니다. 하나는 근로자들이 단결하여 사용자와 집단으로 임금 등을 협상하는 방법입니다. 노동조합을 결성하여 사용자와 단체교섭을 체결하고, 합의가 이루어지지 않으면 파업하는 것이죠. 하지만 단결권을 인정하는 것만으로는 부족한 경우가 많아요. 특히 우리나라에는 영세한 자영업자가 많아 노조가 없는 사업장이 대다수입니다. 정규직의 노조 가입률은 약 12.7%이고, 비정규직의 노조 가입률은 약 1.9%에 불과하다는 조사 결과도 있어요.

이처럼 우리나라는 노조 가입률이 낮고, 무엇보다 열악한 지위에 있는 근로자들의 노조 가입률은 매우 낮습니다. 그래서 단결권의 인정만으로는 부당하게 낮은 임금이 결정되는 것을 막을 수가 없어요. 이런 점을 고려해 국가는 사업주에게 일정 수준 이상의 급여를 지급하도록 강제합니다.

> **헌법 제32조**
> ① 모든 국민은 근로의 권리를 가진다. 국가는 사회적·경제적 방법으로 근로자의 고용의 증진과 적정 임금의 보장에 노력하여야 하며, 법률이 정하는 바에 의하여 최저임금제를 시행하여야 한다.

문제는 영세한 사업주의 경우 최저임금 이상을 지급할 능력이 없을 수도 있다는 거예요. 이런 이유로 최저임금은 '을'과 '을'의 싸움이라고 비판하는 학자도 적지 않습니다. 최저임금을 받는 쪽이나 주는 쪽 모두 최약자 계층인데, 문제를 책임져야 할 경제주체들은 빠진 채 약자들 간의 싸움으로 흐르고 있다는 것입니다. 최저임금을 올려 주기 힘든 근본적인 경제 구조를 먼저 해결하는 등 우리 사회 전체가 책임을 나눠 지지 않으면 최저임금 문제는 쉽사리 답을 찾을 수 없는 상황이죠.

최저임금제의 딜레마

최저임금제는 근로자에게 임금의 최저 수준을 보장해 국민경제의 건전한 발전에 이바지하겠다는 것을 목적으로 하고 있습니다. 바꿔 말하면, 사용자에게는 국가가 정한 수준 이상의 임금을 지급하도록 강제하는 제도인 것입니다.

> **최저임금법 제1조(목적)**
> 이 법은 근로자에 대하여 임금의 최저 수준을 보장하여 근로자의 생활 안정과 노동력의 질적 향상을 꾀함으로써 국민경제의 건전한 발전에 이바지하는 것을 목적으로 한다.

따라서 최저임금의 인상은 사용주 입장에서 노동비용의 상승을 의미해요. 이에 사용자는 최저임금이 인상되면 근로자 수를 줄이고 노동시간을 단축하는 등 노동비용 부담을 줄이려고 노력하는 경우가 많습니다. 상점의 종업원 수를 줄이고 무인 기기를 들이는 것이 한 예죠.

지금까지 여러 학자들은 최저임금이 경제에 미치는 효과를 연구했습니다. 특히 고용 효과에 관한 연구가 많았죠. 문제는 최저임금 인상이 고용에 긍정적인 영향을 미친다는 연구 결과와 부정적인 효과를 가져온다는 상반되는 연구 결과가 모두 존재한다는 거예요. 또 아직은 최적의 경제적 효과를 낼 수 있는 최저임금 수준에 대해 모두가 납득할 만한 연구 결과가 없습니다. 따라서 최저임금 인상에 관한 논의가 치열할 수밖에 없습니다.

현실적으로 매우 중요한 의미를 갖는 것은 최저임금액의 결정 절차입니다. 최저임금법은 근로자를 대표하는 위원 9명, 사용자를 대표하는 위원 9명, 공익을 대표하는 위원 9명이 모여 최저임금을 결정하도록 규정해요. 문제는 사용자 위원과 근로자 위원의 의견 차이가 너무 커서, 정부에서 임명하는 공익 위원의 역할이 결정적이라는 점입니다. 그래서 최저임금액은 정부의 정책 방향에 따라 정해지는 경향이 있습니다. 사실상 정부가 최저임금을 결정하는 상황이라고 해도 과언이 아닙니다.

최저임금, 어디까지 포함해야 하나

최근 논의의 핵심은 최저임금 산입 범위입니다. 이는 우리나라의 복잡한 임금 체계에서 비롯된 문제입니다. 우리나라는 선진국에 비해 기본급 비중이 낮고 상여금 등의 비중이 높은 임금구조를 가지고 있어요. 특히 대기업이고, 정규직이며, 임금수준이 높을수록 기본급보다 상여금 등의 비중이 높죠.

그렇다면 '상여금(賞與金)'이란 무엇일까요? 한자를 그대로 풀이하면 '상으로 주는 돈'입니다. 상여금은 그 용어에서 알 수 있듯이 포상적 이윤 배분이나 성과급에서 비롯되었습니다. 1980년대에는 정부의 임금 인상률 억제 정책에 따라 기본급을 인상하는 대신 상여금을 지급하는 방식이 확대됐어요. 특히 과거에는 노사가 연장근로수당의 산정 기준이 되는 통상임금에 상여금을 포함하지 않는 것을 전제로 임금 협상을 해 왔고, 그 과정에서 기본급보다 상여금의 비율이 높아졌죠. 현재는 많은 기업에서 상여금을 사실상 정기적인 급여와 동일하게 운용합니다.

이해를 돕기 위해 한 가지 예를 들어 볼까요? 주당 40시간 근무를 전제로, 일주일 급여를 기본급 40만 원·상여금 40만 원을 지급하는 A 회사와 기본급 80만 원을 지급하는 B 회사가 있다고 가정해보죠. 만약 근로자가 정규 근로 시간을 초과해 근무한다면 회사는 통상임금의 50% 이상을 가산해서(1.5배 이상을 곱해서) 연장근로수당으로 지급해야 합니다. 2시간 초과 근무를 한다고 가정하면 A 회사는 최소 3만 원을, B 회사는 최소 6만 원을 지급해야 하죠. A 회사 근로자의 시급은 1만 원이고, B 회사의 시급은 2만 원이기 때문입니다.

이런 이유로 사용자는 월급 인상분을 상여금으로 지급하는 것을 선호했고, 노조 역시 이를 받아들여 왔어요. 노동자 측도 절세를 위해 기본급 인상 대신 복리 후생비 인상을 요구하는 경우도 있었고요. 이와 같이 양측의 이해관계가 얽힌 힘겨루기 끝에 복잡한 임금체계가 나왔습니다. 결과적으로 우리나라는 대기업, 즉 전체 연봉이 높은 기업일수록 기본급보다 상여금이나 복리 후생비 비중이 높은 임금구조를 가지게 되었습니다.

문제는 위와 같은 관행이 법률에 위반된다는 것이에요. 명칭이 무엇이건 정기적이고, 일률적이며, 고정적으로 지급하는 임금이라면 통상임금에 해당하거든요. 사용자가 노동자에게 기본급이 아니라 상여금이라는 이름으로 임금을 지급하더라도 그 실질이 통상임금에 해당한다면 연장근로수당 역시 그에 비례하여 인상되어야 했던 것이죠.

이 같은 이중적인 임금구조는 최저임금이 급격히 인상되면서(2018년 16.4% 인상, 2019년 10.9% 인상) 또 다른 문제로 불거집니다. 최저임금은 원칙적으로 기본급을 기준으로 산정되기 때문에, 대기업 노동자의 급여가 최저임금에 미달하는 경우가 생겼거든요. 이에 따라 국회는 2018년 최저임금의 산입 범위에 관한 최저임금법을 개정했고, 이는 노동계로부터 최저임금액 인상을 사실상 무력화하는 개악이라는 큰 비판을 받기도 했습니다. 개정된 산입 대상에는 매월 1회 이상 정기적으로 지급하는 상여금과 복리 후생비, 주휴수당까지 포함됩니다.

이처럼 경영계와 노동계 사이에 최저임금을 둘러싸고 첨예하게 대립되는 지점은 단순히 인상률에 국한된 것이 아닙니다. 앞서 살펴봤듯 현행법상 근로자가 사용자로부터 받는 임금이 최저임금 기준을 충족했는지를 따질 때, 근로자가 받는 모든 임금을 대상으로 하지 않습니다. 문제는 고임금 근로자일수록 기본급 외에 받는 비정기적인 상여금의 비중이 매우 높다는 사실이에요. 이런 이유로 최저임금의 급격한 인상은 소수의 대기업 근로자들에게 과도한 혜택을 준다는 비판이 있습니다. 대기업 근로자의 임금 총액이 많더라도, 급격히 오른 최저임금 기준에 맞춰 기본급 등을 더 올려 줘야 하는 경우가 발생하기 때문입니다.

　최저임금은 근로자들이 인간다운 생활을 영위하는 데 필요해요. 특히 우리나라처럼 비정규직의 비율이 높은 경제구조에서는 더욱 그렇죠. 다만 최저임금제로 인해 영세 사업자의 사업이 지나치게 위축되지 않는지, 최저임금제 적용이 절실히 필요한 저임금 근로자가 실질적인 보호를 받지 못하고 소외되지 않는지 세밀하게 살펴 운용할 필요가 있습니다.

전속계약 분쟁
아이돌 스타의 일탈인가 불공정 계약인가

연습생 제도의 그늘

아이돌 그룹의 영향력은 어마어마하다. 특히 방탄소년단 같은 글로벌 아이돌 그룹은 전 세계 대중문화의 흐름을 바꾼다고 해도 과언이 아니다. 팬들의 우상이 되는 아이돌 가수도 스타가 되기 전까지는 기획사에 휘둘리는 약자의 지위에 있다. 아이돌 가수와 기획사 사이에 전속계약 기간에 관한 분쟁이 심심찮게 일어나는데, 그 배경을 알고 있는가?

왜 영화배우, 모델과 달리 아이돌 가수의 경우 전속계약 기간을 두고 기획사와의 분쟁이 잦은 것일까? 기획사가 소속 가수에게 10년이 넘는 전속계약 기간을 요구하는 것이 정당할까? 아이돌 전속계약 관행을 바꾼 동방신기 사건을 통해 전속계약 기간을 둘러싼 아이돌 가수와 연예 기획사의 분쟁에 대해 생각해 보자.

아이돌 드림

김철수, 이영수, 박찬우는 2008년부터 프로듀서 JH가 설립한 최고엔터테인먼트에서 연습생 생활을 했다. 그들은 2년간 보컬 트레이닝, 연기 수업, 외국어 공부 등 여러 훈련을 받고서 2010년 3월 1일에 ABC라는 그룹으로 화려하게 데뷔했다. ABC는 곧 팬클럽 회원만 100만 명에 이르는 슈퍼스타로 거듭났다. 최고엔터테인먼트는 ABC의 성공 덕분에 코스닥에 상장했으며, 현재 시가총액 1조 원의 거대 연예 기획사가 됐다. 그러던 중 김철수는 2010년 데뷔 직전에 최고엔터테인먼트와 계약 기간을 13년으로 하는 전속계약을 체결했다. 그는 이 전속계약 기간이 지나치게 길다는 이유로 2018년 12월 1일 서울중앙지방법원에 '전속계약 효력정지 가처분신청'을 했다.

서울중앙지방법원 203호 법정

판사   김철수 씨, 최고엔터테인먼트 측 모두 출석하셨죠? 이 사건은 13년이라는 긴 기간을 설정한 계약 자체가 무효인지 아닌지가 주된 쟁점이군요. 먼저 김철수 씨가 계약 기간이 지나치게 길다고 주장하는 이유는 무엇인가요?

김철수 판사님, 이 사건의 전속계약은 단순히 그 기간이 길기 때문에 문제가 되는 것은 아닙니다. 저는 2008년 최고엔터테인먼트와 연습생 계약을 체결했습니다. 연습생 계약서에도 계약 기간 조항이 있습니다.

판사 잠시만요. 그럼 연습생 계약서 조항을 보면서 이야기할까요?

최고엔터테인먼트 연습생 계약서
제3조(계약 기간 등)
① 본 계약의 계약 기간은 2008년 1월 1부터 시작해 김철수의 연예 활동 데뷔일로부터 7년째 되는 날 종료한다.
② 김철수의 연예 활동 데뷔일은 김철수 또는 김철수가 속한 그룹의 첫 음반(정규/싱글/미니 음반을 포함하며, 타 아티스트 앨범 등의 객원 참가는 제외한다.)의 출시일로 한다.
③ 김철수가 본 계약을 체결한 뒤 5년간 제2항에 따른 데뷔를 하지 못하는 경우, 그날부터 7년째 되는 날 본 계약은 종료한다.

김철수 이 계약서를 보면, 연습생 기간까지 고려해 계약 기간은 최대 14년입니다. 저야 운이 좋아서 2년 만에 데뷔했지만, 만약 데뷔하지 못했다면 다른 활동도 못 하고 무려 14년간 회사에 묶여 있었어야 합니다.

JH 김철수 씨는 연습생 생활을 2년밖에 하지 않았잖아요. 왜 이 사건과 관련 없는 이야기를 하십니까?

김철수 전속계약의 부당함을 설명하기 위해서입니다.

판사   김철수 씨, 계약서에 따르면 데뷔일로부터 7년이라고 되어 있는데, 그럼 이미 계약 기간이 종료된 것 아닌가요?

김철수   바로 제가 지적하고 싶은 부분입니다. 최고엔터테인먼트는 제가 ABC로 데뷔하기 위한 음반 작업을 마치자마자 해외 프로모션을 하려면 장기간의 계약이 필요하다며 2010년 2월 20일, 즉 데뷔 앨범을 발매하기 약 일주일 전에 변경 계약 체결을 요구했습니다. 연습생 계약서에는 데뷔일로부터 7년이 지나면 계약이 종료된다고 되어 있는데, 이를 데뷔일로부터 13년으로 늘릴 것을 요구했죠. 결국 저는 회사의 제안을 받아들일 수밖에 없었어요. 아이돌의 수명을 생각할 때 13년은 너무 깁니다. 그리고 지금 ABC는 1년에 1,000억 원 이상의 매출을 올리고 있습니다. 그런데 저는 올해 처음 수익을 정산받았고, 그 금액도 수억 원에 불과해요. 물론 수억 원이 적은 돈은 아니지만, 회사가 가져가는 돈에 비해 지나치게 적습니다.

JH   13년의 계약 기간이 길어 보일 수는 있죠. 하지만 현재 연예 산업의 구조를 살펴보면 그런 생각을 가지기가 어려워요. 우리 회사는 단순히 연예인의 일정 관리나 출연 계약을 중개하는 기획사가 아닙니다. 유망주를 발굴하여 체계적으로 교육하고, 데뷔 전부터 대규모 홍보를 통해 큰 인기를 끌 수 있는 아이돌 그룹을 육성하죠. 그 과정에서 엄청난 비용이 들고요. ABC는 국내시장뿐 아니라 해외시장 진출까지 목표로 만든 그룹이었기 때문에 해외 유명 기획사와의 협업이 필수적이었습니다. 어마어마한 비용이 드는 것은 당연하겠죠? 김철수 씨는 마치 지금 인기를 본인의 노력만으로 얻은 것처럼 주장하지만, 실상 저희 회사의 엄청난 노력과 투자 덕이 큽니다. 우리의 노력이 아니었다면, 이제 20대 초반인 김철수 씨가 어떻게 수억 원을 벌 수 있겠습니까!

아이돌 그룹은 어떤 시스템에서 성장하는가

2018년 10월, JYP엔터테인먼트의 시가총액이 1조 3,000억 원을 돌파했다는 뉴스가 있었습니다. JYP엔터테인먼트의 주가는 '트와이스'와 'GOT7'의 성공에 힘입어 약 1년 7개월 만에 8배 가까이 급상승했죠. 이처럼 연예 산업은 한류 열풍으로 그 경제 규모가 과거와 비교할 수 없을 정도로 커졌어요. 연예 산업은 연예인이라고 불리는 대중문화 예술인에 의해 콘텐츠가 제작되기 때문에, 연예인 개인의 기여도가 매우 큽니다. 특히 스타급 연예인이 대중문화에 미치는 영향력은 어마어마해요. 대중문화 자체를 몇몇 스타가 움직이는 경향도 나타나죠. 이로 인해 스타급 연예인과 연예 기획사 사이에는 여러 분쟁이 발생하고 있습니다. 이 분쟁을 들여다보면 대중문화와 연예 산업을 깊이 이해할 수 있어요.

사실 기획사와 분쟁이 생기는 경우는 배우보다 가수가 많습니다. 특히 아이돌 가수의 전속계약 기간을 둘러싼 문제가 대다수죠. 그 이유는 무엇일까요? 먼저 기획사의 수익 구조를 이해해야 합니다. 배우 중심의 기획사와 가수 중심의 기획사를 비교해 보죠. 두 기획사의 가장 큰 차이점은 무엇일까요? 바로 '기획사가 소속 연예인의 데뷔를 결정할 수 있는지'입니다.

배우 중심의 기획사가 드라마·영화 제작을 함께하는 경우는 드뭅니다. 따라서 소속 배우의 데뷔 등을 기획사가 주도적으로 결정할 수 있는 여지가 거의 없어요. 신인 영화배우 개인의 대규모 프로

모션이 없는 것도 같은 맥락이죠. 배우 지망생이 배우로 데뷔할 수 있는지, 데뷔할 때 주요 역할을 맡을 수 있는지는 전적으로 드라마·영화 제작사의 캐스팅에 달려 있습니다. 따라서 배우 중심 기획사의 역할은 소속 배우가 드라마나 영화에 캐스팅될 수 있도록 돕는 일입니다.

반면에 가수 중심 기획사는 직접 음반을 제작합니다. 배우와 달리 가수의 데뷔 여부를 기획사에서 결정해요. 특히 그룹으로 데뷔할 경우 그룹 안에서 가수가 어떤 역할을 맡을지, 소위 센터나 메인 보컬을 누가 할지를 모두 기획사에서 정하죠. 이 때문에 가수 지망생은 기획사로부터 일방적으로 불리한 내용의 계약 체결을 요구받더라도 거부하기가 어렵습니다.

하지만 기획사 중심의 가수 양성 시스템은 큰 장점이 있습니다. 현재 대형 기획사는 보컬 트레이닝 등 가수가 되는 데 필요한 교육 비용을 모두 부담하고 있고, 데뷔할 때도 유명 작곡가에게 큰돈을 지급해 곡을 받으며, 대규모 프로모션을 진행합니다. 아이돌 가수로 성공하는 데 개인의 자질뿐만 아니라 기획사의 역할 역시 중요하다고 여겨지는 이유는 이런 가수 양성 시스템의 존재 때문입니다. 대형 기획사는 자질이 뛰어난 지망생을 발견하면 기획사가 모든 비용을 부담해 가수 지망생이 성공할 수 있도록 지원하고 있거든요. 즉 기획사는 가수 지망생에게 투자를 하는 것입니다. 클래식 음악계와 비교해 보면 쉽게 이해할 수 있어요. 저소득층에서 클래식 음악계의 스타로 성공한 예는 찾기 어렵습니다. 교육비를 모두 개인이 부담해야 한다는 점이 그 이유 가운데 하나죠.

슈퍼스타와 기획사 간의 갈등, 왜 반복되는가

현재의 가수 양성 시스템은 갈등 요소를 내포하고 있어요. 연습생 시절에는 기획사와 연예인 지망생의 이해관계가 크게 다르지 않습니다. 기획사는 연습생이 스타가 될 수 있도록 지원과 투자를 아끼지 않고, 연습생 역시 스타의 자질을 익히려 노력하니까요. 그 과정에서는 당연히 아무런 수익도 발생하지 않기 때문에 수익 배분의 갈등도 없습니다. 문제는 연습생이 스타가 된 뒤에 발생합니다. 대성공을 거둔 스타가 연습생 시절과 다른 처우를 원해, 장기간의 계약 기간과 수익 분배 비율 등 전속계약 조건이 부당하다고 이의를 제기할 수 있거든요.

전속계약 분쟁은 한국 연예 산업의 병폐로 종종 거론됩니다. 기획사와 소속 연예인 간의 '노예 계약'이라는 말까지 나오며 도마 위에 오르죠. 하지만 오랜 기간 집중적인 투자와 긴 시간이 절대적으로 필요한 가수 양성 시스템의 구조를 감안한다면 그리 간단치 않은 문제입니다.

경영자 입장에서 보면 기획사 운영에는 본질적으로 큰 단점이 있어요. 기획사가 무명 연습생을 슈퍼스타로 만드는 데 아무리 큰 기여를 했다 하더라도 그 인기나 인지도는 개인에게 전속됩니다.

이에 아낌없이 투자한 연습생이 스타가 되자마자 다른 기획사로 이적해 버리면, 기획사 입장에서는 그동안의 투자비를 전혀 회수할 수 없는 문제가 발생해요. 또한 스타가 되는 사람은 극소수이기 때문에 기획사는 데뷔하지 못한 연습생의 트레이닝에 소요된 비용까지 그의 수익에서 충당할 수밖에 없고요. 슈퍼스타의 반열에 오른 연예인은 자신이 벌어들인 매출에 비해 지나치게 적은 수익만 배분받는다는 불만을 갖게 되지만, 기획사는 스타에게 많은 비용을 투자한 만큼 회수할 시간이 확보되어야 한다는 입장이죠.

동방신기 사건, 아이돌 전속계약 관행을 바꾸다

1980년대까지는 연예 기획사의 역할이 지금처럼 크지 않았습니다. 연예인의 일정 관리, 출연 계약 중개와 같은 업무 정도였어요. 이후 SM엔터테인먼트를 비롯한 몇몇 기획사가 장기적인 투자와 기획을 통해 유망주를 직접 발굴·육성하고, 음반 등 작품의 제작·유통을 주관하며, 적극적인 홍보와 관리로 소속 연예인의 인기를 형성·유지하는 전문 매니지먼트 시스템을 국내에 도입했습니다. 대형 기획사들은 국내시장을 넘어 해외시장까지 아우르는 그룹을 준비하기 시작했고요. 해외 진출을 위해서는 해외 에이전트와 장기 계약을 해야 했고, 이를 위해서는 소속 가수의 계약 기간을 길게 가져갈 수밖에 없었습니다.

계약 기간이 점차 길어지는 경향을 보이던 중, 연예 산업 전반

2009년 동방신기의 팬들이 국가인권위원회에 SM엔터테인먼트가 불공정한 계약서로 동방신기 멤버들의 인권을 침해하고 있다며 진정서를 제출했다.

에 큰 영향을 끼친 사건이 발생합니다. 바로 '동방신기' 사건이에요. 2000년대 최고 인기를 누리던 남성 5인조 그룹 동방신기 멤버 가운데 3명은 독자 활동을 하고자 2009년 7월 31일 소속사인 주식회사 SM엔터테인먼트를 상대로 '전속계약 효력정지 가처분' 신청을 했습니다. 그 당시 겉으로는 화려한 연예계의 어두운 면을 드러내면서 큰 주목을 받았죠. 이 사건의 쟁점은 법정 드라마 〈아이돌 드림〉과 마찬가지로 '13년의 계약 기간'이었습니다.

이에 법원은 연예인 전속계약 매니지먼트 시스템의 구조적 환경 때문에 연예인들이 기획사가 제시한 계약 조건을 수용할 수밖에 없는 상황에서, 계약 기간 13년은 너무 길다고 봤어요. 해외 진출을 겨냥한 신인 발굴·육성의 필요성을 감안하더라도 이 계약은 단순한 고용 관계나 용역 제공이 아니라, 활동 전반이 관리 대상이라는 점을 비춰 볼 때 불공정 여지가 크다는 이유로 가처분신청을 일부 인용했습니다(서울중앙지방법원의 가처분 결정문은 발령 당일 동방신기의 변호사 팬들이 영어, 일본어, 중국어 등으로 번역해 전 세계 팬들에게 전파했다는 후문도 있습니다).

이후 멤버 3명은 JYJ를 결성했으며, 기존 동방신기는 2인 체제로 전환된 가운데 법적 분쟁을 이어 가다가 2012년 11월 위 가처분 결정에 따라 갈등을 봉합하는 것으로 조정이 이루어졌어요.

이 사건은 아이돌 전속계약 실무에 획기적인 변화를 가져왔습니다. 이 결정이 있기 전 연예계에서는 한두 페이지의 간단한 계약서를 사용했어요. 신인 연예인, 특히 연습생부터 시작하는 젊은 연예인 지망생은 향후 10년 이상의 삶을 한두 페이지짜리 간단한 계약서에 맡겨야 했죠. 하지만 이후에는 기획사에서 계약서가 무효로 처리될까 봐 공정거래위원회 표준 계약 서식을 사용하기 시작했고, 공정거래위원회는 상위 30개 기획사를 대상으로 실태 조사를 거친 뒤 기존 계약서를 공정거래위원회 표준 계약서로 바꾸도록 했습니다. 그 결과 표준 계약서를 써야 한다는 인식이 확고해졌답니다.

표준 계약서는 여러 차례 개정을 거쳤는데, 그중 계약 기간과 관련된 내용은 다음과 같습니다. 관심 있는 독자는 공정거래위원회 홈페이지(www.ftc.go.kr → 정보 공개 → 표준 계약서 → 표준 약관 양식)에서 '대중문화예술인(가수 중심) 표준전속계약서'를 다운로드해 읽어 보세요.

대중문화예술인(가수 중심) 표준전속계약서
제3조(계약 기간 및 갱신)
① 이 계약의 계약 기간은
_____년 _____월 _____일부터 _____년 _____월 _____일까지
(_____년 ____개월)로 한다.
② 제1항에 따른 계약 기간이 7년을 초과하여 정해진 경우, 을은 7년이 경과
되면 언제든지 이 계약의 해지를 갑에게 통보할 수 있고, 갑이 그 통보를 받
은 날로부터 6개월이 경과하면 이 계약은 종료한다.
③ 다음 각호의 어느 하나에 해당하는 경우에는 제2항의 규정에도 불구하고
갑과 을이 별도로 서면으로 합의하는 바에 따라 해지권을 제한할 수 있다.
  1. 장기의 해외 활동을 위해 해외의 매니지먼트 사업자와의 계약 체결 및
    그 계약 이행을 위하여 필요한 경우
  2. 기타 정당한 사유로 장기간 계약이 유지될 필요가 있는 경우
④ 계약 기간 중 다음 각호의 어느 하나와 같이 을의 개인 신상에 관한 사유로
을이 정상적인 연예 활동을 할 수 없게 된 경우에는 그 기간만큼 계약 기간이
연장되는 것으로 하며, 구체적인 연장 일수는 갑과 을이 합의하여 정한다.
  1. 군 복무를 하는 경우
  2. 임신·출산 및 육아, 대학원에 진학하는 경우
  3. 연예 활동과 무관한 사유로 인하여 병원 등에 연속으로 30일 이상 입원
    하는 경우
  4. 기타 을의 책임 있는 사유로 연예 활동을 할 수 없게 된 경우
⑤ 이 계약의 적용 범위는 대한민국을 포함한 전 세계 지역으로 한다.

표준 계약서는 7년 이상의 계약 기간을 허용하면서도, 7년이 경
과한 뒤에는 연예인이 계약 해지권을 행사할 수 있도록 규정합니
다. 다만 제3항에서 보는 바와 같이 예외적인 사유가 있다면 상호
합의에 따라 해지권 제한이 가능해요. 제4항의 계약 기간 연장에 관
한 규정도 독특합니다. 군 복무, 임신·출산 및 육아, 대학원에 진학
하는 경우 계약 기간이 연장될 수 있죠.

법정 드라마 〈아이돌 드림〉에서는 어떤 결론이 타당할까요? 사실 계약 기간만으로는 판단이 힘듭니다. 전속계약 기간 못지않게 수익 배분에 관한 규정이나 장기 계약의 필요성 등을 종합적으로 고려해야 하죠. 하지만 데뷔일로부터 13년은 지나치게 길다고 볼 여지가 충분합니다.

2017년 4월 법원은 인기 남성 그룹 EXO의 전(前) 멤버가 총 12년(연습생 기간 2년 + 기본 계약 기간 7년 + 해외 활동을 위해 연장된 계약 기간 3년)의 전속계약 기간이 무효라고 주장한 사건을 판결한 바 있습니다. 신인 연예인이 성공적으로 연예 활동을 하려면 전폭적인 지원과 노력이 필요하기 때문에 초기 투자비가 많이 들 수밖에 없어요. 이에 법원은 기획사가 이 돈을 회수하려면 연예인과 전속계약 기간을 길게 설정할 필요성이 있고, 나아가 이런 계약은 기획사의 투자를 유도한다는 이유로 원고가 제기한 청구를 기각했죠. 위 판결은 서울고등법원, 대법원을 거쳐 확정되었습니다.

만약 장기간의 전속계약을 전혀 인정하지 않는다면, 한류 열풍을 일으키는 인기 아이돌 그룹이 탄생하기 힘들 수 있습니다. 그러나 전속계약이 청소년 시절부터 연습생 생활을 시작한 연예인 지망생에게 미치는 영향을 생각하면, 기획사의 경제적 이익만 고려할 수는 없을 거예요. 여러분의 '최애' 아이돌은 행복하게 활동하고 있나요? 대부분 어린 나이인 아이돌이 계약 문제 등에 상처받지 않고 즐겁게 노래 부르며 더 큰 세상으로 나아가길 바랍니다.

해외여행 사고
여행사는 어디까지 책임져야 하는가

기획여행과 안전배려의무

해외여행 3,000만 명 시대, 여러분은 항공기부터 숙박까지 모든 것을 직접 예약하고 계획하는 자유여행 스타일인가, 편하고 효율적인 패키지여행 스타일인가? 성향에 따라 다르겠지만, 손쉽고 마음 편하게 떠날 방법은 그래도 여행사 패키지 프로그램을 이용하는 것이다.

하지만 아름다운 추억이 가득해야 할 여행지에서 불의의 사고를 당했다는 안타까운 소식이 들려오기도 한다. 패키지여행 중 바닷가에서 물놀이를 하다가 익사 사고가 발생했다면, 여행사는 과연 어느 정도까지 책임을 져야 할까? 여행사 가이드가 성인들의 물놀이 안전까지 책임져야 할까? 여행사가 부담해야 할 책임의 한계는 어디까지 일까?

붕따우의 비극

김브라더스는 고등학교 때부터 단짝 친구인 김철수, 김영식, 김석훈이 만든 모임이다. 그들은 고등학교 졸업 20주년 기념 여행을 가기로 하고, 베트남 전문 여행사 베트남고고와 3박 5일 패키지여행 계약을 체결했다. 김브라더스는 베트남고고의 가이드 봉준수와 함께 여행에 나섰다. 그런데 마지막 여행지인 붕따우에서 비극적인 사고가 발생하고 말았다! 저녁 식사를 마친 뒤 김철수와 김영식은 김석훈을 남겨 두고 수영을 하러 호텔 근처 해변으로 갔다. 밤 9시가 넘어도 그들이 돌아오지 않자 김석훈은 봉준수에게 이 사실을 알렸다. 봉준수는 급히 김철수와 김영식을 찾아 나섰다. 해변에 도착한 봉준수는 바다 수영을 하고 있는 그들을 발견하고 "위험합니다. 어서 나오세요!"라고 소리쳤지만, 김철수와 김영식은 경고를 무시하고 계속 수영했다. 더 이야기해 봐야 소용없겠다는 생각에 봉준수는 그냥 호텔 방으로 들어갔다. 봉준수가 호텔 방으로 들어온 직후, 그들은 결국 파도에 휩쓸려 익사하고 말았다. 김철수와 김영식의 유족은 베트남고고를 상대로 손해배상금 각 10억 원의 지급을 구하는 손해배상 청구소송을 제기했다.

판사	김철수, 김영식 씨의 유족들이 나오셨군요. 베트남고고를 상대로 손해배상을 청구한 이유가 무엇입니까?
변호사	'안전배려의무 위반'을 근거로 손해배상을 청구합니다. 베트남고고는 베트남 전문 여행사로, 현지 상황에 익숙하지 않은 여행자들이 위험한 장소에 접근하거나 돌발적인 행동을 하지 않도록 교육하고 주의를 줄 의무를 지닙니다. 그런데 업체 측은 어떤 안전 교육도 시행하지 않았습니다. 게다가 가이드 봉준수는 김철수와 김영식이 야간에 바다 수영을 하고 있다는 사실을 알고도 아무런 조치를 취하지 않았습니다.
판사	베트남고고의 입장을 말씀해 주세요.
베트남고고	물론 저희에게 안전 교육을 실시할 책임이 있다는 사실, 야간에 바다 수영을 하면 위험하다는 사실 등은 인정합니다. 그런데 판사님, 야간 바다 수영의 위험성은 상식 아닌가요? 그런 상식적인 사항까지 안전 교육 대상이라고 볼 순 없습니다.
변호사	말씀 잘하셨습니다. 야간 바다 수영이 위험하다는 것은 상식에 속한다고 하셨죠? 그렇다면 봉준수 씨는 여행객들이 상식적으로 위험한 상황에 놓였는데 왜 방치했나요?
베트남고고	물에서 나오라고 소리치지 않았습니까? 봉준수는 가이드로서 할 의무를 다 했습니다.
변호사	소리만 치면 끝인가요? 수학여행 중 학생이 위험한 행동을

하고 있을 때 학교 선생님이 "위험하니 그만해!"라고 소리친 뒤 그냥 가 버려도 되나요?

베트남고고 명백히 잘못된 비유입니다. 어떻게 학교 선생님과 여행 가이드의 의무가 같다고 할 수 있나요?

변호사 인솔 대상자에 대해 안전배려의무를 부담한다는 점에서는 본질적으로 같다고 생각합니다.

해외여행이 자유가 아니였다고?

2019년은 해외여행 자유화가 된 지 30년이 되는 해입니다. 지금은 믿기 어렵겠지만, 30년 전만 해도 해외여행은 극히 일부 계층에게만 허용된 특권이었어요. 1980년대까지 외화 절약, 국가 안전보장 등을 이유로 해외여행이 제한되었죠. 1972년에 작성된 「여권 발급에 관한 규정」을 보면 다음과 같은 경우에는 여권 발급을 허가하지 않는다고 나와 있습니다.

1. 견학
2. 개인적 성격을 띤 시찰 및 친선 교류
3. 수강자로서의 강연 및 강습회 등 참석
4. 동창회·친목회 등 참석
5. 기타 여권 발급권자가 불요불급한(꼭 필요하거나 급하지 않은) 여행으로 인정하는 경우

사실상 해외여행을 위한 여권 발급을 막은 거예요. 또 1970년대에는 부부 가운데 한 명이 여권을 신청할 때 다른 한 명의 유효한 여권을 여권과에 맡기게 해서, 부부가 함께 해외여행을 가지 못하도록 조치했어요.

1980년대부터 해외여행 제한 요건이 점차 완화됐어도 여전히 그 문턱은 높았습니다. 1983년에 관광 목적의 출국이 공식적으로 허용

내국인 출국자 추이

	2014년	2015년	2016년	2017년	2018년
내국인 출국(명)	16,080,684	19,310,430	22,383,190	26,496,447	28,695,983
전년도 대비 증가율(%)	8.3	20.1	15.9	18.4	8.3

* 한국관광공사 연도별 통계(1975~2018년)

됐지만 '50세 이상, 200만 원 1년간 은행에 예치'라는 조건이 붙었어요. 이후 나이 제한이 서서히 풀리면서 1989년 1월 1일부터 '해외여행 자유화'가 시작되었죠. 물론 지금보다 다소 절차는 까다로웠습니다. 일례로 1992년까지는 해외여행을 가기 전에 소양 교육이라 불리는 반공 교육을 받아야 했으니까요.

해외여행 자유화는 우리 사회를 크게 바꿔 놓았습니다. 해외여행 자유화 이전에는 외국으로 신혼여행을 간다거나, 대학생이 해외로 배낭여행을 떠나는 것은 불가능했어요. 하지만 자유화 이후 견문을 넓히고자 하는 대학생들의 해외 배낭여행이 크게 늘어났습니다. 제주도나 설악산으로 가던 신혼여행을 외국으로 가는 경우도 많아졌고요. 해외여행 자유화가 된 지 30년이 지난 현재, 연간 해외로 출국하는 인원은 3,000만 명에 육박할 정도입니다.

해외여행을 둘러싼 법적 분쟁의 증가

해외여행객의 급증과 함께 여행 산업도 크게 성장했습니다. 여행 산업의 성장에서 빼놓을 수 없는 것이 바로 패키지여행, 즉 기획여행 상품의 발전이에요. 대부분의 여행사가 사용하는 '공정거래위원회 국외여행 표준약관'은 여행을 다음과 같이 구분합니다.

'기획여행' 상품은 제한된 시간 안에 인솔자와 함께 주요 관광지를 빠르게 둘러볼 수 있고, 개별적으로 숙박 및 교통을 예약할 필요가 없으며, 간편하게 인터넷으로 구매가 가능하다는 점 때문에 많은 사람이 이용하고 있습니다. 이런 형태의 여행 계약의 경우 여행사가 항공편과 숙박 예약을 진행합니다. 이에 여행자가 여행사에 요금을 모두 지불했음에도 불구하고, 숙소 예약이 되어 있지 않는 등의 문제가 종종 발생하곤 하죠. 반대로 해외여행을 목전에 두고 여행자가 일방적으로 여행 계약을 취소하고자 할 때 과연 취소가 가능한지, 가능하다면 여행사의 손해를 여행자가 어느 정도 배상해야 하는지 등을 둘러싼 분쟁도 증가하고 있고요.

하지만 이 같은 분쟁은 해외에서 사고가 발생한 경우에 비하면 그리 심각한 문제가 아닙니다. 여행사의 고의 또는 과실로 여행자가 손해를 보면, 여행사가 여행자에게 손해를 배상해야 하는 것은 당연합니다. '국외여행 표준약관' 제15조가 이를 규정하고 있죠.

> **국외여행 표준약관**
> **제15조(손해배상)**
> ① 여행사는 현지 여행사 등의 고의 또는 과실로 여행자에게 손해를 가한 경우 여행자에게 손해를 배상하여야 합니다.

그렇다면 여행사는 어느 범위까지 배상해야 할까요? 해외에서 사고가 발생하여 여행객이 병원에 입원하면, 비용 및 절차 등이 국내의 상황과 매우 다릅니다. 우선 현지 병원비가 고가인 경우가 많습니다. 환자를 국내로 이송하기 위한 절차도 여간 까다로운 것이 아니에요. 이동식 침대에 탄 환자를 한국의 병원으로 이송하기 위해서는 비행기 좌석 6개를 예약해야 하고, 한국에서 응급 이송 팀을 섭외해 해외로 보내야 하죠. 그 비용만 수천만 원 이상이고요. 직항 노선이 없을 때는 수억 원의 이송 비용이 필요할 수도 있습니다. 여행사의 과실로 사고가 발생한 경우, 여행사가 해외 병원비나 환자 이송 비용까지 모두 배상해야 할까요?

최근 이에 관한 대법원 판결이 선고되었습니다. 2016년 뉴질랜드 기획여행 중 현지 운전기사의 과실로 교통사고가 발생해서 여행객이 병원에 입원한 사건이 있었습니다. 원고는 뉴질랜드 병원비와 국내 후송 비용 등으로 약 4,800만 원을 지출했어요. 1심은 원고 패소 판결했고, 2심은 여행사의 책임을 20% 인정해 여행 비용과 병원 치료비 등 413만 원을 배상하라고 판결했죠. 국내 환자 후송 비용은 여행사가 배상할 필요가 없다고 판단했고요.

하지만 대법원은 여행 계약에 여행사의 '여행객에 대한 귀환 운송 의무'가 포함되어 있으므로, 원고가 지출한 병원비뿐만 아니라 국내 후송 비용까지 모두 여행사가 배상해야 할 손해의 범위에 포함된다고 봤습니다. 이에 대법원은 배상액을 다시 산정하라며 사건을 서울중앙지법으로 환송했어요.

안전배려의무의 범위

이처럼 여행사의 과실이 인정될 경우, 여행사는 손해배상책임을 부담하게 될 가능성이 큽니다. 문제는 여행사가 여행객에 대해 어느 정도까지 안전배려의무를 부담해야 하느냐는 것이죠. 법정 드라마와 유사한 사례에 관한 대법원 판결이 있습니다. 이 사건의 항소심(2심)은 여행사의 안전배려의무 위반을 인정했어요. 여행사가 사전에 현지 바다의 위험성에 대한 교육을 진행하지 않았으며, 여행객들이 바다에 들어가서 수영하는 모습을 보고도 가이드가 적극적인 조치를 하지 않고 현장을 이탈했다는 점을 이유로 들었죠.

하지만 대법원은 자유 시간에 이루어진 야간 해변 물놀이가 여행 계약 내용에 포함되어 있지 않고, 사망한 이들은 물놀이의 위험성을 충분히 인식할 수 있는 '성년자'라는 사실에 주목했습니다. 이에 대법원은 가이드가 성년자인 여행객들에게 물놀이를 중단하라는 취지로 위험성을 경고했다면 충분하다며, 여행사의 안전배려의무 위반을 부정했습니다.

사실 2017년의 이 판결 전까지 대법원은 기획여행과 관련해 여행사의 안전배려의무를 폭넓게 인정했습니다. 여행 중 가이드의 안내로 방문한 식당에서 식당 종업원이 불붙인 버너에 알코올을 넣는 모습을 본 여행자가, 종업원이 했던 방식대로 버너에 알코올을 주입하다가 화상을 입은 사건이 있었습니다. 이때도 현지 인솔자에게 안전배려의무를 다하지 않은 과실을 인정하는 등 여행사의 책임을 넓게 봤죠.

기획여행에서 여행사의 책임은 여행사가 여행자를 어느 정도까지 관리·감독할 권한이 있는지, 만약 가이드의 관리·감독을 여행객이 따르지 않는 경우 여행사가 어떤 조치를 취할 수 있는지와 관련이 있습니다. 가이드에게 아무런 권한을 인정하지 않으면서, 여행객에 대한 무한대의 의무를 부담하라고 할 수는 없으니까요. 그렇다고 해도 가이드의 안내에 따르지 않는다는 이유로 여행사가 해외에서 무작정 여행 계약을 해지할 수 있을까요? 과연 여행사는 해외에서 어느 범위까지 여행객을 보호할 의무가 있을까요? 해외여행 3,000만 명 시대, 다 함께 고민해야 할 문제입니다.

예금과 투자금
어디까지 보호받을 수 있을까

금융 소비자 보호

돈을 굴리는 방법은 다양하다. 안전하게 은행에 예금할 수도 있고, 과감하게 주식이나 고수익을 노리는 금융 상품에 투자를 할 수도 있다. 돈을 되찾을 수 없을까 봐 주식이나 금융 상품 투자를 망설인 적은 있어도, 돈을 날릴까 봐 은행 예금을 주저한 적은 없을 것이다. 그런데 증권사로부터 힘들게 모은 돈을 모두 날렸다는 통보를 받는다면 어떻게 해야 될까? 그렇다면 주식과 달리 은행 예금은 정말 안전할까? 안전한 이유는 과연 무엇일까? 그리고 국가는 주식이나 금융 상품에 투자하는 일반 국민을 보호하기 위해 어떤 제도적 장치를 마련해 두었을까?

이번에는 예금, 채권, 주식의 차이점을 살펴보고, 은행, 증권사 등 금융기관과 거래할 때 소비자는 어떠한 법적 보호를 받을 수 있을지 알아보자.

영식의 재테크

영식은 내년에 결혼할 예정이다. 그는 회사에 다니면서 월급을 차곡차곡 은행에 저축하며 결혼 자금을 모았다. 하지만 은행 이자가 1~2%에 불과해 별다른 수익을 올리지는 못했다. 주식은 원금을 날릴 수 있다는 걱정에 투자하기를 꺼렸다. 어느 날 회사에서 재테크의 고수로 불리는 철수로부터 흥미로운 이야기를 들었다. 채권에 투자하라는 것이었다. 철수는 채권이 원금도 보장되고 이자도 예금보다 훨씬 많다고 말했다. 이 말을 들은 영식은 서양증권을 찾았다. 직원은 왜 이제야 찾아왔냐며, 주식회사 서양건설에서 발행한 채권의 1년 이자가 예금보다 훨씬 높은 7%라는 말을 덧붙여 투자를 권유했다.

영식이 자신은 주식 투자 경험이 없다고 말하며 채권 투자를 망설이자, 직원은 "신용도가 높은 회사에서 발행한 채권은 원금과 이자의 안전성이 주식보다 높은 법이에요. 채권은 주식보다 훨씬 안전하다는 말이죠. 원래 주식 투자를 안 하시는 분들이 채권에 투자하는 거예요."라며 그를 설득했다. 영식은 그동안 모은 결혼 자금 1억 원을 모두 서양건설 채권에 투자했다.

그런데 3개월 뒤, 서양건설이 부도나서 채권 투자자들은 돈을 날릴 위기에 처했고, 임원들은 모두 사기 혐의로 구속되었다는 뉴스가 나왔다. 영식은 투자금을 찾기 위해 동분서주했지만, 서양건설은 결국 회생절차에 들어갔고 그는 투자금 가운데 90%를 날리고 말았다. 영식은 서양증권을 상대로 손해배상을 청구했다.

서울서부지방법원 301호 법정

판사   자, 그럼 재판을 시작할까요? 원고, 피고 모두 출석했습니까?

영식   네, 원고 김영식 출석했습니다.

서양증권 서양증권은 법무법인 맹호의 이기자 변호사가 출석했습니다.

판사   원고는 9,000만 원을 손해 봤다며 피고를 상대로 손해배상 청구의 소(訴)를 제기했군요. 증거를 보니 9,000만 원 손해가 분명해 보이네요. 이 부분은 피고도 인정하시죠?

서양증권 네, 인정합니다.

판사   원고는 피고가 채권을 판매할 때 제대로 설명하지 않았다고 주장하고 있군요. 원고는 피고가 어떤 잘못을 했는지 구체적으로 설명해 주시겠어요?

영식   판사님, 너무 억울합니다. 저 결혼도 못 할 위기라고요.

판사   그 사정은 조금 이따가 이야기하시죠. 우선 피고의 잘못부터 따져 봅시다.

영식   알겠습니다. 저는 채권 투자를 많이 망설였습니다. 그런데 서양증권 직원이 채권은 주식보다 훨씬 안전성이 높다며 투자를 강하게 권유했죠. 휴, 정말 큰일이에요. 요즘 같은 시대에 9,000만 원이 얼마나 큰돈인지 아시잖아요? 이 사실이 알려지면 여자 친구가 분명히 헤어지자고 할 거예요.

서양증권 잠깐만요. 이럴 줄 알았습니다. 판사님, 보셨죠? 원고는 자기가 하고 싶은 말만 합니다. 직원이 제대로 설명하려고 해도 지금처럼 자기가 하고 싶은 말만 계속했을 겁니다. 법정에서도 판사님의 질문에 답하기보다는 자기의 억울함만 이야기하지 않습니까?

영식 억울해서 그렇죠.

서양증권 원고의 억울함을 반박하지는 않겠습니다. 하지만 서양증권 직원의 말을 아전인수격으로 해석하는 발언에는 반박이 필요해 보입니다. 직원이 '신용도가 높은 회사'에서 발행한 채권의 안전성이 높다고 했지, 서양건설의 채권 안전성이 높다고 했나요? 상식적으로 서양건설이 신용도가 높으면 채권에 이자를 그렇게 높게 쳐 주겠어요? 세상에 공짜가 어디 있나요? 채권이 예금처럼 원금이 보장되면 누가 은행에 돈을 맡기나요? 전부 채권에 투자하죠. 채권 이자가 높은 이유는 바로 원금 손실의 위험성이 반영되었기 때문입니다. 참 답답하네요.

영식 뭐라고요? 그럼 제대로 설명했어야죠!

서양증권 제대로 설명했네요. 서양건설 '주식'에 투자한 사람들은 투자금 중 5%만 돌려받았어요. 채권이 주식보다 안전성이 높긴 하죠.

예금·채권·주식의 차이점

2017년 한 취업 포털 사이트에서 직장인들을 대상으로 '재테크'에 관한 설문 조사를 실시했습니다. 응답자의 과반수가 재테크를 하고 있다고 대답했는데, 재테크를 하는 직장인 가운데 80.7%는 예금·적금, 23.9%는 주식, 23.1%는 펀드에 투자하고 있다고 답했죠. 조사 결과에서 나타나듯이 우리나라에서 가장 대표적인 재테크 방법은 예금입니다. 대다수가 예금이 가장 안전하다고 생각하기 때문이에요. 반면에 주식은 위험성이 큰 투자 방법이라고 여기고요. 주식시장은 오르락내리락 불안하기 때문입니다. 채권도 주요 금융 상품이지만, 실제 직장인이 직접 채권을 매수하는 경우는 그렇게 많지 않습니다. 그렇다면 예금, 채권, 주식이 과연 무엇일까요? 그리고 원금 손실 위험이 낮다는 것은 무슨 의미일까요?

'예금'이란 은행 등 법률이 정하는 금융기관에 돈을 맡기는 계약입니다. '채권'이란 국가, 지방자치단체, 회사 등이 필요한 자금을 차입하기 위해 발행하는 유가증권을 의미하고, '주식'은 주식회사의 주주가 출자자로서 회사에 대하여 갖는 지분을 의미해요(여기서 이야기하는 채권이나 주식은 채권시장이나 주식시장에서 거래가 이루어지는 채권이나 주식, 즉 비교적 규모가 큰 회사가 발행한 채권이나 주식을 전제로 해요). 예금, 채권, 주식은 부동산과 함께 대표적인 투자자산이죠. 1980년대 유가증권 유통시장이 확장됨에 따라 주식, 채권도 은행 예금, 부동산과 함께 투자 대상으로 보편화되었습니다.

예금, 채권, 주식은 어떤 차이가 있을까요? 저축을 하는 투자자로서가 아니라 회사 입장에서 잠깐 생각해 볼까요? 기업이 사업을 하려면 돈이 필요합니다. 여러분이 서점을 연다고 가정해 봅시다. 먼저 점포가 있어야 하고, 책을 구매해서 비치한 뒤에야 책을 팔 수 있어요. 점포를 구하고, 책을 사는 데는 돈이 필요합니다. 서점을 연 뒤에도 급히 돈이 필요할 때가 있을 거예요.

만약 친구에게 1,000만 원을 빌려야 한다면, 어떤 방법으로 빌릴 수 있을까요? 우선 친구에게 1,000만 원을 1년 후에 갚되, 1년 뒤 이자 100만 원을 주겠다고 약속할 수 있습니다. 다른 방법은 친구에게 서점에 대한 권리의 일부분을 인정해 주는 것입니다. 이익이 나면 이익금의 10%를 주고, 경영에 10% 발언권을 주겠다고 약속하는 식이죠. 전자가 채권을 통한 자금 조달, 후자가 주식을 통한 자금 조달이라고 보면 됩니다. 전자와 후자의 가장 큰 차이점은 전자는 서점의 이익과 관계없이 친구에게 1,100만 원을 갚아야 하는 반면, 후자는 서점에서 이익이 없으면 돈을 주지 않아도 된다는 것이죠. 이런 점에서 채권이 주식보다 더 안정적입니다.

예금은 무엇일까요? 예금도 채권을 통한 자금 조달과 유사합니다. 은행은 적자를 본 경우에도 이자를 지급해야 하죠. 예금은 여러 정책적 목적 때문에 법적으로 굉장히 특수한 취급을 받고 있습니다. 조금 어렵나요? 이제 차근차근 살펴봅시다.

예금·채권·주식 투자자의 보호

우리는 삼성전자나 현대자동차 같은 큰 회사의 주식을 매수하고 싶다고 해서 직접 본사에 찾아가거나, 옆자리에 앉은 친구로부터 매수하는 경우는 없습니다. 모두 증권회사 등을 통해 매수하죠. 다음은 철수가 1억 원의 자본으로 투자할 수 있는 다양한 방법입니다.

> **사례 1. 철수는 1억 원을 행복은행에 예금했다. 행복은행은 1억 원을 불행 건설에 대여했다.**
>
> **사례 2. 철수는 행복증권을 통해 불행건설 채권 1억 원어치를 매수했다.**
>
> **사례 3. 철수는 행복증권을 통해 불행건설 주식 1억 원어치를 매수했다.**

불행건설이 부도가 났다고 가정해 봅시다. 어떤 일이 벌어질까요? '사례 1'에서 철수는 불행건설이 부도났다고 하더라도 아무런 손해를 보지 않습니다. 그 손해액은 행복은행이 부담하죠. 반면에 '사례 2·3'에서는 불행건설의 부도로 인한 손해액을 행복증권이 부담하는 것이 아니라 철수가 모두 부담합니다. 이 때문에 예금, 채권, 주식에 투자하는 국민을 보호하기 위해 국가에서 만든 법적 장치는 다를 수밖에 없어요. 예금자 보호의 핵심은 행복은행이 부도나지 않게 하는 것입니다. 극단적으로 행복은행이 대출해 준 회사가 모두 부도나서 대출금 회수를 전혀 할 수 없게 된다면, 은행은 예금자에게 돌려줄 돈이 없어서 철수가 큰 손해를 보게 되죠. 따라서 국가는 은행이 큰 이익을 낼 수 있다고 해도, 위험성이 높은 사업을 할 수 없도록 규제하고 있습니다.

> **은행법**
> **제27조(업무 범위)**
> ① 은행은 이 법 또는 그 밖의 관계 법률의 범위에서 은행업에 관한 모든 업무('은행 업무'라 한다.)를 운영할 수 있다.
> ② 은행 업무의 범위는 다음 각호와 같다.
>   1. 예금·적금의 수입 또는 유가증권, 그 밖의 채무 증서의 발행
>   2. 자금의 대출 또는 어음의 할인
>   3. 내국환·외국환

은행은 주식회사로, 이윤 창출을 목적으로 합니다. 우리가 아는 시중은행을 생각해 보세요. 신한은행, 국민은행 등이 모두 상장 회사이고, 영업이익에 따라 주가가 달라지죠. 하지만 정부는 '국민경제 안정'이라는 공공성을 고려하여 은행의 업무 자체를 크게 제한합니다. 채권이나 주식은 어떨까요? 채권·주식 투자자를 확실하게 보호하는 방법은 불행건설이 망하지 않게 규제하는 겁니다. 그러나 이렇게 하면 회사가 사업을 제대로 영위할 수 없어요. 그렇다고 아무런 규제도 하지 않으면 법정 드라마 〈영식의 재테크〉처럼 소액 투자자들이 큰 손해를 볼 수 있고요.

채권·주식 투자자를 보호하기 위한 한 가지 방법은 '공시 제도'입니다. 회사가 재무제표를 정기적으로 공시하도록 하는 것입니다. 투자를 판단할 때 필요한 합리적인 자료를 제공해 투자자를 보호하

려는 것이죠.

하지만 비전문가는 재무제표를 분석하기가 쉽지 않기 때문에 이 것만으로는 충분하지 않습니다. 그래서 또 다른 보호 장치가 있습니다. 주식이나 채권을 판매하는 증권회사 등에 '투자자에게 충분히 설명할 의무'를 부과하는 것이죠. 요즘은 설명서가 500페이지가 넘는 금융 상품이 있을 정도로 개인 투자자가 금융 상품의 내용을 이해하기 어려운 경우가 많기 때문입니다.

> **자본시장과 금융투자업에 관한 법률**
> **제47조(설명 의무)**
> ① 금융 투자 업자는 일반 투자자를 상대로 투자 권유를 하는 경우에는 금융 투자 상품의 내용, 투자에 따르는 위험, 그 밖에 대통령령으로 정하는 사항을 일반 투자자가 이해할 수 있도록 설명하여야 한다.

위 법률 조항에서 중요한 부분은 바로 '일반 투자자'가 이해할 수 있도록 설명해야 한다는 점입니다. 법정 드라마에서 서양증권의 설명을 일반 투자자가 이해할 수 있는 설명으로 볼 수 있을까요? 그 상품 자체에 대한 설명이 없기 때문에 설명 의무를 이행한 것으로 볼 수 없습니다. 따라서 서양증권은 영식의 손해액을 배상할 책임이 있습니다. 다만 영식도 섣불리 투자를 결정한 과실이 있으므로, 그 부분이 배상액을 감경하는 사유로 고려되죠.

예금은 얼마나 안전할까

그렇다면 예금은 정말로 안전할까요? 결론적으로 말하면 매우 안전합니다. 예금이 증권이나 파생 상품과 차별되는 본질적 특징은 원금이 보장된다는 것이죠. 물론 예금도 은행이 도산하면 원금을 환수하기 어려운 상황에 처할 수도 있지만, 이는 아주 특수한 경우입니다. 예금은 어떻게 보호할까요?

우선 예금은 (우체국, 새마을금고 등 일부 경우를 제외하고) 은행이나 상호저축은행만 취급할 수 있습니다. 은행은 설립 조건이 매우 까다롭습니다. 먼저 시중은행은 최소 자본금이 1,000억 원, 지방은행은 250억 원 이상이어야 하죠. 나아가 은행법은 은행의 임원 등이 최소 자본금을 유지하지 못한 경우 '1년 이하의 징역 또는 3,000만 원 이하의 벌금'에 처하도록 규정하고 있어요.

국가는 이후 은행의 자산 건전성이 악화되지 않도록 계속 감시합니다. 금융위원회는 은행의 재무 상태가 안 좋아지면 은행 업무를 정지시키거나, 임원의 직무를 정지시키죠. 또한 지급준비제도를 통해, 일정 금액 이상을 지급준비금으로 중앙은행에 예치하도록 의무화하고 있죠.

또 '예금자 보호 제도'가 존재합니다. 많은 사람이 예금은 원금 보장이 확실하다고 생각하는 가장 큰 이유이기도 하죠. 예금자 보호 제도는 은행의 예금 지급 불능 시 예금자에게 예금 지급을 보장하는 제도예요. 예금자 1인당 5,000만 원까지는 예금보험공사에서 보장하고 있죠.

국가는 정책적으로 예금자를 보호합니다. 은행이 망해서 예금자들이 큰 손해를 보면 국민경제 및 금융 질서에 너무 큰 충격과 혼돈이 발생하기 때문입니다. 은행이 망하는 것을 그대로 두고 보는 나라는 전 세계적으로 찾아보기 어렵죠. 은행이 부도 위기에 몰리면 많은 공적자금을 투입해서 예금자를 보호합니다. 우리나라에서도 IMF 구제 금융 시절 강원은행이 부도나서 예금자들이 돈을 모두 날릴 위기에 처했을 때, 국가는 강원은행을 조흥은행과 합병시켜 강원은행의 예금자를 보호하기도 했어요.

뉴스에서 보도되는 금융 소비자 피해는 대부분 예금이 아닌 투자성이 있는 금융 상품, 즉 금융 투자 상품과 관련하여 발생합니다. 예금보다 상대적으로 높은 수익을 얻을 수 있지만, 원금 손실 가능성이 있죠. 경우에 따라서는 원금 대부분을 날리는 경우도 있습니다. 앞서 본 것처럼 '자본시장과 금융투자업에 관한 법률'은 금융 투자업자에게 금융 투자 상품의 위험성을 설명하도록 하고 있고, 위반한 경우 강력한 제재를 가하고 있습니다. 하지만 중요한 것은 높은 수익률에는 반드시 대가가 있다는 것을 염두에 두고 합리적 선택을 하는 것이죠. 조금의 욕심 때문에 힘들게 번 돈을 쉽게 잃으면 안 되니까요.

〈귀여운 여인〉

_사적자치의 원칙과 그 한계

#사적자치, #선량한 풍속, #법적 효력, #연애 계약

"에드워드와 비비안의 연애 계약은 법적인 효력이 있을까?"

대한민국 민법은 사적자치의 원칙을 기본으로 하고 있습니다. 모든 개인은 사법상의 법률관계(계약)를 맺을 때 자유로운 의사에 따라 스스로 판단하고 결정할 자유가 있다는 원칙이죠. 결국 개인들 간의 계약에서 가장 중요한 의사결정자는 계약의 당사자인 셈입니다. 계약을 맺을지 말지, 누구와 계약을 맺을지, 어떤 내용과 방식으로 맺을 것인지는 모두 개인의 판단에 따라 정해지죠. 예컨대 내가 스마트폰을 친구에게 10만 원에 팔지, 100만 원에 팔지 여부는 당사자인 나와 친구가 자유롭게 계약을 통해 정하면 되는 것입니다.

국가는 개인들이 맺은 법률관계가 실현될 수 있도록 이를 강제하는 역할을 합니다. 만약 스마트폰을 10만 원에 팔기로 했는데 친구가 스마트폰을 먼저 받고 차일피일 미루며 돈을 주지 않는다고 하면, 국가는 그 계약의 내용이 이행되도록 강제력을 행사하죠. 이렇듯 국가는 개인들끼리의 약속으로 맺은 계약에 법과 같은 효력을 부여합니다.

그런데 국가가 모든 종류의 계약에 법적 효력을 부여하는 것은 아닙니다. 일정한 한계가 있죠. 우선, 법이 명시적으로 특정한 내용의 계약을 금지하는 경우가 있습니다. 이를테면 돈을 빌리면서 법이 정한 최고 이자율(현재 연 24%)을 넘는 이자를 주기로 약정한 경우, 최고 이자율을 초과하는 이자를 지급하기로 한 약정은 무효입니다. 심지어 최고 이자율을 초과하여 이자를 받으면 형사처벌까지 받습니다. 계약 당사자들끼리의 힘의 불균형 때문에 생겨나는 피해를 바로잡기 위해, 국가가 법적 테두리를 만든 것입니다.

또한 법은 "선량한 풍속 기타 사회질서"에 위반하는 계약도 무효라고 정하고 있습니다. 그런데 '선량한 풍속'이라는 개념은 끊임없이 바뀌는 가치 관념이기 때문에 어떤 계약이 '선량한 풍속'에 위반하는지는 당시의 시대적 상황에 따라 달라질 수 있습니다.

영화 〈귀여운 여인〉(1990, 게리 마샬 감독)에는 독특한 계약이 등장합니다. 영화의 주인공 에드워드(리처드 기어)는 망해 가는 회사를 인수해서 조각조각 분해한 뒤 비싸게 되파는 기업인수합병(M&A) 전문가입니다. 어느 날 에드워드는 조선업 전문 기업인 '모스 기업'을 인수하기 위해 자문 변호사가 사는 할리우드에 옵니다. 그러다 우연히 호텔로 가는 도중 길거리에서 몸을 파는 콜걸 비비안(줄리아

로버츠)을 만나 하룻밤을 같이 지내게 되죠.

다음 날 '모스 기업'의 창업주와 만나게 된 에드워드는 자문 변호사 필립으로부터 협상의 분위기를 부드럽게 이끌어 가기 위해 여자를 데리고 가라는 조언을 듣습니다. 이에 에드워드는 비비안에게 일주일 동안 파트너로 함께 다닐 것을 조건으로 3,000달러를 주겠다는 제안을 하고, 비비안은 그 제안을 받아들이죠. 일종의 연애 계약을 맺은 셈입니다. 이후 비비안과 에드워드는 계약 기간 동안 서로에게 조금씩 호감을 느끼며 사랑을 키워 갑니다.

그런데 에드워드와 비비안이 체결한 계약은 법적으로 유효한 것일까요? 만약 유효하다고 가정했을 때, 비비안이 중간에 에드워드를 떠나 버리면 에드워드는 비비안을 상대로 계약 위반을 주장하며 손해배상 청구를 할 수 있을까요? 둘 사이의 계약을 사적자치의 원칙에 따라 자유방임의 영역으로 존중할지, 국가가 개입해 무효화하거나 제재할지는 법에 따라 정해집니다.

특히 고려해 봐야 할 점은 에드워드와 비비안의 계약이 '선량한 풍속'에 반한다고 볼 수 있는지 여부입니다. 비비안과 에드워드의 계약에 명시적으로는 성매매가 포함되어 있지 않더라도, 보는 관점에 따라서는 비윤리적으로 보일 여지가 충분하죠. 만약 1950년대 한국에서 에드워드와 비비안의 계약이 법적으로 문제 되었다면, 법원에서 선량한 풍속에 반하는 계약으로 무효라는 판결이 나왔을 수도 있습니다. 아무리 당사자의 자유의지에 기반한 계약의 성립을 인정해 줄 수 있다고 하더라도, 법이 정하는 테두리를 넘는다면 계약은 무효인 것이죠. 그리고 그 테두리는 우리 사회의 변화에 따라 계속 변하고 있습니다.

3장

개인의 자유와 권리는 어디까지 보장되는가

법과 인권

집회의 자유
제한 없이 인정받을 수 있을까

타인의 권익과 기본권의 충돌

집회는 우리 생활에 깊숙이 스며들었다. 촛불 집회로 민주 시민의 저력을 보여 주기 전에도, 사람들은 수많은 집회를 열며 자신의 의견을 관철하고 세상을 바꿨다.

최근 들어 집회를 바라보는 시선이 조금씩 달라지고 있다. 2019년 말 국립서울맹학교의 학부모들이 청와대 부근의 잇단 집회로 인해 시각장애가 있는 자녀의 교육권이 침해된다며, 집회 자제를 촉구하는 사건이 있었다. 과거에는 '집회의 자유'라는 기본권이 공권력과 갈등을 빚은 적이 많았지만, 이제는 다른 시민과의 관계에서 마찰을 일으키는 경우가 종종 발생하고 있다. 다른 시민들이 피해를 보더라도 집회의 자유는 최대한 보장해 주는 것이 옳을까? 집회로 인해 피해를 본 사람들은 과연 누구로부터 그 피해를 보상받아야 할까?

프린스커피 10호점

은찬은 어렸을 때부터 자신만의 카페를 갖고 싶었다. 북 카페 스타일의 소박하지만 아기자기한 카페, 많은 사람에게 기쁨을 주는 카페를 열고 싶었다. 그는 대학생 때 커피 전문점에서 아르바이트를 했고, 대학 졸업 후에는 미국 바리스타 스쿨에서 연수도 받았다. 드디어 은찬은 신촌 대학가에 '프린스커피 10호점'이라는 상호로 카페를 열었다. 작은 카페지만 은찬만의 맛있는 커피와 예쁜 인테리어로 인근 대학생, 연인들의 발길이 끊이지 않았다.

어느 날 프린스커피 10호점 옆에 특수학교가 들어선다는 소문이 들렸다. 은찬은 특수학교가 들어오면 바리스타 자원봉사를 하기로 마음먹었다. 그런데 인근 주민들이 특수학교 반대 시위를 하기 시작했다. 도로를 점거하고 확성기를 사용하여 매일 시위했다. 주민과 교육청의 갈등은 날로 깊어졌다. 문제는 시위가 시작된 뒤로 카페 손님이 뚝 끊겼다는 것이다. 하루 100명 넘게 오던 손님이 5명도 오지 않았다. 게다가 시위대 일부가 카페 앞에 쓰레기를 무단 투기해서, 빈티지 스타일의 카페가 마치 버려진 카페처럼 보였다. 시위는 반년 넘게 지속됐고, 은찬은 결국 가게 문을 닫을 수밖에 없었다. 은찬은 집회를 주도한 신촌사랑이라는 단체의 김 대표를 상대로 손해배상을 청구하기에 이르렀다.

서울서부지방법원 301호 법정

은찬   판사님, 제 꿈이 완전히 망가졌습니다. 매일 시위를 하는데 누가 카페에 와서 커피를 마십니까?

김 대표   신촌사랑 때문에 카페가 망한 것은 아닙니다. 커피가 맛있으면 사람들이 가겠죠. 왜 안 가겠어요?

은찬   뭐라고요? 당신이 내 커피 먹어 봤어? 판사님, 저희 가게만 망한 것이 아닙니다. 피해를 본 가게가 저희 카페 말고도 많습니다.

판사   자, 진정하세요. 하나씩 살펴보죠. 먼저 원고 은찬 씨는 신촌사랑 이 여는 집회가 위법하다는 입장이신 것 같네요. 신촌사랑의 입 장을 말씀해 주세요.

김 대표   위법하다니요? 들어 보세요. 국가의 여론을 무시한 정책 결정 방 지, 자유민주적 기본 질서를 바탕으로 한 사회 발전을 위해서는 시민의 사회참여가 매우 중요해요. 이 사건은 국가가 국민의 의 사를 묻지도 않고 도심에 특수학교를 건설한다는 권력 남용에 대항해 의식 있는 시민들이 참여한 집단적 사회 활동입니다. 헌 법에 명시된 집회·시위의 자유에 의해 보호되고요. 억울하면 은 찬 씨가 저희 옆에서 찬성 시위를 열지 그러셨어요? 저희는 '집 회 및 시위에 관한 법률'(집시법)에 따라 신고를 정당하게 마치고 법에 따라 시위를 했을 뿐입니다.

은찬 집값이 떨어질까 봐 시위를 하는 것이 무슨 헌법상 권리인가요? 제 재산권은요? 전형적인 지역이기주의의 발로이지요. 저는 완전히 망했다고요. 그리고 시위만 하면 되지, 왜 제 카페 앞에서 담배를 피우고, 화단에 담배꽁초를 버리고 가나요?

김 대표 시민들이 국가의 권력 남용에 극심한 스트레스를 받아서 잠깐 담배 피운 것을 가지고 왜 뭐라고 하나요? 그리고 자발적으로 시위에 참여한 시민들이 담배를 피우는 것까지 제가 어떻게 막나요? 제 부하 직원도 아니고….

은찬 시위 주최자면 막으셨어야죠. 제가 여러 차례 항의했잖아요.

김 대표 나도 잘 모르는 사람들인데 어떻게 막아요?

판사 그럼 다음 쟁점으로 넘어가죠. 집회로 은찬 씨는 어떤 손해를 보았나요?

은찬 하루에 100명이 넘게 찾아오던 가게인데 시위가 계속되자 5명도 오지 않았습니다. 저희 가게는 연인들의 데이트 장소로 유명했어요. 하지만 매일 확성기에 대고 "장애인 물러가라!"라고 외치는데 누가 와서 데이트를 하겠어요?

김 대표 집회 때문에 매출액이 줄었다는 말 자체를 믿을 수 없습니다. 커피가 맛있으면 안 망했겠죠. 오히려 집회 덕분에 매출액이 오른 분들도 있어요. 은찬 씨 가게 맞은편에 있는 '황소국밥' 아시죠? 거기는 오히려 시위대 덕분에 장사가 더 잘됐다고 하던데요?

민주주의를 이끈 집회, 이익집단의 방패 되다

대의민주주의를 택한 대부분 국가에서는 정부가 국민 여론에 반하는 정책을 결정하고 집행하거나, 권력을 장악한 다수가 소수를 억압할 위험성이 항상 존재합니다. 국가가 여론을 무시한 정책을 추진할 때 국가와 반대 입장을 가진 국민이 대립하는 장면은 흔히 볼 수 있죠. 이러한 국가 또는 다수의 횡포를 막기 위해서는 시민의 사회참여가 매우 중요합니다. 적극적으로 자신의 의사를 다른 시민들에게 알리고, 이를 통해 스스로의 권리를 지킬 수 있죠. 이 같은 사회참여에서 가장 중요한 기능을 하는 권리가 바로 '집회·시위의 자유'입니다.

> **헌법**
> **제21조**
> ① 모든 국민은 언론·출판의 자유와 집회·결사의 자유를 가진다.
> ② 언론·출판에 대한 허가나 검열과 집회·결사에 대한 허가는 인정되지 아니한다.

'집회'의 사전적 정의는 '여러 사람이 어떤 목적을 위하여 일시적으로 모임. 또는 그런 모임.'입니다. 우리가 흔히 말하는 시위가 바로 집회에 해당되죠. 집회는 많은 사람이 공동의 목적을 가지고 일정한 장소에서 같은 시간에 모이는 것을 말합니다. '일시적 모임'이라는 점에서 결사와 구별되며, '공동의 목적'이 있다는 점에서 우연한 군집과도 달라요. 시위는 움직이는 집회, 즉 집회의 한 형태로 취급합니다(지금부터는 '집회·시위'를 통칭해 '집회'라고 하겠습니다). 그리고 집회의 자유는 '집단적 표현의 자유'로, 의사소통을 통한 자기실현을 가능하게 하죠.

집회의 자유는 군사독재 시절을 거친 우리나라 현대사에서 매우 중요한 역할을 했습니다. 4·19 혁명, 5·18 민주화운동, 6월 민주항쟁 등은 모두 집회를 통해 이루어졌어요. 집회를 바탕으로 우리나라 민주주의가 실현될 수 있었죠. 이러한 역사적 경험 때문에 집회의 자유는 저항권의 하나로 이해되었고, 일부 과한 수단이 사용되더라도 그 정당성을 인정해야 한다는 견해가 유력했습니다.

그런데 민주화 이후에는 집회를 조금 달리 바라보는 사람들이 늘어나고 있습니다. 자신의 이익을 관철하기 위해 집회를 여는 경우가 많아졌기 때문이죠. 주거지 인근에 혐오 시설이 들어온다는 소식이 전해지면 인근 주민들이 합심하여 반대 집회를 여는 모습 역시 쉽게 볼 수 있어요. 문제는 이때 과한 수단이 사용되는 경우가 적지 않다는 점입니다.

최근 들어서는 스피커, 확성기 등 음향 기기를 사용한 집회가 문제 되고 있습니다. 집회에서는 타인에게 자신의 의사를 알려야 해요. 집회를 여는 사람들은 특별한 경우를 제외하면 확성기를 이용하여 자신의 의사를 표명하죠. 문제는 집회가 대부분 도심지에서 열린다는 점입니다. 집회 장소 근처에 사는 사람들은 소음으로 고통받을 수밖에 없죠. 의도적으로 큰 소음을 발생시켜 목적을 관철하려는 사람이 적지 않으니까요.

예컨대 대학 입시 제도에 반대하는 사람들이 있다고 합시다. 그들은 현행 대학 입시 제도가 대학 서열화를 초래하여 학생들에게 고통을 주므로 수능을 완전히 폐지해야 한다는 주장을 관철하고 싶어 합니다. 수능 날, 그들이 학교 옆에 대형 스피커를 설치한 뒤 힙합 서바이벌 프로그램 〈Show Me The Money〉를 틀면서 집회를 열었다고 생각해 보세요. 학교에서 수능을 보는 학생들이 입는 피해는 어마어마하겠죠. 그와 같은 집회 방식 역시 집회의 자유로 보호할 필요가 있을까요?

실제로 집회의 자유를 가장하여 타인에게 고통을 주는 사례는 의외로 굉장히 많습니다. 예식장으로부터 공사 대금을 받지 못했다는 이유로 결혼식이 열리는 주말에 예식장 앞에 장송곡을 틀어 놓고 집회를 연 사례까지 있죠. 이와 같은 집회 방식은 집회의 자유로 보호되기가 어려워요. 집회의 자유는 헌법에 보장된 권리로서 존중받아야 마땅하지만, 이를 근거로 다른 사람의 권리와 자유를 함부로 침해하는 행위까지 용납할 수는 없으니까요.

집회의 자유, 인정 범위는 어디까지인가

그렇다면 집회의 자유는 어느 수준까지 보장되어야 할까요? 현대사회에서 집회의 자유는 의사 표현의 통로가 막히거나 제한된 소수집단에게도 의사 표현의 수단을 제공한다는 점에서, 대의제 자유민주주의 국가의 필수 구성 요소입니다. 하지만 집회의 자유를 행사하는 과정에는 여러 사람의 집단적인 행동이 뒤따르기 때문에 사회적 혼란이나 법적 공백을 야기할 가능성이 크지요.

집시법은 위와 같은 집회의 자유가 갖는 헌법적 의의와 다른 법익(어떤 법의 규정이 보호하려고 하는 이익)과의 충돌 가능성을 고려해, 집회의 자유와 공공의 안녕질서가 조화를 이루는 것을 목적으로 합니다. 아래 소음 발생과 관련한 확성기 사용 제한 규정이 그 예 가운데 하나입니다.

집회 및 시위에 관한 법률
제14조(확성기 등 사용의 제한)
① 집회 또는 시위의 주최자는 확성기, 북, 징, 꽹과리 등의 기계·기구를 사용하여 타인에게 심각한 피해를 주는 소음으로서 대통령령으로 정하는 기준을 위반하는 소음을 발생시켜서는 아니 된다.

〈집시법 시행령 별표 2〉 확성기 등의 소음 기준

시간대 대상 지역	주간 (해 뜬 후~해 지기 전)	야간 (해 진 후~해 뜨기 전)
주거 지역, 학교, 종합병원, 공공 도서관	65dB 이하	60dB 이하
그 밖의 지역	75dB 이하	65dB 이하

최근 들어 주로 논란이 되는 것은 정당한 집회로 인해 부수적인 피해를 보는 다른 시민에 대한 구제 여부입니다. 법정 드라마 〈프린

스커피 10호점〉으로 돌아가 생각해 보죠. 신촌사랑의 집회는 집회의 자유에 의해 보호됩니다. 폭력적인 방법을 사용하지도 않았죠. 집회 장소도 정당합니다. 집회를 사람들이 없는 장소, 즉 주위 사람들에게 피해를 주지 않는 장소에 가서 하라는 주장은 받아들여질 수 없어요. 왜냐하면 집회가 사람들의 주목을 받지 못하는 장소에서 이루어진다면 집회의 자유는 사실상 그 의미를 잃게 되기 때문이죠. 산속에서 집회를 열면 누가 관심을 가져 주겠어요? 나아가 집회의 대상이 있는 장소에서 집회를 여는 것이 가장 효과적인 이상, 특수학교가 들어서는 장소에서 집회를 여는 것이 잘못이라고 볼 수는 없습니다.

그렇다면 은찬은 그대로 손해를 감수해야만 할까요? 몇 해 전 광화문에서 이명박 정부의 미국산 쇠고기 수입 재개 협상에 반대하는 촛불 시위(광우병 집회)로 피해를 보았다며 상인들이 시민 단체를 상대로 손해배상 청구를 제기한 사건이 있었습니다. 이에 대해 법원은 "시위대는 상인들의 영업장소를 침범하여 집회 및 시위를 한 것이 아니라 도로에서 했다. 영업소 부근 도로가 집회 및 시위로 인해 방해되지 않는 상태로 유지되어야 한다는 것은 상인들이 주장할 수 있는 개인적 보호법익이 아니다. 그와 같은 사정만으로 상인들의 개인적 보호법익이 침해되었다고 할 수 없다."라는 이유 등으로 상인들의 청구를 기각했습니다.

또한 일부 시위대가 주변 호텔에 쓰레기를 무단으로 투기한 것

2008년 종로 일대 상인들은 소고기 수입 반대 촛불 시위로 인한 피해를 강력히 호소했으며, 이를 배상해 달라고 소송을 냈다.

에 대해서도, 주최 측에서 그와 같은 일탈 행위를 격려하거나 연대했다고 볼 증거가 없다는 이유로 받아들이지 않았습니다. 은찬 역시 일탈 행위를 한 개인을 상대로만 손해배상 청구를 할 수 있을 뿐 신촌사랑을 상대로 손해배상 청구를 할 수는 없죠. 이러한 결론이 잘못되었다고 하기는 어렵습니다. 집회의 정의에서 본 것처럼 일시적 모임에 불과하여 집회 참가자의 행위에 대해 주최 측에서 책임을 부담할 수 없고, 무엇보다 일부 참가자의 일탈 행위에 대한 책임을 주최 측이 부담한다면 집회의 자유가 크게 위축될 수 있거든요.

결국 법정 드라마에서 은찬은 자신이 입은 손해를 구제받기 어렵습니다. 이런 결론이 조금 부당하다고 느끼는 독자가 있을 거예요. 집회의 자유가 집회에 참여하지 않은 사람의 재산권, 소음 없는 장소에서 살 수 있는 환경권보다 우위에 있는지를 둘러싸고 어떤 생각을 가지고 있느냐에 따라 다른 결론이 나올 수 있습니다. 특히 최근 들어 토지수용 보상금이나 특정 단체의 이익을 위한 집회가 점차 늘어나고 있어요. 이런 집회로 피해를 본 경우에도 과연 과거 민주화 투쟁 과정에서 일어난 집회처럼 사람들이 그대로 피해를 감수해야 하는지에 의문이 제기되고 있습니다.

바람직한 정치 참여 태도란 무엇일까요? 자신의 권리와 이익을 주장하려면 '집단 이기주의, 지역이기주의에서 탈피하여 공공복리와 사회정의'를 고려해야 합니다. 오로지 자신의 권리와 이익만을 주장하는 집회에 관해서는 여러 법적 쟁점이 있습니다. 해당 집회를 다른 집회와 똑같이 보호해야 하는지, 만일 보호하지 않아야 한다면 과연 공공복리와 사회정의란 무엇인지, 또한 해당 집회가 공공복리와 사회정의에 부합하는 집회인지를 누가 판단해야 하는지 등의 문제죠. 특히 소수자의 목소리는 다수자의 입장에서 이기적인 주장으로 보이는 경우가 많기 때문에 집회의 정당성을 누가, 어떤 기준에서 판단하느냐는 매우 중요한 쟁점입니다.

여러분도 자신의 권익을 보호하기 위해, 아니면 정치적 목소리를 내기 위해 집회에 참여해 본 적이 있나요? 그 집회의 성격은 어땠는지, 또 참석해 본 소감은 어땠는지 매우 궁금합니다. 이 글을 바탕으로 집회·시위의 자유가 어디까지 허용되어야 하는지 깊이 고민해 보길 바랍니다.

양심의 자유
국방의 의무보다 우선하는가

양심적 병역거부와 대체복무

2018년 11월, 대법원은 종교적 이유를 포함한 양심적 병역거부가 정당하다고 판결했다. 헌법재판소가 대체복무제 없는 병역법은 헌법에 위배된다고 헌법불합치 결정을 내린 지 5개월 만이었다.

양심적 병역거부에 대한 대법원의 판결은, 소수자에 대한 관용과 포용을 강조하고 우리 사회에서 '다를 수 있는 자유'가 있음을 확인해 준 역사적인 판결이라는 평이 있다. 그러나 반론도 만만치 않다. 법정에서 양심을 심사하는 것은 불가능하며, 무엇보다 병역거부 문제는 그로 인해 병역의무를 추가로 부담하게 될 다른 사회 구성원의 의사가 무엇이냐에 따라 정해야 한다는 것이다. 양심적 병역거부에 관한 대법원의 판결문은 무려 134쪽에 이른다. 판결의 핵심이 무엇인지 짚어 보며, 소수자에 대한 관용과 포용, 국방력의 유지 등 폭넓은 관점에서 이 사안을 고민해 보자.

영식의 양심

김영식은 여호와의증인 신도인 부모 밑에서 자랐다. 그는 부모님의 영향을 받아 어릴 때부터 여호와의증인 집회(예배)에 참석하면서 성경 공부와 봉사 활동을 해 왔다. 그리고 14세가 되던 해 침례(세례) 의식을 치른 뒤부터 지금까지 종교적 신앙에 따라 생활하려고 노력했다. 그는 여호와의증인 신도로서 병역을 거부하기로 결심했다. 20세가 되던 해 "2018년 12월 31일까지 육군 1사단에 현역병으로 입영하라"는 현역병 입영통지서를 받은 그는 입영하지 않았다. 다음 해 검사는 김영식을 병역법 위반으로 기소했다.

서울중앙지방법원 301호 법정

판사   피고인은 현역병 입영통지서를 받고도 육군 1사단에 입영하지
       않은 사실은 인정하죠?

김영식 입영하지 않은 것은 사실이지만, 입영하지 않은 정당한 사유가
       있습니다.

판사   병역법 제88조 제1항의 '정당한 사유'를 주장하시는군요. 법조문

을 한번 봅시다.

병역법
제88조(입영의 기피 등)
① 현역 입영 또는 소집 통지서(모집에 의한 입영 통지서를 포함한다.)를 받은 사람이 정당한 사유 없이 입영일이나 소집일부터 다음 각호의 기간이 지나도 입영하지 아니하거나 소집에 응하지 아니한 경우에는 3년 이하의 징역에 처한다.
  1. 현역 입영은 3일

판사 판례를 보면 사고나 질병 등으로 몸이 아파 입영하지 않은 경우 정당한 사유를 인정할 수 있습니다. 피고인은 아픈 곳이 있나요?

김영식 그런 신체적인 사유가 아닙니다. 저는 정신적인 사유, 즉 제 양심 때문에 입소할 수 없습니다.

판사 양심 때문에? 양심과 군대가 어떤 관련이 있나요?

김영식 네, 저는 여호와의증인 신도로 성경 공부를 하면서 영적으로 생활하고 있습니다. 성경에 "그들은 칼을 쳐서 보습을 만들고 창을 쳐서 낫을 만들 것이다.", "다시는 전쟁을 배워 익히지도 않을 것이다."라는 구절이 있습니다. 사람을 죽이거나 죽이는 연습을 하는 군대에 입대하는 것은 제 종교적 신념이나 양심에 어긋나서 도저히 따를 수 없습니다.

검사 판사님, 피고인의 주장은 국토방위의 신성한 의무를 수행하고 있는 대한민국 군인을 모독하는 말입니다. 피고인의 생각이 존중받아야 한다는 점은 인정합니다. 그렇지만 피고인이 주장하는 양심의 자유나 종교의 자유 역시 나라가 있어야 보호될 수 있다는 것은 역사적으로 자명한 사실입니다. 피고인은 다른 사람들이 군에 입대해 나라를 지키는 상황에서, 그 희생과 헌신으로 자신의 종교적 자유를 누리겠다는 이기적이고 모순된 주장을 하고 있습니다.

김영식   검사님이야말로 저를 모독하고 계십니다. 저는 모든 사람이 군대에 가서는 안 된다고 생각합니다. 모든 사람이 저와 똑같이 생각하면 전쟁은 생길 수가 없죠.

양심적 병역거부란

'양심적 병역거부'는 종교적·윤리적·도덕적·철학적 또는 이와 유사한 동기에서 형성된 양심상 결정을 이유로, 집총이나 군사훈련을 수반한 병역의무의 이행을 거부하는 행위를 말합니다. 병역의무의 이행이 자신의 인격적 존재 가치를 스스로 파멸시키는 행위이므로 거부한다는 것이죠.

우리나라에서 양심적 병역거부는 여호와의증인과 떼어 놓고 생각할 수 없습니다. 양심적 병역거부자의 대부분이 여호와의증인 신도이기 때문입니다. 지난 2006년 이후 10년간 양심적인 사유로 병역을 거부한 사람이 5,723명에 달하는데, 그중 5,686명(99%)이 여호와의증인 신도였습니다. 그래서 이 문제를 '종교적 신념에 따른 병역거부'라고 불러야 한다는 견해도 있습니다.

그런데 최근 여호와의증인 신도가 아닌 사람들 가운데서도 자신의 평화주의 신념에 따라 병역거부를 선언하는 경우가 늘고 있어, 이 문제를 단순히 종교적 신념만의 문제로 접근하기가 어려운 면이 있습니다. 여기서는 다수의 용례에 따라 '양심적 병역거부'라고 지칭하겠습니다.

양심적 병역거부는 우리나라에서 정말 뜨거운 이슈입니다. 군대가 한국 사회에서 예민한 주제이기도 하지만, 양심적 병역거부자 대부분이 특정 종교의 신자라는 점에서 많은 사람이 거부감을 가지고 있는 것이 사실이죠. 사실 여호와의증인 등 일부 기독교 종파 소속 신도들을 중심으로 한 양심적 병역거부는 우리나라 헌법이 처음 제정될 당시부터 문제가 되었습니다. 1950년경부터 여호와의증인 신도들이 병역거부를 이유로 형사처벌을 받기 시작했고, 그 당시에도 이 처벌이 부당하다는 주장이 있었어요. 하지만 법원은 양심적 병역거부를 병역의무를 거부할 수 있는 정당한 사유로 인정하지 않았고, 그 결과 1949년 병역법 시행 이후 지금까지 약 1만 9,000여 명이 형사처벌을 받았죠.

하지만 2018년 6월 헌법재판소는 대체복무제를 도입하지 않은 병역법은 헌법에 합치되지 않는다는 결정을 내렸습니다. 나아가 대법원은 11월 1일 전원합의체 판결로 양심적 병역거부가 형사처벌의 대상이 아니라며, 약 50년 넘게 지속되던 판례를 뒤집었고요. 특히 이 판결은 양심적 병역거부를 유죄라고 본 2004년 대법원 전원합의체 판결을 변경한 것인데, 실제로 대법원 전원합의체 판결이 약 15년 만에 바뀐 예는 찾기 어렵습니다.

이번 대법원 전원합의체 판결에서 9명의 대법관은 양심적 병역거부가 병역의무를 거부할 수 있는 '정당한 사유'에 해당한다고 판단했고, 4명의 대법관은 기존 판례와 같이 양심적 병역거부를 정당한 사유로 볼 수 없다고 여겼습니다. 양측의 주장을 살펴보면 양심적 병역거부를 둘러싼 복잡하고 어려운 논쟁을 깊이 이해할 수 있습니다. 양심적 병역거부를 인정해야 한다는 다수의견과 인정할 수 없다는 소수의견(반대의견)에서도 대법관에 따라 그 구체적인 논거

2018년 11월 양심적 병역거부자가 형사처벌의 대상이 아니라고
판결한 대법원 전원합의체 재판 모습.

가 다릅니다. 다만, 이 글에서는 편의상 크게 '다수의견'과 '반대의
견'으로만 구분하여 설명하겠습니다.

양심의 자유, 어떨 때 제한되는가

이 문제는 ① 대체복무제를 도입하는 것이 바람직한지에 관한
문제, ② 국가가 대체복무제를 도입해야 할 의무가 있는지에 관한
문제, ③ 대체복무제가 없는 상황에서 양심적 병역거부에 대해 형
사처벌을 할 수 있는지에 관한 문제를 구분해서 생각해야 합니다.
①번 쟁점은 국회에서 국민의 의사를 고려하여 정책적으로 결정할
문제죠. ②번 쟁점은 대체복무제를 규정하고 있지 않은 병역법에
대해 헌법불합치라고 한 헌법재판소 결정이고요. 지금 다룰 대법원
전원합의체 판결은 ③번 쟁점을 다루고 있습니다.

양심적 병역거부에서 '양심'은 일반적으로 쓰이는 '양심'의 의미

와는 조금 다른 뜻으로 이해해야 합니다. 일상에서는 '양심'을 옳고 그름에 대한 가치판단이 전제된 선한 행위에 대한 도덕적 의지를 일컫습니다. 반대 개념으로 '비양심'이라는 단어가 자연스럽게 떠오르는데, 헌법 제19조가 규정하고 있는 '양심'의 개념은 '비양심'의 상대 개념이 아닙니다.

> **헌법**
> **제19조**
> 모든 국민은 양심의 자유를 가진다.

헌법 제19조가 규정하고 있는 기본권 '양심의 자유'에서 사용된 '양심'은 '신념'에 더 부합한 용어입니다. '양심의 자유'는 다른 기본권과 성격이 다릅니다. 이는 우리 헌법이 최고의 가치로 상정한 '인간의 존엄성'을 유지하기 위한 기본 조건이고, 민주주의 체제가 존립하기 위한 전제이기 때문에 다른 기본권보다 더 중요하게 보장되어야 합니다.

하지만 양심의 자유를 제한 없이 인정할 수는 없어요. 양심의 자유가 '법을 위반할 수 있는 일반적 자유'를 의미하는 것은 아니기 때문이죠. 학자들은 양심의 자유를 '내심의 자유'와 '외부적 자유'로 구분하고 있습니다. 내심의 자유, 즉 마음속으로 생각하는 것은 국가가 어떤 간섭도 해서는 안 되지만, 그 양심이 외부로 표출된 순간 법에 의해 제한될 수 있어요.

예를 들어 설명해 볼까요? 종교적 교리를 바탕으로 수혈은 안 된다는 신념을 가진 갑돌이가 병원에서 수혈받고 있는 을순이를 발견했습니다. 수혈만이 을순이의 생명을 지킬 수 있는 긴급한 상황이었죠. 갑돌이가 마음속으로 '저렇게 수혈을 받으면 안 되는데…'라고 생각하는 것은 내심의 자유이기 때문에 국가가 간섭해서는 안돼요. 그런데 그가 자신의 신념을 실현하기로 결심하면 이야기가 전혀 달라집니다. 자신의 양심을 실현하기 위해 을순이가 수혈받지 못하도록 방해할 때 이를 양심의 자유라는 이름으로 허용할 수 있을까요? 당연히 금지되어야 하죠. 갑돌이가 자신의 양심을 실현하기 위해 행동하는 순간 이는 외부적 양심의 자유 문제가 되며, 법률에 따라 제한될 수 있습니다.

양심적 병역거부를 바라보는 두 가지 시각

국가 안전보장과 국토방위는 모든 국민의 존엄과 가치를 보장하기 위한 필수 전제 조건입니다. 분단국가인 우리나라의 안보 현실은 다른 나라들과 같지 않아요. 과거 여러 차례 외세의 침략을 받아 큰 피해를 입은 역사적 경험도 있고요. 일제강점기 강제징용과 일본군 '위안부' 문제는 아직까지도 해결되지 않고 있죠. 이와 같은 역사적 경험 때문에 우리 헌법은 제정 당시부터 현재까지 '국방의 의무'를 규정하고 있습니다.

헌법에서 국방의 의무는 그 중요성이 매우 커요. 이 때문에 외부적 양심의 자유(지금부터 양심의 자유는 모두 '외부적 양심의 자유'를 의미합니다)가 국방의 의무보다 무조건 우월하다는 견해는 찾아보기 어렵습니다. 그래서 대법원 전원합의체 판결의 다수의견과 반대의견 모두 양심의 자유가 국방의 의무보다 우월할 수 없다는 데는 생각이 같죠. 그렇다면 양측의 결론은 어떤 이유로 달라졌을까요?

다수의견 측은 이것을, 국민 다수의 동의를 받지 못하는 양심을 가진 소수자에 대한 '관용'과 '포용'의 문제로 접근합니다. 자유민주주의는 다수결의 원칙에 따라 움직이지만, 다수결의 원칙이 정당성을 갖기 위해서는 소수자에 대한 관용과 포용이 있어야 한다는 것입니다. 양심적 병역거부자에게 병역의무의 이행을 일률적으로 강제하고, 이를 이행하지 않은 사람에게 형사처벌을 가하는 것은 소수자에 대한 관용과 포용이라는 자유민주주의 정신에 위배되기 때문입니다. 즉 다수의견 측 역시 양심적 병역거부자의 생각에는 동의할 수 없더라도, 자유민주주의 국가라면 그 생각을 포용할 수 있어야 한다고 주장합니다.

반면에 반대의견 측은 국가는 일정한 국방력을 유지해야 하는데, 한 명의 면제는 반드시 다른 병역의무자의 대체와 분담으로 이어진다고 주장합니다. 양심적 병역거부는 소수자의 탄압 측면이 아니라, 국가 공동체 구성원들이 각자 병역의무를 분담함으로써 자기 책임을 다하는지의 문제라고 봅니다. 양심적 병역거부를 인정할지는 양심의 자유에 관한 헌법 해석의 문제가 아니라, 병역의무를 추가로 부담하게 될 대다수 사회 구성원의 의사가 무엇이냐의 문제, 다시 말하면 국회가 다수결의 원칙에 따라 정책적으로 결정해야 하는 문제라는 것이죠.

또한 반대의견 측은 헌법이 처음 제정될 때부터 논란이 된 양심적 병역거부에 관해 병역법에서 아무런 규정을 두지 않은 것은, 양심적 병역거부를 인정하지 않겠다는 입법자의 의사가 반영된 것이니 사법부는 이를 존중해야 한다고 반박합니다.

이에 다수의견 측은 양심적 병역거부자에게 형사처벌을 가하더라도 그들은 군대로 가는 것이 아니라 감옥으로 가기 때문에, 다수자의 병역의무 부담이 늘어나는 것은 아니라고 재반박합니다. 반대의견 측은 다시 양심적 병역거부를 인정하면 병역기피자가 크게 늘어날 수 있기에 병역의무 부담이 늘어난다고 이야기하고요. 이 문제는 다음 쟁점으로 이어집니다.

양심적 병역거부가 합법화되면 부작용은 없을까

다수의견 측은 양심적 병역거부자가 1년에 약 600명에 불과하고 우리나라의 경제력과 국방력, 국민의 높은 안보 의식 등에 비추어 볼 때, 양심적 병역거부를 허용한다고 해서 국가의 안전을 보장하는 데 어려움이 있을 것으로 보이지 않는다고 말해요. 이에 반대의견 측은 양심적 병역거부자가 적은 이유는 병역기피를 강력하게 처벌하는 병역법 규정 때문이지, 국민의 높은 안보 의식 때문이 아니라고 주장합니다. 군복무로 인한 개인적인 경제적 손실, 군복무 수행 중 생길 수 있는 신체적 위험 등을 감안하면 면제받고자 하는 것은 인간의 자연스러운 감정이라는 것이죠. 독일의 경우 대체복무제를 도입한 1961년에는 대체복무자가 수백여 명에 불과했지만, 이후에는 연간 7만~13만 명에 이르렀어요. 이처럼 양심적 병역거부가 합법화되면 대체복무자가 크게 증가할 수 있다고 우려합니다.

다수의견 측은 양심적 병역거부 인정으로 인한 부작용은 크게 문제 되지 않는다고 주장합니다. 양심적 병역거부의 인정 요건을 명확히 하여 '병역의무의 이행을 거부하지 않고는 자신의 인격적 존재 가치가 파멸되고 말 정도의 절박하고 구체적이며 깊고 확고한 진실한 양심'으로 한정하고, 법원이 이를 엄격한 심사를 거쳐 가려내면 된다는 것이지요. 하지만 반대의견 측은 무죄추정의 원칙이 적용되는 형사재판 절차에서 진실한 양심을 심사하는 것은 불가능하고, 나아가 국가가 개인의 '진정한 양심'을 심사하는 것은 또 다른 양심의 자유 침해가 될 수 있다고 말합니다.

이에 대해 다수의견 측은 깊고 확고하며 진실한 양심은 가정환경, 성장 과정, 학교생활, 사회 경험 등 전반적인 삶의 과정에서 표출될 수밖에 없다는 의견입니다. 양심적 병역거부에서 문제 되는 양심은 외부로 드러난 모습을 통해 증명할 수 있는 것이어서 형사재판 절차로 판단하는 것이 충분히 가능하다고 반박하죠. 이에 반대의견 측은 다수의견이 주장하는 기준이 결국 여호와의증인에 국한된 논리에 불과하다고 재반박하고요. 여러분은 어느 쪽 주장이 더 설득력 있게 느껴지나요?

2019년 12월 대체복무 법안이 국회를 통과하면서 올해부터 양심적 병역거부자의 대체복무가 시행됩니다. 법안은 대체복무 기간을 36개월, 시설은 교정 시설(교도소) 등 대통령령으로 정하는 대체복무 기관으로 정했습니다. 양심적 병역거부 문제는 이로써 일단락되었지만, 대체복무 기관이나 기간에 대해서는 여전히 치열한 논쟁이 벌어지고 있습니다. 대체복무 기관을 교도소로 한정하고 현역병의 2배에 가까운 복무기간을 규정한 것은 양심적 병역거부자의 인권을 침해하는 것이라는 비판이 있는가 하면, 양심을 가장한 병역회피를 막기 위해서는 불가피하다는 반론 역시 적지 않죠.

앞으로 양심적 병역거부에 관한 논의가 과거와는 크게 달라질 것은 분명합니다. 과거에는 양심적 병역거부자를 감옥에 보낼지 말지가 쟁점이었다면, 이제는 양심적 병역거부자에게 병역에 상응하는 어떤 의무를 부여할지가 쟁점이 되었습니다. 대체복무 법안의 내용이 처음부터 완벽할 수는 없습니다. 시행 과정에서 부작용이 나타난다면 계속 수정하고 보완해야겠죠. 대체복무제를 조화롭게 정착시키려면 어떻게 해야 할지 고민할 때입니다.

개인정보 수집
이용 '동의'만 받아 내면 그만인가

개인정보 자기결정권

카카오톡, 쿠팡, 인스타그램 등 대부분의 인터넷 서비스는 가입 신청을 할 때 개인정보 제공에 동의해야만 가입이 가능하다. 아마 대부분 고민 없이 '동의'를 클릭했을 것이다. 그런데 지나고 생각하면 조금 이상하다. 개인정보 제공이 나의 선택인 것도 같고, 아닌 것도 같은 애매한 상황. 여러분은 이 상황이 이상하다고 느낀 적 없는가?

정보화 시대를 맞아 개인정보 자기결정권의 중요성이 강조되고 있다. 많은 사람들이 큰 고민 없이 개인정보 제공에 동의하고 있는 현실에서, 개인정보 자기결정권이 갖는 의미는 과연 무엇일까? 개인정보와 관련된 법률을 살펴보며, 우리에게 진정한 개인정보 자기결정권이 있는지 생각해 보자.

인스타 패션왕

최고대학교 의류학과 3학년 김영희는 친구들 사이에서 '인스타 인플루언서'로 불린다. 영희는 옷에 관심이 많아서 새내기 때부터 독특하고 개성 있는 옷을 입고 찍은 사진을 인스타그램에 올렸는데, 그 사진들이 최고대 학생들 사이에서 유명해진 것이다. 특히 영희는 비싸지 않은 가격의 예쁜 옷을 자주 소개했기 때문에, 패션에 관심이 있는 최고대 학생 대부분이 영희의 인스타그램을 팔로잉했다.

그런데 영희는 최근 올린 사진에 "영희 님도 돈을 받고 사진을 올리다니 실망입니다. 인스타 유명인 가운데는 믿을 사람 하나 없군요."라는 댓글이 달린 것을 보고 깜짝 놀랐다. 인스타그램으로 교류하며 알게 된 장철수의 댓글이었다. 영희는 철수에게 '돈을 받고 올린 사진은 단 하나도 없다'며 따졌고, 철수는 '보세보세'라는 브랜드 페이스북에 가 보라고 답했다.

보세보세 페이스북에 방문한 영희는 깜짝 놀랐다. 보세보세는 박유진이라는 젊은 디자이너가 만든 패션 브랜드로, 영희는 가격이 저렴하고 디자인이 예쁜 보세보세 옷을 평소에 즐겨 입었다. 얼마 전 영희는 보세보세에서 새로 나온 원피스를 입고 찍은 사진을 '#보세보세'를 단 뒤 인스타그램에 올렸는데, 유진이 영희의 동의를 받지 않고 그 사진을 페이스북에 게시한 것이다.

영희는 페이스북을 통해 유진에게 항의했고, 유진은 사과하며 바로 사진을 삭제했다. 하지만 영희는 이 일을 그냥 넘어가면 자신이 계속 오해받을 수 있을뿐더러, 향후 이와 같은 일의 재발을 막아야겠다는 생각에 유진을 상대로 손해배상 청구소송을 제기했다.

서울중앙지방법원 311호 법정

판사 　원고 김영희 님, 보세보세의 박유진 대표를 상대로 초상권, 개인정보 자기결정권 침해에 따른 위자료 500만 원을 청구하셨군요.

김영희 　네, 맞습니다.

판사 　피고 박유진 님, 원고의 인스타그램 사진을 동의 없이 보세보세 페이스북에 게시한 사실을 인정하죠?

박유진 　네, 그 사실은 인정합니다.

판사 　그렇다면 일정 금액의 위자료를 지급하고 화해하는 것은 어떤가요?

박유진 　판사님, 저도 원고에게 많이 미안한 마음을 갖고 있습니다. 하지만 저로서는 손해배상금을 지급하기가 곤란하고, 나름대로 억울한 사정이 있답니다.

김영희 　곤란하고 억울하다고요? 예전에 저랑 만난 적 있으세요? 아니면 제가 박 대표님께 돈을 받았나요? 보세보세로부터 협찬을 받은 적도 없어요. 저는 제 돈 주고 산 옷을 그대로 찍어서 인스타그램에 올린 것뿐이에요. 그 사진을 박 대표님이 무단으로 사용하셨잖아요. 그런데 무엇이 억울하다는 건지 이해가 되지 않네요.

박유진   저도 영희 님의 마음은 이해합니다. 그러나 저희 같은 영세 업체는 적극적으로 마케팅을 진행할 돈이 없어요. 무엇보다 제가 이렇게 해도 된다는 근거는 인스타그램에 적혀 있습니다.

판사   구체적으로 어디에 나와 있습니까?

박유진   네, 김영희 님께 묻고 싶습니다. 인스타그램에 가입할 때 약관에 동의한 사실이 있죠?

김영희   동의했으니 사용하겠죠. 그게 왜요?

박유진   인스타그램 홈페이지에 게재된 개인정보 처리 방침을 보면 "회원은 서비스를 사용함으로써 인스타그램에 사용자가 사진, 댓글, 기타 내용 등 게시물을 서비스에 게시하고 사용자가 게시물을 공개적으로 공유할 수 있는 플랫폼을 제공한다는 점을 이해하고 이에 동의"한다고 되어 있어요. 또 "서비스를 통해 전체 공개한 사용자 콘텐츠를 다른 사용자가 이 개인정보 처리 방침의 약관 및 인스타그램의 이용 약관에 따라 검색, 조회, 사용, 공유할 수 있다"고 기재되어 있습니다. 쉽게 말하면, 인스타그램 이용 약관에 따라 원고가 전체 공개한 콘텐츠는 인스타그램의 다른 사용자가 마음대로 사용하고 공유할 수 있어요. 저희는 단지 원고가 전체 공개한 사진을 사용했을 뿐입니다. 이후 원고의 항의가 들어와서 바로 그 사진을 삭제했죠. 저희에게 무슨 문제가 있나요?

김영희 뭐라고요? 저는 인스타그램에 그런 약관이 있는 것도 몰랐고, 더군다나 전체 공개를 할 때 보세보세에서 사용하라는 뜻으로 올린 건 아니에요.

박유진 약관을 잘 읽어 보고 동의를 하셨어야죠.

헌법 개정안에 등장한 '개인정보 자기결정권'

2018년 초 청와대가 헌법 개정안을 공개했습니다. 생명권, 안전권 등을 기본권으로 추가하고, 경제 분야에서 '토지 공개념'을 도입하는 등의 내용이 담겼어요. 그중에서도 눈에 띄는 부분은 바로 '개인정보 자기결정권'에 관한 조항입니다.

> **정부 개헌안(2018년 3월 26일 발의)**
> **제22조**
> ② 모든 사람은 자신에 관한 정보를 보호받고 그 처리에 관하여 통제할 권리를 가진다.

현행 헌법은 정보 기본권에 관해서 명확한 규정을 두고 있지 않습니다. 현행 헌법이 제정된 1987년의 상황을 생각해 보면, 당시엔 스마트폰이나 SNS는 물론 인터넷도 널리 보급되지 않았죠. 그때는 주로 카이스트, 서울대학교 등의 연구 기관이 인터넷을 사용했을 뿐 일반 기업이나 개인을 대상으로 한 인터넷 서비스는 제공되지 않았어요. 따라서 정보 기본권이나 개인정보 자기결정권이라는 개념 자체가 없었고, 개인정보의 중요성에 대한 인식도 없었습니다.

현재 개인정보 보호는 우리 사회의 중요한 논쟁거리가 되었습니다. 특히 개인정보로 큰 경제적 가치를 창출할 수 있다는 사실이 알려지면서, 이를 수집해 이용하려는 기업과 정보를 보호하고자 하는 개인 사이에 갈등이 발생하고 있어요. 이 문제는 단순히 기업이나 정부만 관련된 문제가 아닙니다. 여러 사례를 살펴보면, 개인정보 보호 문제는 우리 삶의 여러 영역과 굉장히 밀접하게 연관되어 있답니다.

인격권과 재산권 측면에서 바라본 개인정보 보호

'개인정보'란 '개인의 신체, 신념, 사회적 지위, 신분 등과 같이 개인의 인격 주체성을 특징짓는 사항'으로 '개인의 동일성을 식별할 수 있는 일체의 정보'입니다. 중요한 것은 사적 영역에 속하는 정보에만 국한되지 않으며, 공적 생활에서 형성됐거나 이미 공개된 정보도 개인정보에 포함된다는 점이에요. '개인정보 자기결정권'은 자신에 관한 정보, 즉 개인정보를 누가, 언제, 어디까지 이용할 것인지를 정보 주체가 스스로 결정할 수 있는 권리를 일컫습니다.

앞서 본 것처럼 현행 헌법이 개인정보 자기결정권을 규정하고 있지는 않지만, 헌법재판소는 이를 인정하고 있습니다. 헌법재판소는 헌법 제10조의 인간의 존엄과 가치 및 행복추구권에 근거를 둔 '일반적 인격권', 헌법 제17조의 '사생활의 비밀과 자유를 침해받지 않을 권리' 등을 바탕으로 개인정보 자기결정권이 보장받아야 할 권리라고 판단하죠.

지금까지 우리나라에서 개인정보 자기결정권은 인격권의 일종으로 여겨졌습니다. 하지만 개인정보를 4차 산업혁명 시대의 핵심 자원 측면에서 바라볼 필요가 있다는 의견도 있습니다. 개인정보가 실제 상품이나 서비스처럼 거래되어 가치를 창출한다는 현실에 비추어 보면, 개인정보에는 재산권의 요소가 있다고 바라봐야 한다는 것이죠. 더 나아가 개인정보를 이용하려는 기업의 '정보처리의 자유' 역시 재산권의 일종에서 고려되어야 한다는 주장도 있고요.

일반적으로 개인정보 자기결정권이 정보처리의 자유보다 우선한다고 여기기 쉽지만, 그렇게 간단한 문제가 아닙니다. 우선 인격권이라는 권리는 그 보호 범위가 불명확하기 때문에 다른 권리와 충돌할 때 '이익 형량'(서로 충돌하는 공익·사익 등 기본권의 법익을 비교하고 판단하여 결정하는 일)이 필요합니다.

그리고 정보가 경제적 가치를 창출하는 상황에서 지나친 개인정보 보호는 기업의 혁신과 경제 발전을 저해한다는 의견도 나옵니다. 2019년 11월 기준, 전 세계 주요 기업 시가총액 순위를 보면 개인정보와 관련한 빅데이터를 갖고 있는 기업이 상위권을 차지합니다(1위 애플, 2위 마이크로소프트, 3위 알파벳구글 지주회사, 4위 아마존, 5위 페이스북). 이런 현실에서 우리나라만 지나치게 개인정보 활용을 규제하면 오히려 외국 기업에 종속되는 결과가 초래될 수 있다는 것이죠. 그리고 이름이나 주민등록번호 등은 다른 사람과의 '관계'에서 개인을 특징짓는 측면이 있는 만큼, 전적으로 개인의 소유라고 볼 수는 없다는 의견도 있습니다.

그렇다고 개인정보 보호를 등한시하면 단순한 인격권 침해를 벗어나, 민주주의 자체를 위협하는 결과가 초래될 수 있습니다. 모든 발언과 행동이 공개되면 개인은 공론의 장에서 정치적 의사 표현 자체를 꺼릴 수 있죠. 이처럼 개인정보 보호, 나아가 개인정보 자기결정권 문제는 정치·경제 등 여러 영역에 걸친 어려운 주제랍니다.

개인정보 자기결정권이 문제가 되는 사례

개인정보 자기결정권은 인터넷에서만 문제 되는 것은 아닙니다. 학교를 생각해 볼까요? 한 학생이 학교에서 선배에게 폭행을 당했다고 합시다. 이후 학교폭력자치위원회가 소집되고, 그 결과에 따라 가해 학생의 학교생활기록부에는 학교 폭력 관련 조치 사항이 기재되겠죠. 학교 폭력 관련 조치 사항은 학생 개인에 대한 학교의 판단이나 평가를 나타내는 개인정보에 해당하고, 해당 학생이 요청해도 삭제되지 않으며, 그 정보가 당사자의 의사와 무관하게 상급 학교 등에 제공될 수 있습니다. 이런 점 때문에 관련 내용을 학교생활기록부에 기재하는 것은 가해 학생의 개인정보 자기결정권을 제한하는 행위가 될 수 있어요.

어린이집 CCTV도 개인정보 자기결정권이 문제가 됩니다. 어린이집에서 아동 학대가 계속 발생하자 2015년 9월 19일부터 시행된 '영유아보육법'은 어린이집에 CCTV 설치를 의무화하고, 보호자가 영상 정보를 열람할 수 있는 제도를 도입했어요. 다만 지나치게 개인정보를 침해할 우려가 있어 녹음은 금지했고요.

그런데 CCTV로 인해 어린이집 교사의 사생활과 개인정보 자기

결정권이 침해된다는 비판이 제기되었습니다. 교사의 모습을 담은 CCTV 영상은 개인정보에 해당합니다. 하지만 영유아보육법에 따르면, 보호자가 CCTV 열람을 요청했을 때 교사는 자신의 모습이 담긴 영상의 공개 여부·범위 등에 관해 아무런 결정 권한을 행사할 수 없습니다. 이에 어린이집 대표와 원장, 보육 교사 등은 영유아보육법의 해당 조항이 사생활 비밀의 자유를 침해한다며 헌법소원을 냈습니다.

헌법재판소는 아동 학대가 의심될 경우 보호자가 CCTV 영상 녹화 자료를 확인한 뒤 책임 소재를 분명히 할 수 있기 때문에 이 조항이 합헌이라고 판단했습니다. 보호자가 이를 열람할 수 있다는 사실 자체가, 어린이집 운영자나 교사 등이 안전사고 방지에 만전을 기하고 아동 학대 행위를 저지르지 못하도록 하는 효과가 있으므로 '목적의 정당성'과 '수단의 적합성'이 인정된다는 것이죠. 0세에서 6세 미만인 영유아는 어린이집에서 가혹 행위를 당해도 그 피해 사실을 제대로 표현할 수 없기 때문이에요. 같은 이유로 최근 장애 학생 보호를 위해 특수학교 교실에도 CCTV를 설치해야 한다는 주장이 힘을 얻고 있습니다. 만약 고등학교 교실에 CCTV 설치와 공개를 의무화하는 법이 제정된다면 위헌일까요? 초등학교 저학년 교실이라면 어떨까요? 이처럼 개인정보 자기결정권을 어느 정도로 제한하는 것이 바람직한지 결정하는 일은 아주 어려운 문제입니다.

이번엔 한 학생이 학교 폭력 피해자라고 가정해 봅시다. 피해 학생이 가해 학생이나 그 부모를 상대로 손해배상 청구소송을 제기하려고 하는데, 가해 학생과 부모의 이름·주소를 모른다면 어떻게 해야 할까요? '학교폭력예방 및 대책에 관한 법률'은 가해 학생 및 가해 학생 보호자의 성명, 주민등록번호, 주소를 '비밀 누설 금지에 관한 사항'으로 정하고 있습니다. 이에 최근 가해 학생의 개인정보를 보호할 필요도 있지만, 피해 학생이 손해배상 청구를 제기할 때 예외적으로 이 사항을 공개해야 한다고 주장하는 변호사가 적지 않습니다.

무심코 클릭한 '동의' 버튼의 의미

우리는 인터넷 서비스를 이용할 때 서비스 제공자가 요구하는 개인정보를 입력해야 합니다. 인터넷 쇼핑을 하려면 이용자는 개인정보를 입력하고, 쇼핑몰은 그 개인정보를 택배 회사에 전달해야 하죠. 그렇다면 이 과정에서 개인정보 보호는 어떻게 이루어질까요? 개인정보 보호에 관한 내용을 담고 있는 '개인정보보호법'은 여러 사항을 구분해 정보 주체의 동의를 받도록 규정합니다. 그런데 현실에서는 '동의 제도'가 큰 힘을 발휘하지 못하고 있습니다.

여러분은 인터넷 사이트에 가입할 때 개인정보 활용에 관한 고지를 다 읽고서 가입하나요? 대부분 습관적으로 동의 버튼을 누르고 가입하지 않나요? 개인정보보호위원회의 2015년 설문 조사 결과에 따르면, 대상자의 약 88%가 '개인정보 보호가 중요하다'고 응답했지만, 약 73%는 '동의서 내용을 제대로 확인하지 않거나 전혀 확인하지 않는다'고 합니다. 많은 사람이 어려운 고지를 읽지 않으며, 설사 내용을 이해했어도 개인정보 활용 동의로 사이트 가입 여부를 결정하지 않죠. 이 점 때문에 오히려 학자들은 동의 제도 강화가 개인정보 자기결정권의 약화를 가져온다고 주장해요. 법정 드라마 〈인스타 패션왕〉 박유진처럼 인스타그램의 약관이나 정보 보호 정책을 자세히 읽은 독자가 있다면 손 들어 보세요! 아마 없을걸요?

인스타그램 개인정보 처리 방침
· 회원님은 서비스를 사용함으로써 Instagram이 사용자가 사진, 댓글, 기타 내용 등 게시물("사용자 콘텐츠")을 서비스에 게시하고 사용자 콘텐츠를 공개적으로 공유할 수 있는 플랫폼을 제공한다는 점을 이해하고 이에 동의하게 됩니다. 즉 서비스를 통해 전체 공개하신 사용자 콘텐츠를 다른 사용자가 이 개인정보 처리 방침의 약관 및 Instagram의 이용 약관(http://instagram.com/legal/terms에 나와 있음)에 따라 검색, 조회, 사용, 공유할 수 있습니다.
· 이 방침은 모든 방문자, 사용자, 서비스에 접근하는 모든 사람("사용자")에게 적용됩니다.

박유진은 김영희가 인스타그램에 가입하면서 동의한 개인정보 처리 방침을 근거로 자신의 행위가 적법하다고 주장합니다. 영희는 이 내용을 모르고 가입했을 가능성이 커요. 그렇다고 해도 동의한 이상, 개인정보 처리 방침이 자신에게 적용되지 않는다는 주장은 받아들여지기 어렵습니다. 그렇다면 박유진은 다른 사람이 올린 사진을 보세보세의 광고로 사용해도 될까요?

실제로 최근 비슷한 사례의 재판에서 1심 법원은 원고가 개인정보 처리 방침에 동의했어도 영리 목적으로 사진을 사용하는 것까지 허락했다고 볼 수 없다는 이유로, 피고가 원고에게 위자료를 지급하라는 판결을 내렸습니다. 그런데 인스타그램 약관에서 영리·비영리를 구분하지 않으며, SNS에서 사진을 공유하는 사용자의 목적을 엄격히 구분하는 것은 불가능하다는 이유로 이 판결에 비판적인 의견도 있어요. 다만 위 사건에서 당사자는 대법원까지 상고하지 않아, 위 쟁점에 관한 대법원 판결이 있지는 않습니다.

개인정보보호법은 개인정보 처리를 위해 정보 주체의 '동의'가 필요하다고 규정하며, 개인정보 자기결정권을 '동의 제도'를 통해 구현합니다. 하지만 앞서 본 것처럼 동의 제도는 제 기능을 발휘하지 못하고 있어요. 그렇다면 개인정보 자기결정권을 제대로 보장하려면 어떤 제도를 도입해야 할까요? 또 개인정보 활용의 사회적 필요에 부응하기 위해서는 어떤 제도가 필요할까요? 정보화사회를 살아가는 우리 모두 깊게 생각해 볼 문제입니다.

CCTV
진실 규명을 위해 공개해도 될까

개인정보의 제3자 제공

최근 지어진 아파트에는 입주민들이 집 안의 TV 등을 통해 놀이터에 설치된 CCTV 영상을 실시간으로 볼 수 있는 볼 수 있는 장치가 설치되어 있다. 아이들의 안전을 염려하는 부모들을 위한 새로운 서비스인 셈이다. 이 새로운 서비스에 거부감을 갖는 입주민은 많지 않다. 그런데 아파트 입주자들이 집에서 놀이터 CCTV 영상을 보는 행위가 개인정보보호법을 위반하는 것일 수 있다는 사실을 알고 있는가?

우리는 사생활 침해의 우려에도 '범죄 예방'이나 '안전 확보'라는 목적을 가진 CCTV에 거부감이 크지 않다. 그런데 정작 필요한 순간 개인정보보호법 때문에 CCTV 영상을 확인할 수 없다면 어떨까? 길을 걸어가도, 마트에 들어가도, 밥을 먹어도 늘 우리를 따라다니는 CCTV. 이를 개인정보 보호의 관점에서 생각해 보자.

편의점 도둑

김성실은 중학교 교사로 재직하다가 정년퇴직을 하고 진실중학교 바로 앞에 편의점을 열었다. 진실중 학생들 덕분에 매출액은 예상보다 훨씬 많았다. 어느 날 김성실은 판매대에 꺼내 놓은 사탕이 없어진 것 같아서 혹시나 하는 마음에 CCTV 영상을 돌려 보았는데, 한 학생이 몰래 사탕을 주머니에 넣고 나가는 장면이 찍혀 있었다. 얼굴은 명확히 보였지만, 명찰을 달고 있지 않아서 누군지는 알 수 없었다. 그는 경찰에 신고할까 고민하다가, 비싼 물건도 아니고 괜히 일을 크게 만드는 것 같아 부모님을 통해 훈계해야겠다고만 생각했다.

마침 편의점에서 진실중 학생들이 물건을 고르고 있었다. 김성실은 그들에게 CCTV 영상을 보여 주며 '이 학생이 누군지 아냐'고 물어보았다. 한 학생이 진실중 2학년 나상실 학생이라 알려 주었고, 김성실은 그 학생의 담임교사에게 연락한 뒤 나상실 학생의 부모님에게 이 사실을 알려서 다시는 나쁜 짓을 하지 않도록 조치를 취해 달라고 부탁했다. 그런데 다음 날 김성실은 경찰서에서 개인정보보호법 위반 혐의로 출석하라는 연락을 받았고, 며칠 뒤 개인정보보호법 위반죄로 기소되었다. 알고 보니 선생님으로부터 사실을 전해 들은 나상실의 부모가 김성실이 나상실의 얼굴이 나오는 CCTV 영상을 다른 학생이나 선생님에게 보여 준 일이 개인정보보호법 위반이라며 고소한 것이다.

서울중앙지방법원 411호 형사 법정

판사   이번에는 개인정보보호법이 문제가 된 사건이군요. 공소사실의 요지가 어떻게 되나요?

검사   피고인은 편의점에 CCTV를 설치하여 운영하는 개인정보 처리자입니다. 개인정보 처리자는 개인정보보호법이 정한 예외 사유에 해당하지 않는 한 수집한 개인정보를 제3자에게 제공해선 안 됩니다. 그런데 피고인은 나상실의 동의 없이 그의 모습이 찍힌 영상, 즉 나상실의 개인정보를 진실중 학생들과 담임교사에게 제공하는 위법행위를 저질렀습니다.

판사   피고인은 공소사실을 모두 인정하나요?

김성실   사실관계 자체는 맞습니다. 하지만 너무 억울합니다. 누가 제 편의점에서 물건을 훔쳐 간 것 같아서 CCTV 영상을 확인했습니다. 경찰에 신고하려고 했지만, 그 학생의 앞날을 망칠 수도 있다는 생각에 학생을 수소문하여 다시는 그러지 말라고 전한 것이 전부입니다. 직접 불러서 심하게 이야기하지도 않았어요.

검사   경찰에 신고했어야죠.

김성실   나상실 학생이 경찰서에 불려 가는 사태를 막으려고 한 것입니다. 저는 중학교 교사로 정년퇴직했습니다. 많은 학생이 경찰서에서 조사받은 뒤 삐뚤어지는 모습을 종종 봤어요. 저는 그 학생이 올바로 자라길 바라는 마음에서 담임교사에게 훈육을 부탁했을 뿐입니다. 학생을 생각해서 한 행동 때문에 이렇게 형사 법정에 서 있다는 것 자체가 너무 억울합니다.

검사   법에서 정한 요건에 해당하지 않습니다. 법은 정보 주체로부터 동의를 받거나, 다른 법률에 특별한 규정이 있거나, 정보 주체 또는 제3자의 급박한 생명·신체·재산의 이익을 위해 필요하다고 인정하는 경우 등의 사유가 없는 한 개인정보를 제3자에게 제공하지 못하도록 정하고 있어요. 설마 사탕 하나 없어진 것이 김성실 씨의 '급박한 재산의 이익'을 위해 필요한 경우라고 주장하는 것은 아니죠?

김성실   물론 그것은 아닙니다.

검사   피고인의 주장도 이해는 됩니다. 하지만 피고인의 행위로 인해 나상실 학생은 전교에 도둑질을 한 사실이 알려져 전학을 고민할 정도로 큰 피해를 보고 있습니다. 피고인의 행위를 적법하다고 보면, 개인의 과오가 형사 절차를 통해 해결되는 것이 아니라 여론에 의해 응징되는 부작용이 발생할 수 있어요. 개인정보보호법 위반이 '5년 이하의 징역' 또는 '5,000만 원 이하의 벌금'에 해당한다는 점도 아울러 살펴 주시길 바랍니다.

김성실   5년 이하의 징역이요? 제가 그 정도로 잘못했나요?

CCTV 설치, 범죄 예방 효과는 어느 정도일까

CCTV(Closed-Circuit TeleVision)란 일정한 공간에 설치된 카메라를 통해 지속적으로 영상 등을 촬영하거나, 촬영한 영상 정보를 유무선 폐쇄 회로 등의 전송로를 이용해 특정 장소에 전송하는 장치입니다. CCTV는 무차별적으로 개인정보를 수집한다는 점에서 사생활 침해 논란이 항상 있었어요. 2002년 12월, 서울시 강남구 논현동에 지방자치단체 단위 처음으로 방범용 CCTV가 설치됐을 때도 사생활 침해를 문제 삼으며 설치에 반대하는 시민 단체와 학자가 적지 않았습니다. 권력기관에 의한 국민 감시 수단이나 외국인 등 소수자를 억압하는 도구로 악용될 수 있다는 주장이었죠.

하지만 지역 주민들이 '안전'을 이유로 CCTV 설치를 요청하면서, 반대 목소리는 별다른 힘을 발휘하지 못했습니다. 지역 주민들의 강력한 요청과 선거를 염두에 둔 민선 자치단체장들의 지지로 CCTV 수는 폭발적으로 늘어났어요.

사실 CCTV를 설치·운영하는 데는 막대한 비용이 들어갑니다. 어린이 보호구역에 1대의 CCTV를 설치하려면 약 2,200만 원이 필요하고, 유지·보수비도 지속적으로 들죠. 그럼에도 불구하고 서울특별시 자치구에 설치된 CCTV는 2018년 말 기준으로 무려 5만 5,000여 대에 이릅니다. 주목할 점은 일부 시민 단체에서 우려한 바와 달리, 높은 운영비 때문에 CCTV가 이주 노동자 등 소수자가 거주하는 지역보다 재정 자립도가 높은 강남구에 가장 많이 설치됐다는 거예요.

사생활 침해 우려가 있는 CCTV가 오히려 지역 주민의 전폭적인 지지를 받는 이유는 무엇일까요? 바로 CCTV의 순기능, 즉 범죄를 예방하거나 사후 진실을 확인할 수 있는 기능 때문입니다. CCTV에 관한 여론조사 결과를 살펴보면, 장소나 대상을 불문하고 CCTV 설치 찬성 여론이 우세하다는 사실을 알 수 있어요. 2017년 아르바이트 전문 포털 '알바몬'에서 아르바이트생을 대상으로 편의점 CCTV 설치에 대한 설문 조사를 실시했는데, 응답자 가운데 68.2%가 아르바이트 도중 CCTV로 감시당한 경험이 있다고 말했지만 범죄 예방 등을 위해 CCTV 설치가 필요하다는 답변은 75.8%에 이르렀죠. 2012년 제주 올레길에서 여성을 대상으로 한 강력 범죄가 발생하자 국회는 2015년 올레길, 둘레길 등 보행길의 우범 지역이나 인적이 드문 곳에 CCTV 설치를 의무화하는 내용의 법률을 통과시켰습니다.

> **보행안전 및 편의증진에 관한 법률**
> **제24조(보행자 안전을 위한 영상 정보처리 기기 등의 설치)**
> ① 국가 및 지방자치단체는 범죄로부터 보행자를 안전하게 보호하기 위하여 필요하다고 인정하는 경우에는 보행자 길에 영상 정보처리 기기나 보안등을 설치할 수 있다. 다만, 우범 지역이나 인적이 드문 외진 곳 등 범죄 발생의 위험이 높은 지역에 있는 보행자 길에는 영상 정보처리 기기와 보안등을 설치하여야 한다.

이 법률을 시행하는 첫해에 4,300억여 원이 필요하다고 합니다.

2018년 서울 서초구는 범죄 다발 지역인 강남역 일대와 스쿨존 등 사고 가능성이 큰 200여 곳에 '지능형 CCTV' 시범 운영을 시작했다. 지능형 CCTV에는 위험 상황이 감지되면 관제 요원에게 영상을 팝업창 형태로 실시간 전송하는 기능이 있다.

이처럼 많은 비용이 소요되는 CCTV가 '실제로 범죄를 예방하는 기능이 있느냐'에 대해서는 다소 논란이 있어요. 최근에는 CCTV가 살인, 폭행, 강간과 같은 충동 범죄에는 별다른 효과가 없어도 강도, 절도와 같은 재산 범죄엔 예방 효과가 있다는 연구 결과가 나왔습니다. 주거침입 절도와 같은 범죄의 경우, CCTV의 존재 여부는 범죄자가 범죄를 저지를 때 중요한 고려 요소가 된다고 합니다. 특히 과거에 CCTV 때문에 검거된 범죄자는 CCTV를 범죄 실행에 가장 큰 장애 요소로 생각하죠.

CCTV가 범인을 색출하고 검거하는 데 도움이 된다는 점은 그 누구도 부인할 수 없을 듯합니다. 2009년에 발생한 강호순 연쇄살인 사건에서도 CCTV가 범인 검거에 결정적인 역할을 했죠. 과거에 일어난 사건을 정확히 재현해서 불필요한 진실 공방을 줄여 주는 것도 분명 CCTV의 순기능입니다. 경찰청의 'CCTV 활용 실시간 범인 검거 현황'에 의하면, 2018년에 CCTV 활용한 범인 검거 건수는 무려 3만 1,142건에 이른다고 합니다.

CCTV 영상은 아무에게나 제공할 수 없다

이러한 여러 순기능 덕분에 CCTV는 정부·공공 기관뿐만 아니라 민간에서도 폭발적으로 증가하고 있습니다. 차량용 블랙박스가 대표적이죠. 하지만 CCTV가 많아질수록 개인의 사생활이 침해될 가능성은 점점 커지고 있어요. 특히 정보 통신 기술의 발전으로 개인 정보가 수집되어 데이터베이스화 될 경우 개인을 억압하는 도구로 악용될 수도 있고요. 교실과 복도 곳곳에 설치된 CCTV가 학교 구석구석을 찍고 있고, 학생별로 CCTV 영상이 관리·보관되며, 그 영상 자료가 영구히 보존된다면 어떨까요? 한 학생이 학교에서 저지른 단 한 번의 실수가 영상으로 기록되어, 심지어 인터넷에 공개된다면 어떨 것 같나요? 만약 그 영상의 편집·공개 권한이 오로지 교장 선생님에게 있다면 정말 무서운 일 아닌가요?

현재 CCTV에 관한 개인정보는 '개인정보보호법'에서 규율하고 있습니다. 현대사회에서 개인정보보호법의 중요성은 아무리 강조해도 지나치지 않아요. 일부 로펌(law firm)에서 개인정보 업무만 담당하는 팀을 구성할 정도로, 개인정보 이슈는 우리 생활 전반에 깊숙이 들어와 있죠.

개인정보를 수집하거나 이용하기 위해서는 원칙적으로 정보 주체의 동의가 있어야 합니다. 인터넷에서 회원 가입을 할 때 나오는 '개인정보 수집·이용 등에 동의'한다는 문구가 바로 그것이죠. 그렇지만 CCTV는 정보 주체의 동의를 받는 것이 사실상 불가능합니다. 그래서 개인정보보호법은 CCTV를 촬영할 때 '개인정보 수집 동의가 필요하지 않다'는 예외 규정을 두고 있으며, 그 대신 안내판을 설치하도록 했어요. 카페나 대형 마트에 가면 'CCTV 촬영 중'이라고 기재된 안내판을 쉽게 볼 수 있답니다. 하지만 '개인정보의 제3자 제공'에는 예외 규정을 두지 않습니다. 개인정보를 제3자에게 제공하려면 매우 엄격한 요건을 갖춰야 해요.

개인정보보호법
제18조(개인정보의 목적 외 이용·제공 제한)
① 개인정보 처리자는 개인정보를 제15조 제1항에 따른 범위를 초과하여 이용하거나 제17조 제1항 및 제3항에 따른 범위를 초과하여 제3자에게 제공하여서는 아니 된다.
② 제1항에도 불구하고 개인정보 처리자는 다음 각호의 어느 하나에 해당하는 경우에는 정보 주체 또는 제3자의 이익을 부당하게 침해할 우려가 있을 때를 제외하고는 개인정보를 목적 외의 용도로 이용하거나 이를 제3자에게 제공할 수 있다. 다만, 제5호부터 제9호까지의 경우는 공공 기관의 경우로 한정한다.
1. 정보 주체로부터 별도의 동의를 받은 경우
2. 다른 법률에 특별한 규정이 있는 경우
3. 정보 주체 또는 그 법정대리인이 의사표시를 할 수 없는 상태에 있거나

개인정보 침해를 어디까지 감수할 수 있는가

개인정보보호법에서 정한 것처럼 개인정보를 제3자에게 제공해서는 안 됩니다. 그냥 보여 주는 것도 제3자 제공에 해당하며, 제공한 사람은 형사처벌까지 받을 수 있죠. 문제는 여기서 발생합니다. 아침에 출근하기 위해 아파트 지하 주차장으로 내려가 보니 차가 훼손돼 있다고 해 봅시다. 피해자는 당연히 아파트 관리 사무소로 찾아가서 주차장 CCTV 영상이 있는지 확인하고, 가해자를 색출해 변상을 요구해야 한다고 생각하겠죠. 그런데 가해자의 차량 번호나 가해자의 신원을 알 수 있는 자료는 개인정보보호법에서 정하는 개인정보에 해당하기 때문에, 관리 사무소는 가해자의 인적 사항이 드러나는 영상 정보를 제3자인 피해자에게 제공해서는 안 됩니다. 아니, 가해자를 찾아야 하는데 영상을 보여 줄 수 없다고 하니 매우 황당하지 않나요?

최근에 이와 관련한 분쟁이 늘어나고 있습니다. 법률 규정을 그대로 적용하면 예외 사유에 해당하지 않기 때문에, 관리 사무소는 영상을 보여 줘서는 안 돼요. 만약 보여 주면 관리 사무소장이 형사처벌을 받을 수도 있죠. 만약 대형 마트에서 억울한 일을 당했고 증

159

거가 CCTV뿐인데, 마트 측에서 제3자의 개인정보 보호를 이유로 영상을 보여 주지 않는다면 어떨까요? CCTV 영상은 저장 용량의 한계로 일정 시간이 지나면 삭제되기 때문에, 신고한다고 해도 수사기관이 즉각 CCTV 영상 확보에 나서지 않는다면 증거 수집에 어려움이 있습니다.

특히 민사 분쟁에서는 이 문제가 더욱 심각합니다. 법원이 CCTV 영상 제출을 명령할 수 있지만, 보존 기간이 지나서 실효성이 없는 경우가 대부분이에요(10일에 불과한 경우도 있습니다). 아파트 관리 사무소 측이 CCTV 영상을 입주민에게 제공했다가 개인정보보호법 위반으로 기소된 사건에서, 이런 이유로 영상 제공이 개인정보보호법 위반은 맞지만 사회 상규상 허용되는 정당한 행위라고 주장하는 변호인이 많습니다. 아직 이 쟁점에 관해서는 대법원 판결이 나오지 않았어요.

법정 드라마 〈편의점 도둑〉과 유사한 사건에서 법원은 나상실의 얼굴이 찍힌 영상은 나상실의 개인정보에 해당하고, 나상실의 개인정보인 CCTV 영상을 진실중학교 학생들에게 보여 준 것은 '개인정보의 제3자 제공'에 해당한다고 여겼습니다. 이에 법에서 정한 예외 사유가 인정되지 않는다는 이유로 김성실에게 유죄판결을 선고했죠(이 사건의 피고인은 유죄판결에 대해 대법원에 상고하지 않아서 대법원의 판결은 없습니다). 김성실은 무조건 경찰에 신고하고, 정식 형사 절차를 거쳐서 도난 사건을 해결해야 했던 것이죠. 문제를 키우고 싶지 않아 했던 행동이 위법행위라니, 아이러니하다고 생각하는 이들도 있을 것입니다.

　CCTV 영상은 단순히 범죄 예방 기능만 수행하는 게 아닙니다. 과거 사건의 진실을 밝히는 데 중요한 역할을 할 수 있고, 불필요한 분쟁을 줄이는 데도 큰 역할을 하죠. 따라서 민간이 관리하는 CCTV 영상을 제3자에게 제공하는 행위를 어느 정도까지 용인할 것인지 사회적인 논의가 필요합니다. 이를테면 억울한 일을 당했을 때 진실이 담긴 CCTV 영상에 접근하는 것을 허용할 필요가 있는지, 있다면 어느 정도 범위까지 허용해야 하는지를 생각해 보는 것입니다. 이는 크게 보면 CCTV 영상 제공으로 인한 개인정보 침해를 우리 사회가 어느 정도까지 감수할 것인지에 대한 논의와 맞닿아 있습니다.

배우자 상속분
어떻게 분배해야 공정할까

상속·피상속과 기여분 제도

40년이 넘는 시간을 함께한 부부가 있다. 부부는 4남매를 키웠고, 남편 명의의 아파트도 한 채 가지고 있다. 그런데 아내가 남편과 사별했는지 이혼했는지에 따라, 아파트에 대한 지분이 달라진다는 사실을 알고 있는 가? 남편이 오랜 투병 생활 끝에 사망하면, 아내는 아파트 지분의 11분의 3을 상속받게 된다. 하지만 남편이 죽기 전 이혼하면, 통상 아파트 지분의 2분의 1을 분할받게 된다.

이는 우리 민법이 배우자의 상속분을 다른 공동 상속인(통상 자녀)의 상속분에 50%만을 가산하고 있기 때문에 벌어지는 일이다. 자녀가 많으면 많을수록 사별한 배우자는 적은 재산을 상속받게 된다. 불합리하다고 생각되지 않는가? 상속법을 살펴보며 배우자 상속 제도의 문제점과 가족 간의 윤리에 관해 생각해 보자.

법정 드라마

상속인들

김영순 할머니는 1963년에 박철수 할아버지를 처음 만났다. 할머니는 할아버지의 성실함과 순박함이 좋았다. 하지만 할머니의 부모님은 그와의 결혼을 크게 반대했다. 그가 이미 전처 사이에서 4명의 자녀를 두고 있었기 때문이다. 할머니는 부모님의 반대에도 불구하고 할아버지와 결혼했고, 얼마 뒤 아들 박오남을 낳았다. 할머니는 자신이 낳지 않은 4명의 자녀도 본인의 자식이라 생각하며 박오남과 차별 없이 최선을 다해서 키웠다. 작년에 할아버지가 돌아가셨다. 할머니는 할아버지의 장례를 치르며 자신이 참 결혼을 잘했다고 생각했다. 경제적으로 넉넉하지는 않았지만 5남매 모두 대학 공부를 뒷바라지하고 결혼시켰으며, 열심히 돈을 모아 아파트도 마련했기 때문이다. 할머니는 이 아파트에서 여생을 보내다가 죽기 직전에 아파트를 팔아 그 돈을 자녀들에게 골고루 나눠 주리라 생각했다.

그런데 얼마 전, 장남 박일남이 아파트를 팔고 그 돈을 나눠 달라며 할머니를 찾아왔다. 사업 자금이 당장 필요하다며 돈을 나눠 주면 평생 모시고 살겠다고 했다. 평소 경제적으로 충분한 지원을 해 주지 못해 미안한 마음을 갖고 있던 할머니는 아파트를 팔려고 생각했지만, 막내 박오남이 절대 팔면 안 된다고 말렸다. 아파트를 팔고 나서 큰형이 어머니를 부양하지 않겠다고 하면 앞으로 어떻게 살지 생각해 보라는 것이었다.

할머니는 오랜 고민 끝에 박일남에게 아파트를 팔지 않겠다고 말했다. 그러자 박일남은 다른 자녀인 '박이녀, 박삼남, 박사녀'가 모두 아파트를 파는 데 동의했고, 자녀들의 상속 지분은 13분의 8에 이른다는 이유로 할머니에게 아파트에서 나가 달라고 했다. 이 소식을 들은 박오남은 어머니에게 기여분 청구를 하지 않으면 이 집에서 쫓겨날 수 있다며, 다른 자식들을 상대로 기여분 청구를 하라고 말했다. 이에 할머니는 자녀들을 상대로 기여분을 청구했다.

서울가정법원 311호 법정

판사 청구인은 김영순 님, 기여분 청구의 상대방은 박철수 님의 자녀들인 박일남, 박이녀, 박삼남, 박사녀, 박오남 씨네요. 청구인은 박철수 님의 상속재산에 대한 본인의 기여분이 적어도 50%는 인정되어야 한다는 것이죠?

김영순 네, 그렇습니다.

판사 청구인, 기여분이 인정되어야 하는 이유가 무엇인가요?

김영순 판사님, 먼저 이런 일로 법정까지 오게 되어 정말 부끄럽고 송구스럽습니다. 어느 부모가 자식들과 재산 문제로 소송을 하고 싶겠습니까? 박일남, 박이녀, 박삼남, 박사녀는 제가 낳지는 않았지만, 친자식과 차별 없이 정성을 다해 키웠습니다. 저도 여건만 된다면 남편의 재산을 모두 자식들에게 나눠 주고 싶습니다. 하지만 기여분이 인정되지 않으면 제가 앞으로 살아갈 방법이 없습니다. 저와 남편은 5남매를 키우느라 재산을 모으지 못했고, 아파트 한 채만 겨우 마련했습니다. 저희는 이 아파트에서 30년 넘게 살았으며, 여기서 여생을 마치고 싶습니다.

그런데 판사님, 얼마 전 변호사님으로부터 들었는데 우리나라 상속법에 따르면 저는 아파트 지분 가운데 13분의 3만 인정된다고 하더군요. 자녀들은 13분의 2씩 상속받고요. 자녀들도 힘들기 때문에 아파트를 팔고 싶어 하는 것은 이해합니다. 그러나 자녀들이 저를 끝까지 부양하리라고 생각할 수 없습니다.

박일남 판사님, 저희가 어머니를 모시려고 합니다. 집을 팔게 되더라도 저희가 어머니를 모시고 살 것이기 때문에 어머니가 갈 곳이 없다고 생각할 필요는 없습니다.

박오남 어머니의 기여분도 인정할 수 없다는 큰형이에요. 그런 큰형이 어머니를 평생 모시면서 살겠다니요? 결국 제가 모시게 될 거예요. 정말 너무한 것 아닌가요?

박일남 오남이 너, 어머니가 너를 낳았다고 네가 어머니를 우리보다 더 생각한다는 거야? 나는 어머니를 친어머니와 다름없이 생각해. 사업 때문에 어쩔 수 없이 아파트를 팔자고 하는 거야. 오해하지 않았으면 좋겠어.

고령화사회와 상속 분쟁의 양상

'상속'이란 '사람이 사망한 경우 그의 재산상 지위가 다른 사람에게 포괄적으로 승계되는 것'을 의미합니다. '포괄적으로 승계되는 것'은 부동산, 은행 예금 같은 자산 외에 은행 대출금 등의 채무도 모두 이전되는 것을 뜻하죠. 그리고 사망한 사람을 '피상속인', 상속받는 사람을 '상속인'이라고 부릅니다. 법정 드라마 〈상속인들〉에서는 박철수 할아버지가 피상속인이고, 김영순 할머니와 자녀들이 상속인이에요.

상속을 왜 인정해야 하는지를 두고는 의견이 분분합니다. 일반적으로 유산에 포함된 상속인들의 잠재적 지분을 청산하고, 남은 가족의 생활을 보장하기 위해 존재한다고 보죠. 물론 아무런 노력 없이 얻는 불로소득은 사회정의에 반한다는 이유 등으로 상속 제도가 부당하다는 견해도 있습니다. 다만 이렇게 주장하는 사람들 역시 고율의 상속세 등을 부과하는 방법으로 부당한 불로소득을 제한해야 한다는 것이지, 상속 제도 자체를 없애야 한다고 주장하는 것은 아닙니다.

상속재산과 관련한 분쟁은 매년 20~30% 증가하고 있습니다. 우리나라의 경제가 성장하는 과정에서 상당한 재산을 축적한 세대가 사망하기 시작했다는 점과 최근 경기 침체 등으로 경제적 어려움을 겪는 젊은 세대가 증가한 점을 그 이유로 볼 수 있어요. 그리고 큰아들에게 재산을 물려주던 관행이 사라지면서, 큰아들과 다른 자녀 사이에 분쟁이 증가했죠.

그런데 최근에는 과거와 다른 모습의 상속 분쟁이 많이 발생합니다. 지금까지는 자녀들 사이의 상속 분쟁이 많았어요. 법정 드라마에서 피상속인 박철수 할아버지가 생전에 장남 박일남에게만 상당한 사업 자금을 지원해 주고, 다른 자식들에게는 아무런 지원도 해 주지 않았다고 가정해 봅시다. 여기서 할아버지가 박일남에게 생전에 증여한 재산을 다른 자녀들에게 어떻게 분배할 것인지 문제가 될 수 있겠죠. 또 할아버지가 돌아가시면서 전 재산을 장남에게 준다고 유언했을 때, 이 유언에 법적 효력이 있는지 등도 문제가 될 수 있고요.

그런데 최근에는 피상속인의 배우자와 자녀들의 상속 분쟁, 즉 김영순 할머니와 박일남, 박이녀 등 자녀들 사이의 상속 분쟁이 증가하고 있습니다. 이는 고령화사회와 큰 연관이 있어요. 남편은 아내보다 먼저 사망하는 경우가 많습니다. 남편이 사망할 때 보통 자녀들은 30~50대로 경제적 능력을 갖췄고요. 반면에 남은 배우자는 대부분 노령에 경제활동 능력이 없고, 축적해 둔 재산도 없는 경우가 대부분이에요. 특히 여성 전업주부는 연금 수급 요건을 갖추지 못하고 대부분의 재산이 남편 명의로 된 경우가 많으며, 자녀들이 부모 부양을 기피해 상속재산에 대한 의존도가 높을 수밖에 없어요. 이 문제는 우리 민법이 외국에 비해 배우자의 상속분을 적게 인정하는 문제와도 연관이 있습니다.

자녀가 많을수록 배우자의 몫은 줄어든다

민법 제1009조는 아래와 같이 상속분을 정하고 있습니다.

> **민법**
> **제1009조(법정 상속분)**
> ① 동 순위의 상속인이 수인(여러 명)인 때에는 그 상속분은 균분으로 한다.
> ② 피상속인의 배우자의 상속분은 직계비속과 공동으로 상속하는 때에는 직계비속의 상속분의 5할을 가산하고, 직계존속과 공동으로 상속하는 때에는 직계존속의 상속분의 5할을 가산한다.

이번 주제와 관련해 생각할 부분은 "피상속인의 배우자의 상속분은 직계비속(아들·딸·손자·손녀 등 자기로부터 직계로 이어져 내려가는 친족)과 공동으로 상속하는 때에는 직계비속의 상속분의 5할을 가산"한다는 내용입니다. 쉽게 말하면 배우자는 각 자녀들 몫의 1.5배를 상속받게 된다는 뜻이죠. 예를 들어 박철수 할아버지와 김영순 할머니 사이에 자녀가 1명만 있다면, 할머니와 자녀의 상속분은 3 : 2가 됩니다. 즉 할머니는 할아버지의 재산 가운데 5분의 3을 받게 되죠. 만약 자녀가 2명이라면 상속분은 3 : 2 : 2가 되어 김영순 할머니는 7분의 3을 상속받게 됩니다. 법정 드라마처럼 자녀가 5명이라면 어떻게 될까요? 3 : 2 : 2 : 2 : 2 : 2가 되어 김영순 할머니는 13분의 3을 상속받게 됩니다. 이를 보고 자녀의 상속분에 2분의 1을 가산하면 충분하다고 생각하는 독자도 있을 테고, 부족하다고 생각하는 독자도 있겠죠.

자녀가 2명인 할머니는 7분의 3을 상속받게 된다는 의미를 깊게 생각할 필요가 있습니다. 단순히 돈을 적게 상속받는다는 의미가 아닙니다. 예를 들어 할아버지 명의로 된 집에서 부부가 살던 중 할아버지가 돌아가셨는데, 자녀가 2명이라면 할머니는 그 집에 대한 7분의 3의 지분만 상속받게 돼요. 자녀 2명의 지분 합이 7분의 4, 즉 과반수이기 때문에 자녀 2명이 할머니에게 살던 집에서 나가라고 하면 쫓겨날 수밖에 없습니다. 자녀가 1명이라면 할머니는 그 집의 5분의 3, 즉 과반수의 지분을 보유하기 때문에 자녀의 의사와 무관하게 그 집에서 계속 살 수 있지만, 자녀가 2명 이상이라면 자신의 의사와 무관하게 쫓겨날 수 있죠. 이와 같은 이유로 우리나라에서도 피상속인의 배우자에게 상속 지분의 2분의 1을 우선적으로 인정해야 한다는 주장이 나온답니다.

최근 현재의 상속분 규정이 배우자에게 너무 부당하다는 주장이 제기되고 있어요. 현실적으로 여성이 자녀 양육을 도맡는 경우가 대다수입니다. 특히 자녀가 많으면 여성은 어쩔 수 없이 자녀 교육이나 양육을 전담하는 사례가 많아요. 민법 규정에 따르면, 자녀를 많이 낳아 힘들게 양육을 하면 할수록 배우자의 상속분이 줄어들게 됩니다. 이에 대해 자녀에게 상속인의 지위를 인정한 이상 어쩔 수 없다는 의견도 있죠.

나아가 이 규정이 피상속인의 재산 형성에 대한 배우자의 기여를 인정하지 않는다는 비판도 나옵니다. 전업주부도 배우자의 경제

활동에 큰 도움을 줬기 때문에, 단순히 돈을 벌지 않는다고 해서 부부가 형성한 재산에 기여가 없다고 봐서는 안 된다는 거예요.

우리 민법은 1990년 재산분할 청구권을 도입했습니다. 현재 전업주부에게도 혼인 생활이 일정 기간을 넘으면 30~50% 정도의 재산 분할을 인정하고 있어요. 만약 김영순 할머니가 박철수 할아버지와 이혼했다면, 상속보다 훨씬 많은 재산을 확보할 수 있었을 것입니다. 혼인 기간이 50년이 넘으면 적어도 40%는 인정될 수 있겠죠. 이런 문제점 때문에 배우자의 상속분에 관한 민법 규정은 개정되어야 한다는 견해가 유력합니다.

외국은 어떨까요? 일본은 배우자와 자녀가 함께 상속받을 때 자녀 수와 무관하게 재산의 2분의 1을 배우자에게 상속합니다. 독일도 마찬가지고요. 대부분의 유럽 국가는 혼인 중 취득한 재산 가운데 일정 부분(대부분 2분의 1)을 먼저 배우자에게 귀속시킨 뒤 나머지를 자녀들에게 상속하는 제도를 갖추고 있어요. 미국도 배우자에게 2분의 1을 귀속시키는 주(州)가 많습니다.

'특별한' 부양이나 기여에 따른 기여분 제도

과거 상속분에 관한 민법 규정을 외국과 같이 개정하자는 주장이 나왔고, 실제로 법무부에서 추진한 적도 있습니다. 하지만 여러 가지 이유로 개정되지 못했죠. 이에 기여분 제도를 통해 배우자에게 더 많은 재산 상속을 인정해야 한다는 의견이 나옵니다.

① 공동 상속인 중에 상당한 기간 동거·간호 그 밖의 방법으로 피상속인을 특별히 부양하거나 피상속인의 재산의 유지 또는 증가에 특별히 기여한 자가 있을 때에는 상속 개시 당시의 피상속인의 재산 가액에서 공동 상속인의 협의로 정한 그 자의 기여분을 공제한 것을 상속재산으로 보고 제1009조 및 제1010조에 의하여 산정한 상속분에 기여분을 가산한 액으로써 그 자의 상속분으로 한다.

법조문을 간단히 설명하면, '기여분'이란 피상속인을 부양하거나, 재산 형성에 특별히 기여한 자에게 상속재산 가운데 일정 부분을 먼저 주는 것을 의미합니다. 만약 김영순 할머니의 기여분이 2분의 1이라고 인정되면, 할머니에게 먼저 2분의 1이 귀속된 뒤 상속재산이 분배되죠.

할아버지와 할머니 사이에 자녀가 1명만 있고, 할아버지가 100만 원의 재산을 남겼다고 가정해 봅시다. 할머니와 자녀의 상속분은 3 : 2이기 때문에 할머니의 기여분이 인정되지 않는다면, 할머니는 60만 원, 자녀는 40만 원을 가지게 됩니다. 반면에 기여분이 2분의 1만큼 인정된다면 할머니는 먼저 50만 원을 취득하고, 나머지 50만 원 가운데 5분의 3을 또 취득하게 되어 결과적으로 김영순 할머니는 80만 원, 자녀는 20만 원을 가져가죠.

이 법조문에서 가장 중요한 부분은 "상당한 기간 동거·간호 그 밖의 방법으로 피상속인을 특별히 부양하거나 피상속인의 재산의 유지 또는 증가에 특별히 기여한 자가 있을 때"입니다. 여기서는 '특별'한 '부양'과 '기여'의 의미가 무엇인지가 쟁점이에요. 공동 상속인인 자녀들이 다른 집 자녀들보다 부모를 극진히 모셨더라도, 자녀들끼리 돌아가면서 공평하게 모셨다면 기여분이 인정되지 않습니다. 기여분은 공동 상속인들 사이의 재산 분배에 관한 문제이기 때문에 공동 상속인들 사이에서만 비교하면 충분해요.

과거 자녀들 사이의 상속 분쟁은 기여분을 판단하는 일이 상대적으로 용이했습니다. 부모님을 모시고 사는 자녀가 '특별히' 부양했다고 인정하기가 쉬웠죠. 그런데 최근에는 기대 수명이 높아지면서 이 문제를 판단하기가 매우 어려워졌어요. 배우자가 더 오랜 기간 피상속인과 동거했기 때문이에요. 그렇다면 부부간에 서로 돕고 병간호한 것을 특별한 기여로 볼 수 있을까요? 배우자와 자녀의 부양을 어떤 기준으로 비교해야 할까요?

과거에는 부부 사이에 부양 의무가 있다는 이유로 김영순 할머니가 박철수 할아버지를 오랜 기간 간호했다고 하더라도 기여분을 부정하는 견해가 유력했고, 법원 역시 부부 사이의 특별한 부양을 인정하는 데 소극적이었습니다. 하지만 최근 들어 부부간의 특별한 기여를 더 폭넓게 인정해야 한다는 목소리가 커졌어요. 이는 우리나라의 상속분 규정이 외국보다 배우자에게 불리하다는 점이 반영된 주장이죠.

아내가 상당한 기간 투병 중인 남편과 동거하면서 남편을 간호한 경우를 '특별한 부양'으로 볼 수 있는지에 관해 2019년 11월 21일 대법원 전원합의체 결정이 있었습니다. 다수의견은 오랜 기간 함께 살며 병간호를 했다는 사정만으로 배우자에게 기여분을 인정할 수 없다고 보았습니다. 민법이 배우자에게 더 높은 정도의 동거·부양 의무를 부담시키고 있다는 점, 자녀 수에 따라 배우자의 상속분이 낮아지는 것은 입법적 결단이라는 점을 고려해 지금까지의 대법원 결정을 유지한 것이지요. 하지만 배우자의 기여분은 부부가 함께 불려 나간 부부 공동 재산을 청산한다는 의미가 있기 때문에, 기여분을 적극적으로 인정함으로써 배우자와 자녀 사이의 형평을 도모할 수 있다는 반대의견도 있었죠.

대법원 전원합의체 결정이 있은 이상, 배우자의 기여분 인정에 관한 대법원의 입장은 한동안 변경되기는 어려울 것으로 보입니다. 다만 학계에서는 배우자 상속분을 지금보다 늘려야 한다는 주장이 꾸준히 제기되고 있습니다. 망인이 생전에 형성한 재산에 대한 기여도는 배우자가 자녀보다 비교할 수 없이 크기 때문에, 배우자에게 더 많은 상속분을 인정하는 것이 더 공평하다는 것이죠. 나아가 우리 사회가 안고 있는 노인 돌봄의 문제를 고려하면 정책적으로 노년의 배우자에게 더 상속분을 인정할 필요가 있다는 주장도 있습니다.

배우자의 상속분을 공동 상속인의 상속분에 50%만을 가산하는 민법의 규정은 이대로도 괜찮을까요? 괜찮지 않다면, 배우자에게는 어느 정도의 상속분을 인정하는 것이 타당할까요? 급속한 인구 노령화로 인해 노인들의 생활 보장이 사회문제로 대두되고 있는 시점, 상속법이 고민해야 할 과제입니다.

〈핵소 고지〉
_양심적 집총 거부

#양심적 병역거부, #비폭력주의, #종교적 신념, #대체복무

"총을 들어야만 나라를 지킬 수 있을까?"

특이한 병역거부자가 주인공으로 나오는 영화가 있습니다. 그는 총을 들 수 없다는 종교적 신념을 가지고 있지만, 전쟁터에 나가기 위해 군입대를 지원하죠. 바로 제2차 세계대전 당시 일본 오키나와의 핵소 고지 전투에서 무기 없이 75명의 생명을 구한 '데스몬드 도스'의 실화를 바탕으로 한 영화 〈핵소 고지〉(2016, 멜 깁슨 감독)입니다.

제2차 세계대전이 발발하자 도스(앤드류 가필드)는 조국과 소중한 사람을 지키기 위해 자진 입대합니다. 하지만 비폭력주의자였던 도스는 사격 훈련을 거부해 동료들로부터 비난을 받습니다. 급기야 군사재판에까지 회부되지만, 자신의 신념을 굽히지 않죠. 결국 그는 총기 없이 의무병으로 참전하는 것을 허락받습니다. 도스는 전쟁 중에 총을 들지는 않았지만 자신의 의무를 다해 핵소 고지에 남겨진 75명의 동료를 구합니다. 적인 몇몇 일본군까지도 치료하죠. 결국 미군은 치열한 전투 끝에 핵소 고지 점령에 성공합니다.

〈핵소 고지〉는 양심적 병역거부에 대해 깊이 생각할 기회를 주는 영화입니다. 특히 도스가 입대 후 군사재판을 받기까지의 과정은 국가가 개인의 양심을 어느 정도까지 제한할 수 있는지에 대해 많은 생각거리를 남기죠. 양심적 병역거부에도 여러 종류가 있습니다. 모든 형태의 전쟁을 거부하는 경우도 있고, 특정 전쟁을 거부하는 경우도 있죠. 또 도스처럼 군복무 자체는 받아들이지만, 총기를 드는 행위를 거부하는 이도 있습니다.

도스는 자신의 종교적 신념에 의거해, 군의 규율과 상사의 명령을 끝까지 따르지 않습니다. 총을 잡으라는 상관의 말을 거부하죠. 도스에게 감정이입을 한 이들은, 총기를 들라고 하는 상관의 명령이나, 이에 불응한다는 이유로 형사처벌을 하려는 군사재판이 부당하게 느껴졌을 겁니다. 상사의 명령은, 곧 도스의 인격적 존재 가치를 스스로 파괴하라는 이야기와 다르지 않기 때문입니다.

하지만 달리 생각할 지점도 있습니다. 도스의 지휘관 잭 글로버(샘 워싱턴)의 말처럼 군대라는 곳은 아주 특수한 집단입니다. 어느 조직보다 상명하복이 지켜져야 하고, 구성원 모두 규율대로 생활해야 합니다. 윤리적으로 용납될 수 없는 살인 역시 전쟁 상황에서는 오히려 장려되기까지 하죠. 개인의 자유는 국가의 수호라는 목적, 국가 위기라는 특수한 상황에서는 크게 제한될 수밖에 없습니다.

2018년 6월 대한민국 헌법재판소에서는 헌법 제19조에 따른 양심적 병역거부자를 위한 대체복무 제도를 규정하지 않는 병역법에 대해 헌법불합치 결정을 했습니다. 그에 따라 군에 입대하는 대신 대체복무 기관에 소집되어 복무할 수 있는 제도가 신설되었습니다. 다만 전시·사변 또는 이에 준하는 국가 비상사태가 생겼을 때에는 군사 업무를 지원하도록 예외를 두었습니다. 그렇지만 무기·흉기를 사용하거나 이를 관리·단속하는 행위 등은 시키지 않도록 했죠. 집총 거부자에 대한 배려인 셈입니다. 그런데 병역거부자들 가운데 전쟁 자체를 반대하기 때문에 군사 업무에 종사하기를 거부하는 이들도 있습니다. 그런 이에게 국가는 〈핵소 고지〉의 도스처럼 총기 없이 전쟁에 참여할 것을 명해도 될까요? 여러분의 생각이 궁금합니다.

4장

법 앞에서 삶과 죽음을 고민하다

법과 생명윤리

대리모 vs. 의뢰모
과연 누가 엄마일까

자궁 대리모와 출산

불임 여성이 거액의 돈을 주고 한 여성과 대리모 계약을 체결했다. 이 불임 여성은 남편의 정자와 자신의 난자로 만들어진 수정란을 대리모에게 이식했고, 열 달 후 아이가 태어났다. 그런데 대리모가 계약과 달리 자신이 아이의 어머니라며 직접 아이를 키우겠다고 한다면 어떻게 할까? 의뢰한 부부는 대리모로부터 아이를 빼앗아 올 수 있을까? 반대로 아이에게 장애가 있어 의뢰한 부부가 아이를 키우길 거부한다면, 의뢰한 쪽과 대리모 중 누가 아이를 키울 책임이 있는 것일까?

현행법에 따르면 아이를 출산한 대리모가 어머니로서 아이를 키울 권리와 의무가 있다. 아이와 전혀 닮지 않은 대리모가 어머니라니, 놀랍지 않은가? 의료 기술 발달에 따라 과거에는 상상도 못했던 법적 분쟁이 생기고 있다. 대리모에 관한 윤리적, 법적 쟁점에 대해 고민해 보자.

내가 엄마야

김영수는 대학생 때 만난 박은희와 10년 연애 끝에 결혼했다. 은희는 어
렸을 때부터 아이를 여럿 낳아 단란한 가정을 이루는 것이 꿈이었다. 하
지만 결혼 후 아이는 쉽게 생기지 않았다. 은희는 시험관 시술을 10여 차
례 받았지만 임신에 실패했다. 그러던 중 은희는 의사로부터 자궁에 문
제가 있어 어떤 방법을 써도 임신할 수 없다는 진단을 받았다. 영수는 아
이 없이도 행복하게 살 수 있다며 은희를 위로했지만, 은희는 극도의 좌
절감과 상실감에 빠져 우울증을 겪게 되었다.

보다 못한 은희의 엄마는 대리모를 통한 출산을 권했고, 영수와 은희는
출산 경험이 있는 장미애를 소개받아 자신들의 수정란을 미애의 자궁에
착상시켜 예쁜 아기 김철수를 얻었다. 영수와 은희는 철수가 태어나자마
자 기쁜 마음으로 서울 마포구청에 출생신고를 하러 갔으나, 담당 공무
원은 병원에서 발급한 출생증명서에 기재된 모(母)의 이름이 은희가 아닌
미애로 되어 있다며 가족관계등록부에 철수를 자(子)로 등록할 수 없다고
말했다. 은희는 이 상황이 도저히 이해가 가지 않았다. 그는 철수를 고아
로 만들 수 없다는 생각에 서울가정법원에 불복신청을 했다.

서울가정법원 202호 법정

판사   원고 박은희와 피고 마포구청장 모두 출석하셨죠? 대리모에 관한 법률 규정이 아직 없어서 어려운 사건이군요.

박은희   네, 법률 규정이 없다는 사실은 알고 있습니다. 판사님, 제 난자로 태어난 아이입니다. 유전자 검사 결과도 철수가 저와 김영수의 아들일 확률이 99.99%로 나옵니다. 그런데 왜 철수를 제 아들로 등록할 수가 없나요?

구청장   원고는 철수를 대리모 계약으로 얻었습니다. 철수를 출산한 장미애는 원고 김영수와 어떤 친분도 없습니다. 증거는 없지만 원고 측에서 장미애에게 많은 돈을 주고 대리 출산을 부탁한 것이 명백합니다. 누가 아무런 대가도 없이 모르는 사람을 위해 아이를 낳겠습니까? 대리모 계약은 여성의 신체를 상품화한 것으로, 사회적으로 절대 허용되어서는 안 됩니다.

판사   원고는 금전적 대가를 지급했나요?

박은희   제 어머니께서 소개해 주신 분이라 잘 모릅니다. 중요한 것은 그게 아닙니다. 장미애는 철수를 키울 생각이 전혀 없습니다. 만약 제가 아니라 장미애가 어머니라면 철수는 누가 돌본단 말입니까? 지금 장미애는 연락조차 안 돼요. 판사님, 지금 철수는 출생신고를 못 해서 주민등록번호가 없어 병원에서 진료조차 못 받고 있습니다.

구청장   원고의 딱한 사정은 일정 부분 이해가 갑니다. 하지만 원고는 철수를 낳지 않았습니다. 모친이란 그 아이를 낳은 사람을 의미하는 것이지, 유전적 연관성을 따져서 결정할 것이 아닙니다.

박은희   제가 출산하지 않은 것이 그리 잘못인가요? 아이를 낳을 방법이 없어서 어쩔 수 없이 선택한 길인데, 말씀이 지나치시네요.

구청장   사실 원고는 철수의 모친으로 인정받을 방안이 있습니다. 입양 절차를 거치면 됩니다. 장미애의 아들로 출생신고를 한 뒤 그의 동의하에 철수를 입양하면 간단히 해결됩니다.

박은희   그게 간단한 해결책인가요? 제 아들인데, 왜 제가 또 번거롭게 입양을 해요?

구청장   현행법상 철수는 원고의 아들이 아니라 장미애의 아들이에요.

진짜 어머니, 그리고 진짜 아버지

여러분의 부모님은 누군가요? 그분들이 여러분의 아버지, 어머니인 이유는 무엇인가요? 아버지를 생각하면 유전적 연관성이 큰 요인일 것 같고, 어머니를 생각하면 이와 더불어 '낳았다'는 사실도 중요할 것 같다는 생각이 듭니다. 사실 과거에는 '누가 진짜 어머니(생모)인가'는 법적으로 문제 되지 않았습니다. 영화나 드라마에 나오는 것처럼 '진짜 아버지(생부)가 누구인가'가 문제였죠. 과거에 생물학적인 아버지를 따지는 문제는 가치판단의 문제가 아니라 사실 인정의 문제이기 때문에, 지금 다루려는 주제와는 성격이 완전히 달랐습니다. 누가 진짜 아버지인지, 그 진위 여부를 가려내는 것이 쟁점이었거든요.

그런데 의료 기술의 발전으로 체외수정이 가능해지면서 대리모가 출산한 자녀의 어머니가 누구인지 판단할 기준이 필요해졌고, 이는 다시 "어머니란 과연 누구인가?"라는 근본적인 질문을 낳았어요. 다만 이 문제를 논의하기에 앞서 주의해야 할 점이 있습니다. '현행 법률에 따른 해석'(법적으로 어머니가 누구인지)과 '입법에 관한 논의'(어머니를 누구로 보는 것이 바람직한지)는 구분할 필요가 있다는 것이죠.

'대리모'는 일반적으로 다른 사람의 수정란을 자궁에 이식받아 아이를 출산하는 여성을 일컫는데, 사실 그 개념이 명확한 것은 아닙니다. 아직 대리모에 관한 법률 규정이 없기 때문에 학자에 따라 대리모의 정의는 조금씩 다르거든요.

A(남성)와 임신을 할 수 없는 B(여성)가 부부이고, 임신이 가능한 C(여성)가 있다고 가정해 봅시다. A의 정자와 C의 난자로 수정란을 만들어 C의 자궁에 착상시키는 경우를 '전통적 대리모'라고 합니다. '전통적'이라고 하는 이유는, 체외수정 기술이 나오기 전에는 A와 B의 수정란을 C의 자궁에 착상시키는 기술이 없어 대리모 C의 난자를 이용했기 때문이에요.

한편 C의 난자를 이용하지 않고 A와 B의 수정란을 C의 자궁에 착상시키는 것을 '자궁 대리모(gestational surrogate mother)' 또는 '완전 대리모'라고 부릅니다. 원칙적으로 자궁 대리모라는 개념에는 남자가 불임일 때 A의 정자가 아닌 제3자의 정자를 체외수정한 일도 포함돼요. 여기서는 법률상 부부인 A와 B의 수정란을 C에게 착상시키는 경우로 논의를 한정하겠습니다. 실제로 문제가 되는 대부분의 사례가 법률상 부부의 수정란을 이용하는 경우죠. 이때 A를 '의뢰부', B를 '의뢰모'라 하며, C에게서 태어난 아이를 '대리 출생자'라 합니다.

외국은 대리모 계약을 허용할까

앞서 설명한 내용을 불편하게 느낀 독자가 분명히 있을 겁니다. 정자와 난자를 '이용'한다는 표현이나, 여성의 신체를 상품화하는 듯한 이야기는 참 받아들이기 힘들어요. 또 대리모 계약을 말할 때

할리우드 스타 니콜 키드먼(오른쪽)과 키스 어번(왼쪽) 부부가 2010년 12월 미국 테네시주 내슈빌의 한 병원에서 대리모를 통해 둘째 딸 페이스 마거릿을 얻었다고 밝혔다.

C가 자신이 낳은 아이를 A와 B에게 '넘겨준다'는 표현이 나오는데, 이런 행동은 아이를 매매하는 것이 아닌지 의문이 생길 수도 있죠. 이런 이유로 대리모 계약을 사회적으로 허용해서는 안 되고, 대리모 자체를 엄격히 금지해야 한다는 주장이 나옵니다. 반면에 대리모를 찾지 않고는 자녀를 얻을 수 없는 불임 부부의 절박한 사정을 고려해야 한다는 의견도 있어요.

외국에서는 대리모 계약을 허용할까요? 미국·영국과 같은 영미법계에서는 대체로 인정하고, 프랑스·독일 등 대륙법계에서는 대체로 부정합니다. 할리우드 스타 중 대리모를 통해 출산한 경우가 많은 이유는 미국 일부 주에서 대리모 고용이 합법이기 때문입니다. 영국을 살펴보면 영리 목적의 대리모 계약은 금지하는 반면, 비영리 목적의 대리모 계약은 허용해요. 이때 대리모만 대리 출생자의 어머니로 인정됩니다. 다만 의뢰 부모는 법률이 정한 일정 요건을 충족하여 법원에 친권 명령을 청구할 수 있고, 법원의 친권 명령이 발효되면 의뢰 부모가 대리 출생자의 법적인 부모로 인정되죠.

독일이나 프랑스는 모든 형태의 대리모 계약을 허용하지 않고 있습니다. 다만 독일은 대리모가 출산한 자녀를 입양해 의뢰모가 어머니의 지위를 취득하는 것을 허용해요(대리모 계약이 무효라고 해도 계약과 무관하게 입양 절차는 진행될 수 있답니다). 그러나 프랑스는 입양을 허용하면 '인간 신체와 신분에 대한 처분 불가능성 원칙'을 침해하고, 또 대리모를 금지하는 규정이 사문화된다는 이유로 이를 인정하지 않습니다. 즉 프랑스에서는 의뢰 부모가 원칙적으로 법적인 부모가 될 수 없었습니다.

하지만 프랑스에서 최근 이 같은 원칙을 깬 판례가 등장해 눈길을 끕니다. 대리모 계약을 통해 태어난 자녀와 유전적 연결 고리가 있는 의뢰부 사이에 부자 관계를 인정해야 한다는 유럽인권재판소의 2014년 판결(Mennesson v. France and Labassee v. France)로, 의뢰부와 대리 출생자 사이에 부자 관계가 인정되었거든요. 하지만 유전적인 연관성이 없는 의뢰모와 대리 출생자 사이에 모자 관계를 인정할 수 있는지는 여전히 논란이 있습니다.

우리나라는 어떨까요? 사실 대리모에 관해 여러 차례 입법이 추진되었습니다. '대리모가 윤리적인 문제를 발생시킬 수는 있지만, 자녀를 원하는 상당수의 불임 부부가 대리모를 이용한다는 현실을 인정해야 한다는 주장'과 '출산한 아이의 존엄성을 해치고 가족 구성단위의 도덕적 분열을 초래한다는 주장'이 첨예하게 대립하여 결국 입법화에 실패했어요.

아버지는 몰라도 어머니는 안다

현행법상 어머니를 판단하는 기준은 무엇일까요? 출산 사실, 유전적 연관성, 어머니가 되려는 의사 등 세 가지 요소 가운데 무엇을 주로 고려할 것인지를 두고 많은 논의가 있습니다.

사실 과거에는 아버지에 관해서만 논의가 있었고, 어머니를 둘러싼 별다른 논의는 일어나지 않았습니다. 모자 관계는 '출산'으로 형성된다는 사실에 아무도 의문을 갖지 않았기 때문이죠. 아이를 출산한 여자가 곧 어머니라는 "Mater semper certa est(엄마는 항상 확실하다)."의 원칙은 로마법 이래 확립되었어요.

하지만 아버지에 대한 논의는 늘 활발했습니다. 과거에는 유전자 검사 기술이 없었기 때문에 아버지가 누구인지 불명확한 경우가 많았습니다. 그런데 아이의 아버지는 법률적으로 꼭 명확히 정해야 해요. 이를 확정하지 못한다면 아이의 복리에 심각한 위해가 되고, 사회적으로도 바람직하지 않기 때문이죠. 이에 민법은 '친생 추정'이라는 제도를 두고 있습니다.

> **민법**
> **제844조(남편의 친생자의 추정)**
> ① 아내가 혼인 중에 임신한 자녀는 남편의 자녀로 추정한다.
> ② 혼인이 성립한 날부터 200일 후에 출생한 자녀는 혼인 중에 임신한 것으로 추정한다.
> ③ 혼인 관계가 종료된 날부터 300일 이내에 출생한 자녀는 혼인 중에 임신한 것으로 추정한다.

민법이 처음 제정된 1958년에는 유전자 검사 기술이 없었습니다. 그래서 어머니조차 아이의 아버지가 누구인지 명확히 모르는 경우도 있었죠. 영화 〈맘마미아!〉(2008)를 생각해 보세요. 주인공 소피에게는 아버지 후보가 3명이나 있습니다. 이런 문제 때문에 민법은 친생 추정 제도를 두어 결혼한 날로부터 200일 뒤에 출산하면 그 아이는 혼인 중에 임신한 것으로 추정하고, 혼인 중에 임신한 아이는 남편의 자녀로 추정한다는 규정을 두었습니다. 이와 같은 추정은 법원에 소송을 제기하지 않는 한 깨지지 않아요.

다시 말해 혼인 중에 태어난 아이는 유전자 검사 결과 다른 사람의 아이로 밝혀지더라도, 현재의 아버지가 법원에 '이 아이는 내 아이가 아니다!'라는 소를 제기하여 승소 판결을 받지 못하면 '법률적' 아버지로 계속 인정됩니다. 특히 과거에는 친생 부인(否認)의 소를 제기할 수 있는 기간이 '아이가 태어났다는 것을 안 때로부터 1년 내'였기 때문에, 사실상 아버지는 나중에 그 아이가 다른 사람의 아이라는 사실을 알게 되더라도 법률적으로 자녀와의 관계를 부인할 수 없었습니다.

반면에 혼인 중 출생자가 아닌 경우 어머니는 바로 모친으로 인정되지만, 아버지는 '인지'라고 하는 별도의 절차를 거쳐야 합니다. 즉 아버지가 "이 아이가 나의 아이다!"라고 받아들이지 않으면 아버지로서의 지위가 인정되지 않아요. 물론 아버지가 아이의 인지를 거부하면, 아이가 아버지에게 인지를 청구할 수도 있습니다. 이 같은 규정들이 지금 보면 복잡하고 이상해 보일 테지만, 법 제정 당시 아버지가 누구인지 분명히 알 방법이 없었다는 점을 이해하면 납득이 갑니다.

정리하자면 법적으로 아버지는 '유전적 연관성'과 '친자 관계를 맺을 의사가 있는지'를 기준으로, 어머니는 '출산 사실'을 기준으로 결정합니다. 법정 드라마 〈내가 엄마야〉와 유사한 사례에서 법원은 민법상 '모(母)'를 결정하는 기준은 '출산'이라는 자연적 사실이라며 출생신고를 반려한 행정 조치가 적법하다는 판단을 내렸습니다. 의뢰모 은희가 아닌 대리모 미애가 친모라고 결정한 것입니다(이 쟁점에 대해 2020년 현재 아직 대법원의 판단은 없습니다).

대리모를 허용한다면

만약 앞으로 대리모를 일정 범위에서 허용하기로 한다면, 대리모와 의뢰모 가운데 누구를 법률상 모친으로 인정할 것인지는 더 생각할 필요가 있습니다. 이에 관해 참고할 만한 외국의 판결이 있어요. 프랑스에서는 대리모를 엄격히 금지한다고 설명했죠? 특히 프랑스는 의뢰 부모가 대리 출생자를 입양할 수 있도록 한다면, 대리모 금지 규정이 사문화되고 이것이 영아 매매로 이어질 수 있음을 우려해 입양조차 금지하고 있습니다.

이에 대해 2014년 유럽인권재판소는 프랑스가 대리 출생자의 입양조차 인정하지 않는 것은 대리 출생자의 '사생활을 존중받을 권리'를 침해하는 행위라고 보았습니다. 대리 출생자는 대리모 계약 체결 금지 위반의 비난 대상이 아니라는 것입니다. 따라서 법 위반의 책임 주체는 직접 대리모 계약을 체결한 의뢰 부모일 뿐이며, 태어난 자녀에게까지 불리한 조치를 내려서는 안 된다고 보았어요. 즉 법률을 위반한 법적 책임은 의뢰 부모가 감수해야지 대리 출생자를 '유령 아동'으로 낙인찍어서는 안 된다는 거예요.

유럽인권재판소의 판단처럼 대리 출생자의 모친을 누구로 할 것인지를 입법화할 때는, 자녀의 복리 역시 중요하게 고려해야 합니다. 이런 점 때문에 지금까지 어머니를 결정할 때 크게 고려하지 않던 '어머니의 의사'를 중시해야 한다는 견해가 있어요. 어머니가 되기를 원하지 않은 대리모와 어머니가 되고자 하는 의뢰모의 의사를 비교할 때, 의뢰모를 어머니로 인정하는 것이 자녀의 복리에 더 부합한다는 것입니다. 반면에 그렇게 쉽게 의뢰모의 어머니 지위를 인정할 경우 사회적으로 큰 문제가 발생할 수 있다는 반론도 강합니다.

대리모를 인정할 것인지를 두고 치열한 논쟁이 이어지고 있습니다. 여성 신체의 상품화를 우려하며 대리모에 반대하는 측의 주장이나 불임 부부의 행복추구권 보장을 위해 대리모에 찬성하는 측의 주장 모두 타당한 면이 있습니다. 하지만 중요한 것은 아무리 대리모를 엄격히 금지한다고 해도 대리 출산은 지금도 계속되고 있다는 사실입니다. 특히 불임 부부가 국경을 넘어 대리모를 허용하는 외국에서 대리 출산을 하는 것은 막을 수가 없습니다. 불임 부부의 대리모 계약을 통한 자녀의 출산이 암암리에 이루어지고 있다면, 이를 방관할 것이 아니라 현실에 맞는 법을 제정하되 그 법에 어긋난 행위를 강력하게 규제하는 것이 바람직합니다. 대리모 계약은 단순히 의뢰 부모와 대리모 사이의 문제가 아니라 새로 태어난 자녀의 복리와 밀접한 관계가 있습니다. 국민적 합의에 기초한 입법적 해결이 필요한 때입니다.

안락사
존엄한 죽음은 가능한가

환자의 자기결정권과 연명의료결정법

죽음에 대해 생각해 보았는가? 어떤 죽음을 맞고 싶은가? 사람들은 대부분 의료기기에 둘러싸여 약에 의존한 채 살다가 죽음을 맞게 된다. 우리는 무슨 음식을 먹고 어떤 옷을 입을지와 같은 작은 문제부터 어느 대학에 가고 누구와 결혼할지와 같은 큰 문제까지, 자신의 인생을 스스로 결정하며 살아가고 있다. 그런데 삶의 끝인 죽음은 어떠한가?

2016년 2월 연명의료결정법이 제정되기 전까지는 환자가 자신의 의사와 무관하게 연명 의료가 시작되더라도, 이를 중단할 수 없었다는 사실을 알고 있는가? 연명의료결정법의 제정으로 임종 과정에 있는 환자의 경우 연명 의료 중단을 스스로 결정할 수 있게 되었다. 하지만 여전히 안락사는 허용되지 않고 있다. 삶의 결정권이라는 관점에서 안락사와 연명 의료 중단에 대해 생각해 보자.

성실한 의사의 고뇌

김성실은 지금 법정에 선 자신의 상황이 믿기지 않았다. 검사는 김성실은 살인자라서 중형에 처해야 한다며 열변을 토했고, 그의 변호인은 여러 이유로 무죄라고 주장했다. 김성실은 1년 전 자신이 내린 결정이 정말로 비난받을 만한 것인지 알 수 없었다.

김성실은 한국대병원 신경외과 전문의다. 그동안 그는 중환자들을 가족처럼 여기며 최선을 다해서 치료했다. 그러던 어느 날, 한 할아버지가 정신을 잃은 채 병원으로 실려 왔다. 함께 온 할머니에 따르면 할아버지는 화장실에서 술에 취해 넘어져서 머리를 다쳤다고 한다. 김성실은 10시간에 걸쳐 응급 수술을 했고, 이후 쉬지 않고 할아버지를 치료했다.

그런데 며칠 뒤, 할머니가 할아버지를 퇴원시켜 달라며 김성실을 찾아왔다. 1,000만 원이 넘는 수술비가 너무 부담된다는 이유였다. 그리고 할머니는 할아버지가 20년 전 사업에 실패한 뒤 수시로 가족들을 폭행했다며, 그런 할아버지로 인해 온 가족이 빚쟁이가 될 수는 없다고 했다. 김성실은 할머니에게 "지금 할아버지는 인공호흡기를 떼면 바로 사망에 이를 수 있다."라고 말하며 퇴원을 만류했다. 병원비가 부담되면 차라리 일주일 뒤 도망치라고까지 이야기했다. 하지만 할머니는 막무가내였다. 지금도 경제적으로 어려운데, 나중에 병원에서 진료비를 내라고 소송까지 걸어 오면 선생님이 책임질 거냐며 얼른 퇴원시켜 달라고 말했다.

김성실은 오랜 고민 끝에 퇴원을 결정하고 할아버지를 가족에게 인계한 뒤 인공호흡기를 제거했다. 할아버지는 5분 뒤 사망했다. 그런데 얼마 뒤, 검사가 인공호흡기를 제거한 것은 할아버지를 살해한 행동이라는 이유로 할머니와 김성실을 살인죄로 기소했다.

서울중앙지방법원 301호 법정

판사 잠시만요. 지금 양측의 논의가 너무 과열된 것 같습니다. 검사 측에서 먼저 살인죄가 성립한다는 이유를 밝히시죠.

검사 네, 이 사건에서 김성실의 행위는 단순히 의료 행위 중단으로 볼 수 없습니다. 인공호흡기의 도움 없이 생존이 불가능한 피해자를 퇴원시키기로 적극적으로 결정하고 인공호흡기를 제거하여 김 할아버지를 사망에 이르게 한 살인 행위를 저지른 것입니다. 피고인은 피해자를 보호해야 할 의료법상, 그리고 의료 계약상 의무까지 있으므로 더 중한 처벌을 받아야 합니다.

변호사 물론 의사가 피해자를 보호해야 할 의무가 있는 것은 맞습니다. 하지만 이 사건에서 피고인은 피해자를 가족들에게 인계함으로써 그 보호 의무가 종료되었다고 봐야 합니다. 그리고 판사님, 만약 이 사건에서 김성실이 유죄라는 판결이 내려진다면, 의사는 환자 또는 보호자가 무의미한 연명 치료를 중단하고 싶다는 의사를 표시하더라도 그 치료를 중단할 수 없습니다. 환자는 고통스러운 치료를 계속 받아야 하고, 가족은 막대한 의료비 부담만 떠안게 됩니다.

검사   지금 변호인은 쟁점을 흐리고 있습니다. 이 사건에서는 할머니가 치료 중단을 원한 것이지, 환자가 치료 중단을 요구한 것이 아닙니다. 환자는 계속 치료받고 싶었을 겁니다. 그리고 사람의 생명은 무엇보다 중요합니다. 단순히 치료비가 많이 나온다는 이유로 생명을 포기하는 행위는 허용될 수 없습니다.

변호사   환자의 생각이 어땠는지는 알 수 없죠. 사람의 생명이 무엇보다 중요하다는 말은 맞습니다. 저도 압니다. 하지만 현실이 그런가요? 연명 치료에 들어가는 의료비가 얼마인지 아십니까? 1년 동안 수억 원이 넘는 경우도 있어요. 국가에서 의료비를 책임지지도 않고 가족에게 부담시키면서, 의료 행위 중단 여부를 결정할 선택권을 주지 않는다는 것은 너무 가혹하지 않습니까?

안락사, 허용되어야 할까

2018년 오스트레일리아의 최고령 과학자인 104세 데이비드 구달(David W. Goodall) 박사가 스스로 죽음을 선택했다는 소식이 들려왔습니다. 구달 박사는 생태학자로 큰 명성을 얻었고 고령임에도 연구 활동을 계속해 왔지만, 건강이 크게 악화되어 가족들의 동의하에 안락사를 선택했어요. 구달 박사는 안락사가 허용된 스위스로 가서 생을 마감했죠. 그는 눈을 감기 전날 한 언론과의 인터뷰에서 이렇게 말했습니다.

"더는 삶을 지속하고 싶지 않다. 생을 스스로 마칠 기회를 얻게 돼 행복하다. 다만 자신의 집에서 마지막을 맞을 수 있도록 오스트레일리아를 비롯한 여러 나라에서 안락사 입법을 다시 생각하는 계기가 되었으면 한다."

이 뉴스를 본 네티즌들의 반응은 뜨거웠습니다. 안락사가 쉽게 인정될 경우 부작용이 발생할 수 있다는 일부 네티즌도 있었지만, 대부분 스스로 삶의 끝을 결정할 수 있도록 해야 한다는 의견이었죠. 사실 우리나라에서도 환자가 스스로 죽음을 선택할 수 있느냐를 둘러싸고는 많은 논쟁이 벌어졌어요. 다만 스위스같이 적극적 안락사를 허용해야 하는지 여부가 쟁점이었던 것은 아닙니다. 우리나라에서는 1997년 '보라매병원 사건'을 계기로 회복이 불가능한 환자의 연명 치료를 중단할 수 있는지, 즉 소극적 안락사를 허용할 수 있는지에 대한 논의가 있었죠. 그리고 최근에는 제한적인 연명 치료 중단을 허용하는 법률이 시행되었습니다.

사실 안락사·존엄사의 개념을 두고는 많은 논란이 있어요. 여기서는 논의를 명확히 하기 위해 적극적 안락사를 '약물이나 독극물 주입과 같은 구체적인 행위로 환자를 죽음에 이르도록 하는 것'으로, 소극적 안락사를 '회복이 불가능한 환자에게 연명 치료를 중단하는 것'의 의미로 사용하겠습니다.

적극적 안락사는 현행법상 허용되지 않습니다. 형법은 피해자의 부탁을 받고 피해자를 살해한 행위나 자살을 돕는 행위까지 모두 처벌하죠. 실제로 적극적 안락사를 허용하는 나라는 세계적으로 많지 않아요. 적극적 안락사와 조력 자살 등을 모두 허용하는 국가는 스위스, 캐나다(퀘벡주 제외), 네덜란드, 벨기에 등에 불과합니다. 구달 박사가 스위스까지 간 이유는 안락사가 오스트레일리아에선 불법이기 때문이었습니다.

현재 우리나라에서 주로 논란이 되는 부분은 바로 '소극적 안락사'입니다. 한 연구 결과에 따르면, 전공의의 약 85%는 소극적 안락사가 윤리적으로 정당하다고 생각합니다. 하지만 구체적 사안에서 소극적 안락사를 시행할지, 즉 연명 치료를 중단할지를 결정하는 것은 어렵고 고통스러운 일이에요. 이론적으로는 환자의 자기결정권과 관련된 문제이지만, 사회보장제도가 미흡한 현실에서는 연명 치료로 인해 가족들이 부담하게 될 진료비와 더 큰 관련이 있는 경우가 많습니다.

보라매병원 사건, 그 이후

우리나라에서 논의되는 연명 치료 중단 문제를 이해하기 위해서는 의료 관행에 큰 영향을 준 '보라매병원 사건'을 먼저 살펴봐야 합니다. 법정 드라마 〈성실한 의사의 고뇌〉는 보라매병원 사건을 각색한 것입니다. 결과적으로 의사는 '방조에 의한 살인죄'로 처벌받았습니다. 이 판결은 이론적으로 수많은 쟁점을 담고 있어요. 산소호흡기를 제거한 행위를 소극적 치료 거부 행위로 볼 수 있는지, 의사에게 살인의 고의가 있는지, 과다한 치료비로 인한 치료 중지 행위를 형법상 어떻게 보아야 하는지 등 여러 쟁점이 있고, 이에 관한 논문도 여러 편 발표되었죠. 이 글에서는 이 판결에 대한 법적 쟁점이 아니라, 해당 판결이 의료계에 미친 영향을 알아보려고 해요.

법원이 의사의 연명 치료 중단 행위가 정당하지 않다고 판단한 논거는 여러 가지가 있지만, 그중 하나는 환자의 의사를 확인하려는 그 어떤 노력도 하지 않고 할머니의 요구만으로 연명 치료를 중단했다는 데 있습니다. 의사는 왜 할머니의 요구만으로 연명 치료를 중단했을까요? 이는 당시 의료 관행과 밀접한 관련이 있습니다.

이 판결 이전에는 우리나라에서도 사실상 '소극적 안락사'가 묵인됐습니다. 즉 '가망이 없는 말기 암 환자' 등의 경우 환자나 가족이 '집에서 운명하(게 하)고 싶다'고 밝히면, 병원 측에서는 인공호흡기를 부착하여 집까지 이송한 뒤 이를 제거하고 임종을 선언하는 방법으로 소극적 안락사를 시행했죠. 다만 불치의 환자가 격렬한 육체적 고통을 이유로 적극적으로 죽음을 앞당겨 달라는 안락사는 인정되지 않았어요.

환자가 중병에 걸린 경우 그 치료 방법 등을 환자가 결정하는 것이 아니라 보호자나 가족이 결정하는 관행도 있었습니다. 드라마에서 환자가 불치병에 걸리면, 의사가 보호자를 부른 뒤 환자가 불치병에 걸렸다고 알려 주고 가족은 환자가 상심하지 않도록 큰 병이 아니라며 거짓말하는 장면을 본 기억이 있을 거예요. 이처럼 우리나라의 의료 현실은 환자의 의료 행위를 환자가 아닌 보호자가 대신 결정하는 것을 자연스럽게 받아들였습니다. 가족이 의사에게 '환자에게 비밀로 해 달라'고 부탁하면 그를 들어주는 일도 빈번했죠.

그런데 보라매병원 사건 판결 이후 의료 관행은 크게 달라졌습니다. '방어 진료'가 강화되어 환자나 가족이 요구해도 퇴원시키지 않는 사례가 많아졌죠. 병원에서는 인공호흡기 치료를 시작하기 전 환자나 보호자에게 "한번 인공호흡기를 쓰면 못 뺀다.", "중환자실에 올라가면 다시는 못 내려온다."라고 설명하기 시작했고요. 이로 인해 진료비를 감당하기 어려운 환자의 보호자와 의사 사이에 큰 갈등이 생기기 시작했습니다. 중환자실에서 보호자들이 환자의 인공호흡기를 강제로 떼어 내려 하고, 의사와 간호사가 이를 막는 과정에서 몸싸움이 벌어지는 사건이 발생하기도 했죠.

이에 보호자들이 병원을 상대로 연명 치료를 중단할 수 있게 해 달라는 민사소송까지 제기하는 사태가 생겼습니다. 그러다 2009년,

환자가 남긴 지시나 가족이 진술하는 환자의 의사에 따라 연명 치료 중단이 가능하다는 대법원 판결이 선고되었어요. '김 할머니 사건'으로 불린 이 사건에서 환자 가족이 1년 조금 넘는 기간 동안 부담한 진료비만 1억 7,000만 원에 달했죠. 총진료비는 이보다 훨씬 많았고, 국민건강보험공단이 부담한 건강보험료는 그의 몇 배에 달했답니다.

연명 치료 중단이 가능하다는 대법원 판결에도 불구하고, 의료계는 연명 의료 중단에 여전히 소극적인 태도를 유지했어요. 이에 2015년에는 환자에 대한 '연명의료 유보 및 중단에 관한 법률'이 제안되었고, 이후 여러 논의를 거쳐 '호스피스·완화의료 및 임종과정에 있는 환자의 연명의료결정에 관한 법률'(연명의료결정법)이 제정되면서 2017년 8월부터 시행되었습니다. 연명의료결정법의 주요 내용을 한번 살펴볼까요?

호스피스·완화의료 및 임종과정에 있는 환자의 연명의료결정에 관한 법률 제2조(정의)

이 법에서 사용하는 용어의 뜻은 다음과 같다.

1. "임종 과정"이란 회생의 가능성이 없고, 치료에도 불구하고 회복되지 아니하며, 급속도로 증상이 악화되어 사망에 임박한 상태를 말한다.
2. "임종 과정에 있는 환자"란 제16조에 따라 담당 의사와 해당 분야의 전문의 1명으로부터 임종 과정에 있다는 의학적 판단을 받은 자를 말한다. …
4. "연명 의료"란 임종 과정에 있는 환자에게 하는 심폐 소생술, 혈액 투석, 항암제 투여, 인공호흡기 착용의 의학적 시술로서 치료 효과 없이 임종 과정의 기간만을 연장하는 것을 말한다.
5. "연명 의료 중단 등 결정"이란 임종 과정에 있는 환자에 대한 연명 의료를

> 시행하지 아니하거나 중단하기로 하는 결정을 말한다.

이 법은 상당히 제한된 범위에서 소극적 안락사를 인정하고 있습니다. 쉽게 설명하면, 의학적으로 임종 과정에 있는 환자에 한해 '환자의 자기 결정에 의한 연명 의료의 중단'을 인정하죠. 즉 아무 환자나 연명 의료를 중단할 수 있는 것은 아니고, 말 그대로 죽음을 앞둔 환자만 연명 의료를 중단할 수 있습니다. 그리고 중단 대상인 연명 의료가 "심폐 소생술, 혈액 투석, 항암제 투여, 인공호흡기 착용"의 4가지로 제한되기 때문에, 다른 치료까지 중단할 수 있는지는 아직 다툼이 있어요.

또한 연명의료결정법은 "연명 의료 중단 등 결정"을 이행하는 경우에도 통증 완화를 위한 의료 행위와 영양분 공급, 물 공급, 산소의 단순 공급은 중단되어서는 안 된다고 규정합니다. 즉 연명의료결정법은 연명 의료 중단을 결정한다고 해서 적극적으로 죽음에 이르게 하는 일까지 허용하는 것은 아니에요. 제한된 범위 안에서 의료 활동을 중단할 수 있도록 규정하는 법이죠.

안락사를 둘러싼 견해

이 법의 중요한 의미는 '환자의 자기결정권을 강화'했다는 점입니다. 연명 의료 중단 여부를 결정하기 위해서는 환자가 자신의 상태를 정확히 알 필요가 있어요. 앞에서 우리나라의 의료 현실은 환자보다 보호자의 결정에 따라 치료 방법을 정하는 경향이 강하다고 설명했죠? 연명의료결정법은 의사로 하여금 환자에게 연명 의료 중단에 관해 정확하고 자세히 설명해야 한다고 규정합니다.

호스피스·완화의료 및 임종과정에 있는 환자의 연명의료결정에 관한 법률 제3조(기본 원칙)
① 호스피스와 연명 의료 및 연명 의료 중단 등 결정에 관한 모든 행위는 환자의 인간으로서의 존엄과 가치를 침해하여서는 아니 된다.
② 모든 환자는 최선의 치료를 받으며, 자신이 앓고 있는 상병(傷病)의 상태와 예후 및 향후 본인에게 시행될 의료 행위에 대하여 분명히 알고 스스로 결정할 권리가 있다.
③ 「의료법」에 따른 의료인은 환자에게 최선의 치료를 제공하고, 호스피스와 연명 의료 및 연명 의료 중단 등 결정에 관하여 정확하고 자세하게 설명하며, 그에 따른 환자의 결정을 존중하여야 한다.

그런데 환자와 의사소통이 불가능해 의사를 확인할 수 없는 상황이라면 어떻게 해야 할까요? 과거 사전 연명 의료 의향서를 작성하였거나 가족 2인 이상의 일치하는 진술이 있다면 이를 근거로 삼을 수 있습니다. 문제는 어떠한 방도로도 환자의 의사를 확인할 수 없을 때입니다. 이때는 전문가 확인하에 환자 가족의 전원 합의가 필요합니다.

사실 연명 의료 중단이 문제가 되는 이유는 아이러니하게도 의학 기술의 발달 때문입니다. 식물인간인 환자의 생명을 10년 넘게 연장할 수 있을 정도죠. 문제는 생명을 연장하는 데 따르는 대가가 너무 크다는 점입니다. 중환자실에서 사람도 만나지 못하면서 기계에 둘러싸여 단순히 생을 연장하는 경우도 생겨났고, 이로 인해 '어느 정도까지 치료해야 하느냐'는 문제가 발생했죠. 이는 단순히 의학과 법률의 문제가 아니라 문화와 관습의 문제이기도 해요.

현재 소극적 안락사의 허용 범위를 크게 넓혀야 한다는 견해도 나옵니다. 환자 본인이 원하면 더 쉽게 죽음을 맞이할 수 있게 해야 한다는 것이죠. 하지만 가족에 의해 죽음을 선택하는 일이 강요될 수 있다며 반대하는 주장 역시 강력히 제기되고 있어요. 여러분의 생각은 어떤가요? 사실 많은 사람이 자신이 불치병에 걸리면 안락사를 선택하겠다고 말하지만, 사랑하는 가족이 불치병에 걸리면 안락사를 선택하기란 쉽지 않습니다. 사랑하는 가족이 불치병에 걸려 의식 불명 상태가 되었다면, 나와 남겨진 가족은 어떤 선택을 해야 할까요? 한번 깊이 생각해 보기 바랍니다.

낙태죄 헌법불합치 결정
우리 앞에 남은 과제는

여성의 자기결정권과 생명윤리

낙태만큼 개인의 윤리적 · 종교적 신념이나 가치관에 따라 결론이 다른 주제는 찾기 어렵다. 태아의 생명권과 임산부의 자기결정권 모두 중요한 가치이기 때문이다. 낙태죄 폐지론과 존치론 사이에 치열한 논쟁이 계속되던 중 낙태 시술을 한 산부인과 의사에 대한 유죄판결이 잇따라 선고되었고, 산부인과의사협회는 낙태시술 중단을 선언하기에 이르렀다.

그러던 중 헌법재판소는 2019년 4월 현재의 낙태죄가 여성의 자기결정권을 지나치게 침해한다며 헌법불합치 결정을 내렸다. 하지만 헌법재판소 결정에도 불구하고 낙태죄를 둘러싼 논란은 커지고 있다. 낙태가 가능한 기간을 언제까지로 볼 것인지, 의사의 양심적 낙태 거부를 인정할 것인지 등을 두고 다양한 주장이 대립되고 있다.

외딴섬 의사의 고뇌

산부인과 의사 김철수는 외딴섬 독야청청도에 산부인과가 없어서 산모들이 큰 어려움을 겪는다는 소식을 듣고 병원을 개원했다. 김철수산부인과는 독야청청도의 유일한 산부인과다. 그전에는 독야청청도 주민이 산부인과에 가려면 6시간 넘게 배를 타고 육지로 나가는 불편을 감수해야 했다. 김철수는 새로운 생명의 탄생을 돕는 일에 사명감을 갖고 주말도 없이 열심히 일했다.

그런데 어느 날, 산부인과에 18세 미성년자인 박영희가 찾아와 그에게 인공임신중절수술을 받고 싶다고 말했다. 실수로 원치 않는 아이가 생겼다는 것이다. 임신 주수를 측정해 보니 벌써 21주였다. 2019년 4월 헌법 재판소가 낙태죄 헌법불합치 결정을 내린 뒤, 국회는 미성년자의 경우 임신 21주까지 낙태가 가능하도록 관련 법률을 개정했기 때문에 합법적 인공임신중절수술이 가능했다(아직 관련 법률이 개정되지 않았지만, 국회에서 법을 개정한 뒤의 상황을 가정했다).

문제는 김철수가 낙태에 반대하는 종교적 신념을 갖고 있다는 점이었다. 그는 독실한 가톨릭 신자로, 태아와 사람은 동일한 생명체이기 때문에 낙태를 절대 허용해서는 안 된다고 생각했다. 김철수는 박영희에게 힘들더라도 아이를 낳아 키우는 것이 올바른 방향이라고 설득하면서 절대 수술할 수 없다고 말했다. 박영희는 배를 타고 병원에 갈 자신이 없다며 거듭 수술을 부탁했지만, 김철수는 거절하며 수술이 가능한 다른 병원도 소개해 줄 수 없다고 얘기했다. 낙담한 박영희는 집으로 돌아갔고, 곧 임신 22주가 되어 합법적으로 인공임신중절수술이 불가능한 상태가 되었다. 이를 알게 된 박영희의 부모가 김철수를 의료법 위반으로 고발했으며, 검사는 김철수를 의료법상 진료 거부죄로 기소했다.

광주지방법원 313호 법정

판사 피고인 김철수 씨 출석하셨죠? 피고인은 산부인과 의사로서 진료 요청을 받고 거부하면 1년 이하의 징역이나 1,000만 원 이하의 벌금에 처해질 수 있다는 사실을 잘 알 텐데요. 왜 환자의 진료를 거부했나요?

김철수 제가 진료를 거부한 사실 자체는 인정합니다. 하지만 의료법을 위반했다곤 생각하지 않아요. 저는 생명을 살리기 위해 의사가 되었습니다. 인공임신중절수술은 하나의 생명체인 태아를 살해하는 것과 다를 바 없죠. 박영희는 인공임신중절수술을 받지 않으면 생명이 위험한 상황이 아니었습니다. 그런데 의사인 제가 어떻게 수술할 수 있겠습니까? 판사님도 잘 아시겠지만, 의료법은 '정당한 사유'가 없는 진료 거부만 처벌한다고 규정하고 있습니다. 제가 낙태 수술을 거부한 것은 정당한 사유에 해당해요.

검사   판사님, 피고인은 자신의 종교적 신념에 따른 진료 거부가 의료법 제15조 제1항의 정당한 사유에 포함된다고 주장합니다. 하지만 정당한 사유에 포함되는지는 의학적인 기준에서 살펴봐야 한다고 생각합니다. 정당한 사유는 '환자의 요청이 의학적으로 불필요하거나 오히려 환자에게 해가 되는 경우', '의사가 진료할 능력이 부족한 경우'와 같은 상황을 의미합니다. 의사의 개인적인 신념까지 포함된다고 해석하면 환자의 진료받을 권리는 크게 침해받죠. 극단적인 예를 들자면, 수혈은 절대 할 수 없다는 종교적 신념을 가진 의사가 신념대로 수혈을 거부했다고 가정해 보죠. 그의 신념을 존중해 법적으로 처벌하지 않는다는 게 상식적인 일입니까!

김철수   의사의 종교적 신념을 고려해선 안 된다는 검사의 주장을 이해할 수 없습니다. 대법원은 양심적 병역거부 사건에서 '진정한 양심에 따른 병역거부'가 병역법 제88조 제1항의 입영을 거부할 수 있는 정당한 사유에 해당한다고 천명했습니다. 그런데 왜 의사에게는 양심적 진료 거부를 인정하지 않나요?

낙태 논쟁의 시초

낙태만큼 개인의 윤리적·종교적 신념이나 가치관에 따라 결론이 달라지는 주제는 찾기 어려울 것입니다. 지난 반세기 동안 서양에선 낙태죄를 둘러싸고 치열한 논쟁이 계속 벌어졌지만, 아직도 합의에 이르지 못하고 있어요.

사실 우리나라에서는 몇십 년 전만 해도 낙태 문제가 공개적으로 거론되지 못했습니다. 최근 여성운동이 활발해지면서 낙태에 대한 본격적인 논의가 시작됐지만, 여전히 많은 사람이 이 문제의 언급을 꺼리곤 했어요. 그러나 2019년 4월 11일, 헌법재판소가 낙태한 여성을 처벌하는 형법 제269조 제1항(자기낙태죄 조항) 등이 여성의 자기결정권을 침해한다는 이유로 '잠정 적용 헌법불합치 결정'을 내리면서 우리는 낙태에 관해 진지한 논의를 진행할 수밖에 없는 상황이 되었습니다.

우리 형법은 낙태를 형사상 범죄로 보고 있습니다. 하지만 낙태죄만큼 규범과 현실의 괴리가 큰 제도를 찾기는 어렵죠. 낙태가 불법이지만 시술이 공공연하게 이뤄지고 있으며, 이에 따른 처벌도 거의 이뤄지지 않았거든요. 한국보건사회연구원에 따르면 2017년 한 해 낙태 시술은 5만여 건에 달한다고 해요. 그렇다면 낙태죄가 도입된 배경과 이것이 사실상 사문화된 이유는 무엇일까요?

우리나라는 전통적으로 태아를 인간으로 보는 태아관을 갖고 있습니다. 나이 계산을 할 때 태아부터 시작해서 아기가 태어나면 한

살로 치는 것이나 조선시대 형법인 '당률'에서 태아를 '子'로 표시한 점만 봐도 그렇죠. 다만 낙태가 사회적으로 크게 문제 되지는 않았습니다. 워낙 은밀히 행해졌기 때문이에요. 근대 이후 낙태죄는 우리나라가 일본의 지배를 받으면서 도입됐습니다. 그 당시 일본 형법은 '기독교적 생명권'과 '모체 보호'라는 19세기 근대국가 형법에 큰 영향을 받아 낙태죄를 규정했죠.

일본을 통해 도입된 낙태죄 규정은 해방 뒤 미군정기를 거쳐 1953년 대한민국 형법이 시행되기까지 효력이 지속됐습니다. 당시 형법을 제정하는 과정에서 낙태죄를 존속시킬 것인지를 두고 논쟁이 벌어졌어요. 6·25 전쟁 중에 펼쳐진 이 논쟁에서 낙태죄 찬성론자들은 태아의 생명 존중과 인간의 존엄성 등을 근거로 내세웠고, 폐지론자들은 전쟁 중 열악한 사회적·경제적 여건에서 출산을 강제할 때 여성이 입게 될 여러 위험성을 경고했습니다. 결국 낙태죄는 낙태 허용 사유를 전혀 인정하지 않는 형태로 입법화되었죠.

형법
제269조(낙태)
① 부녀가 약물 기타 방법으로 낙태한 때에는 1년 이하의 징역 또는 200만 원 이하의 벌금에 처한다.
② 부녀의 촉탁 또는 승낙을 받아 낙태하게 한 자도 제1항의 형과 같다.

하지만 정부가 1961년부터 인구정책의 일환으로 산아제한 정책

을 실시하면서 낙태죄는 사실상 사문화되었습니다. 형법에서 낙태를 범죄로 규정하며 법률에서 낙태 허용 사유를 명시하지 않은 상황임에도 불구하고, 정부는 인공임신중절수술을 원하는 여성에게 '월경 조절술'이라는 이름으로 수술비를 지원했어요. 수사기관 역시 정부 시책에 따라 낙태를 단속하지 않았습니다.

1973년 정부는 경제 발전을 위해 정부 주도적 가족계획 사업의 일환으로 모자보건법을 제정했습니다. 모자보건법에 인공임신중절수술의 허용 사유가 규정됐고, 이는 약 50년이 지난 지금까지 거의 그대로 유지되고 있어요.

> **모자보건법**
> **제14조(인공임신중절수술의 허용 한계)**
> ① 의사는 다음 각호의 어느 하나에 해당하는 경우에만 본인과 배우자(사실상의 혼인 관계에 있는 사람을 포함한다. 이하 같다.)의 동의를 받아 인공임신중절수술을 할 수 있다.
>   1. 본인이나 배우자가 대통령령으로 정하는 우생학적(優生學的) 또는 유전학적 정신장애나 신체 질환이 있는 경우
>   2. 본인이나 배우자가 대통령령으로 정하는 전염성 질환이 있는 경우
>   3. 강간 또는 준강간(準強姦)에 의하여 임신된 경우
>   4. 법률상 혼인할 수 없는 혈족 또는 인척간에 임신된 경우
>   5. 임신의 지속이 보건의학적 이유로 모체의 건강을 심각하게 해치고 있거나 해칠 우려가 있는 경우

사실 낙태죄와 관련된 규정은 낙태 허용론자나 반대론자 모두에게 큰 비판을 받았습니다. 낙태 반대론자들은 낙태죄의 형량이 지나치게 낮다고 주장합니다. 낙태죄의 법정형은 '1년 이하의 징역'으

로, 형법상 공연음란죄나 모욕죄의 형량과 비슷합니다. 태아를 인간과 유사한 생명으로 보는 입장에서는 형량이 지나치게 낮죠. 또 본인이나 배우자에게 질환이 있다는 이유로 인공임신중절수술을 허용하는 것은 '우생학적 사유에 의한 낙태'로서 비윤리적이라는 입장이고요.

반면에 낙태 허용론자들은 모자보건법이 정한 인공임신중절수술의 허용 범위가 지나치게 좁다고 주장합니다. 특히 사회적·경제적 사유에 따른 낙태, 즉 학업이나 직장 생활 등 사회 활동에 지장이 있는 상황 또는 소득이 충분하지 않거나 불안정한 상황에 따른 낙태를 전혀 허용하지 않는다고 비판했어요.

태아의 생명권을 보호하기 위해 낙태가 절대 허용되어선 안 된다는 입장부터 여성의 자기결정권을 보장하기 위해 전면 허용되어야 한다는 견해까지 낙태를 둘러싼 주장은 다양합니다. 현재 우리나라에는 사회적·경제적 사유에 의한 낙태를 어느 정도 범위까지 허용할 것인지 집중적으로 논의 중입니다. 낙태죄 헌법불합치 판결이 나온 만큼, 낙태의 허용과 금지에 관한 본질적 논쟁에서 한발 더 나아가 낙태가 정당한 상황이 무엇인지 실질적인 논의가 이뤄지고 있지요.

헌법재판소, 낙태죄의 사슬을 풀다

과거 국회와 정부에서 모자보건법상 낙태 허용 사유를 확대하려는 시도가 있었지만, 종교계의 반대로 무산됐습니다. 반대로 모자보건법상 낙태 허용 사유 가운데 우생학적 허용을 제한하려는 시도도 있었는데, 이는 여성계의 반대로 무산되었죠. 그래서 국가의 정책적 목적에 따라 규정된 낙태 허용 사유가 사회 변화에 맞춰 개정되지 못하고 지금까지 유지된 거예요.

하지만 2019년 헌법재판소의 결정으로 낙태죄는 전면 개정이 불가피해졌습니다. 헌법재판소는 자기낙태죄 조항이 임신 기간의 모든 낙태를 전면적·일률적으로 금지하고 이를 위반할 경우 형벌을 부과함으로써, 임신의 유지 및 출산을 강제해 '임신한 여성의 자기결정권을 제한'한다고 봤습니다. 재판부는 태아의 생명권은 인정되

낙태죄 위헌 여부 선고를 앞둔 2019년 11일, 헌법재판소 앞에서 낙태죄 폐지 찬성 측(왼쪽)과 반대 측(오른쪽) 단체 회원들이 기자회견을 하고 있다.

지만, 생명의 발달 과정을 여러 단계로 구분해 각 단계에 다른 법적 보호를 할 수 있다고 전제했어요. 특히 태아가 독자적 생명체가 되는 기준은 '임신 22주' 내외라고 제시하는 한편, 그 이전에는 임신한 여성이 임신·출산 여부에 관한 자기결정권을 행사하기에 충분한 시기라고 보았습니다. 그런데 이 시기에 모자보건법이 정한 예외의 경우에만 낙태를 허용하는 것은 임신한 여성의 자기결정권을 침해하기 때문에 위헌이라고 판단했죠.

이번 결정에서 특히 주목할 부분이 있습니다. 헌법재판소는 학업이나 직장 생활 등 사회 활동에 지장이 있는 상황, 소득이 충분하지 않거나 불안정한 경우, 자녀가 이미 있어서 더 이상 자녀를 감당할 여력이 되지 않는 경우, 상대 남성과 교제를 지속할 생각이 없거나 결혼 계획이 없는 경우, 혼인이 사실상 파탄에 이른 상태에서 배우자 아이의 임신 사실을 알게 된 경우, 결혼하지 않은 미성년자가 원치 않은 임신을 한 경우 등 사회적·경제적 사유 역시 낙태 허용 사유로 제시했습니다.

낙태죄 헌법불합치, 그 이후

헌법재판소는 자기낙태죄에 대해 '단순위헌' 결정이 아닌 '헌법불합치' 결정을 내렸습니다. 단순위헌 결정을 할 경우 자기낙태죄가 즉시 효력을 상실하여 모든 낙태가 허용돼 태아의 생명권을 침해할 우려가 있기 때문이죠. 헌법불합치와 단순위헌은 '헌법에 위배된다'

는 점은 같지만, 세부적인 차이가 있습니다. 단순위헌은 선고 순간부터 즉시 효력이 사라지는 데 반해, 헌법불합치는 즉각적인 무효화에 따르는 법의 공백과 사회적 혼란을 피하기 위해 법을 개정할 때까지 한시적으로 그 법을 유지합니다. 따라서 국회는 헌법재판소가 잠정 적용을 명한 2020년 12월 31일까지 자기낙태죄의 위헌적 상태를 제거하기 위해 입법할 의무가 있습니다.

낙태를 했다는 이유만으로 여성에게 형사처벌을 내려서는 안 된다고 선언한 헌법재판소 결정은 우리에게 많은 숙제를 주고 있습니다. 우선 '태아의 생명 보호'와 '임신한 여성의 자기결정권 실현'을 최적화할 수 있는 해법이 무엇인지에 관한 진지한 고민이 필요해요. 미국의 로 대 웨이드(Roe vs. Wade) 판결*처럼 임신 24주까지 여성에게 자유로운 낙태를 허용할 것인지, 사회적·경제적 사유를 어느 범위까지 인정할 것인지, 태아가 어느 정도 성장한 때부터 낙태를 강력히 금지할 것인지 등에 대한 논의가 진행돼야 하죠.

나아가 인공임신중절수술을 담당할 의사에게 양심에 따른 '낙태술 거부권'을 인정해야 하는지도 고민이 필요한 시점입니다. 구체적

* 1973년에 나온 미국 연방대법원의 판례로, 대법원은 태아가 자궁 밖에서 살아남을 가능성이 있는 시기인 출산 직전 3개월 전까지는 임신한 여성이 임신 상태에서 벗어날 결정을 내릴 권리가 있다고 판결했다. 이 판결로 낙태를 금지하거나 제한하는 각 주와 연방의 법률들이 폐지됐다. 위헌 소송을 제기한 노마 맥코비는 신변 보호를 위해 제인 로(Jane Roe)라는 가명을 사용했다. 이 판결은 그의 가명과 피고인이던 검사 헨리 웨이드(Henry Wade)의 이름을 따서 '로 대 웨이드'로 불리게 됐다.

으로 사회적·경제적 사유에 의한 낙태만 거부권을 인정할 것인지, 임부의 생명을 구하기 위한 낙태술도 거부권을 인정할 것인지 생각 해야 해요.

마지막으로 의학 기술 발전에 따라 낙태의 허용 기준이 달라져 야 하는지에 대해서도 논의가 필요합니다. 헌법재판소는 현재 의학 기술의 도움으로 태아의 독자 생존이 가능한 임신 22주 이후의 낙 태는 원칙적으로 금지해야 한다고 봤습니다. 만약 의학 기술의 발 달로 태아의 독자 생존 가능 시기가 당겨진다면, 극단적으로 정자 와 난자가 수정한 때부터 모체 밖에서 독자 생존이 가능할 정도로 의학 기술이 발전한다면 과연 낙태의 허용 범위를 어디까지 설정해 야 할까요?

사실 낙태를 어느 범위까지 허용할지는 논리적으로 결정하기가 불가능한 주제라는 생각이 듭니다. 결국 태아, 인간, 생명 등에 대한 개인적 가치관에 따라 달라지는 문제니까요. 미국에서 낙태할 권리 를 얻어 낸 기념비적 판결의 주인공 노마 맥코비(Norma N. McCor-vey)가 훗날 기독교 복음주의에 빠져 강간으로 인한 낙태까지 반대 하는 반(反)낙태주의자가 되었다는 사실 역시 이 문제가 얼마나 복 잡하고 어려운지 잘 보여 주는 사례 아닐까요?

〈밀리언 달러 베이비〉
_적극적 안락사의 허용

#안락사, #연명의료결정법, #촉탁살인죄

"프랭키는 살인죄로 처벌받아야 할까?"

과거 성공한 복서였으나 현재는 가족과 소원해진 채 돈이 되지 않는 체육관을 운영하는 프랭키(클린트 이스트우드)에게 어느 날 한 여성이 찾아옵니다. 웨이트리스인 32세의 복서 지망생 매기 피츠제럴드(힐러리 스웽크)죠. 프랭키는 선수로 키워 달라는 매기의 청을 거절하지만, 매일같이 체육관을 찾는 매기의 열정에 마지못해 마음을 바꿉니다.

매기는 프랭키의 지도 아래 훌륭한 선수로 성장합니다. 프랭키는 매기에게 '모쿠슈라'라는 이름을 붙여 주며 계속 경기를 이끌어 나가죠. 둘은 트레이너와 선수 이상으로 마치 아버지와 딸처럼 서로 의지하게 됩니다. 그들은 결국 웰터급 세계 챔피언 '푸른 곰' 빌리와 챔피언전을 치르기에 이릅니다. 프랭키는 매기에게 경기에서 이기면 '모쿠슈라'의 뜻을 알려 주기로 합니다. 하지만 불행히도 매기는 챔피언전에서 빌리의 반칙으로 경추를 다치게 됩니다. 의사들은 매기가 평생을 사지마비 상태로 지낼 수밖에 없다고 하죠.

매기의 가족들은 매기의 부상이나 아픔에는 아무 관심이 없고 그녀를 이용하려고만 합니다. 매기의 모친은 모든 재산을 자신에게 상속한다는 유언장에 서명하라며 변호사를 대동해 병실에 찾아오죠. 그런 가족들을 대신해 프랭키는 정성껏 매기를 보살핍니다. 그러던 중 매기는 욕창으로 다리를 절단해야 하는 상황이 되자 프랭키에게 자신을 죽여 달라고 부탁합니다. 프랭키는 단호하게 거절하지만 매기의 거듭된 자살 시도에 깊은 고민에 빠집니다. 결국 프랭키는 산소호흡기를 떼어 내며 치사량의 아드레날린을 주사합니다. 그러면서 '모쿠슈라'는 '나의 소중한 혈육'이라는 뜻이라고 매기의 귀에 속삭이고 병실을 나오죠.

영화 〈밀리언 달러 베이비〉(2004, 클린트 이스트우드 감독)는 안락사와 관련해 우리에게 묵직한 질문을 던집니다. 과연 우리 삶의 끝은 누가 결정할 수 있는 것일까요? 우리나라에서도 연명의료결정법이 제정되어 시행 중입니다. 현재 시행 중인 법을 기준으로 보면, 매기의 사례는 연명의료결정법에 따른 연명 의료 중단의 대상이 되지 못합니다. 합법적으로 연명 의료를 중단하려면 환자가 사망에 임박한 시점, 즉 '임종 과정'에 있어야 하는데, 매기는 임종 과정에 있지 않기 때문이죠.

따라서 우리나라에서 매기와 같은 상황에 있는 환자는 스스로 삶을 중단할 수 있는 방법이 없습니다. 도덕적으로 정당한지를 떠나 건강한 사람은 스스로 죽음을 선택할 수 있는 수단이 있지만, 매기와 같이 병실에 누워 있는 환자는 그것마저 불가능하죠. 매기는 스스로 삶을 끊기 위해 계속 혀를 깨물어서 의사들이 매기의 입에 아예 재갈을 물려 놓죠.

대한민국 형법은 '촉탁에 의한 살인죄'(촉탁살인죄)를 규정하고 있습니다. 이는 죽음을 결심한 사람의 요구로 그를 살해하는 것을 뜻합니다. 살인죄의 법정형이 '사형, 무기 또는 5년 이상의 징역'인 것에 비해 촉탁살인죄는 '1년 이상 10년 이하의 징역'입니다. 살인죄에 비하면 가벼운 처벌이지만, 촉탁살인이 중죄임은 분명하죠. 프랭키의 행위는 촉탁살인죄로 형사처벌을 받을 가능성이 높습니다. 매기의 가족들이 강력한 처벌을 호소할 경우 중한 형에 처해질 수도 있습니다. 프랭키와 매기의 관계를 법원이 충분히 알 수 있다면 판결 시 고려되겠지만, 그 관계를 입증하기는 쉽지 않겠죠.

우리 법에 따르면, 매기와 같은 환자가 자신의 의지에 따라 삶을 중단하려면 조력자가 형사처벌의 위험을 감수해야 합니다. 그렇다고 해서 촉탁살인을 허용하는 것은 생명 존중의 정신에 반할 뿐 아니라 사회적 부작용을 초래할 수 있습니다. 우리나라에서 일어나는 촉탁살인 중 가장 큰 비율은 부부 사이에서 발생하고 있습니다. 남은 자식들에게 부담을 주지 않겠다는 목적으로 부부가 자살을 선택한 과정에서 배우자 살인이 벌어지는 것이죠. 경제적 빈곤층에 대한 사회보장이 충분하지 않은 상황에서 적극적 안락사를 허용한다면, 이 같은 일이 공공연히 벌어질 수 있습니다. 따라서 사회적으로 안락사 도입 논의를 할 때 선행되어야 하는 것이 바로 사회적 돌봄 시스템의 구축입니다. 그래야 안락사를 도입하더라도 부작용을 최소화할 수 있으니까요.

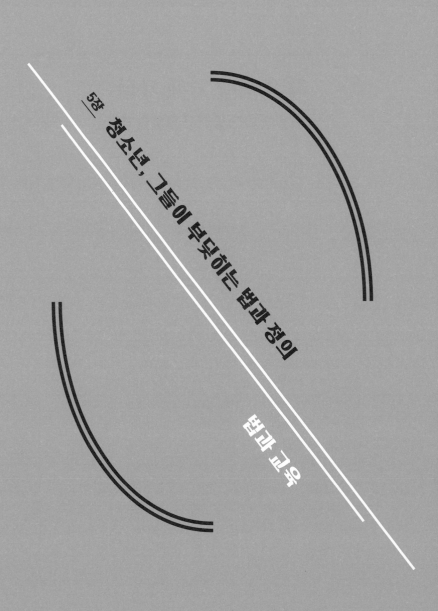

5장 _ 청소년, 그들이 부딪히는 법과 정의

법과 교육

학교 폭력 가해 사실
학생부 기재 방안은 타당한가

가해자 인권 보호

2020년 3월부터 '경미한 학교 폭력'은 학교생활기록부(학생부)에 기재하지 않는 내용의 '학교 폭력 대응 절차 개선 방안'이 시행되도록 관련 법령 및 제도가 바뀌었다. 교육부는 가해 학생에게 반성의 기회를 주고, 학생부 기재를 둘러싼 법적 분쟁을 줄여 학생 간 관계 회복을 촉진하기 위한 취지라고 밝혔다. 하지만 학교 폭력 가해자에게 면죄부를 주는 정책이라는 반론도 강력하다.

학교 폭력 조치 사항을 학생부에 기재하게 된 이유는 무엇일까? 학교 폭력 조치 사항을 학생부에 기재하여 기록으로 남길 필요까지 있을까? 그로 인해 어린 학생의 장래가 망가지는 것은 아닐까? 학교 폭력이 점점 심각해지고 있는 지금, 가해 사실의 학생부 기재를 둘러싼 법적 논란에 대해 살펴보자.

경찰대학 지망생의 일탈

박영수는 명문고 2학년생이고, 멋진 래퍼가 되는 것이 꿈이다. 한 달 남은 〈고등래퍼〉 오디션을 보려고 맹연습 중이다. 그런 영수에게 큰 고민이 있다. 같은 반 김철수라는 친구 때문이다. 철수는 경찰이 되겠다며 공부도, 운동도 열심히 한다. 문제는 벌써 자신이 경찰이 된 것처럼 행동한다는 점이다. "음악 소리가 너무 크다. 그만 들어."라며 영수의 휴대전화 전원을 강제로 꺼 버리는 일도 있었다. 영수는 기분이 많이 나빴지만, 철수가 싸움도 잘하고 친구들 사이에서 인기가 많기 때문에 그냥 참고 넘어갔다.

어느 날 영수가 쉬는 시간에 랩 연습을 하고 있을 때 철수가 갑자기 뒤통수를 세게 때리며 "야! 학교에서 무슨 랩이야. 잘하지도 못하면서…. 그냥 공부해."라고 말했다. 그동안 참아 온 영수는 "네가 뭔데?"라고 소리쳤고, 철수는 "이게 어디서 큰소리야!"라고 말하며 영수를 일방적으로 때렸다. 철수의 폭행 사실은 선생님들에게 알려졌고, 교장 선생님은 철수에게 '영수에 대한 접촉, 협박, 보복 행위 금지 및 3일간 출석 정지'라는 긴급조치 처분을 내렸다. 명문고 학교폭력대책자치위원회는 '학교폭력예방 및 대책에 관한 법률'(학교폭력예방법)에 따라 '교내 봉사 5일'을 의결하였고 이 징계 내용은 김철수의 학교생활기록부에 기재되었다.

철수는 자신의 잘못이긴 하지만 친구를 위해 한 행동이고, 무엇보다 학생부에 이 사실이 기재될 경우 경찰이 될 수 없다는 생각이 들었다. 그래서 철수와 그의 부모는 학생부에서 학교 폭력 사실을 삭제해 달라는 행정 소송을 제기했다.

서울행정법원 301호 법정

판사   원고, 학교의 긴급조치 처분이나 징계는 인정하나요?

김철수   억울한 점은 있지만, 그 부분은 인정합니다. 다만 학생부 기재는 너무 가혹합니다.

판사   학생부에 기재된다고 해서 큰 문제가 되나요?

김철수   판사님, 저는 경찰대에 가서 경찰관 되는 것이 꿈입니다. 그 꿈을 이루기 위해 새벽에 운동하고, 밤늦게까지 공부도 열심히 했습니다. 그런데 학생부에 폭력 사실이 기재되면 경찰대에 가지 못합니다. 한 번의 실수로 오랜 꿈을 포기하라는 것은 너무 가혹하지 않습니까?

판사   학생부에 학교 폭력 사실이 기재되면, 경찰대에서 불합격시킨다는 규정이 있나요?

김철수   그것까지는 알지 못하지만, 상식적으로 생각하면 입시에 불리할 것이 자명합니다. 그리고 저는 학생부에 학교 폭력 사실을 기재하는 것을 부정적으로 생각합니다. 자라나는 청소년이 잘 못하더라도 어른들은 올바른 사회인으로 성장하도록 도와야 죠. 폭력 전과가 있는 학생으로 낙인찍어 사회에서 매장하는 것이 말이 됩니까?

판사 교장 선생님께서는 어떻게 생각하시는지요?

교장 김철수 군이 평소 모범적으로 생활한 것은 잘 알고 있습니다. 하지만 교육부 지침에 따라 폭력 사실은 학생부에 기재돼야 한다고 생각합니다. 그리고 철수는 자신을 사회에서 매장했다고 말하는데, 그것은 과한 주장입니다. 학생부에 이 사실이 기재되더라도 졸업과 동시에 삭제됩니다. 물론 입시에 문제가 생길 수는 있겠죠. 이후 직장 생활에는 문제가 전혀 없고요.

김철수 선생님, 제 꿈은 경찰대에 가는 거라니까요?

[이때 방청석에 있던 박영수가 손을 든다.]

박영수 판사님, 저는 피해자 박영수입니다. 이 사건에 대해 드리고 싶은 말씀이 있습니다.

판사 박영수 군은 이 재판의 당사자가 아니므로 발언권이 없습니다. 하지만 원고와 피고가 전부 동의한다면 발언 기회를 주고 싶은데 어떤가요?

김철수·교장 동의합니다.

박영수 저는 이 재판을 지켜보면서 너무 답답합니다. 김철수는 범죄를 저질렀습니다. 하지만 저한테도 일정 부분 책임이 있다고 생각해서 형사 고소를 하지는 않았습니다. 그런데 생각을 잘못했군요. 경찰대는 공부와 운동만 잘하면 가는 곳인가요? 오히려 경찰대라면 학교에서 폭력을 저지른 학생에게 더 엄격한 기준을 들이대 탈락시켜야 하는 것 아닌가요? 학교 폭력이 입시에 반영되지 않는 것이 더 큰 문제라고 생각해요. 저는 오히려 이 사실을 학생부에 기재해야 하고, 영구적으로 삭제해서도 안 된다고 생각합니다.

김철수 학생부가 학생을 범죄자로 낙인찍기 위해 존재하나요?

박영수 낙인이라니! 오히려 진실을 알리는 역할이죠.

학교 폭력, 현장에서는 어떻게 대처하고 있나

학교 폭력이 날로 심각해지고 있습니다. 2017년에는 학교 폭력 피해를 입은 중학생이 자살하고, 초등학생이 아파트에서 투신한 사건까지 있었죠. 정부는 청소년 범죄에 능동적으로 대응하기 위해 형사미성년자 연령을 하향하고, 강력 범죄 소년에 대한 처벌을 강화하는 내용으로 관련 법률 개정을 추진하겠다고 발표했어요. 하지만 이와 같은 움직임을 두고 그 효과가 크지 않을뿐더러, 청소년을 범죄자로 낙인찍는 것이라는 반론도 적지 않습니다.

학교 폭력 대책은 그동안 여러 차례 나왔습니다. 대표적인 예는 법정 드라마 〈경찰대학 지망생의 일탈〉에 나온 학교 폭력 조치 사항 학생부 기재 지침이죠. 학교폭력대책자치위원회(학폭위)에 관해 들어 본 적이 있을 거예요. 학교에서 학폭위가 소집되어 가해 학생에 대한 징계 조치를 의결하는 장면을 보거나, 뉴스로 이 모습을 접한 이들도 있을 것입니다. 그런데 학폭위 징계 조치와 관련해 끊이지 않는 쟁점이 있습니다. 바로 일탈 행동이나 낙인 효과를 둘러싼 문제예요.

우선 학폭위는 심각한 사회문제로 떠오른 학교 폭력 문제의 예방과 대응을 위해 제정된 학교폭력예방법에 따라 도입된 심의 기구입니다. 2019년까지는 각 학교에 설치된 학폭위에서 학교 폭력의 예방과 대책에 관련된 사항을 심의했지만, 2020년 3월 1일부터는 교육지원청에 설치된 학교폭력대책심의위원회에서 관련 사항을 심의하게 됩니다. 그렇다면 법에서 금지하는 학교 폭력의 정의는 무엇일까요?

학교폭력예방 및 대책에 관한 법률
제2조(정의)

1. '학교 폭력'이란 학교 내외에서 학생을 대상으로 발생한 상해, 폭행, 감금, 협박, 약취·유인, 명예훼손·모욕, 공갈, 강요·강제적인 심부름 및 성폭력, 따돌림, 사이버 따돌림, 정보 통신망을 이용한 음란·폭력 정보 등에 의하여 신체·정신 또는 재산상의 피해를 수반하는 행위를 말한다.

1의2. '따돌림'이란 학교 내외에서 2명 이상의 학생들이 특정인이나 특정 집단의 학생들을 대상으로 지속적이거나 반복적으로 신체적 또는 심리적 공격을 가하여 상대방이 고통을 느끼도록 하는 일체의 행위를 말한다.

1의3. '사이버 따돌림'이란 인터넷, 휴대전화 등 정보 통신 기기를 이용하여 학생들이 특정 학생들을 대상으로 지속적·반복적으로 심리적 공격을 가하거나, 특정 학생과 관련된 개인정보 또는 허위 사실을 유포하여 상대방이 고통을 느끼도록 하는 일체의 행위를 말한다.

학교 폭력은 대체로 형법상 범죄행위에 해당하는 경우가 일반적입니다. 눈에 띄는 것은, 학교폭력예방법이 '따돌림'이나 '사이버 따돌림'도 학교 폭력의 하나로 정의한다는 사실입니다. 형법이나 특별 형법에는 따돌림, 집단 따돌림, 사이버 따돌림 자체를 처벌하는 규정은 없거든요(물론 따돌림 과정에서 폭행, 상해, 협박, 모욕, 명예훼손 등의 행위가 벌어지거나, 따돌림 그 자체를 모욕의 한 행위로 볼 수 있는 경우에는 형사처벌이 가능합니다). 그런데 학교폭력예방법은 따돌림을 한 학생을 징계할 수 있도록 규정합니다. 형법상 범죄에 해당하지 않더라도, 학교 폭력 유형에 해당한다고 여겨 제재가 가능하도록 한 것입니다.

소년법은 어떻게 처벌하고 있을까

학교 폭력을 비롯해 청소년 흉악 범죄가 발생하면 빠지지 않고 등장하는 것이 소년법 개정 이슈입니다. 특히 범죄를 저질러도 처벌받지 않는 '형사미성년자'의 나이를 낮춰야 한다는 여론이 거세지며 사회적 논란이 일곤 하죠(민법에서는 만 19세 미만을 미성년자라고 보며, 형법에서는 만 14세 미만을 형사미성년자라고 규정합니다). 사실 '형사미성년자'라는 개념은 과거부터 존재했습니다. 소년의 일탈 행동이야 유사 이래 계속 발생했죠. 고대 로마에서는 14세에 도달하지 않은 사람을 미성숙자로 보고, 7세 미만은 형사 책임을 지우지 않으며, 7세 이상 14세 미만의 사람은 사안별로 형사 책임을 달리 물었습니다. 오늘날의 형사 책임 연령과 큰 차이점이 있다면, 현재는 미성년자의 지적 발달을 중시하는 데 반해 과거 로마에서는 신체적인 성숙도, 즉 남성은 '생식 가능성', 여성은 '결혼 적합성'이라는 신체적 조건을 중요한 고려 요소로 삼았다는 것이죠.

우리나라는 어떨까요? 조선시대 형사 규범인 『대명률』에 따르면, 7세 이하는 반역죄를 범한 경우를 제외하고 형을 가하지 않았습니다. 이후 1912년부터 시행된 '조선 형사령'은 형사미성년의 나이를 14세로 정했고, 이후 대한민국 정부 수립으로 제정된 형법에서도 동일하게 14세였죠. 형사미성년 연령에 절대적인 기준이 있는 것은 아닙니다. 태국, 인도, 싱가포르와 같이 만 7세로 규정한 나라도 있으니까요.

보호처분 종류

종류	내용	기간 또는 시간 제한	비고(만 나이)
1호	보호자 또는 보호자를 대신하여 소년을 보호할 수 있는 자에게 감호 위탁	6개월 (6개월 연장 가능)	10세 이상
2호	수강 명령	100시간 이내	12세 이상
3호	사회봉사 명령	200시간 이내	14세 이상
4호	단기 보호관찰	1년	10세 이상
5호	장기 보호관찰	2년(1년 연장 가능)	10세 이상
6호	아동복지법상의 아동복지 시설, 기타 소년 보호 시설에 감호 위탁	6개월 (6개월 연장 가능)	10세 이상
7호	병원, 요양소 또는 소년원법상의 소년 의료 보호 시설 위탁	6개월 (6개월 연장 가능)	10세 이상
8호	1년 이내의 소년원 송치	1개월 이내	10세 이상
9호	단기 소년원 송치	6개월 이내	10세 이상
10호	장기 소년원 송치	2년 이내	12세 이상

그런데 우리나라에서는 만 14세 미만은 어떤 제재도 받지 않는 다고 오해하는 사람이 적지 않습니다. 하지만 위의 표처럼 소년법 에 따라 형벌 규범을 위반한 초등학교 5학년(만 10세)부터 만 14세 미만의 아이들은 '촉법소년'이라고 하여 다양한 제재가 가능하고, 소년원에도 송치될 수 있죠.

법원에 견학 온 학생들의 이야기를 들어 보면, 청소년이 범죄를 저지르면 무조건 소년원에 간다고 오해하는 이들이 꽤 있습니다. 법원이나 검찰은 청소년이 저지른 범죄의 경중을 고려해 처벌 정도 를 결정합니다. 소년원은 소년법에 따른 보호처분이죠. 청소년이 무 거운 범죄를 저질러 형사 법정에서 징역형을 선고받으면 소년원이 아니라 '소년 교도소'로 가게 됩니다.

검찰은 청소년이 저지른 범죄의 경중을 고려해 형사 법원에 기소하거나 법원 소년부에 송치할 수 있습니다. 형사 법원도 사건을 심리해 형사처벌이 부당하다고 판단되면 다시 법원 소년부로 송치할 수 있고요. 만약 검찰이 청소년이 저지른 범죄가 무겁다고 판단해 이를 형사 법원에 기소하고, 형사 법원에서 그대로 징역, 금고, 구류 등의 형을 선고하면 그 청소년은 소년 교도소에 수감됩니다.

소년원과 소년 교도소의 차이는 무엇일까요? 수용 기간을 보면 소년원이 2년 미만이며, 소년 교도소는 선고된 형의 집행 기한까지입니다. 가장 큰 차이는 '신분 제한'이에요. 소년 교도소에 수감될 경우 복권 기한까지 수형인(형벌을 받는 사람) 명부에 기재되어 관리됩니다. 즉 전과자로 관리가 되죠. 반면에 소년원에 수용된 사람은 그 사실이 장래 신상에 어떠한 영향도 주지 않습니다.

또 소년보호사건(만 10세 이상 14세 미만의 청소년이 소년원 입소 등 보호처분을 받은 사건)과 관계있는 기관은 해당 사건과 관련하여 재판, 수사 또는 군사상 필요한 경우 외의 어떠한 조회에도 응하면 안 된다고 규정되어 있어요. 이는 낙인 효과를 막기 위한 조치죠. 형사처분은 범죄자를 격리하여 '우리 사회를 보호'하는 목적을 가지고 있지만, 소년법상 보호처분은 범죄 소년을 수용하여 '사회로부터 소년을 보호'하는 목적을 지닙니다. 즉 청소년이 낙인 효과로 사회에서 도태되거나 배제되지 않고, 그에 관한 어떠한 불이익도 받지 않도록 조치하고 있습니다.

학생부에 학교 폭력을 기재해야 할까

그럼 학교 폭력 조치 사항을 학생부에 기재하는 것이 왜 문제가 될까요? 학교 폭력이 심각한 문제로 대두된 2011년, 학교 폭력으로 한 학생이 자살하는 사건이 발생했습니다. 이에 교육부는 아주 독특한 방안을 제시했어요. 상급 학교 진학을 중시하는 분위기를 활용하자는 것이죠. 학생부에 학교 폭력 조치 사항을 기재하면 상급 학교 진학에 불이익을 받을 수 있다는 점을 이용한 방법입니다.

하지만 이 규정이 위헌이라는 의견도 적지 않습니다. 앞서 말했 듯 소년법은 소년보호사건과 관련해 재판, 수사 또는 군사상 필요한 경우 외에는 어떠한 조회에도 응하면 안 된다고 규정하는 등 낙인 효과를 막기 위해 노력합니다. 그런데 학교에서 학생을 학교 폭력 전과자로 낙인찍어 버리는 것은 비교육적일 뿐만 아니라 학생의 행복추구권, 개인정보 자기결정권 등을 침해한다는 주장이죠.

법정 드라마와 같은 사례는 적지 않습니다. 차이가 있다면 실제로는 단순히 학생부 기재 내용만 지워 달라고 하는 것이 아니라, 학교의 징계 자체가 잘못되었다고 다투는 사건이 많죠. 2016년 헌법재판소는 학교 폭력 조치 사항의 학생부 기재와 관련한 교육부 지침에 합헌 결정을 내렸습니다. 당시 청구인은 위 교육부 지침은 학교 폭력 가해 학생에 대한 부정적인 낙인 효과를 유발할 뿐 학교 폭력의 예방에는 아무런 기여를 못한다고 주장했죠. 하지만 헌법재판소는 학교 폭력 조치 사항을 학생부에 기재하고 보존하는 방침은 "가해 학생을 선도하고 교육할 수 있는 유용한 정보"가 된다고 봤습니다. 또한 이 정보는 상급 학교로의 진학 자료로 사용됨으로써 학생들의 경각심을 고취시켜 "학교 폭력을 예방하는 데 가장 효과적인 수단"이 될 수 있다고 여겼죠. 또한 교육부 지침이 달성하고자 하는 "안전하고 건전한 학교생활"이라는 공익은 가해 학생이 입게 되는 기본권 제한의 피해와 견주어 보았을 때 그 보호 가치가 작지 않다고 보았어요. 이런 여러 가지 이유를 들어, 헌법재판소는 이 조치가 가해 학생의 개인정보 자기결정권을 침해하는 것으로 볼 수 없다고 판단했습니다.

그렇다면 법정 드라마의 결론은 어떻게 될까요? 위 헌법재판소 결정에 따라 김철수가 승소하기는 어렵습니다. 하지만 지금도 학생부 작성 및 관리 지침이 위헌이라며 개정해야 한다는 주장이 끊임없이 이어지고 있어요. 이에 교육부는 2020년 3월부터 경미한 학교 폭력은 첫 1회에 한해 학생부에 기재하지 않기로 결정했습니다. 다만 제도의 악용을 막기 위해 가해 학생이 3년 내 학교 폭력을 추가로 저지른 경우에는 기재가 유보되었던 조치를 학생부에 기재한다고 합니다.

사실 학교 폭력을 학생부에 기재하여 상급 학교, 특히 대학교 진학에 불이익을 받도록 하는 제도에는 문제가 있습니다. 가해 학생이 받는 불이익이 잘못에 비례하여 커지는 것이 아니라 가해 학생이 어떤 상급 학교에 진학할 계획을 가지고 있는지에 따라 달라지거든요. 대학교에 진학할 생각이 전혀 없는 학생에게는 학생부 기재가 별다른 불이익이 될 수 없죠. 반면에 명문대에 진학할 계획이 있는 학생에게 학생부 기재가 갖는 의미는 매우 크겠고요. 그렇다고 학교 폭력 조치 사항의 학생부 기재를 무턱대고 반대하기도 어렵습니다. 이는 날로 심해지는 학교 폭력을 막기 위한 정부의 궁여지책이니까요. 학교 폭력을 막을 수 있는 묘수가 없는지 앞으로도 고민해야 할 것입니다.

지역 인재 선발 전형

배려인가 수도권 역차별인가

국가 균형 발전과 적극적 우대 조치

심각한 수도권 집중을 해소하기 위해 지역 균형 발전이 필요하다는 것에는 이견이 없을 것이다. 지방대육성법은 지역 균형 발전을 위한 대표적 법률 중 하나다. 이 법은 지방대학의 경쟁력 저하에 따른 우수 인력 유출을 막기 위해, 지방대학을 비롯해 지방대학 졸업생에 대한 여러 지원을 규정하고 있다.

그런데 지역 균형 발전을 위해 대학 입시에서 지방 학생에게 가점을 부여하는 제도에 대해서는 어떻게 생각하는가? 지방대학의 의학계열, 약학계열의 지역 인재 선발 비율은 2018년 기준 40%를 넘어섰다. 가장 공정해야 할 대학 입시에서 지방 지역 출신자를 우대하는 정책은 수도권 학생에 대한 역차별이라고 생각하지 않는가? 뜨거운 감자인 지역 인재 전형에 대해 생각해 보자.

법정 드라마
희수의 눈물

충정고 3학년인 김희수의 장래 희망은 외과의사다. 희수는 초등학생 때 크게 다쳐서 국립 충정대병원에 한 달 넘게 입원한 적이 있었다. 그때 희수를 진료해 준 의사 선생님을 보고, 외과의사가 되기로 마음먹었다. 희수는 충정대 의과대학에 들어가려고 열심히 공부했지만 수능 점수가 부족했다. 재수를 해야 하나 고민하던 중 같은 반 친구 영철이로부터 충정대 지역 인재 전형에 대해 듣게 되었다. 충정대 의과대학에서 충청 지역 학생을 대상으로 정원의 30%를 선발한다는 것이었다. 희수는 영철이와 함께 충정대 의과대학의 지역 인재 전형에 지원했다.

그러던 어느 날, 희수는 뉴스에서 충격적인 소식을 접했다. 충정대 의과대학 지역 인재 전형에 지원한 학생의 40%가 중학교 학교생활기록부(학생부)를 제출하지 않아 불합격 처리될 것이라는 내용이었다. 영철이에게 물어보니 모집 요강에 중학교 학생부를 제출하라는 내용이 있었다며, 자신은 제출했다는 말과 함께 오히려 희수를 타박했다. 희수가 다시 모집 요강을 살펴보니 충정대에서 요구하는 '지역 인재'는 '충청도 소재 고등학교 3년간 재학' 외에도 '충청도 소재 중학교 1년 이상 재학'이라는 조건이 있었다. 덧붙여 중학교 학생부를 '방문 또는 우편'으로 제출하라고 되어 있었다.

희수는 합격·불합격을 좌우할 수 있는 중요한 내용을 추가 설명 없이 모집 요강에 작은 글씨로 적은 것은 문제이며, 대학이 지역 인재 전형에 '중학교 재학'까지 요구하는 것은 위법하다고 생각했다. 이에 희수와 그의 부모는 충정대 총장을 상대로 불합격 처분 취소소송을 제기했다.

충청지방법원 303호 법정

판사 이 사건은 희수 학생이 충정대 총장을 상대로 불합격 처분을 취소해 달라는 내용이군요. 이런 소송은 참 생소하네요. 원고 김희수와 피고 충정대 총장 측, 모두 출석했습니까?

김희수 네, 부모님도 함께 출석했습니다.

충정대 충정대 총장의 소송대리인 법무법인 충정의 김아름 변호사 출석했습니다.

판사 원고는 의과대학 지역 인재 전형 지원 자격의 '해당 지역 중학교에 1년 이상 재학'이라는 조건이 무효이기 때문에 불합격 처분이 위법하다는 입장이시죠?

김희수 네, 그렇습니다.

판사 그리고 피고는 이 같은 입시 기준이 대학의 재량권 범위 안에 있다는 입장이고요.

충정대 네, 맞습니다.

판사	원고는 왜 중학교 학생부를 제출하지 않았나요? 고등학교 학생부는 제출하지 않았던가요? 제가 학교에 다닐 때는 전부 대학으로 서류를 직접 제출했던 것 같은데요.
김희수	요즘 입학 원서 제출 방식은 판사님이 학교 다닐 때와 많이 달라졌습니다. 지금은 '마이웨이어플라이'라는 사이트에서 원서를 제출하는데, 학생부 온라인 제공에 동의하면 별도로 서류를 대학에 제출할 필요가 없습니다.
충정대	저희는 분명히 입시 요강을 통해 중학교 학생부를 '방문 또는 우편'으로 접수하라고 고지했으며, 마이웨이어플라이에도 이 같은 내용을 안내했습니다.
김희수	중요한 내용인데도, 너무 작은 글씨로 쓰여 있었습니다. 수십 페이지에 이르는 입시 요강을 꼼꼼히 읽어 보지 않으면 알 수가 없다고요. 저희 학교 선생님들도 중학교 학생부를 제출해야 한다는 사실을 알지 못했고요. 무엇보다 지원자의 40%가 제출하지 않았다는 점만 봐도 대학 측에 문제가 있는 것 아닌가요? 그리고 저는 지금이라도 학생부를 제출할 수 있습니다.
충정대	제 생각은 다릅니다. 60%의 학생이 제대로 제출한 것을 보면 원고가 오히려 부주의했다고 생각합니다. 또 원고와 같은 학생을 합격시키면 다른 학생을 불합격시켜야 하는데, 이는 불가능해요. 나아가 원서 제출 기간이 종료된 뒤 학생부 제출을 허용하면 제때 제출한 학생과 형평성 문제가 있을 수밖에 없습니다.

판사 잘 알겠습니다. 다음 쟁점으로 넘어갑시다. 원고는 '해당 지역 중학교 재학'이라는 조건 자체가 부당하다는 입장이군요. 따라서 중학교 학생부를 제출할 필요도 없고, 당연히 미제출을 이유로 불합격 처리를 하면 안 된다는 논리를 펴고 있는데, 맞나요?

김희수 네, 맞습니다. 법적 근거도 있습니다. 지역 인재 전형은 '지방대학 및 지역균형인재 육성에 관한 법률'(지방대육성법)에 근거해요. 지방대육성법 제15조는 '해당 지역의 고등학교를 졸업한 사람'을 선발할 수 있다고 규정하지, '해당 지역의 중학교를 졸업한 사람'을 선발할 수 있다고 규정하지 않습니다. 피고는 법을 위반했어요!

충정대 법에서 '해당 지역의 고등학교를 졸업한 사람'을 특별 전형으로 선발할 수 있다고 규정한 것은 맞습니다. 하지만 추가적인 자격 요건을 요구할지는 대학에 권한이 있습니다. 원고의 주장대로라면 고등학교 3년 재학을 요구하는 것도 위법합니다. 단순히 지역 고등학교를 졸업한 뒤 지역 인재 전형에 지원할 수 있다고 하면, 고등학교 3학년 때 지방 고등학교로 전학하여 지원하는 학생이 급증할 우려가 있기 때문에 이는 지방대육성법 취지에 맞지 않아요.

김희수 법이 잘못됐으면 개정해야죠. 또 대학이 법을 자기 마음대로 적용해도 되나요?

지역 인재 선발 전형, 문제는 없을까

'서울 공화국'이라는 말이 있습니다. 한국의 정치, 경제, 사회, 문화 등 모든 부분이 서울에 과도하게 집중된 현상을 일컫는 말이죠. 단순히 서울이 발전하는 것이라면 큰 문제는 없겠지만, 이로 인해 지방 인구가 지속적으로 감소하고 지방의 일자리와 교육 환경이 악화하는 악순환이 이어져 사회문제가 되었어요. 우리나라 면적의 대부분을 차지하는 농어촌 지역에 전체 인구의 약 20%만 거주한다는 사실 자체가 지방의 위기를 잘 드러냅니다.

정부는 지역의 균형 발전을 위해 여러 정책을 추진했습니다. 2004년에는 '국가균형발전 특별법'을 제정해 국가의 균형 발전을 도모했지만, 수도권 집중 현상은 아직 완화되지 않았어요. 많은 사람이 지방은 일자리가 부족하고, 교육 환경이 좋지 않다는 이유로 수도권 거주를 선호합니다. 결국 지역이 균형 있게 발전하려면 지방에 좋은 일자리를 마련하고 교육 환경도 개선해야 합니다. 지금부터 살펴볼 '지역 인재 선발 제도'는 지역의 균형 발전을 도모하고자 도입된 제도입니다. 하지만 이 제도를 둘러싸고 적지 않은 논란이 있습니다.

2014년 1월 28일 지방대육성법이 제정되었습니다. 지방대육성법은 지방대학의 경쟁력 저하에 따른 우수 인력 유출로 지역 산업이 침체되고 일자리가 부족해져서, 다시 인구와 산업 등 모든 부분이 수도권으로 편중하는 악순환이 반복되는 현상을 막고자 제정된

법입니다. 학벌주의와 대학 서열화로 인해 주입식 교육이 팽배하고 인성·감성 교육이 붕괴된 상황을 바로잡으며, 지방대학의 경쟁력 강화와 취업 시 지방 출신 학생들에게 특례를 부여하는 것을 그 내용으로 하죠. 이 법에 따라 지방대학에 대한 지원이 강화되었고, 공공 기관이나 300명 이상의 근로자를 고용하는 사업장은 일정 비율 이상을 지역 인재로 채용하도록 노력해야 합니다. 또한 지방대학에서는 특별 전형으로 해당 지역의 고등학교 또는 지방대학을 졸업한 사람을 선발할 수 있도록 규정했습니다.

지방대육성법은 제정 당시부터 논란이 많았습니다. 법에서는 '지역 균형 인재'를 '지방대학의 학생 또는 지방대학을 졸업한 사람'으로 한정하고, '지방 고등학교'를 졸업한 사람을 포함시키고 있지 않거든요(지방대육성법 제2조 제2호). 따라서 지방 고등학교 졸업자는 지방대 입학 시 특별 전형의 대상이 된다는 것 말고는, 채용에서는 별다른 혜택을 받지 못합니다. 이런 이유로 법이 정하는 지역 균형 인재의 범위를 두고 비판이 일었습니다.

예를 들어 볼까요? 지방 출신에, 초·중·고등학교를 모두 지방에서 나오고, 서울의 대학교에 입학한 A 씨는 지방대육성법에 따르면 지역 균형 인재가 아닙니다. 따라서 지역에 본사를 둔 공공 기관에 지원하더라도 유리한 점이 없죠. 반면에 서울에서 나고 자라 지방대학을 다닌 B 씨는 지역 균형 인재에 해당하고요. 이로 인해 '지역 균형 인재' 기준을 두고 형평성 논란이 빚어졌고, 평등권을 침해하기 때문에 위헌적 요소가 있다는 지적도 나왔어요. 결국 지방 고등학교를 졸업한 사람에 대한 정책은 별도로 논의하기로 하고, 우선 지방대학을 졸업한 사람에게 혜택을 부여하는 것으로 지방대육성법이 입법되었습니다.

지방대(대학원 포함)에서 신입생을 선발할 때 지방 출신 학생을 우대하는 것이 수도권 출신 학생에 대한 역차별이라는 논란도 있었습니다. 특히 가장 공정해야 할 대학 입시에서 지방 고등학교 졸업생을 수도권 고등학교 졸업생과 달리 취급하는 것을 두고 말이 많았어요. 지방대 의대·치대·한의대·약대에 수도권 출신 학생이 지원한다고 생각해 보세요. 이 학생은 모집 정원에서 30%(지역 인재 선발 권고 비율)를 제외하고 나머지 정원 내에서 치열하게 경쟁해야 할 것입니다. 그렇다고 수도권 출신 학생이 지방 출신 학생처럼 자신의 출신지에 있는 대학(수도권 소재 대학) 입시에서 혜택을 받을 수 있는 것도 아니고요. 그래서 역차별 논란이 빚어졌습니다.

지방대학 및 지역균형인재 육성에 관한 법률
제15조(대학의 입학 기회 확대)
① 지방대학의 장은 「고등교육법」 제34조에 따른 특별 전형으로 해당 지역의 고등학교(「초·중등교육법」 제2조에 따른 고등학교를 말한다. 이하 이 조에서 같다.) 또는 지방대학을 졸업한 사람(졸업 예정자를 포함한다.)을 선발할 수 있다.
② 지방대학의 장은 지역의 우수 인재를 선발하기 위하여 의과대학, 한의과대학, 치과대학 및 약학대학 등의 입학자 중 해당 지역의 고등학교를 졸업한 사람(졸업 예정자를 포함한다.)의 수가 학생 모집 전체 인원의 일정 비율 이상이 되도록 노력하여야 한다.

③ 지방대학의 장은 지역의 우수 인재를 선발하기 위하여 법학전문대학원, 의학전문대학원, 치의학전문대학원 및 한의학전문대학원 입학자 중 해당 지역의 지방대학을 졸업한 사람(졸업 예정자를 포함한다.)의 수가 학생 모집 전체 인원의 일정 비율 이상이 되도록 노력하여야 한다.
④ 해당 지역의 범위, 비율 및 그 밖에 필요한 사항은 대통령령으로 정하는 범위에서 학칙으로 정한다.

이 법에서 가장 눈여겨볼 부분은 2·3항입니다. 현재는 지역 인재 선발 조항이 권고 사항이지만, 입법 과정에서 의무 사항으로 규정해야 하는지를 둘러싸고 논란이 있었어요. 여러 논의 끝에 대학의 자율성을 보장하기 위해 권고 사항으로 규정했죠. 현재 대부분 지방대학에서 지역 인재 전형을 두고 있습니다. 또 지역 인재 전형으로 혜택을 받은 사람들이 그 지역에서 의무적으로 근무하도록 해야 하는지를 둘러싸고도 논의가 있었지만, 결론적으로 그와 같은 의무는 부여하지 않기로 했습니다.

여러분은 지역 인재 전형을 어떻게 생각하나요? 여러 견해가 있지만, 제도 자체의 정당성을 부정하는 사람은 많지 않아 보입니다. 오히려 확대해야 한다는 의견이 많죠. 2015년 8월 지방대육성법 제15조와 관련해 헌법소원이 제기되었는데 지역 인재 전형이 위헌이므로 폐지해야 한다는 주장이 아니라, 경인 소재 대학교를 지방대학에 포함해 달라는 내용이었어요.

그리고 지방대육성법은 '고등학교를 졸업한 사람'이라고 규정하는데, 지방 고등학교를 졸업만 하면 모두 같은 혜택을 주어야 하는

지도 문제가 된 적이 있습니다. 대부분 지방대학은 해당 지역 고등학교를 '졸업'한 것 외에 '일정 기간 이상 재학'할 것을 요구해요. 이런 조건이 없으면 서울에 살던 학생이 고3 말에 의과대학이 있는 지방 고등학교로 전학을 가서 지역 인재 전형에 지원하는 사례가 급증할 수 있기 때문이죠.

그런데 '중학교 재학'이라는 조건까지 요구하는 것은 조금 어려운 문제입니다. 만약 초등학교, 중학교, 고등학교 12년 동안 그 지역 학교에 다녀야만 지역 인재 전형에 지원할 수 있다고 규정하면 어떨까요? 나아가 그 지역에서 태어나야 한다는 조건까지 있다면요? 이 문제는 평등의 원칙에만 걸리는 것이 아니라, 학문의 자유나 대학의 학생 선발 자율권과 관련되어 있기도 합니다.

불합격을 취소해 달라!

혹시 여러분은 대학에 불합격했다며 소송을 제기한 경우를 본 적이 있나요? 우리나라의 교육열을 생각하면 소송이 빈번해야 하는데, 실제로 소송이 제기되는 경우는 많지 않습니다. 자신이 왜 떨어졌는지를 모르기 때문이에요. 논술을 못 본 것인지, 아니면 면접을 잘 못 본 것인지 이유를 알 수가 없는 것이죠.

국립대학에 한정하면, 원칙적으로 행정청은 행정절차법에 따라 특정한 처분을 할 때 그 이유를 국민에게 알려 줄 의무가 있습니다. 그래야 국민이 정부의 위법·부당한 행위에 소송을 제기하여 다

툴 수 있으니까요. 예를 들어 무단 횡단을 하지도 않았는데 과태료 10만 원이 부과되었다고 생각해 보세요. 과태료 통지서에 언제, 어디에서 무단 횡단을 했는지 나와야 처분이 잘못되었다는 것을 말할 수 있어요. 하지만 '네 죄를 네가 알렸다!'와 같은 방식으로 과태료를 부과한다면, 억울하더라도 소송을 제기하여 다투는 일이 매우 어렵겠죠.

그런데 대학에서는 왜 불합격 이유를 알려 주지 않을까요? 가장 직접적인 이유는 대학 입시와 같은 사항에는 행정절차법 자체가 적용되지 않기 때문입니다. 행정절차법 시행령은 '사람의 학식·기능에 관한 시험·검정의 결과에 따라 행하는 사항'에 한해 그 성질상 행정절차를 거치기가 곤란하다는 이유로 행정절차법 적용을 배제하고 있어요. 그에 따라 대학 총장은 불합격자에게 불합격 사유를 알려 주지 않아도 되죠. 그래서 대학을 상대로 한 불합격 처분 취소소송은 대학에서 미리 공표한 선발 기준이 잘못됐다고 주장하는 사례가 대부분입니다.

불합격 처분에 소송을 제기하여 승소한 사례가 없는 것은 아닙니다. 서울대를 상대로 소송을 제기하여 승소한 사례가 있습니다. 과거 고등교육법은 해외 근무자의 자녀를 대상으로 한 특별 전형 제도를 인정했습니다. 그런데 서울대는 이 전형에서 외교관·공무원 자녀에게만 과목별 실제 취득 점수의 20% 가산점을 부여했어요. 이에 특별 전형에 불합격한 학생들이 서울대 총장을 상대로 불합격 처분 취소소송을 제기했습니다. 법원은 물론 대학 측에 입시 방법에 관한 재량권이 있지만 일정한 선이 있으며, 외교관·공무원 자녀에게만 가산점을 부여하면 충분히 합격 가능한 원고가 불이익을 받을 수 있으므로 불합격 처분이 위법하다고 결론 내렸습니다.

〈희수의 눈물〉 결론은?

법정 드라마 〈희수의 눈물〉은 어떤 결론이 날까요? 최근 한 지방대 의예과 입시와 관련해 언론에 보도된 사건이 있습니다. 이 대학은 지역 인재 선발 전형에서 '해당 지역 중학교 1년 이상 수학'이라는 조건을 요구하며, 중학교 학생부를 제출할 것을 입시 요강에 기재했습니다. 그런데 고등학교 학생부는 대부분 온라인으로 제출하기 때문에, 많은 학생이 중학교 학생부를 별도로 대학에 우편 또는 방문 접수해야 한다는 사실을 알지 못했어요. 이로 인해 지역 인재 전형 지원자 가운데 40%에 이르는 학생이 서류 미제출로 불합격 처리되었습니다.

이에 불합격 처분을 다투는 소송이 제기되었고, 1·2심은 대학의 재량 범위라는 이유로 대학 측의 처분이 적법하다고 판단했습니다. 그리고 입시 요강과 원서 접수 사이트에 '중학교 학교생활기록부 제출'이라는 조건을 기재했기 때문에, 이를 강조하지 않았더라도 위법하지 않다고 밝혔죠. 원고는 대법원에 상고했지만, 대법원은 심리불속행 기각 판결을 선고했습니다. 심리불속행 기각이란 대법원이

상고심 사건 가운데 요건을 갖추지 못했다고 판단해, 추가 심리 없이 2심의 결론으로 확정짓는 것을 말합니다.

지역 인재 전형을 둘러싼 논의는 현재 진행형입니다. 최근에는 단순히 권고 사항인 선발 비율을 의무 사항으로 변경해야 한다는 논의가 국회에서 이루어지고 있어요. 실제 의학계열, 약학계열, 법학전문대학원의 지역 인재 입학 비율을 의무화하는 내용의 법률 개정안이 2019년 4월 국회에 제출되었습니다. 하지만 이에 대해서는 이미 법학전문대학원을 제외한 의학계열, 약학계열 등의 지역 인재 입학 비율이 상당히 높다는 이유로 반대하는 주장도 강력합니다. 2018년 지방대학 지역 인재 선발 비율을 보면, 의학계열은 41.3%, 약학계열은 46.1%, 의학·치의학·한의학전문대학원은 30.2%에 이릅니다(법학전문대학원의 선발 비율만 17.3%로 권고 사항보다 낮습니다). 이미 지방대학에서 지역 인재 선발 전형을 통해 법에서 권고한 비율 이상의 지역 인재를 선발하고 있다는 거죠.

반면에 지역 인재 전형이 확대되면 확대될수록 수도권 학생들이 상대적으로 불이익을 받게 된다며, 그 비율을 축소해야 한다는 의견도 나옵니다. 또 지역 인재 전형은 단순히 사는 지역에 따라 혜택을 부여하는 제도인데, 지방에 산다는 이유만으로 혜택을 주는 것에 반대하는 주장도 있고요. 지방에 산다는 이유로 사회적 약자로 간주하여 혜택을 부여하는 것은 부당하며, 오히려 개인의 경제력 등을 고려해 '진정한' 사회적 약자에게 혜택이 가도록 해야 한다는

것이죠. 지역 인재 전형, 여러분은 어떤 방식으로 존재해야 한다고
생각하나요? 폐지를 원한다면 그 이유가 무엇인가요?

학원 교습 시간
국가의 제한 조치는 정당한가

학습권 침해와 공교육 정상화

우리나라의 사교육열이 뜨겁다는 말은 하루 이틀 된 이야기가 아니다. 사교육비 부담으로 출산을 기피한다는 설문 조사 결과가 있을 정도다. 정부는 사교육을 억제하기 위한 많은 정책을 펼치고 있다. 우리나라는 학원의 교습 시간을 제한하는 법을 두고 있고, 서울특별시는 밤 10시 이후의 심야 교습을 금지하고 있다.

그런데 학생은 자아실현을 위해 스스로 원하는 교육을 받을 권리가 있고, 부모는 자녀를 자유롭게 교육할 권리가 있는 것은 아닐까? 성년인 재수생이 피시방이나 술집에서 밤늦게까지 노는 것은 규제하지 않으면서, 학원 교습 시간을 제한하는 것은 타당할까? 그동안 사교육을 억제하기 위해 국가는 수많은 정책을 펼쳤지만 대부분 실패로 돌아갔다. 국가가 사교육에 개입하는 것이 과연 정당한 일인지 생각해 보자.

법정 드라마

MATH 캐슬

예서는 어릴 때부터 수학과 교수가 꿈이었다. 수학과 교수가 되어서 리만 가설을 비롯한 여러 난제를 풀기 위해 전 세계 수학자들과 교류한다는 멋진 계획도 세웠다. 그런데 예서에게는 남들한테 말하기 어려운 고민이 있었다. 수학을 전반적으로 잘했지만, 이상하게 '확률과 통계'만은 너무 어려웠다. 이 과목 때문에 이번 학기 수학 성적도 낮을 것 같았다.

어느 날, 절친인 준수는 예서에게 '현 쓰앵님'께 수학 과외를 받자고 제안했다. 현 쓰앵님이 확률과 통계 과목에 특화된 유명 강사라는 것이다. 함께 과외를 받기로 한 예서에게 준수는 이 사실을 절대 주위에 알리지 말라고 당부했다. 현 쓰앵님의 인기가 너무 높아서 밤 10시 이후에나 수업을 받을 수 있는데, 밤 10시 이후에 수업을 듣는 것 자체가 불법이기 때문이다. 그게 말이 되느냐는 예서의 질문에, 준수는 자기도 이해는 안 되지만 법(교습 시간 제한 규정)이 그렇다고 했다.

독서실에서 매일 새벽 2시까지 공부하는 예서는 밤 10시 수업을 듣는 데 체력적인 문제는 없었지만 법을 위반하면서까지 수업을 듣고 싶지는 않았다. 아무리 생각해도 학생이 공부하는 것을 막는 이 상황이 도저히 이

해되지 않은 예서는 교습 시간 제한 규정에 대해 헌법소원을 제기하기로
했다.

헌법재판소 법정

헌법재판관 청구인 박예서, 박예서 부모님, 대리인 김철수 변호사 출석하
셨나요?

변호사 네, 모두 출석했습니다.

헌법재판관 청구인 측은 왜 교습 시간 규정이 위헌이라고 주장하나요?

변호사 청구인의 대리인 김철수 변호사입니다. 학생이 배우고자 하는
행위를 국가 공권력이 규제하는 것은 학생의 자유로운 인격
발현을 막을 뿐만 아니라, 부모의 교육권을 침해할 가능성이
크므로 신중하게 이루어져야 합니다. 이에 교습 시간 제한 규
정이 예서와 예서 부모님이 자율적으로 결정해야 할 영역에까
지 지나치게 개입하고 있다는 생각이 들어서 헌법소원을 제기
하게 되었습니다.

헌법재판관 이해관계인 서울특별시 교육감 출석하셨나요? 네, 출석하셨군
요. 이해관계인의 입장은 어떻습니까?

교육감 예서 학생의 입장도 이해는 갑니다. 하지만 교습 시간 제한 규
정은 꼭 필요한 공익을 실현할 목적으로 만들어졌습니다. 학생
들이 밤 10시 이후에 학원에서 수업 듣는 모습을 정상적이라
고 할 수 있을까요? 그리고 이로 인한 학부모들의 경제적 부담

은 어떻습니까? 지금 젊은 사람들은 사교육비 때문에 아이를 낳지 않겠다고 말합니다. 교습 시간 제한 규정은 심야 교습을 제한함으로써 학생들의 건강을 지키면서 자습 능력을 향상시키고, 학교교육을 정상화하며, 비정상적인 과외교습 경쟁으로 인한 학부모의 경제적 부담을 덜어 주는 것을 목적으로 합니다. 그 과정에서 학생들이나 부모님의 자율권이 다소 제한된다고 해도 공익을 생각한다면 이 규정이 위헌이라고 볼 수 없습니다.

예서 아빠   재판관님, 예서의 건강을 가장 걱정하는 사람은 부모인 저희입니다. 어느 부모가 자식의 건강을 걱정하지 않겠습니까? 밤 10시에 학원 수업을 듣지 않아도 예서는 스스로 새벽 2시까지 공부하는 아이입니다. 그리고 경제적 부담은 저희가 판단할 문제입니다. 실제로 이 규정 덕분에 학생들의 건강이 좋아지고, 학교교육이 정상화되고, 학부모의 경제적 부담이 줄어들었나요? 저는 아무런 효과가 없다고 생각합니다.

국가, 사교육을 제한하다

우리나라에서 지나친 사교육열로 인해 많은 부작용이 발생하고 있다는 이야기는 수없이 들었을 겁니다. 사교육비 부담으로 젊은 층이 출산을 기피한다는 설문 조사 결과까지 나왔을 정도죠. 국가는 과열된 사교육 시장을 잡기 위해 사설 학원 및 개인 과외를 규제하고 공교육 강화 정책을 여럿 펼쳤지만, 아직까지 이 문제가 해결되지 않고 있습니다. 국가는 공교육을 믿어 달라고 하는데 사람들이 사교육에 기대는 현상은 여전해요.

현재 교육 당국은 사교육을 규제하는 데 논의를 집중하고 있지만, 달리 생각해 보면 사교육이 꼭 나쁜 것은 아닙니다. 학교교육으로 충족하지 못하는 부분을 다른 방법으로 보충하는 것은 오히려 장려해야 할 일이에요. 그림에 소질 있는 학생이 학교 수업만으로는 재능을 펼칠 수 없어서 방과 후에 미술 학원에 다니면 자아실현에 큰 도움이 됩니다. 문제는 우리나라의 사교육이 학생의 개성과 소질에 따른 자아실현에 초점을 맞추지 않고, 치열한 입시 경쟁 속에서 명문대에 입학하는 것만 목표로 하는 경우가 많다는 데 있어요. 입시 경쟁으로 인해 과열된 사교육 시장이 공교육에 악영향을 끼치며, 학부모에게 부담을 준다는 비판이 나오는 이유죠.

우리나라는 수많은 정책을 통해 사교육 시장을 규제해 왔습니다. 학생은 자아실현을 위해 스스로 원하는 교육을 받을 권리가 있고, 부모는 자녀를 자유롭게 교육할 권리가 있어요. 그런데 이렇게 국가가 사교육을 강하게 규제하는 것이 타당할까요?

과거에 우리나라는 '사설강습소에 관한 법률'을 제정하여 과외 교습을 전면 금지했습니다. 그 뒤 '학원의 설립·운영에 관한 법률'(이후 법률명이 '학원의 설립·운영 및 과외교습에 관한 법률'로 개정되었으며, 여기서는 구분 없이 모두 '학원법'이라고 부르겠습니다)에서 예외적으로 초·중·고생의 학원·과외 학습과 대학(원)생의 과외 교습만 허용한 적이 있어요.

이 법률 규정에 대해 헌법재판소는 2000년에 위헌 결정을 내렸습니다. 위헌 결정에 따르면, 자녀의 양육과 교육은 일차적으로 부모의 천부적인 권리인 동시에 부모에게 부과된 의무로서, 부모는 자녀의 전반적인 교육 계획을 세우고 인생관·사회관·교육관에 따라 자유롭게 자녀 교육을 시킬 수 있는 권리를 가집니다. 부모의 교육권이 다른 교육 주체와의 관계에서 원칙적으로 우위에 선다는 의미죠.

학교교육에 관한 한 국가가 독자적인 교육 권한을 가지지만(헌법 제31조 제6항의 교육 제도 법률주의를 근거로 합니다), 학교 밖의 교육 영역에서는 원칙적으로 부모의 교육권이 더 우위에 있습니다. 헌법재판소는 친척이나 이웃집 가정주부의 교습, 뛰어난 예술인의 개인 과외 교습까지 모두 금지하는 것은 이를 통해 얻을 수 있는 공익적 성과보다 개인의 기본권 제한의 정도가 크다고 봐서 위헌이라고 판단했어요. 사교육 제한 이야기가 나올 때 항상 언급되는 헌법 규정이 있습니다.

헌법 제31조 제1항은 국민은 '능력'에 따라 '균등'하게 교육받을 권리를 가진다고 명시합니다. 이 조항은 국가에 교육제도 정비·개선 외에도 의무교육 도입 및 확대, 교육비 보조나 학자금 융자 등을 통해 경제적 불평등에 따른 교육 기회의 차등을 완화할 것을 주문하고 있습니다. 문제는 이 헌법 조항을 근거로 학교 바깥의 교육 영역까지 국가가 적극적으로 개입할 수 있는지, 개입해도 어느 정도까지 가능한지 갑론을박이 벌어진다는 거예요.

만약 국가가 국민의 교육 불평등을 완화하겠다는 목적만 가지고 사교육을 전면금지하면 어떻게 될까요? 영희는 일본어를 공부하고 싶은데, 영희가 다니는 학교에 일본어 교사가 없다면 어떻게 해야 할까요? 모든 국민이 동일한 교육만 받아야 한다는 생각은 현대사회에서 받아들여지지 않습니다. 나아가 국가가 개인의 적성에 따라 개별적으로 교육받을 수 있는 기회를 제공한다는 말도 현실성이 없죠. 원칙적인 사교육 금지는 개인적인 차원을 넘어서 국가를 문화적으로 빈곤하게 만들며, 국가 경쟁력을 떨어뜨릴 수 있습니다.

위헌 결정 이후 과외 교습은 전면 허용되었습니다. 그 대신 국가는 학원의 등록부터 운영에 이르기까지 전반적인 사항을 교육감이 지도·감독하도록 했어요. 또 지나치게 과다한 수강료에 대해서는 교육감이 조정 명령을 할 수 있습니다. 시장에서 결정되는 가격에 국가가 개입한다는 점에서, 수강료 조정 명령 제도는 다른 분야에서 찾아보기 힘든 독특한 제도예요. 이런 점을 볼 때 우리나라는 교육의 공공성을 매우 강조하는 편이며, 이 공공성을 근거로 국가가 교육에 많이 개입하고 규제한다는 사실을 알 수 있습니다.

> **학원의 설립·운영 및 과외교습에 관한 법률**
> **제16조(지도·감독 등)**
> ① 교육감은 학원의 건전한 발전과 교습소 및 개인 과외 교습자가 하는 과외 교습의 건전성을 확보하기 위하여 적절한 지도·감독을 하여야 한다.
> ② 교육감은 학교의 수업과 학생의 건강 등에 미치는 영향을 고려하여 시·도의 조례로 정하는 범위에서 학교 교과 교습 학원, 교습소 또는 개인 과외 교습자의 교습 시간을 정할 수 있다. 이 경우 교육감은 학부모 및 관련 단체 등의 의견을 들어야 한다.

공권력은 교육의 어디까지 개입할 수 있을까

2006년 학원법에 "학교 교과 교습 학원 및 교습소의 교습 시간을 제한"하는 규정이 신설되었습니다. 2016년에는 개인 과외 교습자의 교습 시간까지 제한하도록 개정되었고요. 여기서 학원법의 교습 시간 제한은 모든 학원 대상이 아니라, 초·중·고등학교 또는 이에 준하는 학교의 학생이나 검정고시 준비생에게 지식·기술·예능을 교습하는 행위를 제한한다는 것에 주의할 필요가 있습니다. 즉 학원

법의 교습 시간 제한은 우리나라의 공교육 및 입시 제도와 밀접한 관련이 있죠. 학원법은 교습 시간을 구체적으로 정하지 않고, 지방자치단체에 이를 맡기고 있습니다. 이에 관한 2020년 1월 시행 중인 서울특별시 조례를 한번 볼까요?

> **서울특별시 학원의 설립·운영 및 과외교습에 관한 조례**
> **제8조(학교 교과 교습학원 등의 교습 시간)**
> 법(학원의 설립·운영 및 과외교습에 관한 법률) 제16조 제2항에 따른 학교 교과 교습 학원, 교습소와 개인 과외 교습자의 교습 시간은 05:00부터 22:00까지로 한다. 다만, 독서실은 관할 교육장의 승인을 받아 연장할 수 있다.

대부분의 지방자치단체는 서울특별시와 마찬가지로 교습 시간을 제한하는 조례를 두고 있습니다. 다만 그 구체적인 내용은 조금씩 다릅니다. 대부분 교습 시간을 새벽 5시부터 밤 10~11시로 정하고 있죠. 특이한 점은 서울특별시의 경우 재수생도 재학생과 동일하게 교습 시간을 제한하는 반면, 경기도는 재수생의 교습 시간을 특별히 제한하지 않는다는 거예요(많은 재수 기숙 학원이 경기도에 있는 이유입니다).

교습 시간 제한 규정을 둘러싸고 논란이 있는 이유는 학생이 사적으로 배우려는 행위, 부모가 자녀를 교육하고자 하는 행위를 과연 공권력으로 규제하는 것이 타당한지가 저마다의 가치관에 따라 결론이 다르게 나오기 때문입니다. 특히 서울특별시의 경우 성인인 재수생이 피시방이나 술집에서 밤늦게까지 노는 것은 규제하지 않으면서 학원 공부 시간만 제한하는 것이 과연 옳은지를 둘러싸고 많은 논란이 있어요.

〈MATH 캐슬〉에서 본 교습 시간 제한 조항에 대해 실제로 헌법 소원이 제기된 바 있습니다. 다수의견은 교습 시간 제한 조항이 학원 심야 교습을 제한함으로써 학생들의 건강과 안전을 지키면서 자습 능력을 향상시키고 학교교육을 정상화하며, 비정상적인 과외 교습 경쟁으로 인한 학부모의 경제적 부담을 덜어 주어 사교육 기회의 차별을 최소화한다는 입장입니다. 교습 시간 제한 조항으로 제한되는 '사익'은 밤 10~11시부터 다음 날 새벽 5시까지 학원 등에서 교습이 금지되는 불이익에 불과한 반면, 학원 조례 조항이 추구하는 '공익'은 학생들의 건강과 안전, 자습 능력의 향상, 학교교육 충실화, 사교육비 절감 등이에요. 따라서 제한되는 사익이 공익보다 중대하지 않다는 이유로 헌법소원 청구를 기각했죠.

반대의견은 학생과 부모의 자율성이 보장되어야 하는 영역에 공권력이 지나치게 개입했으며, 이 조항이 학생들의 건강과 안전, 자습 능력 향상 및 사교육비 절감 등의 효과로 이어졌는지 의문이 들고, 심야 시간에 학원 교습을 받기를 원하는 학생들의 자율권을 침해한다고 봤어요. 학교 밖에서조차 부모의 판단보다 국가나 지방자치단체의 판단을 우선시하는 이 조항이 학생 인격의 자유로운 발현권, 학부모의 자녀 교육권 등을 침해한다는 논리죠.

사실 학원 심야 교습 제한이 실제로 사교육비 감소 효과로 나타

학원 밀집 지역인 서울 강남 대치동 학원가에서 강남교육청 관계
자들이 불이 켜져 있는 한 학원에 들어가 밤 10시 이후 수업을 진
행했는지에 대한 단속을 하고 있다.

났는지는 명확하지 않습니다. 학원 교습 시간 밤 10시 제한 제도로
는 초·중·고등학생의 학원 사교육비, 총사교육비 감소 효과를 가져
오지 못한다는 연구 결과도 있고요. 축소된 평일 학원 교습 시간을
벌충하기 위해 주말 학원 교습 시간이 늘어나기 때문입니다.

사교육 문제는 교습 시간 제한이 정말 학생들의 건강과 안전, 자
습 능력의 향상, 학교교육 충실화, 사교육비 절감 등으로 이어지는
지 불분명하다는 점에서 쉽게 결론을 내리기가 어렵습니다. 국가가
국민 생활에 어디까지 관여해야 하는지에 대한 각자의 생각도 다르
고요. 청소년에게 큰 영향을 미치고 있는 이 법 조항, 당사자들의 생
각은 어떨까요?

〈배드 지니어스〉
_입시 부정행위

#부정 청탁, #문제 유출, #입학 취소

"커닝 대가로 돈을 받은 린은 어떤 처벌을 받을까"

평범한 교사의 딸 린(추티몬 추엥차로엔수키잉)은 수업료가 비싼 방콕의 사립고등학교에 전학을 옵니다. 린은 그곳에서 만난 공부 못하는 '금수저' 그레이스(에이샤 호수완)와 친해져 시험 때 정답을 베낄 수 있도록 도와줍니다. 린의 소소한 부정행위는 점점 규모가 커져, 그레이스와 그레이스의 남자 친구 팟(티라돈 수파펀요)이 가세하며 큰 돈이 오가는 사업이 되죠. 집단적으로 컨닝 팀을 관리하던 린의 작전은 성공하는 듯 보였지만, '흙수저' 모범생 뱅크(차논 산티네톤쿨)의 제보로 들통이 납니다. 린이 꿈꾸던 싱가포르 유학은 물거품이 됐죠.

상심해하던 린에게 팟과 그레이스 커플은 미국 유학을 위해 필요한 국제 시험 'STIC'의 답을 알려주면 거액을 지불하겠다는 새로운 제안을 합니다. 두 사람의 일에 관여하지 않으려던 린은 기발한 커닝 방법을 생각해 내 판을 크게 키웁니다. STIC는 전 세계에서 같은 시간에 봐야 하는데, 나라들 사이의 시차를 이용해 부정행위를 한다는 아이디어죠. 시드니로 가서 먼저 시험을 치르고, 짧은 시간 안에 태국에 있는 학생들에게 정답을 알려 준다는 계획입니다. 혼자서는 불가능한 이 계획에 린은 자신과 처지가 비슷한 뱅크를 끌어들여 치밀하게 실행에 옮깁니다. 하지만 시험장의 예상치 못한 상황으로 뱅크의 부정행위가 적발됩니다. 그는 학교에서 퇴학당하게 된 것은 물론 대학 가는 길마저 사라지죠. 혐의가 발각되지 않아 무사히 귀환한 린은, 큰 죄책감을 느껴 그레이스와 팻에게 결별을 선언하고 교사가 되기 위해 노력합니다.

커닝을 소재로 한 태국 영화 〈배드 지니어스〉(2017, 나타우트 폰피리야 감독)는 입시 지옥을 겪은 모두에게 낯설지 않게 다가옵니다. 실제 영화 속 부정행위와 유사한 사건이 우리나라에서 있었습니다. 2009년 서울 강남구 유명 어학원의 영어 강사가 태국에서 미국 대학수학능력시험(SAT) 문제지를 빼돌린 뒤, 시차를 이용해 같은 날 시험을 치르는 미국 유학생에게 답안지를 전달한 일이 있었죠. SAT가 전 세계 각국에서 같은 날 현지 시각 9시경 실시되고, 시험 문제가 거의 동일하다는 사실에 착안한 일이었습니다. 해당 학원 강사는 문제 유출로 실형을 선고받았습니다. 영화 속 린, 뱅크의 부정행위는 단순히 대학 입학이 취소되는 정도가 아니라, 중한 형사처벌까지 받을 수 있는 범죄행위입니다.

현실에서는 수험생 당사자의 부모까지 부정행위에 나서는 사례도 있습니다. 한 수험생의 학부모가 대입 심사 위원에게 자신의 딸 A가 실기 시험에서 높은 점수를 받게 해 달라고 부탁하며 금품을 전달한 일이 있었습니다. A가 대학에 합격한 후 A 부모의 부정 청탁이 밝혀졌죠. 그런데 문제는 A가 부모의 부정행위를 사전에 알았다고 볼 증거가 없었다는 것입니다. 게다가 A의 시험 점수가 예상보다 높게 나와 부정 청탁을 받은 심사 위원이 A에게 준 점수를 제외하더라도, A는 대학에 충분히 합격할 수 있었습니다. 하지만 대법원은 대학이 A의 입학을 취소할 수 있다고 판단했습니다. 대학 입학 시험의 형평성, 대학 입학 제도의 공정한 운영 등 공익상 필요를 고려한 판결이었죠.

한편 학원 강사의 부정행위로 입시에 성공한 학생들의 사례도 있는데, 이때 수혜를 입은 학생들은 어떻게 될까요? 우선 학생이 학원 강사의 부정행위에 가담했다면, 당연히 입학이 취소됩니다. 논란이 되는 것은 학생이 학원 강사의 부정행위를 알았다고 볼 증거가 없을 때입니다. 이를테면 학원 강사가 학교 측 관계자로부터 입시 문제를 빼돌려 수강생들에게 특강 형식으로 알려줬는데, 해당 학생은 학원강사의 부정행위를 모른 경우죠. 비슷한 사건이 있었는데, 법원은 응시자인 학생의 합격을 취소할 수 없다고 판단했습니다. 학원 강사와 학생이 부모·자녀 관계 같은 긴밀한 가족 관계도 아니고, 부정행위가 학생의 지배 영역 안에서 이뤄진 것도 아니기 때문입니다. 따라서 법원은 학생을 부정행위자인 학원 강사와 동일시할 수 없다고 여겼습니다(해당 판결에 대해 학교가 불복하지 않아 대법원의 판결이 있지는 않습니다).

〈배드 지니어스〉는 린이 시험 주최 기관에 찾아가 STIC 부정행위를 자수하며 끝이 납니다. 진상이 밝혀지면 돈을 주고 부정행위에 가담한 태국 학생들의 점수는 모조리 무효가 될 수도 있겠죠. 자수를 했다는 이유로, 그리고 향후 부정행위 참가자들이 쉽게 자수할 수 있도록 린을 선처해도 될까요? 또 부정행위를 제안한 그레이스, 팟에게는 어떤 조치가 있어야 할까요? 공정해야 할 성적마저 돈으로 매수하는 붕괴된 교육 시스템을 고발하며 영화가 던지는 질문입니다.

6장 ___ 사회적 약자에 관한 법적 논의

법과 소수자

반려견
물건인가 생명인가

동물의 법적 지위

2019년 11월 서울서부지방법원은 경의선 숲길에 있는 식당 주인이 키우는 고양이를 다른 고양이들이 보는 앞에서 잔인하게 죽인 사람에 대해 징역 6월을 선고하고 법정구속했다. 최근 들어 법원은 동물 학대 범죄에 대해 과거보다 높은 형을 선고하고 있다. 많은 사람들이 생명이 있는 동물은 물건과 다르다며 동물 학대 행위를 더 중하게 처벌해야 한다고 주장하기도 했다.

동물이 생명이 없는 물건과 다르다는 말은 과연 법적으로 어떤 의미일까? 우리 법은 많은 사람들의 생각과 달리 동물을 물건과 똑같이 취급하는 것은 아닐까? 우리나라 법이 동물을 어떻게 바라보고 있는지 살펴보고, 앞으로 동물 보호에 대한 논의가 더 활발히 진행되어야 하는 이유를 생각해 보자.

뒤뜰의 파트라슈

김영희는 '펫러브'라는 반려동물 보호 단체에 정기적으로 기부한다. 펫러브는 강아지 공장에서 학대받은 강아지를 구조한 뒤 분양하는 단체인데, 그 단체의 대표인 박철수가 개인 돈을 지출하면서까지 구조 활동을 하는 것으로 유명하다. 그 마음에 감동한 영희는 봉사 활동을 하기 위해 펫러브 사무실로 찾아갔다. 그곳에는 '파트라슈'라는 치와와가 있었다. 파트라슈는 철수가 강아지 공장 주인에게 5만 원을 주고서 구조해 온 강아지라고 했다. 영희는 처음 본 파트라슈가 유독 자신을 따르는 모습에 큰 기쁨을 느꼈다. 집에 돌아온 영희는 파트라슈를 입양하기로 마음먹고 다시 펫러브 사무실로 갔다.

그런데 파트라슈의 모습은 보이지 않았다. 철수가 큰 질병을 앓고 있는 파트라슈를 치료비가 많이 든다는 이유로 병원에 데려가지 않고 뒤뜰에 그냥 방치해 둔 것이다. 영희는 철수에게 당장 파트라슈를 병원에 데려가거나 자신에게 넘기라고 요구했다. 하지만 철수는 자신이 사 온 강아지라며 병원에 데려갈지 안 데려갈지는 본인이 판단할 문제라고 소리쳤다. 그리고 영희에게 소란을 피우지 말고 나가라고 했다. 더 이상 대화가 의미 없다고 생각한 영희는 뒤뜰에 묶여 있는 파트라슈를 그대로 데리고 나온 뒤 동물병원에 입원시켰다. 하지만 파트라슈는 일주일도 지나지 않아 세상을 떠나고 말았다. 철수는 영희가 자신의 강아지를 훔쳐 갔다며 고소했고, 검사는 영희를 절도죄로 기소했다.

서울중앙지방법원 317호 법정

판사   피고인 김영희 씨, 출석하셨나요?

김영희   네, 출석했습니다.

판사   검사 측, 공소사실의 요지를 밝혀 주시죠.

검사   피고인 김영희가 박철수 소유의 강아지를 목줄을 풀고 데려가는 방법으로 훔쳤다는 것이 공소사실의 요지입니다.

판사   피고인은 공소사실을 모두 인정하나요?

김영희   판사님, 제가 파트라슈의 목줄을 풀고 데려간 사실은 인정합니다. 하지만 훔친 것은 아닙니다. 박철수는 동물 보호 단체의 대표로서 파트라슈를 건강하게 보살필 의무가 있습니다. 박철수가 그 의무를 이행하지 않아서 제가 대신 이행한 거예요.

검사   이는 '절도죄 사건'입니다. 피고인의 주장은 현행법에 전혀 맞지 않습니다. 박철수는 돈을 주고 파트라슈를 사 왔습니다. 법적으로 엄연히 그 소유권은 박철수 개인에게 있죠. 어떤 치료를 받게 할지도 소유자인 박철수가 판단하고 결정할 사안입니다. 피고인의 주장은 반려견을 제대로 돌보지 않는 주인이 있으면 누구나 그 주인으로부터 반려견을 훔칠 수 있다는 논리입니다. 이게 말이 되는 주장입니까?

김영희 저는 동물 보호 단체의 대표라는 사람이 동물을 보호할 책임과 의무를 다하지 않아서 대신 그 역할을 한 것뿐입니다. 그리고 어떻게 반려동물을 책상이나 의자 같은 물건과 똑같이 취급합니까? 살아 있고 고통을 느끼는 동물이 어떻게 물건이 될 수 있나요? 제 주장이 법에 맞지 않다니요. 검사님은 동물보호법을 모르시나요? 동물보호법 제3조를 보세요. "누구든지 동물을 사육·관리 또는 보호할 때는 동물이 고통·상해 및 질병으로부터 자유롭도록 해야 한다."라고 정하고 있습니다. 검사님이 그토록 강조하는 법에 그렇게 나와 있다고요!

생명이 있는 동물, 물건처럼 여겨도 될까

제가 법원에 견학 온 학생들에게 자주 하는 질문이 있습니다. "동주가 수지의 열 살 된 반려견을 크게 다치게 했습니다. 수지는 반려견 치료비로 300만 원을 지출했죠. 한편 수지의 반려견과 같은 품종·나이의 강아지를 입양하기 위해 필요한 돈은 5만 원이에요. 동주가 수지에게 재산상 손해배상으로 얼마를 지급해야 할까요?"

질문을 조금 바꿔 보죠. 만약 성준이가 수지의 추억이 깃든, 10년 된 휴대전화를 망가뜨렸다면 어떨까요? '중고나라'에서 5만 원이면 같은 사양의 휴대전화를 충분히 살 수 있는데, 이를 수리하는 데 300만 원이 든다면 성준이는 수지에게 재산상 손해배상으로 얼마를 지급해야 할까요?

이 사례는 제가 쓴 『사회, 법정에 서다』라는 책에 나오는 사례를 변형한 것입니다. 학생들에게 물으면 정말 다양한 대답을 들을 수 있습니다. 많은 학생이 동주와 성준이 모두 5만 원보다는 많이, 300만 원보다는 적게 지급해야 한다고 대답해요. 5만 원 또는 300만 원 가운데 양자택일만 가능하다고 하면 동주는 300만 원을, 성준이는 5만 원을 배상해야 한다고 생각하는 학생이 다수입니다. 이와 같이 답한 이유를 물으면 대부분 반려견은 휴대전화와 같은 물건이 아니기 때문이라고 말하죠.

생명체인 반려견을 생명이 없는 가방이나 책상 같은 물건과 똑같이 취급할 수 있는지, 만약 반려견이 물건과 다르다면 구체적으로 어떤 지위를 부여해야 하는지는 명확히 답하기 어려운 문제입니다. 과거에는 동물을 물건으로 취급하는 데 이견이 없었습니다. 그런데 반려동물이 증가하면서 동물을 물건처럼 여기는 것이 정당하느냐는 의문이 생겼어요. 그 의문은 소나 돼지처럼 기존에 식용 대상으로만 여겨 온 동물에게까지 이어져, '동물에게도 사람과 같은 권리가 있는지'에 대한 논의로 이어지고 있습니다.

법적으로 사람과 동물의 '지위'나 '관계'가 문제 된 것은 비교적 최근의 일입니다. 하지만 인간과 동물에 관한 철학적 논의는 오래전부터 존재했어요. 고대 그리스의 사상가 피타고라스(Pythagoras)는 윤회·부활 사상에 기반을 둔 인간과 동물의 평등사상을 바탕으로 동물 살생을 행하는 제사를 거부했습니다. 하지만 동물에 대한 권리를 인정하는 견해는 소수였어요. 아리스토텔레스(Aristoteles)는 동물에 대해 특별한 도덕적 고려를 하지 않았어요. 식물·동물·인간이 모두 영혼을 가지고 있지만, 인간의 영혼이 생명체 가치 서열에서 최상위에 위치한다고 봤기 때문입니다. 프랑스의 철학자 데카르트(René Descartes) 역시 인간의 이성적 능력을 이유로 인간의 우월적 지위를 강조했고요.

인간이 동물보다 우월하다는 견해는 이성 중심적인 서구 사상의 지배적인 흐름으로 굳어졌습니다. 이는 기독교 사상에서도 마찬가지입니다. 중세 교회와 신학의 기초를 놓은 아우구스티누스(Aurelius Augustinus)는 동물을 단지 인간의 유용성을 위한 물건이라고 봤어요. 그가 주장한 '살해 금지'는 전적으로 인간에게만 적용되었죠. 중세 신학의 정점을 이룬 토마스 아퀴나스(Thomas Aquinas) 역시 창조물의 계층적 구조에 영향을 받아서 동물은 인간을 위해 존재하는 것으로 여겼고요.

그런데 어느 순간 생명체가 이성이 없고 언어를 구사하지 않더라도 고통을 느낀다면 인간과 마찬가지로 보호받아야 한다는 '감각 중심'의 관점이 등장했습니다. 그리고 이 관점은 동물 보호의 중요한 이론적 토대가 되었습니다. 공리주의자 제러미 벤담(Jeremy Bentham), 동물 복지론자의 대표적인 이론가 피터 싱어(Peter Singer)가 이런 부류의 사상가들이죠.

현행법상 동물의 지위

우선 민법은 동물을 컴퓨터, 휴대전화, 책상, 연필 등과 똑같이 '물건'으로 취급하고 있습니다. 민법은 권리에 관한 기본법인데, 사람은 살아 있는 동안 권리와 의무의 주체가 된다고 규정합니다(민법 제3조). 사람이 아님에도 권리와 의무의 주체를 인정하고 있는 것은 법인이 있을 뿐이죠(민법 제34조). 따라서 현행법 체계에서 동물은 물건으로, 권리의 객체에 해당합니다. 생명이 있는지, 고통을 느끼는지, 사람과 특별한 정서적 유대 관계가 있는지 등을 불문하고 사람이 아니면 모두 똑같이 물건으로 보죠.

하지만 조금 시야를 넓혀 보면, 우리 법이 물건과 조금 다르게 동물을 취급한다는 것을 알 수 있답니다.

동물보호법
제2조(정의)
이 법에서 사용하는 용어의 뜻은 다음과 같다.
1. "동물"이란 고통을 느낄 수 있는 신경 체계가 발달한 척추동물로서 다음 각 목의 어느 하나에 해당하는 동물을 말한다.
   가. 포유류
   나. 조류
   다. 파충류·양서류·어류 중 농림축산식품부장관이 관계 중앙행정기관의 장과의 협의를 거쳐 대통령령으로 정하는 동물

동물보호법 시행령
제2조(동물의 범위)
동물보호법 제2조 제1호 다목에서 "대통령령으로 정하는 동물"이란 파충류, 양서류 및 어류를 말한다. 다만, 식용(食用)을 목적으로 하는 것은 제외한다.

법적으로 "동물이란 무엇인가?"라고 물으면 답하기가 어렵습니다. 법률마다 동물의 개념이 다르기 때문이죠. 동물보호법은 '고통을 느낄 수 있는 척추동물'에 한정해서 동물로 인정하고 있습니다. 또 파충류, 양서류, 어류 가운데 식용을 목적으로 하는 것은 동물로 보지 않고요. 동물보호법에 의하면 식용을 목적으로 한 어류는 동물보호법상 학대가 문제 될 여지는 없지만, 전시를 목적으로 한 어류(대표적으로 수족관에 있는 어류)는 문제 될 가능성이 있죠.

동물보호법
제7조(적정한 사육·관리)
① 소유자 등은 동물에게 적합한 사료와 물을 공급하고, 운동·휴식 및 수면이

동물보호법 제7조는 동물이 질병에 걸린 경우 소유자가 필요한 조치를 취하도록 "노력하여야 한다."라고 모호하게 규정할 뿐, 이를 위반했을 때 어떤 제재를 가한다고 명시하진 않습니다. 그런데 여기서 중요한 점은 법이 고통을 느끼는 특정한 동물에 대해 물건과는 다른, 특별한 취급을 한다는 거예요. 아픈 동물을 바로 치료하지 않는 행위를 넘어 동물을 학대하는 행위를 금지하는 것이죠. 그 행위가 지나치면 징역형까지 선고할 수 있습니다. 즉 내 소유의 휴대전화를 망치로 부수는 행동은 아무런 문제가 되지 않지만, 반려견을 망치로 때리는 행위는 동물 학대로 형사처벌을 받을 수 있다는 것입니다.

실제로 법정 드라마 〈뒤뜰의 파트라슈〉와 유사한 사건이 있었습니다. 김영희는 '소유자는 질병에 걸린 동물을 신속하게 치료하도록 노력하여야 한다'는 동물보호법 제7조 제2항을 근거로 자신의 행위가 정당방위라고 주장했어요. 언뜻 보면 김영희의 주장이 설득력 있어 보이지만, 현행법상 정당방위 주장이 받아들여지기는 어렵습니다.

우리 형법상 정당방위는 "자기 또는 타인의 법익에 대한 현재의 부당한 침해를 방위하기 위한 행위"인데, 여기서 자기 또는 타인은 권리의 주체, 즉 사람 또는 법인이어야 해요. 박철수가 질병에 걸린 파트라슈를 치료하기 위해 아무런 노력을 하지 않는다고 해도, 그로 인해 '어떤 사람'의 법익이 침해되나요? 파트라슈에게 문제가 생겼더라도 그것은 파트라슈의 소유자, 즉 박철수의 재산권에 대한 침해로 볼 수 있을 뿐 다른 사람의 법익이 침해됐다고 보기 어렵습니다.

동물의 권리를 인정한다면, 살처분은 어떻게 할 것인가

일부 학자는 동물 보호 문제를 인간 중심의 관점에서 벗어나서 다뤄야 한다는 주장을 폅니다. 동물이 학대받으면 사람의 마음이 아프기 때문에, 또는 가축이 나쁜 환경에서 자라면 결국 그 고기를 먹는 인간에게 피해가 오기 때문에 동물을 보호해야 한다는 인간 중심의 관점에서 탈피해야 한다는 의미입니다. 이들은 '동물 보호'가 고통을 피하고 싶은 동물의 권리를 인정하는 방향으로 이루어져야 한다고 말해요.

여러분은 구제역이 발생했을 때 돼지가 살처분되는 장면을 뉴스로 본 적 있나요? 구제역뿐만이 아닙니다. 지난 2019년 돼지열병 바이러스 사태가 걷잡을 수 없이 커지자, 정부는 경기도 파주 등 4개 시·군의 사육 돼지 전량(38만여 마리)을 살처분했죠. '살처분'의 '살(殺)'은 생명을 죽이는 행위입니다. 이 '생명을 죽이는 처분' 규정은 가축전염병 예방법 제20조에 명시되어 있어요.

> **가축전염병 예방법**
> **제20조(살처분 명령)**
> … 다만, 우역, 우폐역, 구제역, 돼지열병, 아프리카돼지열병 또는 고병원성 조

류인플루엔자에 걸렸거나 걸렸다고 믿을 만한 역학조사·정밀검사 결과나 임상증상이 있는 경우에는 그 가축이 있거나 있었던 장소를 중심으로 그 가축전염병이 퍼지거나 퍼질 것으로 우려되는 지역에 있는 가축의 소유자에게 지체없이 살처분을 명할 수 있다.

가축전염병 예방법은 구제역 등의 질환이 퍼지는 것을 막기 위해 그 지역에 있는 모든 가축을 살처분할 수 있다고 정합니다. 인간 중심의 사고가 아니라 동물 중심의 사고, 동물의 권리를 인정하는 방향으로 접근한다면 이 같은 예방 목적의 살처분을 허용할 수 있을까요? 수백만 마리의 돼지를 구제역에 걸릴 위험이 있다는 이유만으로 땅에 파묻는 행위가 가능할까요? 그렇다고 해서 살처분을 금지하는 것은 타당한 해결책일까요? 동물의 권리는 인간에게 해를 끼치지 않는 범위 안에서만 제한적으로 인정해야 할까요? 동물은 인간의 삶에 깊숙하게 연결되어 있기 때문에, 이같이 여러 논란을 낳습니다.

김영희는 절도죄로 처벌을 받았을까

법정 드라마에서 김영희는 절도죄로 형사처벌을 받았을까요? 실제 비슷한 사건에서는 대법원에서 무죄가 선고되었습니다(1심 유죄, 2심 무죄). 다만 정당방위는 인정되지 않았어요. 무죄의 이유는 김영희에게 '고의'가 없었기 때문입니다. 단순히 병원에 데려가서 진료를 받게 한 것만으로는 파트라슈를 빼앗을 고의가 '증명'되지 않는다는 것이죠. 사실 저는 이 사건은 굉장히 특수한 여러 사정이 있기 때문에, 사실관계가 조금만 달라지면 절도의 '고의'를 인정할 수 있다고 생각합니다.

동물을 어떻게 여겨야 하는지는 매우 복잡하고 어려운 문제입니다. 동물의 법적 지위에 관한 이야기는 하루 종일 해도 시간이 부족할 정도예요. 앞서 본 동주와 수지의 사례를 떠올려 보세요. 동주가 수지에게 300만 원을 배상해야 한다고 생각하는 이가 분명 있겠죠? 동주의 재산이 원룸 하나뿐이라 할지라도, 동주는 원룸을 팔아서라도 수지에게 300만 원을 물어 주어야 한다고요.

그런데 상황을 조금만 바꿔서 생각해 보죠. 견주 수지가 전 재산이 원룸 한 채인 상황에서 실수로 자신의 반려견을 크게 다치게 했다면, 과연 수지는 원룸을 팔아서라도 반려견을 병원에 데려가 치료를 받게 해야만 할까요? 동주와 달리 수지가 반려견을 병원에 데려가지 않아도 된다면 그 이유는 무엇일까요? 반려견을 단순한 물건이 아니라 고유의 권리를 가진 법적 주체라고 본다면 결론이 달라질까요? 반려동물 인구가 증가함에 따라 동물의 권리를 둘러싼 논쟁은 꾸준히 증가할 것으로 보입니다. 동물보호법 제1조가 명시한 바와 같이 '사람과 동물의 조화로운 공존'을 위해 어떻게 해야 할지, 구체적인 논의가 필요한 시점입니다.

난민 보호
그 이면과 진실

난민법의 현대적 과제

2018년 한국에서 난민 문제가 뜨거운 이슈로 떠올랐다. 제주도에 500여 명의 예멘 난민들이 무비자로 입국해 난민 신청을 하면서부터다. 난민 수용 반대와 난민법 폐지가 계속 요구되고 있는 가운데, 정부는 난민법 폐지는 불가하지만 그 대신 난민 심사를 강화하겠다는 답변을 내놓았다.

그런데 우리나라에서 난민 신청을 한 사람이 2018년에만 무려 1만 6,173명이라는 사실을 알고 있는가? 실제 우리나라에서 난민으로 인정받는 사람은 극히 드물다. 난민 인정률이 약 2%에 불과해, 전 세계 평균인 38%에 크게 못 미친다. 그런데도 난민 신청자는 왜 급증하고 있을까? 난민의 개념과 우리나라 난민법의 역사를 통해 난민을 둘러싼 여러 문제에 대해 생각해보자.

난민 소송의 재구성

이레 사와디는 카메룬 국적의 외국인으로, 2012년 3월 1일 단기 방문 체류 자격으로 우리나라에 입국했다. 2012년 4월 5일 그는 서울출입국관리사무소(현재 '서울출입국·외국인청')에 "자신은 카메룬에서 영어권 지방의 분리 독립을 주장하는 남부카메룬전국회의 핵심 간부로, 카메룬 정부에 의해 감금 및 고문을 당할 우려가 있다"며 난민 신청을 했고, 다음 날 체류 자격을 기타(난민 신청자)로 변경한 뒤 서울에 체류했다.

서울출입국관리사무소장은 2014년 3월 25일 사와디가 난민임을 인정할 증거가 없다는 이유로 '불인정' 결정을 내렸고, 이에 사와디는 2014년 4월 10일 법무부 장관에게 이의신청을 했으나 같은 해 12월 10일에 기각되었다. 그는 다시 12월 30일에 사무소장을 상대로 난민 불인정 결정 취소청구소송을 제기했지만, 변론 기일에 출석하지 않아 2015년 5월 2일 '소 취하 간주'가 되었다.

사와디는 같은 해 7월 7일에 다시 난민 신청을 했고, 7월 14일 불인정 결정을 받자 또 법무부 장관에게 이의신청을 했으나 9월 24일에 기각되었다. 그 뒤 다시 사무소장을 피고로 해 소송을 제기했고 2016년 4월 29일

원고의 청구는 기각되었다.

한편 사와디는 이의신청 결과를 기다리던 중 사무소장에게 난민 신청자 자격 체류 기간 연장을 신청했으나, 사무소장은 사와디가 '남용적 난민 재신청자'에 해당한다는 이유로 연장 불허 결정을 내렸다. 다만 난민 소송이 진행 중이라 출국 기한은 유예해 주었다.

2016년 10월, 그는 자격 없이 취업하여 경제활동을 하다가 적발되었다. 이에 사무소장은 사와디에게 강제퇴거명령과 보호명령을 내리고, 그를 외국인 보호소에 강제로 수용하였다.

서울행정법원 301호 법정

판사　원고 사와디 씨, 그의 소송대리인으로 법무법인 행복한세상의 김민정 변호사님 출석하셨습니다. 그리고 피고 나원칙 출입국관리 사무소장님이 소송수행자로 출석하셨죠? 원고는 한국말을 할 줄 아나요? 통역인이 없어도 괜찮나요?

사와디　네, 할 줄 압니다. 통역인이 없어도 괜찮습니다.

판사　원고가 취업 자격 없이 경제활동을 했고, 피고가 이를 이유로 강제퇴거명령과 보호명령을 내린 뒤 외국인 보호소에 강제로 수용한 사건이군요. 먼저 피고가 강제퇴거명령과 보호명령을 내린 이유를 말씀해 주시겠어요?

나원칙　저희 출입국관리사무소는 피고가 난민 제도를 악용한다고 판단했습니다. 사와디 씨를 난민으로 인정할 만한 아무런 증거가 없습니다. 카메룬에서 어떤 정치 활동을 했는지 알 수 없고, 고문 가능성을 주장하지만 이 또한 증거가 없습니다. 그리고 이미 소를 제기했다가 자신의 과실로 소 취하 간주가 된 점도 중요하게 고려했습니다.

김민정   판사님, 방금 피고는 난민으로 인정할 객관적 증거가 없다고 말했습니다. 그런데 도대체 객관적 증거가 무엇인가요? 카메룬 정부에서 '원고를 고문할 예정'이라고 확인한 문서를 받아 오라는 말씀인가요? 원고는 반정부 운동을 한 사람입니다. 카메룬 정부에서 원고를 위해 문서를 발급해 줄 리가 없죠. 카메룬으로 돌아가면 강제로 구금당하고 고문받을 수 있는 원고가 어떻게 그곳에 가서 증거를 수집합니까?

나원칙   사와디 씨의 말 외에는 증거가 없는 상황인데, 그는 자신이 카메룬에서 어떤 정치 활동을 했는지 설명도 잘 못 해요. 무엇보다 원고는 이미 난민 신청을 했고 법원에 소송까지 제기했습니다. 그런데 소송 진행 중에 또 난민 신청을 한 것은 단지 국내 체류 기간을 연장하기 위한 목적 아닌가요? 그리고 사와디 씨는 취업 자격이 없는데 무단으로 취업하여 영리 활동을 했습니다.

김민정   이미 소송을 제기했다가 원고가 법률적 지식이 부족하여 변론 기일에 출석하지 않아 소 취하 간주가 된 것은 사실입니다. 그렇지만 사와디 씨는 난민 여부를 법원에서 제대로 판단받은 적이 없다는 점을 고려해 주시기 바랍니다. 그리고 원고가 자격 없이 취업한 것을 문제 삼으시는데, 현재 난민 심사가 수년씩 걸리는 건 잘 아시죠? 우리나라에 아무런 연고가 없는 원고에게 취업하지 말라는 것은 굶어 죽으라는 말과 같은 의미입니다. 취업이 안 된다면 국가에서 생계비를 지원해 줘야죠. 이게 말이 됩니까?

난민 제도는 어떻게 시작되었을까

2018년 5월 제주도에 예멘인 500여 명이 입국해 난민 신청을 했습니다. 이를 계기로 우리나라의 난민 정책을 둘러싸고 격렬한 논쟁이 일어났죠. 이미 많은 난민 신청자가 난민법을 악용해 대한민국에 체류하며 혜택을 누린다는 이유로, 난민 수용 반대와 난민법 개정을 요구하는 시위도 벌어졌습니다. 청와대 국민 청원 게시판에 난민 수용을 반대하는 취지로 올라온 청원에는 약 70만 명의 국민이 참여했습니다. 또 일부 국회의원은 현행 난민 인정 제도가 악용되고 있다며 난민법 개정안을 발의하기도 했죠.

다른 한편에서는 우리나라의 난민 지위 인정 비율이 극히 낮으며, 경제력이나 현재 난민 신청자 수를 고려할 때 더 많은 난민을

2018년 예멘인 난민 신청자들이 제주 출입국·외국인청에서 1년간의 인도적 체류 허가를 받고 청사를 나서고 있다.

받아들여야 한다고 주장합니다. 두 주장 모두 일리가 있어 어느 한 쪽 편만 들기는 쉽지 않은 상황이에요. 현재 우리나라에서 난민으로 인정받은 사람 수는 적지만, 난민 신청자 지위로 체류하는 사람은 적지 않으며 그 수도 점점 많아지고 있답니다.

사실 난민이라는 개념이나 난민 보호 제도가 생긴 지는 그리 오래되지 않았습니다. 제1차 세계대전이 끝난 무렵, 비로소 난민 보호 제도가 국제사회에서 논의되기 시작했어요. 1917년에 러시아혁명이 일어나자, 당시 귀족 편에서 싸운 지휘관과 그 가족 등 약 100만 명이 넘는 사람이 러시아를 탈출해 동유럽 등지를 떠돌게 되었습니다. 하지만 러시아 난민 대부분은 레닌(Vladimir Lenin)에 의해 국적이 박탈되어 유효한 여권을 가질 수 없었고, 힘든 경로로 타국에 입국하더라도 취업을 할 수 없었죠. 이에 국제연맹은 1921년 노르웨이 출신의 외교관인 난센(Fridtjof Nansen)을 러시아 난민을 위한 고등판무관으로 임명하고 그들에게 '난센 여권'을 발급했어요(북극 탐험가로 유명한 '난센' 맞습니다). 이때 약 45만 명의 난민에게 난민 신분과 이동의 자유를 준 것이 난민 보호 제도의 시작입니다.

이후 난민 보호 제도가 국제연합(UN)에서 본격적으로 논의되기는 했지만, 그 보호 범위는 넓지 않았습니다. 1951년 7월 유엔총회에서 '난민의 지위에 관한 협약'(난민 협약)이 체결되었지만, 이 협약은 난민의 개념을 '1951년 1월 1일 이전 유럽에서 발생한 사건으로 인해 난민이 된 경우'로 한정했어요. 즉 아시아나 아프리카에서 박해를 받아 국적국을 떠났더라도 난민 협약으로 보호받을 수 없었죠. 1967년에 이르러서야 시간적·장소적 제한을 폐지하는 '난민의 지위에 관한 의정서'(난민 의정서)가 채택되었습니다. 현재 난민 협약과 난민 의정서에는 150여 국가가 가입했어요.

우리나라 난민 제도의 현황

우리나라에서 난민 제도는 언제 생겼을까요? 이 역시 역사가 짧습니다. 난민 의정서는 1992년, 난민 협약은 1993년에 각각 발효되었죠. 그에 따라 출입국관리법이 개정되었고, 1994년에 비로소 난민 제도가 도입되었습니다. 그러나 2000년까지 우리나라에서는 단 한 명의 난민도 인정되지 않았습니다. 이후 2001년에 최초로 에티오피아 국적의 난민 신청자가 난민으로 인정받았고, 2003년부터 난민 인정자가 점차 늘어났어요. 2012년에 드디어 난민법이 제정되었고요.

난민법에서 난민은 "인종, 종교, 국적, 특정 사회 집단의 구성원인 신분 또는 정치적 견해를 이유로 박해를 받을 수 있다고 인정할 충분한 근거가 있는 공포로 인하여 국적국의 보호를 받을 수 없거나 보호받기를 원하지 않는 외국인 또는 그러한 공포로 인하여 대한민국에 입국하기 전에 거주한 국가로 돌아갈 수 없거나 돌아가기를 원하지 않는 무국적자인 외국인"으로 규정합니다. 심사를 거쳐 난민으로 인정받은 외국인을 '난민 인정자'라 하고, 우리나라에 난민 인정을 신청한 외국인을 '난민 신청자'라 하죠.

난민법
제2조(정의)
4. "난민 인정을 신청한 사람"("난민 신청자"라 한다)이란 대한민국에 난민 인정을 신청한 외국인으로서 다음 각 목의 어느 하나에 해당하는 사람을 말한다.
   가. 난민 인정 신청에 대한 심사가 진행 중인 사람
   나. 난민 불인정 결정이나 난민 불인정 결정에 대한 이의신청의 기각 결정을 받고 이의신청의 제기 기간이나 행정심판 또는 행정소송의 제기 기간이 지나지 아니한 사람
   다. 난민 불인정 결정에 대한 행정심판 또는 행정소송이 진행 중인 사람

제3조(강제 송환의 금지)
난민 인정자와 인도적 체류자 및 난민 신청자는 난민 협약 제33조 및 「고문 및 그 밖의 잔혹하거나 비인도적 또는 굴욕적인 대우나 처벌의 방지에 관한 협약」 제3조에 따라 본인의 의사에 반하여 강제로 송환되지 아니한다.

제40조(생계비 등 지원)
① 법무부 장관은 대통령령으로 정하는 바에 따라 난민 신청자에게 생계비 등을 지원할 수 있다.
② 법무부 장관은 난민 인정 신청일부터 6개월이 지난 경우에는 대통령령으로 정하는 바에 따라 난민 신청자에게 취업을 허가할 수 있다.

난민으로 인정받으면 사실상 기간 제한 없이 우리나라에서 체류할 수 있고, 별도의 허가 없이 취업 활동을 할 수 있습니다(사실 외국인은 우리나라에서 취업이 매우 제한적으로 허용돼요). 그뿐만 아니라 대한민국 국민과 같은 수준의 사회보장을 받고, 국민기초생활보장법에 따른 기초 생활 보장을 받으며, 난민 인정자나 그 자녀가 미성년자인 경우 초등·중등 교육을 받는 등 여러 가지 혜택을 받습니다.

난민에게 이 같은 혜택을 주는 것은 현재로선 사회적 파급 효과가 크지 않습니다. 우리나라에서 난민으로 인정되는 비율이 극히 낮기 때문이죠. 문제는 난민 신청자예요. 앞서 본 것처럼 난민 신청자 지위는 난민 신청만 하면 바로 부여됩니다.

난민 신청자는 난민법 제3조에 따라 국내에서 체류할 수 있고, 취업 허가를 받아 일할 수 있습니다(신청 6개월 이후 단순 노무직에 한하지만요). 그리고 난민 신청자는 소송 등 재판 절차가 종료될 때까지 그 지위가 유지되죠.

난민 제도는 어떻게 악용될 수 있는가

우리나라에서는 난민 신청자를 보호하는 난민법 규정을 악용하려는 시도가 점점 많아지고 있습니다. 외국인이 국내에서 취업하려면 엄격한 요건 아래 취업 비자를 받아야 합니다. 취업 기간에도 상당한 제한이 있고요. 그런데 이들이 난민을 신청하면 출입국·외국인청에서 난민 심사를 진행하고, 이후 그곳에서 난민 불인정 심사 결정을 내리면 난민 신청자는 법무부 장관에게 이의를 신청할 수 있습니다. 법무부 장관이 신청을 기각하면 난민 신청자는 이에 대해 다시 법원에 소송을 제기하여 난민 신청자 지위를 유지할 수 있어요.

난민 신청자는 난민 인정을 신청하는 즉시 비자를 발급받아 그 순간부터 국내에서 합법적으로 체류할 수 있는 자격이 생깁니다.

또 난민 지위가 법원에서 최종적으로 인정되지 않는다고 하더라도 불복 절차를 진행하는 데 최소 2~3년이 소요되죠. 그 기간에 국내에서 취업하여 돈을 벌면 추후 강제 퇴거가 되더라도 상당한 경제적 이익을 취하는 것이 가능해요.

실제로 취업 비자를 통해 입국한 뒤 허가 기간이 종료될 즈음 난민 신청을 하거나, 불법 취업이 적발되면 그때 난민 신청을 하는 경우도 적지 않습니다. 이 같은 제도를 악용하여 국내 불법 체류자들을 상대로 난민 신청을 대행하는 브로커도 활개를 치고 있고요. 최근에는 중국 현지에서 대량으로 난민 신청자를 모집한 뒤 이들을 관광 비자로 입국하게 하고 난민 신청을 도와주는 전문 브로커까지 등장했죠.

1994년부터 2018년까지 난민 신청을 한 사람은 총 4만 8,907명입니다. 1994년부터 2003년까지는 신청자가 251명에 불과했어요. 그런데 최근 들어 2013년 1,574명, 2014년 2,896명, 2015년 5,711명, 2016년 7,542명, 2017년 9,942명, 2018년 1만 6,173명으로 신청자가 급증하고 있습니다. 2018년까지의 난민 신청자 가운데 가장 많은 비율은 파키스탄인 5,388명으로, 전체 신청자 가운데 약 11%를 차지해요. 이는 파키스탄인이 고용 허가제로 취업 비자를 받아 입국한 뒤 난민 신청을 하는 사례가 많기 때문입니다. 최근에는 제주 무사증(무비자) 제도를 이용한 중국 국적의 난민 신청자가 증가하는 추세고요.

반면에 난민으로 인정되는 비율은 매우 낮습니다. 단 941명, 비율로 따지면 약 2%만 난민으로 인정받았죠. 인도적인 이유로 국내 체류를 허가받은 인도적 체류자 2,005명까지 포함하더라도 그 비율은 높지 않습니다.

난민 재판의 어려움

난민 신청을 하더라도 정당한 이유가 없다면 외국으로 강제 출국시키면 되지 않느냐고 생각할 수 있습니다. 하지만 생각보다 간단하지 않습니다. 이는 '정당한 이유'가 없는지를 누가 최종적으로 판단할 것인지와 관련된 문제거든요. 이를테면 법무부 장관의 난민 불인정 결정에 대해 난민 신청자에게 해당 결정이 잘못되었다고 불복할 수 있는 기회를 줘야 하는지, 아니면 신속한 난민 심사를 위해 기회를 주지 말아야 하는지를 두고 논의를 해 봐야 한다는 거죠. 만약 불복의 기회를 허용하지 않는다고 하면, 이 같은 제도가 우리 헌법이나 국제법상 허용될 수 있는지 여부가 문제 될 수 있습니다. 그렇다면 법원에 불복할 수 있는 기회를 주되, 법원이 그 재판을 신속히 진행하면 괜찮지 않느냐고요? 하지만 논란의 불씨는 여전히 살아 있습니다. 여기서 우리는 대한민국 국민이 제기한 재판보다 난민 신청자가 제기한 재판을 더 빨리 처리하는 것이 정당한 것인지에 대한 문제와 직면하게 되거든요.

난민 재판을 할 때 가장 큰 어려움은 난민 여부를 판단할 객관적 근거가 없다는 것입니다. 난민에게 국적국에서 박해를 받을 수 있다는 사실에 관한 증거를 가져오라고 하는 것은 사실상 불가능한 요구예요. 법정 드라마 〈난민 소송의 재구성〉에서처럼 카메룬 정부는 '난민 신청자가 카메룬으로 귀국하면 고문할 예정'이라는 확인서를 작성해 줄 리가 없기 때문이죠. 반정부 단체에서 활동했다는 확인서를 받는 일 역시 불가능하고요.

더 큰 문제는 국제적으로 난민 신청을 위한 서류 위조가 빈번하게 일어나고 있다는 점입니다. 법정 드라마에서 사와디는 스스로 남부카메룬전국회의의 핵심 구성원이라고 주장하며 난민 신청을 했습니다. 카메룬에서 남부카메룬전국회의의 핵심 구성원이 박해를 받는 것은 사실이에요. 그러나 문제는 난민 브로커들이 이 같은 사실을 이용한다는 거죠.

캐나다 이민·난민국은 카메룬인과 나이지리아인들이 다른 국가에서 망명 신청을 하기 위해 남부 카메룬 신분증과 SCNC 회원 카드를 포함한 위조 문서를 제작하고 있다는 내용의 보고서를 작성한 바 있고, 2005년 스위스 난민위원회 역시 여러 증명서의 공개 거래가 이뤄지고 있다고 지적했어요. 보고서에 따르면, 그들은 캐나다, 스위스 등에서 난민 인정을 받기 위해 자신이 카메룬 정부에 의해 구금되었다는 증명서까지 위조한 뒤 난민 신청을 했죠. 사실 난민 브로커 문제는 우리나라보다 외국, 특히 선진국에서 훨씬 심각한 문제입니다.

〈난민 소송의 재구성〉에서 법원은 어떤 판결을 내렸을까요? 이와 유사한 사건에서 1심 법원은 강제퇴거명령과 보호명령이 위법하다고 판단했습니다. 난민 신청이 명백히 남용적이라고 인정할 증거가 없는 이상 우리는 난민 신청자를 보호할 필요가 있으며, 생계비 지원이 없는 상황에서 취업도 금지하는 것은 부당하다는 이유였죠. 그렇지만 항소심은 이미 법원에 의한 구제 절차를 거친 이상 보호의 필요성이 낮고, 특히 출입국 관리에 관한 사항은 주권국가로서 기능을 수행하고 국가의 이익과 안전을 도모하는 데 필요한 것으로 국가에 광범위한 재량이 있다고 판결했어요. 즉 강제퇴거명령과 보호명령이 적법하다는 것입니다. 항소심 판결은 이 점을 지적했죠.

난민 인정 제도는 '생존'이라는 자연적 가치를 침해당한 사람을 돕는 제도적 장치로, 인권 보호 측면에서 매우 중요합니다. 단순히 국적이 다르다는 이유만으로 인간으로서의 기본권이 침해되는 일을 방치해서도 안 되죠. 이와 동시에 대한민국의 이익과 안전을 위해 난민법을 악용하지 못하도록 관련 제도를 정비하고 엄격하게 운영할 현실적인 필요도 분명히 있습니다. 물론 현실적으로 박해 위험이 없는, 오로지 체류 연장 목적의 허위 난민 신청자와 정말 위험에 처한 난민을 가려내는 일은 매우 어렵습니다. 하지만 정부는 난민 제도가 악용되고 있다는 국민적 우려를 불식시키기 위한 노력을 계속해 나가야 할 것입니다.

동성 결혼

존중받아야 하는가

동성 결혼 합법화

2001년 네덜란드를 시작으로 여러 나라가 동성 결혼을 합법화했다. 2019년 5월에는 아시아 국가 최초로 타이완에서 동성 결혼이 합법화되어 첫날에만 500쌍이 넘는 부부가 혼인신고를 했다. 그리고 미국 연방대법원은 2015년 혼인을 '한 남성과 한 여성의 결합'으로 정의한 미시간주 등의 법이 위헌이라고 판결했다. 동성 결혼이 제도화되고 있는 가운데, 여전히 많은 나라에서는 동성 결혼의 법적인 인정 여부를 두고 논쟁이 뜨겁다.

우리나라에서는 2013년 공개 결혼식을 올린 김조광수·김승환 커플이 서대문구청장의 혼인신고 불수리 처분에 대해 불복신청을 하면서, 현행법상 동성 결혼을 허용해야 하는지에 대한 논의가 본격적으로 시작되었다. 과연 법원은 어떤 판단을 했고, 그 이유는 무엇이었을까?

우리도 가족이야

박승환은 평범한 30대 남자 직장인이다. 그에게는 비밀이 하나 있다. 3년 전부터 윤광수라는 '남자' 친구와 교제하고 있다는 사실이다. 박승환과 윤광수는 작년 크리스마스 때부터 작은 오피스텔에서 동거를 시작했다. 그런데 어느 날, 윤광수가 정신을 잃을 정도의 큰 교통사고를 당했다. 윤광수가 수술을 받으려면 보호자의 동의가 필요했는데, 병원에서는 박승환을 보호자로 인정할 수 없다고 하여 작은 실랑이가 벌어졌다. 박승환과 윤광수는 자신들이 동성애자라는 사실이 주변 사람들한테 알려지는 게 두려웠지만, 국가와 사회로부터 부부임을 인정받기 위해 구청에 찾아가 혼인신고서를 제출했다. 하지만 구청의 담당 공무원은 남자끼리는 혼인신고가 불가하다며 혼인신고서 수리를 거부했다. 이에 박승환과 윤광수는 구청장을 상대로 혼인신고 불수리 처분에 대한 불복신청을 냈다.

수원지방법원 201호 법정

판사　신청인들의 소송대리인 이지연 변호사와 피신청인 소송수행자 김경준 씨 모두 출석하셨죠? 먼저 피신청인이 신청인들의 혼인

신고서 수리를 거부한 이유가 무엇인가요?

김경준   남자끼리는 혼인신고를 할 수 없기 때문입니다. 남자와 여자가 혼인하는 거지, 어떻게 남자와 남자가 혼인합니까? 말도 안 되는 주장이죠. 사실 저는 이 사건으로 법정에 온 것 자체가 당황스럽습니다.

이지연   판사님, 저는 국가기관에 근무하는 피신청인의 인권 의식에 놀라고 있습니다. 2015년 미국 연방대법원은 동성 결혼 금지가 위헌이라고 결정한 바 있죠. 동성 간 혼인을 진지한 헌법적 고찰 없이 쉽게 말도 안 되는 일이라고 치부하는 것에 강력히 항의합니다.

김경준   저희도 혹시나 하는 마음에 법적 검토를 했습니다. 물론 결과는 같았고요. 변호사께서 주장하는 미국 판례는 미국 헌법에 관한 것입니다. 우리나라 헌법이나 법률에 관한 판결이 아니에요.

이지연   저도 이 일이 미국이 아닌, 대한민국 헌법과 법률에 관한 문제라는 점에는 전적으로 동의합니다. 다만 피신청인께 묻고 싶습니다. 우리 헌법에 동성 간 혼인을 금지하는 규정이 있습니까?

김경준   물론 명시적으로 금지하는 규정은 없습니다. 다만 헌법 제36조 제1항은 "혼인과 가족생활은 개인의 존엄과 양성의 평등을 기초로 성립되고 유지되어야 하며, 국가는 이를 보장한다."라고 정하는데, 이런 조항이 나온 이유는 혼인을 남성과 여성의 결합이라고 보기 때문이에요.

이지연   헌법 제36조 제1항은 혼인뿐 아니라 가족생활을 망라하는 조문
입니다. "양성의 평등을 기초로 성립"된다는 말은 혼인이나 가족
관계가 양성, 즉 남성과 여성으로 구성된 경우 평등을 기초로 해
야 한다는 의미에 불과합니다. 피신청인의 말씀에 따르면, 아버
지와 아들로 구성된 가족은 우리 헌법에서 가족으로 보지 않는
다는 것인데 얼마나 어처구니없는 주장입니까? 물론 동성 간 결
합을 혼인으로 본다는 규정은 없습니다. 하지만 행복추구권에
비춰 볼 때, 헌법상 혼인은 '당사자의 성별을 불문하고 두 사람의
애정을 바탕으로 일생의 공동생활이 목적인 결합'으로 해석해야
합니다.

김경준   아니, 두 분이서 행복하게 사는 걸 누가 뭐라고 합니까? 혼인신
고 없이 행복하게 사시면 되잖아요.

이지연   법률상 혼인으로 인정받지 못하면 법적으로 남남입니다. 박승환
과 윤광수가 30년 이상 부부처럼 살더라도 윤광수가 사망했을
때 박승환은 윤광수의 재산에 아무런 권리를 주장할 수 없습니
다. 사고로 급히 수술이 필요할 때도 보호자로서 수술에 동의할
권리도 인정되지 않고요. 또 아이를 입양할 수도 없습니다.

김경준   입양이요? 재산 문제는 심적으로 이해하지만, 입양은 아이의 미
래를 위해 허용되어선 안 됩니다. 아이가 불행해질 거예요.

이지연   그건 동성 결혼 가정을 모욕하는 발언입니다. 사례나 근거 없이
그렇게 말하지 마세요.

동성 결혼을 둘러싼 논쟁

여러 나라에서 동성 결혼 인정을 두고 치열한 논쟁이 벌어지고 있습니다. 미국 연방대법원은 2015년 6월 26일 '한 남성과 한 여성의 결합'으로 혼인을 정의한 미시간주·켄터키주·오하이오주·테네시주 등의 법이 위헌이라 판결했고, 이에 미국은 동성 결혼을 인정하는 국가가 되었어요. 하지만 지금도 미국에서는 찬반 논쟁이 극심하죠.

인류 역사에서 혼인 제도는 시대와 문명을 뛰어넘어 계속 존재해 왔습니다. 물론 그 구체적인 모습은 변화했지만 '남성과 여성의 결합'이라는 형태는 굳건히 자리 잡고 있었어요. 그런데 2001년 네덜란드가 동성 결혼을 세계 최초로 합법화하면서 변화가 일어났습니다. 2003년 벨기에와 캐나다의 일부 주, 2005년 캐나다 전역과 에스파냐에서도 동성 결혼이 합법화됐죠. 지금까지 28개국이 동성 결혼을 합법화했으며, 아프리카에서는 남아프리카공화국, 아시아에서는 타이완이 유일하게 동성 결혼을 합법화했습니다. 인류 역사에서 지금처럼 결혼에 대한 인식이 크게 변화한 시기는 없었습니다.

동성 결혼을 금지하는 나라 역시 적지 않습니다. 심지어 동성 간 성행위를 중한 범죄로 보는 나라도 있죠. 나이지리아 연방 형법은 "자연의 질서에 반해 어떤 사람과 육체관계를 맺은 자는 중범죄를 저지른 것이며 14년 형을 받을 수 있다"고 정합니다. 또 나이지리아 북부의 이슬람교 우세 지역에서는 동성애 행위로 기소된 사람들에

동성혼 각하 결정에 관해 항소하겠다고 입장을 밝힌 영화감독 김조광수(왼쪽)·레인보우팩토리 김승환(오른쪽) 커플.

게 투석형을 가할 수 있어요.

우리나라에서는 2013년 공개 결혼식을 올린 김조광수·김승환 커플이 혼인신고서를 수리해 주지 않은 서울 서대문구청장을 상대로 불복신청을 하면서 동성 결혼 문제가 세간의 관심을 끌었습니다. 결국 그들이 제기한 소송은 각하됐고 항고마저 기각됐죠. 앞서 본 법정 드라마 〈우리도 가족이야〉는 '혼인이란 무엇인가?', '법이 혼인을 특별하게 보호하는 이유는 무엇인가?' 등의 근본적인 질문을 던집니다.

법이 특별히 보호하는 '혼인 관계'

혼인을 하면 두 사람의 관계가 그전과 어떻게 달라질까요? 법적으로 어떤 변화가 생길까요? 우선 상대방에게 '동거'와 '부양'을 요구할 권리가 있습니다. 가난한 남성이 부유한 여성과 사귄다고 해서 남성이 여성에게 적극적으로 생활비를 요구할 순 없습니다. 돈이 많은 여성에게 데이트 비용을 전부 내라고 강요할 수도 없죠. 그러나 혼인신고를 하는 순간 둘의 관계는 법적으로 완전히 달라집니다.

> **민법**
> **제826조(부부간의 의무)**
> ① 부부는 동거하며 서로 부양하고 협조하여야 한다. 그러나 정당한 이유로 일시적으로 동거하지 아니하는 경우에는 서로 인용하여야 한다.

민법 제826조 제1항의 '부양'과 '협조'는 부부가 서로 자기가 영위하는 생활수준으로 상대방의 생활을 유지시켜 주는 것을 의미해요. 남편이 부인을 상대로 부양료를 달라고 법원에 청구하는 것도 가능하고요. 의식주에 필요한 비용뿐만 아니라 의료비, 교제비 등도 모두 포함되죠. 부양 의무와 동거 의무는 사랑이 식어도 혼인 관계가 유지되는 한 지속됩니다.

혼인의 중요한 법적 효과로는 '상속'이 있습니다. 혼인신고를 하면 그 배우자는 1순위 상속권자가 됩니다. 이는 관점에 따라 이상한 제도로 보일 수 있어요. 예를 들어 부모님이 안 계신 형제가 평생 서로 도우며 많은 재산을 쌓았는데, 형제 한 명이 혼인신고한 다음 날 사망한다면 그의 전 재산은 단 하루 결혼생활을 한 배우자에게 모두 상속되거든요. 홀어머니가 외아들을 오랜 기간 뒷바라지하고 그가 결혼할 때 전 재산을 모아 신혼집을 마련해 줬더라도, 아들이 혼인신고 직후 사망했다면 신혼집의 5분의 3은 하루 결혼 생활을 한 며느리가 상속받습니다.

그 밖에 국가는 배우자에게 입원·수술 등에 동의하고 사망 시 장례를 주관할 권리, 국민건강보험에서 가족으로 혜택받을 권리, 근로기준법이나 국민연금법상 유족보상 혹은 유족연금을 받을 권리, 각종 세법상 가족 공제 청구권 등을 인정하고 있습니다. 이처럼 법은 다른 어떤 관계보다 혼인 관계를 더 보호하고 있습니다.

> **헌법**
> **제36조**
> ① 혼인과 가족생활은 개인의 존엄과 양성의 평등을 기초로 성립되고 유지되어야 하며, 국가는 이를 보장한다.

우리 헌법이나 법률이 혼인 관계를 특별히 더 보호하는 이유는 무엇일까요? 우선 혼인 상대방에 대한 사랑·헌신·배려, 또 구성원의 정서적 충만감·안정감 등을 고려했다는 주장이 있습니다. 하지만 단순히 사랑·헌신·배려의 가치만으론 혼인의 특별함을 설명하기는 어렵습니다. 사랑이 식어도 결혼에 따른 여러 권리와 의무는 유지될 뿐 아니라, 상대방의 동의가 없는 한 한쪽 의사만으로는 이혼할 수 없어 무늬만 부부인 혼인 관계도 있거든요. 상속을 통해 부모나 형제보다 더 큰 재산상 이득을 볼 수 있다는 점을 겨냥한 결혼도 있고요.

혼인을 둘러싼 법적 제도는 '자녀의 출산과 양육'을 고려할 때 비로소 설명이 됩니다. 자녀의 출산과 양육은 국가와 사회의 영속에 필수적이에요. 전통적인 관점으로 봤을 때 가정의 가장 중요한 기능은 안정적인 환경에서 부모가 헌신하며 자녀를 양육하는 것이죠.

하지만 현대사회에서 혼인과 출산의 연관성은 크게 약해졌습니다. 의도적으로 자식 갖기를 거부하는 부부가 많아졌고, 혼인 관계가 아닌 남녀 사이에서 태어난 자녀의 수 역시 늘고 있어요. 전통적인 혼인의 기능과 관념이 크게 달라진 것입니다.

동성 결혼 합법화, 왜 논란이 되는가

동성 결혼을 둘러싼 논쟁은 혼인과 출산 사이의 연관성이 크게 약해진 현대사회의 모습과 떼어 놓고 생각할 수 없습니다. 최근 자녀의 출산과 양육을 결혼의 필수로 여기지 않는 사람이 늘어났죠. 특히 개인의 자유와 행복추구권에 대한 인식이 달라지면서 결혼에서 가장 중요한 요소는 당사자들의 의사이고, 국가는 그 당사자들을 보호해야 한다는 공감대가 생겼어요.

물론 이런 생각에 반대하는 견해도 있습니다. 동서고금을 막론하고 혼인은 무조건 '이성 간의 결합'이라는 주장이죠. 혼인은 전통적인 제도인데, 그 전통을 무시하고 동성 간의 결합을 인정해선 안 된다는 거예요. 종교적인 이유로 반대하는 사람도 많고요.

사실 서구 사회와 달리 우리나라에서는 동성 결혼에 대한 논의가 그리 활발하지 않습니다. 수많은 동성 커플이 자신들의 관계를 인정해 달라며 적극적으로 정치 활동을 하거나 소송을 제기하는 미국·유럽과 달리, 한국에서는 아직 동성 커플의 사회 활동이 상대적으로 활발하지 않죠.

이에 대해 학자들은 우리 사회가 서구 사회보다 동성애를 더 부정적으로 바라보기 때문이라고 이야기합니다. 동성 커플을 대상으로 한 설문 조사 결과에 따르면, 동성 결혼의 법적 인정을 원하지만 결혼할 경우 사회적으로 소위 '아웃팅'(성 소수자의 성적 지향이나 성별 정체성이 다른 사람에 의해 강제로 밝혀지는 것)이 되어 버리기 때문에 혼인신고를 고민할 것 같다는 응답자가 적지 않았습니다.

지금 우리 법률로는 동성 결혼을 인정하기가 어렵습니다. 민법은 혼인을 '남성과 여성의 결합'으로 전제하죠. 헌법상으로는 혼인이 오로지 이성 간의 결합만 의미하는 것인지 명확하지 않습니다. 그러나 헌법 개정 당시의 상황, 민법 규정 등을 근거로 우리나라에서 동성 결혼이 현행법상 인정될 여지가 없다는 주장에 동의하는 학자가 더 많아요. 즉 동성 간 결합을 민법상 혼인에 포함하는 '입법'이 이루어지지 않으면 이를 인정할 수 없다는 것이죠. 김조광수·김승환 씨가 제기한 소송에서 법원이 "시대적·사회적·국제적으로 혼인 제도를 둘러싼 여러 사정이 변화했더라도 별도의 입법적 조치가 없는 현행 법체계에서는 법률 해석만으로 '동성 간의 결합'이 '혼인'으로 허용된다고 볼 수 없다."라고 결정한 일 역시 같은 맥락입니다.

이런 법원의 결정을 비판하는 목소리도 높습니다. 소수자의 기본권 보장 문제를 국회에 넘기는 것은 '소수자 보호'라는 사법부 본연의 사명을 포기했다는 비판이죠. 다수자 또는 강력한 이익집단의 주장에 따를 수밖에 없는 입법자에게 소수자의 권리 판단을 맡기는 것은, 이익집단 형성이 어려운 소수자에 대한 법적 보호를 거부하는 것과 다름없다는 뜻입니다.

과거 대법원과 헌법재판소는 소수자의 기본권을 확장하는 여러 판결을 내렸습니다. 동성동본불혼제 헌법불합치결정(1997년)이나 여성을 종중원(宗中員), 즉 문중의 구성원으로 인정한 판결(2005년)이 대표적이죠. 국회의 입법 과정을 거치려면 이런 결정이 나오는 데 훨씬 오랜 시간이 필요했을 거예요. 개인의 자유에 근거한 기본권은 투표의 대상이 될 수 없으며 다수에 의해 내 자유가 박탈되어선 안 된다는 점을 생각하면, 법원이 법문에 얽매이지 말고 개인의 기본권을 확장하는 방향으로 적극적인 태도를 취해야 한다는 주장 역시 설득력이 있습니다.

기본권을 옹호하는 이 주장은 충분히 매력적이지만, 사실 판사들은 법문을 뛰어넘는 해석을 잘 하지 않습니다. 실질적 법치주의의 위험성 때문일 테죠. 미국 연방대법원이 재산권 보장을 근거로, 입법부가 제정한 법률을 위헌이라고 선언한 최초의 사례가 바로 '노예제를 제한한 법'이라는 역사적 사실은 매우 큰 의미로 다가옵니다.*

동성 결혼 합법화에 대한 법적 공방을 근본적으로 파고들면, 찬반 양측의 입장 차이는 해당 이슈에 대한 접근법에서부터 갈립니다. 동성 결혼을 기본권 보장 문제로 볼 것인지, 아니면 국민의 다수 의견에 따를 문제로 볼 것인지에 따라 의견이 극명하게 나뉘죠. 워낙 첨예하게 부딪히는 사안이다 보니, 동성 결혼 금지가 위헌이라는 미국 연방대법원의 판결을 두고 사법 독재라는 비판도 나왔어요. 당시 스칼리아(Antonin Scalia) 대법관은 "3억 2,000만 미국인의 통치자는 연방대법원의 법률가가 되어 버렸다"는 쓴소리를 했지요.

동성 결혼 합법화는 한국에서 현재 진행 중인 이슈입니다. 분명한 사실은 성 소수자들이 자기 존재를 떳떳이 드러내며 평범한 사회 구성원으로 인정받길 원하고 있으며, 앞으로 그 목소리는 점차 커질 것이라는 점입니다. 과연 우리나라에서도 동성 결혼이 합법화될 수 있을까요?

* 일명 '드레드 스콧 사건'이다. 흑인 노예 스콧은 1857년 주인을 따라 북부 자유 주(州)로 이사해 자유의 몸이 되었으니, 자기와 가족들을 자유인 신분으로 인정해 달라고 소송을 했다. 그러나 미국 연방대법원은 북쪽에서 노예제도를 인정하지 않는 '미주리협정'이 노예 소유주 재산권을 침해해 위헌이라 판결하고, 흑인 노예인 스콧이 소송을 제기할 권리가 없다고 했다. 이 판결은 노예제도를 포함한 인종 문제 논쟁에 불을 붙이며 남북전쟁 발발에 큰 영향을 주었다.

〈천하장사 마돈나〉

_생물학적 성과 성 정체성의 불일치

#트랜스젠더, #성전환 수술, #법률적 성별, #성별 정정

"오동구는 진짜 여자가 될 수 있을까?"

마돈나가 되고 싶은 한 아이가 있습니다. 그런데 그 꿈은 이루기가
어려워 보입니다. 〈천하장사 마돈나〉(2006, 이해영·이해준 감독)의 주
인공 오동구(류덕환)의 이야기입니다. 동구는 통통하고 남들보다 힘
이 센 남자아이지만, 일본어 선생님을 짝사랑하고 남몰래 립스틱
바르기를 즐기는 등 특별한 구석이 있어요. 그는 진짜 여자가 되어
짝사랑하는 일본어 선생님 앞에 당당히 서고 싶지만, 성전환 수술
비 500만 원이 없어 난관에 부딪혔죠. 그러던 중 씨름 대회에서 우
승하면 장학금 500만 원을 준다는 이야기에 고교 천하장사에 도전
합니다. 윗옷을 벗고 남학생들과 맨 살을 부대껴야 하는 씨름이 낯
설지만, 동구는 여자가 되겠다는 일념으로 씨름 대회에서 우승을
거머쥐죠. 그런데 동구가 되겠다는 '진짜 여자'란 무엇일까요?

사실 남자, 여자를 정의해 보라고 하면 대답하기가 쉽지 않습니다. 국어사전에서는 '여자'를 '여성으로 태어난 사람'이라 정의하고, '여성'을 '성(性)의 측면에서 여자를 이르는 말'이라 정의합니다. '여자'와 '여성'의 뜻을 모르는 사람이 국어사전을 찾아봐서는 아무런 답을 얻을 수 없죠. 법률에서도 마찬가지입니다. 민법이나 '가족관계의등록 등에 관한 법률'에서도 남자·여자 또는 남성·여성에 대한 정의를 내리고 있지 않습니다.

과거에는 남성과 여성은 쉽게 구분이 가능하다고 생각했습니다. 전통적으로 성은 외부 생식기를 기준으로 명확히 구분할 수 있고, 이는 출생과 함께 생물학적으로 결정되고 변하지 않는다고 여겨졌죠. 그러다가 과학이 발달하면서 인간은 23쌍(46개)의 염색체를 가지고 있으며 그중 1쌍(2개)이 성(性)염색체로 밝혀졌습니다. 그리고 성염색체가 XY이면 남자, XX이면 여자라는 사실이 하나의 유전적 공식으로 자리 잡았죠. 이후 성염색체를 기준으로 남성, 여성을 결정해야 한다는 견해가 널리 받아들여지게 되었습니다.

그런데 XX와 XY라는 염색체의 구성이 성별 구분의 기준이 된다는 의학계의 공식을 깨는 사례들이 속속 보고되기 시작합니다. 터너증후군(X), 클라인펠터증후군(XXY) 등 XX, XY라는 이분법으로 설명할 수 없는 이들의 사례가 발견되었거든요. 또한 소수이기는 하지만 유전적인 성별과 해부학적인 성별이 일치하지 않는 경우도 있고요. 염색체는 분명히 XY인데(유전적인 성별은 남성인데) 생식기

구조는 여성으로 나타나는 이들이죠. 이런 이들은 남성이라고 해야 할까요, 여성이라고 해야 할까요?

정신적인 부분까지 범위를 넓히면, 문제는 더욱 복잡해집니다. 생물학적 성별과 성 정체성이 일치하지 않는 이들도 존재하거든요. 오동구가 바로 그런 경우입니다. XY 염색체와 남자의 성기를 가지고 있지만, 스스로 여자라고 인식하고 여자가 되기를 바라는 사람이죠. 생물학적 요소만을 놓고 보면 남자임이 분명하지만, 정신적 요소까지 함께 고려하면 전형적인 남자라고 보기는 어려운 사람입니다.

동구가 만약 상금 500만 원으로 성전환 수술을 받았다고 가정하면, 진짜 여자가 되었다고 볼 수 있을까요? 이에 대해서는 여러 견해가 존재합니다. 앞서 본 것처럼 타고난 염색체를 비롯해 생물학적 특성을 기준으로 본다면 여자라고 할 수 없습니다. 반면에 성전환 수술로 갖게 된 외부 생식기관이나 사회·정신적 요소를 중시한다면 여자라고 인정하는 것이 가능하고요.

그런데 과연 남자인지 여자인지가 그렇게 중요한 문제일까요? 그냥 있는 그대로 살아가면 안 되는 것일까요? 사실 '남성-여성'이라는 이분법적 틀이 확고하게 자리 잡은 사회에서는 성 소수자들 역시 하나의 성별을 선택할 수밖에 없습니다. 주민등록번호, 공중화장실 등의 문제를 생각해 보세요. 결국 법률적·사회적으로 남성 또는 여성 중 하나를 선택할 수밖에 없는 것이 현실이죠.

동구는 장래 희망을 물으며 장난치는 친구에게 "나는 뭐가 되고 싶은 게 아니라 그냥 살고 싶은 거야."라고 대답합니다. 과연 그는 자신이 바라던 대로 여성으로 살아갈 수 있을까요? 어쩌면 동구의 꿈이 희망 사항에 그칠지, 현실로 바뀔지는 우리가 결정하는 것인지도 모릅니다. 우리 사회가 성 소수자를 어떻게 바라보고 인정하는지에 달린 문제니까요.

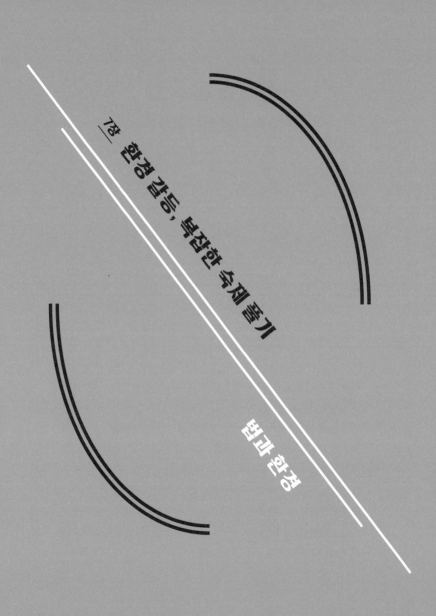

7장 환경 갈등, 현명한 숙제 풀기

법과 환경

취약한 공유지
지켜 낼 방법은 없을까

공유지의 비극

"모두에게 개방된 목초지가 있다면, 목동들이 목초지에 지나치게 많은 소를 방목해 황폐해지고 말 것이다." '공유지의 비극' 이론을 누구나 한 번쯤 들어 봤을 것이다. 공기, 물, 삼림과 같은 공유 자원이나 소유권이 없는 공유지는 너도나도 과다하게 소비해 고갈될 수 있다는 이론이다. 친구들과 햄버거 세트를 시킨 뒤 감자튀김을 가운데 놓고 같이 먹는다고 해 보자. 감자튀김부터 정신없이 먹은 경험, 다들 있지 않은가?

그렇다면 공유지의 비극을 해결하기 위한 방안은 무엇이 있을까? 공공 재인 수자원, 그중 하천을 중심으로 우리 법이 공유지의 비극을 해결하기 위해 채택한 방안이 무엇인지 살펴보자.

준표의 사랑

고준표는 대한민국 대표 재벌 전설그룹 회장의 외아들이다. 수려한 외모
에 타고난 재력으로 천상천하 유아독존 제멋대로인 성격이지만 의외로
자신의 마음을 표현하는 데 서투르다. 그런 고준표의 마음을 사로잡은
여인이 있었으니, 바로 은잔디다. 은잔디는 북한강에서 작은 수상스키
강습장을 운영하고 있다. 고준표는 가평에 놀러 갔다가 우연히 수상스키
를 타는 은잔디의 모습을 보고 한눈에 사랑에 빠졌다. 고준표는 은잔디
에게 다가가고 싶었지만, 자신이 먼저 다가가는 것은 자존심이 허락하지
않았다.

고민하던 고준표는 수상스키 강습장 바로 옆에 더 크고 멋진 수상스키
강습장을 짓기로 했다. 멋진 수상스키 강습장을 건설한 뒤 은잔디를 스
카우트하면 자연스럽게 대화를 나눌 수 있겠다는 생각이었다. 이에 그는
비서에게 '은잔디 수상스키 강습장' 옆에 크고 멋진 'F4 수상스키 강습장'
을 열라고 지시했다.

그런데 다음 날 비서는 담당 공무원으로부터 은잔디의 동의를 받지 않으
면 수상스키 강습장을 열 수 없다는 통지를 받았다고 말했다. 고준표는

수상스키 강습장을 개설하는 데 국가가 아니라 은잔디에게 동의를 받아야 한다는 것이 이해되지 않았다. 무엇보다 백마 탄 왕자님처럼 은잔디 앞에 나타나려는 계획에 차질을 빚는 것이 싫었다. 고준표는 은잔디의 허락을 구하는 대신 소송을 제기하여 멋지게 승소해 수상스키 강습장을 열기로 결심하고, 가평군수를 상대로 소송을 제기했다.

의정부지방법원 502호 법정

재판장   이 사건은 원고 고준표 씨가 북한강에서 수상 레저 사업을 하겠다고 신청했는데 피고 가평군수가 그 신청을 반려해서 제기한 소송이군요. 피고에게 묻겠습니다. 신청을 반려한 이유가 무엇인가요? 혹시 자연 경관 훼손이나 환경오염 가능성 때문인가요?

군수   그건 아닙니다.

고준표   판사님, 죄송합니다. 답답해서 그런데 제가 먼저 발언해도 될까요?

재판장   피고께서 양해해 주신다면 발언권을 드리겠습니다.

군수   저는 상관없습니다.

고준표   판사님, 환경오염이라니요? 저 모르세요? 고준표예요. 전설그룹 후계자라고요. 저는 알레르기가 있어서 친환경 공법으로 지은 집이 아니면 근처에도 안 가요. F4 수상스키 강습장은 친환경 공법으로 건설할 예정입니다. 목재도 모두 캐나다 청정 지역에서 수입해 사용할 거고요. 그리고 타슬라 아시죠? 타슬라! 전기

비행기로 유명한 회사 있잖아요. 모터보트도 타슬라에서 개발한 전기 모터보트 100대를 이용할 계획입니다.

재판장 원고의 주장이 맞나요?

군수 맞습니다.

재판장 그럼 왜 반려했나요?

군수 사실 가장 큰 이유는 F4 수상스키 강습장 건설 예정지 옆에서 수상스키 사업장을 운영하는 사람이 있는데, 그분의 동의를 얻지 못했기 때문입니다.

고준표 못 한 게 아니라 안 한 겁니다.

재판장 잠깐만요. 국가가 아니라 개인의 동의가 필요하다는 주장이죠?

군수 그렇습니다.

고준표 판사님, 은잔디는 휘발유를 사용하는 모터보트를 이용해 강습하고 있습니다. 지금 은잔디가 환경오염을 일으키고 있다고요. 저는 타슬라 모터보트를 이용할 예정이라 환경오염 문제가 없습니다. 군수께서는 오히려 제가 사업을 할 수 있게 도와주셔야죠. 그리고 북한강이 은잔디 것인가요? 왜 자꾸 은잔디 동의를 받으라고 하세요?

군수 답답하네요. 담당자가 그 이유를 여러 차례 설명드렸잖아요.

고준표 말도 안 돼요. 다른 사람도 아닌 은잔디의 동의를 받으라니요.

공유지의 비극이란

2017년 6월 1일 도널드 트럼프(Donald Trump) 대통령은 '파리기후변화협정'(파리협정) 탈퇴를 선언했습니다. 파리협정은 지구의 평균온도가 산업화 이전 대비 2도 이상 상승하지 않도록 온실가스 배출량을 줄이는 것이 요지입니다. 195개국이 참여한 전 세계적인 조약이죠. 그런데 온실가스 배출 2위 국가인 미국이 참여하지 않는다는 거예요. 아직 미국과 같이 탈퇴를 선언한 주요 선진국은 없지만, 만약 일부 국가가 미국처럼 파리협정 탈퇴를 선언한다면 이 사태가 교과서에 '공유지의 비극'의 전형적인 사례로 소개될지도 모르겠습니다.

공유지의 비극은 미국의 생태학 교수 개럿 하딘(Garrett Hardin)이 1968년 과학 저널 《사이언스》에 발표한 논문의 제목입니다. 하딘은 목축업으로 생계를 유지하는 마을을 사례로 들며 공유지의 비극을 설명했습니다. 하딘이 예로 든 시골 마을에는 모두가 공동으로 사용하는 목초지가 있습니다. 마을 사람들은 목초지에서 양을 키워 생계를 유지하죠. 목초지는 모두에게 개방되었으며 무료입니다. 하딘은 목초지에서 양을 키우는 목동이 있다고 가정을 합니다. 그리고 목동이 양 한 마리를 키울 때 얻는 이익과 손해를 따져 보았어요. 그런데 이상했습니다. 목동이 양 한 마리를 키우면 그 이익을 고스란히 가져가지만, 양이 풀을 뜯어먹음으로써 생긴 목초지의 손실은 일부만 부담하게 되거든요. 목초지의 손실은 마을 사람 모두에게 돌아가기 때문이었죠.

하딘은 이렇게 예상합니다. "합리적인 목동이라면 최대한 많은 양을 목초지에서 키우려고 할 것이다." 그런데 목동 한두 명이 양 몇 마리를 더 키운다면 큰 문제가 발생하지 않지만, 마을 사람 모두가 똑같이 양을 많이 키우다 보면 그 목초지가 황폐화되겠죠. 결국 목초지가 황무지로 변하면 마을 사람 모두는 양을 전혀 키울 수 없게 되고요. 이것이 바로 공유지의 비극이랍니다.

합리적인 개인들(여기서 '합리적'이라고 하는 것은 저마다 자기의 이익 극대화를 추구한다는 의미예요)이 공유지를 이용하면 그곳은 황폐화되고 만다는 논리는 큰 설득력을 얻었습니다. 실제로 환경오염 문제가 바로 공유지의 비극의 전형적인 사례죠.

공유지의 비극 문제는 우리 주변에서 무척 쉽게 찾아볼 수 있습니다. 공원에 있는 과일나무의 열매가 채 익기도 전에 사라지는 문제, 유해 물질을 배출하는 공장이 하천에 오염 물질을 몰래 방류하는 문제 등이 공유지의 비극의 한 예죠. 또 무엇이 있을까요? 앞서 본 법정 드라마 〈준표의 사랑〉에서도 공유지의 비극이 발생할 수 있습니다. 어느 날 북한강이 무료로 개방되어 수백 명의 수상스키 이용객이 몰렸다고 생각해 보세요. 북한강은 이용객의 발길 탓에 몸살을 앓고, 이용객 역시 충돌 위험 때문에 아무도 제대로 수상스키를 타지 못하겠죠. 많은 이용객으로 북한강이 오염되는 것은 물론이고요.

공유지의 비극, 세 가지 방법으로 해결할 수 있다

학자들은 공유지의 비극을 해결하는 방법으로 크게 세 가지를 제시합니다. 우선 국가에 의한 해결 방법이 있습니다. 정부가 개입해 강제적으로 공유지의 황폐화를 막는 방안이죠. 국가가 북한강에서 운행이 가능한 모터보트의 수를 제한하고, 이를 어길 때 제재를 가하는 방법입니다.

다음으로 시장적 해결 방안이 있습니다. 공유지의 소유권을 개인이나 단체에 부여하면 공유지의 비극이 자연스럽게 해결된다는 것이죠. 국가에 의한 해결 방안보다 시장적 해결 방안을 더 높게 평가하는 학자가 적지 않습니다. 그 근거로 아프리카 케냐와 짐바브웨의 코끼리 보호 정책을 예로 듭니다. 상아를 노린 무분별한 코끼리 사냥으로 케냐와 짐바브웨의 코끼리 수가 감소하자, 케냐와 짐바브웨 정부는 코끼리 남획을 막기 위한 정책을 시행했습니다.

먼저 케냐 정부는 코끼리 사냥을 전면 금지하고 가죽과 상아 거래를 불법화한 뒤 이를 어긴 사람을 중형에 처했어요. 반면에 짐바브웨 정부는 코끼리를 주민에게 분양하고 상아 거래를 합법화했고요. 어떤 결과가 나왔을까요? 케냐의 코끼리 수는 정부의 강력한 금지 정책에도 불구하고 10년간 6만 5,000마리에서 1만 9,000마리로 감소했습니다. 그러나 멸종 위기까지 갔던 짐바브웨의 코끼리는 멸종 위기에서 약 11만 마리로 늘어났죠. 짐바브웨 주민들이 코끼리를 소중히 돌본 결과예요. 정부의 허가를 받아 '내 코끼리'가 생겼기 때문입니다.

마지막으로 공동체적 해법을 강조하는 견해가 있습니다. 공동체 구성원의 상호 신뢰를 통해 공유지의 비극을 막자는 것이죠. 인간은 이기적이긴 하지만 소통과 신뢰를 통해 충분히 공동체 의식을 형성하고, 이러한 공동체 의식을 바탕으로 공유지의 비극을 막을 수 있다는 생각입니다.

해결 방법의 한계

그렇다면 우리나라는 하천에서 공유지의 비극이 발생하는 것을 막기 위해 어떤 방법을 사용할까요? 헌법 제120조 제1항은 국가적으로 중요한 자원은 원칙적으로 국유임을 전제로, 법률이 정하는 바에 따라 그 이용을 특별히 허락할 수 있다고 규정합니다. 또한 2007년 개정되기 전의 하천법 제3조는 "하천은 이를 국유로 한다." 라고 규정하고 있었어요.

지금은 법이 개정되어 개인도 하천 부지를 소유할 수는 있지만 원칙적으로 소유권을 행사하지 못하며, 하천 부지의 소유권자라도 고준표처럼 수상스키 강습장을 열려면 하천 관리청의 허가를 받아야 합니다. 허가를 받지 않으면 형사처벌을 받을 수 있죠. 만약 고준표가 하천 관리청의 허가를 받지 않고 수상스키 강습장을 건설하면 2년 이하의 징역 또는 2,000만 원 이하의 벌금에 처해지게 됩니다.

우리나라는 하천 보호를 국가에 의한 해결 방법, 시장적 해결 방법, 공동체적 해결 방법 가운데 국가에 의한 해결 방법을 취합니다. 케냐나 짐바브웨 사례처럼 시장적 방법으로 해결할 수는 없을까요? 아니면 공동체적 해결 방법은 어떨까요?

학자마다 견해가 다를 수는 있겠지만, 하천 문제에 있어 시장적 해결 방법은 적절하지 않은 면이 있습니다. 하천은 단순히 레저 스포츠를 위한 공간이 아닙니다. 식수, 생활용수 등으로 쓰이기 때문에 인근 주민들의 생명 줄과 마찬가지죠.

시장적 해결 방법은 공유지에 재산권을 설정하면 시장 원리로 해결된다는 점을 전제로 하지만, 하천은 인근 주민에게는 다른 것으로 대체할 방법이 없는 곳입니다. 농부의 경우 하천 소유권자가 과도한 물값을 요구해도 거절하기가 어렵습니다. 다른 방법으로 물을 사 오기에는 비용이 너무 많이 들기 때문이죠. 그리고 공유지의 소유권을 특정인에게 부여하는 것은 형평의 원칙에 어긋납니다. 하천의 소유권을 국가로부터 부여받은 사람이 지나치게 많은 불로소득을 얻을 가능성이 크기 때문이에요.

공동체적 해결 방법도 현실에 그대로 적용하기에는 문제가 있습니다. 이 방법은 작은 규모의 공동체에서는 가능할지도 모릅니다. 하지만 큰 규모의 도시에서는 적용이 어렵습니다. 한강을 생각해 보죠. 한강을 이용하는 사람 모두가 대화를 통해 한강의 합리적인 사용 방안을 도출하기는 쉽지 않을 거예요. 무엇보다 서울 시민의 합의만으로는 한강을 지킬 수 없습니다. 한강 상류 주민이 한강에 오염 물질을 마구 배출하면, 서울 시민의 의사와 무관하게 한강은 오염되고 말 테니까요.

또 현실에서 공동체적 해결 방법은 외부인에게 큰 진입 장벽으로 작용하는 경우가 있습니다. 2017년 언론에 강원도 한 지역의 사례가 보도된 적이 있어요. 그 마을에 귀촌한 부부가 수개월 동안 물이 나오지 않는 집에서 생활하고 있다는 내용이었죠. 그 마을은 고지대에 있어 상수도 시설이 없다고 합니다. 그래서 지방자치단체는 물탱크를 설치해 준 뒤 시설 관리를 마을 사람들에게 맡겼고요. 그들은 자체적으로 '이사 온 사람들은 입회비 200만 원을 내야 물을 쓸 수 있다'는 규약을 제정했습니다. 귀촌을 한 부부는 마을 사람들 가운데 200만 원을 낸 사람이 없다는 사실을 알고 납부를 거부했고, 이에 마을 사람들은 급수 시설을 사용하지 못하게 했습니다.

물론 국가가 하천의 사용자를 정한다고 해도, 정부가 마음대로 허가를 취소하거나 다른 사람에게 그 사용을 허가하는 것은 문제가 있어요. 국가는 하천에 대한 점용 허가를 내주면서 대부분 일정한 사용료를 징수합니다. 법정 드라마의 은잔디도 국가나 지방자치단체에 하천 점용으로 인한 사용료를 내고요. 국가가 하천의 사용권자를 정할 수 있다고 하여 기존 상황을 전혀 고려하지 않고 새로운 허가를 낸다면 은잔디는 큰 피해를 볼 수 있습니다.

하천법
제34조(기득 하천 사용자의 보호)
① 하천 관리청은 하천 점용 허가를 할 때 이미 하천 점용 허가를 받은 자 등 대통령령으로 정하는 하천에 관한 권리를 가진 자가 그 허가로 인하여 진출입 제한, 환경 피해 등이 야기되어 기존의 하천에 관한 권리 행사가 현저히 곤란해지는 등 손실을 받게 됨이 명백한 경우에는 해당 신청인으로 하여금 기득 하천 사용자의 동의를 얻도록 하여야 한다. 다만, 각호의 어느 하나에 해당하는 경우에는 그러하지 아니하다.
  1. 그 하천 점용에 관한 사업이 기득 하천 사용자의 하천 사용에 관한 사업에 비하여 공익성이 뚜렷하게 큰 경우
  2. 손실을 방지하기 위한 시설을 설치하여 기득 하천 사용자의 하천 사용에 관한 사업의 시행에 지장이 없다고 인정되는 경우

기존 하천 점용 허가를 받은 사람이 새로운 하천 점용 허가로 인해 큰 손실을 보게 될 것이 명백한 경우에는 기득권자의 동의를 받아야 한다고 법은 규정합니다. 〈준표의 사랑〉에서 보면, 고준표가 F4 수상스키 강습장의 개설 장소를 은잔디가 영업하던 곳 바로 옆으로 정했기 때문에 문제가 됩니다. F4 수상스키 강습장으로 인해 은잔디가 손실을 받게 되는 것이 명백하다면 가평군수의 신청 반려는 적법해요. 반면에 은잔디가 손실을 입을 것이 불명확하다면 가평군수의 신청 반려는 적법하지 않고, 고준표는 은잔디의 동의 없이도 강습장을 열 수가 있죠.

실제로는 단순히 경쟁 업체가 들어온다는 사유만으로 '손실이 명백하다'고 인정되지는 않으며 두 영업장 사이의 거리가 너무 가까워 선착장 사용에 지장이 초래되는지, 영업 구역 중복으로 안전상의 문제가 발생하고 이로 인해 수상 레저 사업의 효율이 떨어지는지 등을 종합적으로 고려하여 판단합니다. 법정 드라마에서 고준표는 은잔디의 동의를 얻어야 할까요? 여러분도 한번 생각해 보세요.

태양광발전소
과연 환경 친화적인가

태양광발전소의 두 얼굴

화석연료의 고갈, 원자력발전의 위험성, 온실가스로 인한 지구온난화는 전 세계적으로 심각한 문제다. 이에 정부는 2017년 12월 '재생에너지 3020 이행 계획'을 발표했다. 재생에너지 발전량의 비중을 20%까지 높이겠다는 이 계획의 핵심은 태양광발전의 확대다. 고갈 위험이 없고, 발전 과정에서 온실가스를 발생시키지 않는 태양광발전은 화석연료나 원자력발전의 대안으로 각광받고 있다.

그런데 태양광발전의 확대가 오히려 환경에 치명적인 악영향을 줄 수 있다며, 태양광발전 확대 정책에 반대하는 목소리 역시 적지 않다. 태양광발전소가 임야 등지에 대량 조성되면서 오히려 환경을 파괴한다는 것이다. 그렇다면 태양광발전소 설치를 제한하는 것이 올바른 선택일까? 더 좋은 방법은 없을까?

태양광을 피하는 방법

얼마 전 정년퇴직한 김철수는 박영희로부터 솔깃한 제안을 받았다. 영희는 퇴직금 3억 원을 소규모 태양광발전 사업에 투자했는데 월평균 300만 원을 벌고 있다며, 철수에게 이 사업에 뛰어들 것을 권유했다. 영희는 철수의 퇴직금 2억 5,000만 원을 투자하면 월 200만 원은 충분히 벌 수 있다고 말하면서, 정부가 태양광에너지 지원 정책을 적극 추진하고 있다는 신문기사도 보여 줬다. 퇴직하고 마땅한 수입이 없던 철수는 태양광발전 사업에 투자하기로 결정했다.

그는 영희로부터 소개받은 태양광 개발 업체를 통해 강원도 울창군 초록리 일대의 임야 600평을 샀고, 업체는 태양광발전소 건립에 착수했다. 그런데 철수는 얼마 지나지 않아 충격적인 소식을 들었다. 울창군에서 환경 파괴와 경관 훼손을 이유로 태양광발전소 건립에 필요한 개발행위 허가를 불허한 것이다. 철수는 친환경 에너지원인 태양광발전소를 설치하는데 환경이 파괴된다는 이유로 불허한 것이 이해되지 않았다. 무엇보다 퇴직금을 모두 투자한 상태였기 때문에, 태양광발전소를 건립하지 못하면 철수는 신용 불량자가 될 상황이었다. 철수는 울창군을 상대로 개발

행위허가의 불허가 처분에 대한 취소소송을 제기했다.

춘천지방법원 302호 법정

판사   원고 김철수 씨는 태양광발전소 설치에 필요한 개발행위 허가를 신청했는데, 울창군수가 환경 파괴와 경관 훼손을 이유로 이를 불허해서 소를 제기했군요.

김철수   판사님, 태양광발전은 환경 보전을 위해 정부에서 적극적으로 지원하는 사업입니다. 여기 신문을 보세요. 대통령도 태양광발전을 적극 지원하겠다고 말했잖아요. 저는 정부를 믿고 태양광발전에 퇴직금을 모두 투자했습니다. 환경 파괴와 경관 훼손 때문에 불허한 것은 말이 되지 않아요.

판사   상당히 설득력 있는 주장이네요. 그럼 울창군의 입장은 어떤가요?

울창군   울창군수 소송수행자입니다. 저희도 화석연료를 대체하기 위해 태양광발전소가 필요하다는 점에는 동의합니다. 태양광발전이 환경에 이롭다는 사실도 인정하고요. 그렇지만 태양광발전이 원자력발전이나 화석연료를 이용한 발전에 비해 이롭다는 의미이지, 산이나 숲에 이롭다는 의미는 아니라고 생각합니다.

판사   산이나 숲이요? 태양광발전소 이야기를 하는데, 왜 산과 숲 이야기를 하시나요?

울창군   원고가 태양광발전소를 설치하려는 곳은 산입니다. 태양광발전소를 설치하려면 많은 나무를 벌목해야 해요. 나무를 모두 베면 그 지역에 있는 동물의 생존이 어려워집니다. 저희는 환경 파괴를 우려할 수밖에 없어요. 또 산 중턱에 태양광 패널이 설치된다고 생각해 보세요. 얼마나 보기가 흉합니까? 지역 주민들도 발전소 설치를 반대합니다.

김철수 아니, 그럼 태양광발전소를 어디에 설치하라는 말인가요? 산이 아니면 땅값이 비싸서 발전소를 설치·운영할 수가 없습니다. 대한민국에서 산에 태양광발전소를 설치하지 말라고 하는 것은 태양광발전을 하지 말라는 말과 같은 의미 아닌가요?

울창군 아니, 그럼 울창군 말고 더 멀리 지방으로 가면 땅값이 더 쌀 것 아닌가요!

태양광발전을 둘러싼 논란

석유·석탄을 비롯한 화석연료의 고갈, 원자력발전의 위험성, 온실가스로 인한 지구온난화는 우리나라뿐만 아니라 전 세계적으로 심각한 문제입니다. 이로 인해 태양광에너지를 비롯한 신·재생에너지의 중요성이 강조되고 있어요. 정부도 신·재생에너지 기술을 개발하고, 이를 실용화하기 위해 많은 노력을 기울이고 있죠. 정부는 2017년 12월 '재생에너지 3020 이행 계획'을 발표했습니다. 2016년 기준 7%에 불과한 재생에너지 발전 비중을 2030년까지 20%로 올리겠다는 계획입니다.

'재생에너지 3020 이행 계획'의 핵심은 태양광발전의 확대입니다. 재생에너지 발전 용량의 약 60%를 태양광발전으로 채우겠다는 것이죠. 2018년 10월에 정부는 '새만금 재생에너지 비전 선포식'에서 전북 새만금에 세계 최대 규모인 3GW급 태양광발전 단지를 건설하겠다는 계획을 발표했어요. 이처럼 정부는 재생에너지, 그중에서도 태양광발전의 확대를 위한 여러 정책을 수립하고 있습니다.

그런데 정부 정책과 달리 태양광발전소 설치를 제한하는 조례를 제정한 지방자치단체가 많아졌습니다. 2017년 4월 기준으로 전국 64개 기초 지방자치단체가 신재생에너지 발전 시설을 규제하는 조례를 만든 것으로 알려졌죠. 실제 환경 파괴를 이유로 태양광발전소 건설이 불허된 사례가 있어요. 일부 언론은 태양광발전소가 전문 업자들의 투기장이 되었다는 비판과 함께, 태양광발전소로 한 해 축구장 180개 넓이의 임야가 훼손되고 있다며 태양광발전에 부정적인 기사를 내기도 했고요. 환경 보존을 한다는 태양광발전이 오히려 환경 파괴를 이유로 금지된다는 사실이 놀랍지 않나요? 태양광발전은 왜 이렇게 논란이 될까요?

태양광발전은 '태양전지를 이용해 태양 빛을 직접 전기에너지로 변환시키는 발전 방식'을 의미합니다. 이 방식은 화석연료를 이용한 발전에 비해 공해가 거의 발생하지 않으며, 고갈 위험이 없다는 큰 장점이 있어요. 유럽을 중심으로 한 여러 선진국은 태양광발전을 적극적으로 개발하고 보급합니다. 우리나라도 '신에너지 및 재생에너지 개발·이용·보급 촉진법'(신·재생에너지법)을 만들어 신·재생에너지를 육성한다는 방침이고요.

> **신에너지 및 재생에너지 개발·이용·보급 촉진법**
> **제1조(목적)**
> 이 법은 신에너지 및 재생에너지의 기술개발 및 이용·보급 촉진과 신에너지 및 재생에너지 산업의 활성화를 통하여 에너지원을 다양화하고, 에너지의 안정적인 공급, 에너지 구조의 환경친화적 전환 및 온실가스 배출의 감소를 추진함으로써 환경의 보전, 국가 경제의 건전하고 지속적인 발전 및 국민 복지의 증진에 이바지함을 목적으로 한다.

하지만 태양광발전은 다른 발전 방식과 비교할 때 경제성이 크게 떨어진다는 단점이 있습니다. 2018년 전원별 1kWh당 판매 단가를 보면, 원자력발전은 62원, 유연탄은 82.8원, LNG는 121원 수준이에요. 반면에 태양광은 220원(신·재생에너지 보조금 포함) 수준이고요. 원자력발전보다 3배가 넘게 비싼 에너지인 거죠. 단순히 시장에 맡기면 태양광발전이 보급되기 어려운 환경입니다.

이를 해결하기 위해 정부는 태양광발전의 보급·확대를 위한 여러 지원 정책을 실시하고 있어요. '발전 차액 지원제도'(FIT, Feed-In Tariff)와 '신·재생에너지 공급 의무화 제도'(RPS, Renewable energy Portfolio Standard)가 대표적이에요. FIT는 태양광발전으로 생산한 전력의 거래 가격이 정부가 정한 일정액보다 낮은 경우, 그 기준 가격과 전력 거래 가격의 차액을 국가가 지원하는 제도입니다. 따라서 이 제도하에서는 태양광발전 사업자가 시장가격과 관계없이 상당한 수익을 보장받죠.

우리나라는 2001년에 FIT를 도입했습니다. 이후 태양광발전소 건설 붐이 나타나기도 했고요. FIT는 태양광발전의 개발 및 보급·촉진에 확실한 효과가 있는 정책이지만, 막대한 비용이 소요된다는 단점이 있습니다. 태양광발전의 비중이 높은 독일의 전기 요금이 우리나라보다 높은 이유 가운데 하나는 FIT로 인한 비용이 전기 요금에 반영되었기 때문이죠. 현재 FIT는 독일을 비롯한 대부분 국가에서 축소 또는 폐지됐고, 우리나라에서도 2011년 12월 31일부로 종료됐습니다.

RPS는 전기를 생산하는 일정 규모 이상의 발전사업자(한국수력원자력, 한국남동발전, 한국중부발전, 한국지역난방공사, 한국수자원공사, 포스코에너지 등)가 생산하는 발전량의 일부를 신·재생에너지로 발전하도록 의무화한 제도입니다. 해당 발전 사업자는 신·재생에너지 발전소를 자체적으로 건설하거나, 신·재생에너지 발전사업자로부터 이를 구입할 수 있어요. 현재 태양광발전 보급 정책의 중심에는 RPS가 있습니다. 한편 최근에 정부는 다시 소규모 태양광발전 사업자들을 대상으로, 전력을 일정 금액 이상으로 구입해 주는 제도(한국형 FIT)를 한시적으로 시행하고 있죠.

우리나라 태양광발전의 특징

FIT뿐만 아니라 RPS 역시 그에 따르는 비용을 국민이 부담해야 합니다. 이처럼 정부가 많은 비용을 들이면서까지 태양광발전을 지원하는 이유는 단지 공해가 덜 발생하기 때문만은 아니에요. 태양광발전소 건설이 많이 이루어져야 태양광발전 산업이 살아나고, 이를 통해 기술이 축적되죠. 그래야 효율이 좋은 태양광발전소 건립도 가능해질 테고, 이는 태양광발전의 경제성을 높여 궁극적으로 화석연료를 대체할 수 있게 합니다.

그런데 우리나라에서는 태양광발전소를 설치할 때 외국과 다른 문제가 발생합니다. 외국에서 태양광발전은 사막이나 황무지 등의 유휴지를 활용하는 경우가 많아요. 하지만 우리나라는 국토의 약 70%가 산지입니다. 유휴지의 대부분이 산이죠. 따라서 민간이 설치하는 태양광발전소는 대부분 산에 있을 수밖에 없어요.

소규모 태양광발전소가 생산하는 전력의 가격은 한국형 FIT로 인해 전부 통일되었습니다. 비교적 유지 보수 비용이 적게 드는 태양광발전소의 사업 성패는 초기 투자 비용에 달려 있어요. 실제로 태양광발전 설비 가격은 전국적으로 비슷합니다. 그래서 태양광발전 사업의 성공 여부는 얼마나 싼 땅에 발전소를 설치하는지에 따라 결정된다고 해도 과언이 아니에요. 태양광발전은 다른 비용이 거의 들지 않기 때문에, 땅값이 싸면 쌀수록 투자금 대비 높은 이익을 얻을 수 있죠. 한편 태양광발전 촉진 정책의 하나로 개발이 제한된 지역, 대표적으로 산지에서 태양광발전소 설치가 가능하도록 관련 법률이 개정된 바 있습니다.

산지관리법
제10조(산지 전용·일시 사용 제한지역에서의 행위 제한)
산지 전용·일시 사용 제한지역에서는 다음 각호의 어느 하나에 해당하는 행위를 하기 위하여 산지 전용 또는 산지 일시 사용을 하는 경우를 제외하고는 산지 전용 또는 산지 일시 사용을 할 수 없다.
1. 국방·군사 시설의 설치
2. 사방 시설, 하천, 제방, 저수지, 그 밖에 이에 준하는 국토 보전 시설의 설치
   …
7. 다음 각 목의 어느 하나에 해당하는 시설 중 대통령령으로 정하는 시설의 설치
   가. 발전·송전 시설 등 전력 시설
   나. 신에너지 및 재생에너지 개발·이용·보급 촉진법에 따른 신·재생에너지의 이용·보급을 위한 시설

우리나라에서 상당수의 태양광발전소는 땅값이 비교적 낮은 산지에 설치되었습니다. 사막이나 황무지에 세우면 좋겠지만, 우리나

라는 산지 외에는 현실적으로 태양광발전소를 건립할 수 있는 땅이 없어요. 그렇다고 해서 도심에 세우기도 쉽지 않고요. 태양광 패널을 설치하면 패널에서 반사되는 빛 때문에 인근 주민들이 큰 불편을 겪습니다. 결국 사람이 사는 곳에서 멀리 떨어지고 땅값이 싼 지역을 찾다 보면, 대부분 태양광발전소는 산지에 세워질 수밖에 없습니다.

산이 주는 환경적 이로움은 결코 작지 않습니다. 산에 있는 나무는 이산화탄소를 흡수하고, 산사태 등 자연재해를 막는 역할을 해요. 사람들에게 정서적으로 큰 안정감과 위안도 주고요. 그런데 태양광발전소가 산에 들어서면 여러 환경적 이익이 사라집니다. 실제로 태양광발전소로 인해 대규모 산지가 훼손되면서 경관을 크게 해치자 지역 주민들이 반발하는 일도 있었어요(산 중턱에 나무가 다 뽑히고 그 자리에 태양광 패널이 설치된 모습을 상상해 보세요). 특히 대부분 외지인이 발전소를 건립하고, 태양광발전소에서 발생하는 열이 농작물에 악영향을 준다는 인식까지 생기면서 발전소 설치를 제한해야 한다는 목소리가 높아졌습니다. 이에 지방자치단체는 태양광발전소 설치를 제한하는 조례를 제정했죠.

단기적으로 보면 태양광발전소보다 숲이나 산이 더 친환경적일 수 있지만, 태양광발전소 설치가 금지되면 결국 필요한 에너지를 원자력이나 화석연료에 의존할 수밖에 없습니다. 원자력발전소와 화석연료 발전량이 늘어나 더 큰 환경 피해가 발생할 수 있죠. 국내 태양광 산업이 침체되면 외국에 태양광 산업을 모두 내주게 된다는 경제적인 이유도 있고요. 산지가 아니라 땅값이 더 비싼 다른 지역에 태양광발전소를 설치하도록 유도하려면 정부는 지금보다 훨씬 많은 보조금을 지급해야 하는데, 이는 모두 국민의 더 큰 부담으로 이어질 수밖에 없습니다.

지역 주민의 반대와 산이 주는 환경적 이로움을 일부 포기하면서까지 태양광발전소를 설치해야 하는 것인지, 아니면 산을 보존하는 대신 그에 따르는 적지 않은 불이익을 우리 국민이 부담할 것인지 선택해야 할 순간이 다가오고 있습니다. 태양광에너지를 비롯한 재생에너지의 개발 및 보급을 중단할 수는 없기 때문이에요. 우리는 친환경 에너지라 불리는 태양광에너지의 보급을 위해 환경 파괴를 용인해야 하는 모순적인 상황에 있습니다. 과연 우리는 임야의 훼손을 감수하고서라도 태양광에너지 사업을 확장해야 할까요?

햇빛 볼 권리
어디까지 보호받을 수 있을까

일조권과 조망권

지난 2019년 5월, 부산광역시의 한 아파트 바로 앞에 23층 건물이 들어서고 있는 사진이 화제였다. 주민들은 바다 조망권과 일조권이 심각하게 침해당한다며 반발했지만, 시행사는 관계 법령을 준수했다며 아무런 문제가 없다고 맞섰다. 시행사의 주장대로 관계 법령을 준수해서 건축하면 다른 건물의 일조권이나 조망권을 침해해도 괜찮은 것일까? 만약 23층 건물로 인해 바다를 볼 수 없게 된 아파트의 가격이 크게 떨어진다면 그 주민들은 손해를 그대로 감수해야 할까?

집에 대한 인식이 '단순히 의식주를 해결하는 공간'에서 '쾌적한 삶을 추구하는 공간'으로 변함에 따라, 조망과 일조가 집 가격에 큰 영향을 주게 되었다. 일조권과 조망권을 둘러싼 법적 쟁점에 대해 알아보자.

숲속의 우리 집

초록시에 위치한 숲아파트는 소위 '숲세권 아파트'로 유명했다. 특히 101동은 남향에 바로 앞에 숲과 호수가 있고 시야를 차단하는 건물도 없어서 다른 동보다 매매가가 1억 원 이상 높았다. 한적한 전원생활을 꿈꾸던 김승현은 전 재산을 투자해 101동 1001호를 매수했다.

그런데 그가 이사하고 얼마 지나지 않아 101동 앞에 무려 40층 높이의 주상복합건물인 자이안타워의 신축공사가 시작되었다. 공사장 먼지와 소음도 문제였지만, 더 큰 문제는 자이안타워가 햇빛을 가리고 조망을 완전히 막는다는 것이었다. 먼지와 소음은 잠깐 참는다고 해도, 조망권·일조권 침해는 영구적이라는 생각에 김승현은 잠을 이룰 수 없었다. 그는 자이안타워 시행사인 자이안건설에 항의했지만, 시행사 측은 건축법상 아무런 문제가 없다며 억울하면 소송하라고 말했다.

결국 자이안타워는 완공되었고, 예상대로 김승현의 집에서는 숲과 호수가 아닌 자이안타워만 보였다. 햇빛도 잘 들지 않아 가을에도 보일러를 틀어야 했다. 참다못한 그는 자이안건설을 상대로 손해배상 청구소송을 제기했다.

판사   원고는 숲아파트 주민이고, 피고는 자이안타워 시행사 자이안건설이군요. 원고가 자이안건설을 상대로 손해배상을 구하는 이유는 무엇인가요?

김승현   판사님, 제가 사는 숲아파트는 숲과 호수가 있는 한적한 아파트였습니다. 소위 숲세권으로 유명해서 매매가가 상당히 높게 책정되었죠. 그런데 자이안건설은 숲아파트 주민들의 상황을 전혀 고려하지 않고 101동 바로 앞에 무려 40층짜리 주상복합건물을 지었습니다. 그 때문에 10층에 위치한 저희 집에는 해가 잘 들지 않아요. 그리고 숲과 호수가 보이던 집에서 이제는 자이안타워밖에 보이지 않습니다.

판사   자이안타워로 인한 일조권·조망권 침해를 주장하시는군요.

김승현   더군다나 사생활도 침해받고 있습니다. 자이안타워를 아파트 바로 앞에 짓는 바람에 타워에서 저희 집 거실과 안방이 훤히 들여다보입니다.

판사   피고 입장을 말씀해 주세요.

건설사   물론 자이안타워 때문에 원고가 조금 불편할 수 있습니다. 하지만 본인이 좀 불편하다고 해서 다른 사람의 재산권 행사를 방해할 수 있을까요? 국토가 좁은 대한민국에서 건물을 서로 멀리 떨어지게 지을 수가 있나요? 물론 너무 가깝게 지어선 안 되겠죠. 이 같은 사항이 건축법에 전부 규정되어 있습니다. 자이안타워는 건축법 등 관계법이 정한 기준을 모두 준수해서 지은 건물입니다. 그런데 뭐가 문제인가요?

김승현 아니, 건축법만 지키면 된다고요? 지금 사람이 살 수가 없다니까요? 그리고 건축법이 정한 기준은 최소한의 기준에 불과하다는 대법원 판례 몰라요?

건설사 저희도 그 판례는 알고 있습니다. 그리고 현재 법원이 일조권 침해 여부에 대해 어느 정도 기준을 정립했다는 사실도 파악했고요. 자이안타워 때문에 일조권이 침해됐다면, 억울하지만 그 부분은 책임질 생각이 있어요. 하지만 조망권 침해나 사생활 침해는 말도 안 됩니다.

김승현 뭐라고요? 말도 안 된다고요?

건설사 그럼요. 자이안타워 때문에 사생활을 침해받는다고 하셨는데, 반대로 숲아파트 때문에 자이안타워 주민들도 사생활 침해를 받고 있다는 생각은 안 하시나요? 숲아파트에서도 자이안타워 방이 잘 보입니다.

김승현 애초에 자이안타워가 없었으면 그런 문제가 안 생겼겠죠.

우리 집에 햇빛과 경치를 허하라

예전부터 사람들은 집에 햇빛이 얼마나 잘 드는지에 대해 매우 관심이 많았습니다. 햇빛이 잘 들어오는 남향집을 선호하는 것만 봐도 잘 알 수 있죠. 하지만 집에서 보이는 경관은 사실 큰 관심거리가 아니었어요. 여러 가지 이유로 조망이 덜 좋더라도 아파트 단지 내부의 소위 '안쪽 동'이 단지 경계에 있는 아파트보다 선호도가 더 높았습니다. 물론 한강이나 해운대 등 강·바다가 보이는 아파트는 높은 가격에 거래되었지만, 다른 지역에서는 조망이 아파트값에 영향을 주는 경우가 흔치 않았어요. 그러나 소득수준이 높아짐에 따라 집에 대한 인식이 '의식주를 해결하는 공간'에서 '쾌적한 삶을 추구하는 공간'으로 변화하면서, 조망을 비롯한 여러 요소가 아파트값에 큰 영향을 미치기 시작했습니다.

사실 도시에서는 일조와 조망이 모두 좋은 건물을 찾기 어렵습니다. 사람 많은 도시에서 토지를 효율적으로 개발하려면 좁은 공간에 여러 건물을 높게 지어야 하기 때문이죠. 하지만 높은 건물을 촘촘하게 지을수록 기존 건물이 향유한 일조·조망 이익은 크게 줄어들 수밖에 없어요. 그리고 내가 살고 있는 건물 역시 다른 건물의 일조·조망 이익을 제한할 가능성이 있죠. 따라서 현대사회에서 살아가려면 일정 정도의 불이익은 감수할 수밖에 없습니다. 문제는 그 '일정 정도'가 구체적으로 어느 정도냐는 거예요. 일조권과 조망권에 대한 분쟁은 점차 늘어나고 있는데, 두 권리에 대한 판단 기준은 조금 다릅니다. 그럼 먼저 일조권부터 살펴볼까요?

'일조권'이란 '주거 등에서 햇볕을 쬘 수 있는 이익 내지 권리'를 의미해요. 앞서 말했듯 사람들은 조망권보다 일조권에 더 많은 관심을 쏟았습니다. 일조는 난방은 물론 세탁물의 건조, 습기의 방지, 실내의 밝기 유지 등 쾌적한 주거 환경을 위한 필수 요소이기 때문이죠.

일조권 침해가 일반적인 불법행위와 다른 점은 무엇일까요? 갑이 소유한 A 토지 남쪽에 을이 소유한 B 토지가 있다고 가정해 보죠. 만약 A 토지에 건물이 없다면 을이 B 토지에 높은 건물을 짓더라도 일조권 침해 문제가 발생하지 않습니다. 그런데 을이 B 토지에 건물을 짓기 전에 갑이 A 토지에 5층짜리 빌라를 지었다면요? 당연히 빌라 주민들은 B 토지에 들어선 건물 때문에 일조권을 침해받게 됩니다.

을 입장에선 단지 갑이 건물을 먼저 지었다는 이유로 자신이 앞으로 지을 건물의 높이가 제한된다면 억울하지 않을까요? 갑 소유의 빌라 역시 B 토지 북쪽에 사는 사람의 일조권을 침해할 수 있는데, 과연 갑의 기득권만 보호되어야 할까요?

이처럼 일조권 문제에는 여러 건물이 얽혀 있으며, 일조권을 너무 강하게 보호할 경우 기존 건물 소유자에게만 유리한 결과가 초래될 수 있습니다. 이 같은 문제 때문에 건축법은 일률적으로 일조 등을 위해 건축물의 높이를 제한하는 규정을 두고 있어요. 현재 주위에 건물이 없더라도 나중에 건물이 생길 것을 대비해 건축물 높이를 제한하는 것이죠.

> **건축법**
> **제61조(일조 등의 확보를 위한 건축물의 높이 제한)**
> ① 전용주거지역과 일반주거지역 안에서 건축하는 건축물의 높이는 일조(日照) 등의 확보를 위하여 정북 방향(正北方向)의 인접 대지 경계선으로부터의 거리에 따라 대통령령으로 정하는 높이 이하로 하여야 한다.
> ② 다음 각호의 어느 하나에 해당하는 공동주택(일반상업지역과 중심상업지역에 건축하는 것은 제외한다.)은 채광(採光) 등의 확보를 위하여 대통령령으로 정하는 높이 이하로 하여야 한다.
> 　1. 인접 대지 경계선 등의 방향으로 채광을 위한 창문 등을 두는 경우
> 　2. 하나의 대지에 두 동(棟) 이상을 건축하는 경우

일조권의 인정 범위

국토교통부 장관, 시도지사 등은 토지를 경제적·효율적으로 이용하고 공공복리의 증진을 도모하기 위해 토지를 '도시지역·관리지역·농림지역·자연환경보전지역'으로 구분하며, 도시지역을 다시 '주거지역·상업지역·공업지역·녹지지역'으로 구분해 관리합니다. '주거지역'이란 거주의 안녕과 건전한 생활환경의 보호를 위해 필요한 지역을 의미해요. 아파트 단지가 있는 지역을 생각하면 됩니다. '상업지역'은 상업이나 업무의 편익을 증진하기 위해 필요한 지역, 즉 서울 여의도같이 회사 건물이 밀집한 지역을 떠올리면 되고요.

건축법 제61조는 주거지역의 경우 일조 등의 확보를 위해 건축물의 높이 등을 규제하고 있지만, 상업지역에는 별다른 제한 규정

을 두고 있지 않습니다. 주거지역과 달리 상업지역의 토지는 더 효율적으로 개발해야 하고, 주거지역보다 일조 등을 보장할 필요성이 적기 때문이죠.

문제는 상업지역에도 주택이 적지 않다는 점입니다. 주거용 오피스텔을 생각해 보세요. 더 큰 문제는 상업지역과 주거지역이 인접했을 때 발생합니다. 서울 강남역 인근 대로변에는 상업지역과 주거지역이 접해 있어요. 상업지역이 주거지역 남쪽에 위치하면 상업지역 건물로 인해 주거지역 주택의 일조량이 크게 감소할 수 있죠. 언론에 보도되는 일조권 분쟁에서 문제가 되는 건물은 건축법을 위반한 불법 건축물이 아니라 대부분 건축법을 준수한 건물입니다. 이처럼 가해 건물이 일조에 관한 건축법 규정을 준수했다면, 피해 건물은 일조량이 감소하더라도 그 부분을 감수해야 하는 것인지가 쟁점이 되었어요. 이와 관련해 많은 소송이 제기되었고, 현재 법원의 입장은 어느 정도 정리가 된 상태입니다.

법원은 동짓날을 기준으로 8시부터 16시까지 8시간 가운데 일조시간이 통틀어서(총일조시간) '4시간 이상 확보'되는 경우 또는 9시부터 15시까지 6시간 가운데 일조시간이 연속하여(연속 일조시간) '2시간 이상 확보'되는 경우 수인한도(서로 참을 수 있는 한도)를 넘지 않는 것으로 봅니다. 두 경우 가운데 어느 쪽에도 속하지 않으면 일단 수인한도를 넘는 것으로 보아 법을 어겼다고 판단하죠. 물론 신축 건물과 피해 건물이 위치한 지역이나 건물의 용도 등 여러 사정을 종합한 뒤 판단하지만, 그중 일조시간을 가장 주된 판단 기준으로 삼고 있습니다.

주택 거주자나 소유자만 일조권 침해를 주장할 수 있는 것은 아닙니다. 학교 역시 일조권 침해를 주장할 수 있어요. 4층 공립학교 건물 남쪽에 26~43층 높이의 아파트가 신축되어 교실의 총일조시간과 연속 일조시간이 기준에 미치지 못하게 됐을 경우, 아파트 시행사가 공립학교 건물의 소유자(대한민국)에 손해배상책임을 져야 한다고 판결한 사례가 있습니다.

그렇다면 학생들도 건물 소유자를 상대로 손해배상 청구를 할 수 있을까요? 초등학교 학생들이 충분한 햇빛을 받으면서 학습할 수 없는 정신적 고통을 입었다며 학교 인근에 아파트를 신축하는 시행자를 상대로 손해배상을 청구한 사건이 있었습니다. 이에 대법원은 학생들이 방학이나 휴일을 제외한 학기 중, 그것도 학교에 머무르는 시간 동안 일시적으로 학교 시설을 이용할 뿐이고, 학교를 점유하면서 지속적으로 거주한다고 볼 수 없기에 법적으로 일조권을 보호받을 수 없다고 판단하여 손해배상 청구를 기각했습니다. 만약 이 사건에서 원고가 초등학생이 아니라 방학 내내 학교에서 보충수업을 받아야 하는 고등학생이었다면 일조권 침해를 이유로 한 손해배상이 인정되었을까요(아직 명시적인 판례는 없지만, 고등학생 역시 학교의 '거주자'라고 볼 수 없어서 기각될 가능성이 커 보입니다)?

조망권 침해, 일조권 침해와 같은 듯 다르다

조망권 침해나 사생활 침해는 일조권 침해와 다른 특징이 있습니다. 일조권 침해는 피해 건물에 거주하는 사람이 해결할 방법이 없습니다. 반면에 조망 문제는 시야를 상하좌우로 이동함으로써 어느 정도 해결이 가능하고, 사생활 침해는 커튼을 이용해 피해를 막을 수 있죠. 이런 이유로 조망까지 법적으로 보호해야 하는지에 대해서는 아직 논란이 적지 않습니다.

대법원은 일정한 조망의 향유가 특정한 장소에서 중요한 역할을 하거나 생활상 가치 등의 이유로 보호할 필요성이 인정된다면 그에 대한 법적 보호가 가능하다고 판단하면서도, 아직 조망 이익의 침해를 인정한 적은 없습니다. 평지에 인공적으로 아파트 같은 고층 건물을 올려 비로소 넓은 지역을 조망할 수 있게 된 경우 대개 법적 보호 가치가 없다고 보고 있죠. 학계에서는 일조와 달리 특정한 장소의 조망 이익은 우연히 그 장소를 독점적으로 점유한 사람들만 향유하는 것에 불과하기 때문에, 그 보호의 정도가 약하다고 보는 관점이 일반적입니다.

문제는 앞서 이야기했듯 소득수준이 높아짐에 따라 조망의 가치도 점차 상승하고 있다는 점입니다. 경기도 용인시·성남시 등에 위치한 골프장·공원을 조망할 수 있는 아파트를 조사한 결과, 골프장 조망은 약 12%, 공원 조망은 약 10% 아파트값에 영향을 미친다는 연구가 있어요. 한강 변 아파트는 일조보다 조망이 아파트값에 더 큰 영향을 준다는 논문도 있고요.

최근 조망을 둘러싼 법적 분쟁이 급증하는 이유는 현실에서 조망이 갖는 경제적 가치가 큰데도 그에 대한 법적 보호 장치가 없기 때문입니다. 그렇다고 해서 무작정 법적 보호를 하게 되면 결국 그 장소 건물주의 기득권만 보호하는 결과가 초래될 수 있기 때문에 결론을 내리기 어려운 상태죠.

그럼 법정 드라마 〈숲속의 우리 집〉에서는 어떤 판결이 나올까요? 자이안건설이 건축법상 관계 규정을 모두 준수했다면 조망권 침해와 사생활 침해가 인정될 가능성은 매우 희박합니다. 단, 일조 시간이 기준에 미치지 못한다면 일조 침해를 이유로 손해배상이 인정될 수는 있겠죠(자이안타워가 위치한 지역이 상업지역인지 등에 따라 손해배상액이 감경될 수는 있습니다). 일조와 조망을 둘러싼 분쟁, 결국 한정된 국토를 어떻게 개발하고 이용할 것인지와 직결된 문제입니다. 앞으로 이런 일이 더욱 많아질 텐데 어떻게 해결하면 좋을지 생각해 보길 바랍니다.

〈에린 브로코비치〉

_환경 소송의 특징

#배상금, #중재, #러브커낼 사건

**"에린은 거대 기업을 상대로 한 환경 소송에서 어떻게
이길 수 있었을까?"**

환경 소송을 이야기할 때 종종 언급되는 영화가 있습니다. 특별한
법률 지식이 없는 한 여성이 거대 에너지 기업과 벌인 법적 분쟁을
소재로 한 실화 영화 〈에린 브로코비치〉(2000, 스티븐 소더버그 감독)
입니다. 두 번의 이혼으로 세 자녀를 홀로 힘겹게 키우던 에린(줄리
아 로버츠)은 취직에 어려움을 겪습니다. 에린은 자동차 사고로 알게
된 변호사 에드(앨버트 피니)에게 무턱대고 찾아가 일자리를 달라고
하며 눌러앉죠. 가까스로 에드의 변호사 사무실에서 장부 정리 일
을 맡게 된 에린은 어느 날 이상한 문서를 발견합니다. 부동산 매매
서류 사이에 의료 기록이 첨부되어 있었던 것이죠.

 의아하게 생각한 에린은 해당 지역 주민들을 찾아가 조사를 시작합니다. 마침내 끈질긴 조사 끝에 거대 기업 PG&E가 배출하는 오염 물질이 주민들을 병들게 하고 있음을 발견합니다. 에린은 주민들을 설득해 PG&E를 상대로 소송을 제기합니다. 재판 과정 중 PG&E는 중재에 의한 해결을 제안했는데, 문제는 주민들의 동의였습니다. 배심 재판을 원하는 많은 주민들이 반발할 것이 뻔했기 때문이죠. 에린 측은 러브커널(Love Canal) 사건을 예로 들며 주민들을 설득합니다. 소송으로 끝까지 가게 되면 시간만 낭비하며 배상을 언제 받을 수 있을지 모른다고 현실론을 편 끝에, 주민들로부터 중재 동의서를 받아내죠. 결국 주민들은 PG&E로부터 3억 3,300만 달러의 배상금을 받게 됩니다.

에린 측이 만약 중재를 받아들이지 않고 끝까지 소송을 했다면 어떻게 됐을까요? 환경오염 피해 소송은 일반 불법행위 사건과는 다른 특징이 있습니다. 우선 위법행위가 있었던 시점과 그로 인한 피해가 발생한 시점 사이에 작게는 수개월, 크게는 수십 년 이상의 시간적 격차가 있습니다. 이 때문에 주민들이 입은 피해의 원인이 무엇인지, 그 피해가 오로지 특정 기업의 위법행위 때문인지 밝히기가 매우 어렵습니다. 무엇보다 주민들이 스스로 그 원인을 밝혀내는 것은 불가능에 가깝죠.

에린 측 변호사가 언급한 러브커널(Love Canal) 사건은 환경 소송의 특수성을 잘 보여 줍니다. 1982년 나이아가라강에 길이 10km의 러브커널(러브운하) 건설이 시작되었다가 얼마 가지 못해 경제 불황

등으로 공사가 중단됩니다. 문제는 후커케미컬이라는 화학회사가 웅덩이로 방치된 운하를 인수하면서 시작합니다. 이 회사는 1942년부터 10여 년 동안 산업 폐기물을 운하에 매립한 뒤, 나이아가라시 교육위원회에 기증했습니다. 시는 이 부지에 학교와 주택을 세웠는데, 1942년에 버린 화학 폐기물이 1970년대 들어 지하수 및 토양에 유독 물질로 나타나기 시작했습니다. 이와 함께 지역 주민은 백혈병을 비롯한 질병에 시달리기 시작했죠.

이에 정부는 해당 지역에 대한 조사를 시작했습니다. 조사 결과 후커케미컬이 불법으로 매립한 화학 폐기물을 처리하는 데는 천문학적인 비용이 들 것으로 추정되었죠. 주민들은 1983년경부터 후커케미컬의 모회사를 상대로 손해배상 청구소송을 제기했고, 1998년경부터 화해금을 지급받게 됩니다. 피해가 나타난 지 약 20년 이상 지난 후에 말이죠.

이처럼 환경오염으로 인한 피해는 장기간에 걸쳐 발생하기 때문에 피해자들이 자신의 손해를 증명하기가 쉽지 않습니다. 나아가 특정 화학물질이 인체에 어떤 영향을 미치는지에 대해 정확히 모르는 경우도 많은 데다, 무엇보다 이를 개인이 밝혀낸다는 것은 매우 어렵죠.

그렇다고 증거도 없이 특정 기업이 일부 불법적인 일을 했다고 해서 해당 기업에 막대한 손해배상책임을 부담시킬 수도 없습니다. 공업단지를 생각해 보세요. 화학 공장은 정부에서 허가한 지역에 건설할 수 있기 때문에 특정 지역에 몰려 있는 경우가 많습니다. 그렇기 때문에 특정 공장에서 기준치를 넘는 오염 물질을 발생시켰다고 해서, 그 지역 주민들에게 발생한 피해가 그 공장 때문이라고 단정할 수 없습니다. 예를 들어 1일 $10m^3$ 이하의 폐수만을 허용한다는 규정이 있는데, 갑 공장이 1일 $100m^3$의 폐수를 발생시켰다고 가정해 보죠. 그런데 알고 보니 해당 지역에는 1일 $9m^3$의 폐수를 발생시키는 공장 100개가 있었다면, 과연 그 지역에 일어난 피해가 모두 갑 공장 때문이라고 할 수 있을까요? 그렇게 단정할 수 없다면 그 지역 주민들은 갑 공장에 과연 어느 정도까지 책임을 지라고 주장할 수 있을까요?

영화에서 주민들은 PG&E로부터 3억 3,300만 달러의 배상금을 받게 됩니다. 통쾌해 보이는 이 결말은, 사실 법적으로 다양하게 해석될 수 있습니다. 주민들이 끝까지 소송을 한 경우보다 배상금이 현저히 적다면, 또는 알고 보니 주민들에게 발생한 피해가 PG&E 때문이 아니라 인근에 있는 다른 공장 때문이었다면, 위 결말이 갖는 의미는 전혀 다르겠죠.

환경오염을 이유로 한 소송에서는 과학 지식이나 조사의 한계에 따른 불명확성의 위험을 누가 부담할 것인지가 매우 중요합니다. 그런데 아직 누가 그 위험을 부담해야 하는지 분명하지 않은 것이 현실이죠. 이 때문에 환경 소송의 상당수가 〈에린 브로코비치〉의 경우처럼 중재나 화해를 통해 해결되는 것일 수 있답니다.

북트리거 일반 도서

북트리거 청소년 도서

오늘의 법정을 열겠습니다

시민력을 키우는 허승 판사의 법 이야기, 세상 이야기

1판 1쇄 발행일 2020년 4월 1일
1판 10쇄 발행일 2024년 11월 15일

지은이 허 승
펴낸이 권준구 | 펴낸곳 (주)지학사
편집장 김지영 | 편집 공승현 명준성 원동민
책임편집 김지영 | 사진 연합뉴스 | 디자인 정은경디자인
마케팅 송성만 손정빈 윤술옥 | 제작 김현정 이진형 강석준 오지형
등록 2017년 2월 9일(제2017-000034호) | 주소 서울시 마포구 신촌로6길 5
전화 02.330.5265 | 팩스 02.3141.4488 | 이메일 booktrigger@naver.com
홈페이지 www.jihak.co.kr | 포스트 http://post.naver.com/booktrigger
페이스북 www.facebook.com/booktrigger | 인스타그램 @booktrigger

ISBN 979-11-89799-21-2 03360

북트리거

트리거(trigger)는 '방아쇠, 계기, 유인, 자극'을 뜻합니다.
북트리거는 나와 사물, 이웃과 세상을 바라보는 시선에 신선한 자극을 주는 책을 펴냅니다.